LA MURAILLE DE LAVE

BIBLIOTHÈQUE NORDIQUE

Arnaldur INDRIDASON

LA MURAILLE DE LAVE

Traduit de l'islandais
par Éric Boury

Éditions Métailié
20, rue des Grands Augustins, 75006 Paris
www.editions-metailie.com
2012

Titre original : *Svörtuloft*
© Arnaldur Indridason, 2009
Published by agreement with Forlagid, www.forlagid.is
Traduction française © Éditions Métailié, Paris, 2012
ISBN : 978-2-86424-872-9

1

Il avait attrapé au fond du sac en plastique le masque de confection grossière et imparfaite. Ce n'était pas un chef-d'œuvre, mais il ferait l'affaire.

Bien que redoutant de croiser un flic en chemin, il était passé inaperçu. Le sac qu'il portait à la main contenait également deux bouteilles provenant du Rikid, la boutique d'alcools, ainsi qu'un gros marteau et un poinçon d'acier, achetés dans un magasin de bricolage.

La veille, il s'était procuré tout le matériel nécessaire à la confection du masque chez un importateur de cuir et peaux, et s'était soigneusement rasé avant d'enfiler sa tenue la plus convenable. Sachant ce qu'il lui fallait, il avait tout trouvé sans difficulté, le cuir, le fil ou l'alène de cordonnier.

Personne ne risquait de le remarquer. À cette heure matinale, la ville était encore presque déserte. Il s'était soigneusement abstenu de regarder les rares personnes qu'il avait croisées, marchant d'un pas résolu, tête baissée, vers la maison en bois couverte de tôle ondulée dans la rue Grettisgata. Il avait descendu les marches en vitesse, ouvert la porte, puis il s'était précipité à l'intérieur avant de refermer soigneusement derrière lui.

Ensuite, il était resté posté dans l'ombre. Il connaissait désormais si bien ce petit appartement en sous-sol qu'il était capable de s'y repérer, même dans le noir complet. La salle de bains et les toilettes se trouvaient à droite au fond du couloir, la cuisine, du même côté, avec une grande fenêtre fermée par d'épais rideaux, donnait sur l'arrière-cour. De l'autre côté du couloir, le salon, puis la chambre à coucher où il n'avait pénétré qu'une seule fois. D'épais rideaux étaient également tirés devant la fenêtre du salon qui donnait sur Grettisgata. Quant à celle de la chambre, placée en hauteur, elle était occultée par une bâche de plastique noir.

Au lieu d'allumer la lumière, il avait pris le morceau de bougie qu'il conservait sur l'étagère du couloir puis, guidé par sa clarté vacillante, presque fantomatique, il était entré dans le salon. Il entendait les gémissements étouffés du salaud bâillonné, attaché sur sa chaise, les mains derrière le dos, et s'employait à ne pas l'observer avec trop d'attention, évitant surtout de croiser son regard. Il avait posé le sac en plastique sur la table pour en sortir le marteau, le masque, le poinçon et les bouteilles. Puis, il avait ouvert le Brennivin* et avalé goulûment une grande lampée d'alcool tiède. Ce liquide fort au goût âpre ne lui brûlait plus la gorge depuis des années.

Il avait ensuite reposé la bouteille et pris le masque. Les matériaux qui le constituaient étaient de premier choix. Taillé dans un épais cuir de porc et maintenu par des coutures doubles en fil de marine enduit de cire, il était percé d'un trou circulaire dans le front, qu'il avait ourlé afin d'immobiliser le poinçon d'acier galvanisé à l'endroit où ce dernier venait se loger. Il avait pratiqué des entailles sur les côtés afin d'y passer les deux liens en cuir destinés à s'attacher sur la nuque. Des orifices avaient également été percés pour les yeux et la bouche. La partie supérieure venait se plaquer sur le haut de la tête, elle était munie d'une bande de cuir à laquelle se fixaient les deux liens derrière la nuque, afin d'assurer la solidité de l'ensemble. Il n'avait suivi aucun modèle, mais il avait confectionné l'objet en fonction de son inspiration.

Il avait avalé une autre gorgée de Brennivin afin de ne pas se laisser impressionner par les gémissements du salaud.

Encore enfant, à la campagne, il avait vu un masque semblable. Ce dernier était en fer, on le gardait dans la vieille bergerie et il lui était interdit de le manipuler. Il l'avait cependant fait une fois, en cachette. Le métal, parsemé de points de rouille, était froid au toucher. Il avait remarqué la présence de taches de sang séché autour de l'orifice prévu pour le poinçon. Il n'avait eu qu'une seule fois l'occasion de voir servir l'objet. Cet été-là, le paysan avait dû abattre un veau trop malingre.

---

* Eau-de-vie typiquement islandaise aromatisée au cumin et surnommée la Mort Noire. (*Toutes les notes sont du traducteur.*)

Extrêmement pauvre, il ne possédait pas de pistolet d'abattage, il s'était donc servi du masque à la place, bien qu'il fût presque trop petit pour le veau puisqu'il servait habituellement pour les moutons, lui avait expliqué le paysan. Sur quoi, il avait attrapé le gros marteau et donné un bon coup sur le poinçon qui s'était entièrement enfoncé dans la tête de l'animal. Le veau s'était affaissé sur ses pattes et n'avait plus bougé.

Il avait été heureux à la campagne. Là-bas, personne ne l'avait jamais traité de minable ou d'incapable.

Jamais il n'avait oublié le nom que le paysan donnait à cet objet muni d'un poinçon, qui procurait une mort aussi rapide qu'indolore.

Il l'avait appelé le "masque infernal".

Ces deux mots accolés le glaçaient d'effroi.

Il avait longuement observé le poinçon d'acier dépassant du masque en cuir de confection grossière. Il supposait que la pointe s'enfoncerait d'environ cinq centimètres dans le crâne et savait que cela suffirait.

2

Sigurdur Oli soupira profondément. Il attendait, assis au volant de sa voiture depuis presque trois heures, mais rien ne se produisait ; le quotidien n'avait pas bougé de la boîte aux lettres. Les rares personnes qui étaient passées par le sas d'entrée de l'immeuble n'avaient pas accordé le moindre regard à ce journal qu'il avait placé de manière à ce qu'il en dépasse la moitié, facilitant ainsi la tâche de celui ou de celle qui s'aviserait de le prendre, pour le voler ou pour embêter la vieille femme qui demeurait au deuxième étage.

Il n'y avait pas là de quoi fouetter un chat. C'était en réalité l'enquête la moins intéressante qu'il ait eu à mener de toute sa carrière de policier. Sa mère lui avait téléphoné en lui demandant de rendre un petit service à l'une de ses amies qui habitait un immeuble de la rue Kleppsvegur. Elle était abonnée à un journal et chaque fois qu'elle descendait le chercher, le dimanche matin, il avait purement et simplement disparu. Elle ignorait l'identité du coupable. Elle avait demandé à ses voisins si ce n'était pas eux qui le lui chapardaient, mais tous avaient juré leurs grands dieux n'y avoir pas touché et certains avaient même laissé entendre que ce n'était qu'une feuille de chou conservatrice qu'ils ne s'abaisseraient jamais à lire. Elle était d'ailleurs partiellement d'accord avec eux et ne demeurait l'une de ses fidèles lectrices qu'à cause des nécrologies détaillées, qui occupaient parfois jusqu'au quart des pages.

L'amie suspectait plusieurs occupants de sa cage d'escalier. À l'étage du dessus demeurait une femme qu'elle décrivait comme une "maniaque des hommes". À l'en croire, ils lui rendaient visite en un flot presque ininterrompu, surtout le soir et en fin de semaine. L'un d'eux était peut-être le voleur, à moins que ce ne soit elle-même la coupable. Un autre voisin, deux étages plus haut, était sans emploi : il passait ses journées à traîner chez lui sans rien faire et se disait compositeur.

Sigurdur Oli observa l'adolescente qui pénétrait dans l'immeuble. Elle semblait rentrer d'une nuit de fête et bien éméchée. Elle ne trouva pas immédiatement ses clés dans le petit porte-monnaie qu'elle sortit de sa poche et vacilla sur ses jambes, prête à tomber à terre, mais se rattrapa de justesse à la poignée, sans jeter le moindre regard en direction du journal. Pas du genre à se retrouver dans les pages du *Magazine des célébrités*, pensa Sigurdur Oli tandis qu'il l'observait gravir péniblement les marches.

Il était encore un peu mal fichu après cette satanée grippe dont il n'arrivait décidément pas à se remettre. Il avait probablement repris trop vite le travail, mais il ne supportait plus de rester allongé dans son lit à regarder des films à la suite sur son écran plat de quarante-deux pouces. Il préférait s'occuper, même s'il n'était vraiment pas en forme.

Il repensa à la soirée du samedi précédent. C'était l'anniversaire de fin d'études de sa promotion de lycée et ses anciens camarades s'étaient retrouvés pour l'occasion chez celui que tous continuaient d'appeler Guffi, un avocat prétentieux qui lui avait porté sur les nerfs dès leur première rencontre. Guffi avait opté très jeune pour le port du nœud papillon et, ne dérogeant pas à son habitude, il avait pris prétexte de l'anniversaire pour inviter les autres chez lui, puis avait fait un discours où, boursoufflé d'orgueil, il avait informé ses anciens camarades de sa récente promotion comme directeur d'une branche de la banque dans laquelle il travaillait, en précisant qu'il y avait là également matière à se réjouir. Sigurdur Oli s'était abstenu d'applaudir.

Il avait observé l'assemblée en se demandant s'il n'était pas parmi tous ces gens celui qui avait le moins bien réussi dans la vie. Ce genre de considérations lui traversait l'esprit à chaque fois qu'il acceptait de participer à ces réunions d'anciens élèves. Il y avait là des avocats, comme Guffi, des ingénieurs et deux pasteurs, trois médecins spécialistes, un écrivain que Sigurdur Oli n'avait jamais lu, mais dont on disait beaucoup de bien dans certains cercles qui vantaient sa plume exceptionnelle, parfois à la limite du compréhensible. Quand il se comparait à ses anciens camarades, qu'il pensait aux enquêtes, à ses collègues Erlendur et Elinborg ainsi qu'à tous les pauvres types qu'il côtoyait au quotidien, il parvenait à la conclusion qu'il n'avait pas franchement de quoi se réjouir. Sa mère lui avait toujours soutenu qu'il était capable de mieux que ça, en d'autres termes, mieux que cet emploi dans la police. Plus satisfait, son père affirmait qu'il rendait à la société plus de services que la plupart des gens.

— Alors, comment ça va dans la police ? lui avait demandé Patrekur, l'un des ingénieurs, avec lequel il était resté ami depuis le lycée et qui s'était retrouvé à côté de lui pendant que Guffi faisait son discours.

— Ça va. Mais dis donc, tu dois être débordé avec la croissance économique, les barrages et les centrales hydroélectriques.

— Nous sommes submergés, et même au sens propre, avait répondu Patrekur, d'un air un peu trop grave. Je voulais te demander si je pouvais passer te voir pour un petit truc dont je voudrais discuter avec toi.

— Pas de problème. Il faudra que je t'arrête ?

Patrekur n'avait pas souri à la plaisanterie.

— Je te contacterai lundi, si ça ne te dérange pas, avait-il conclu avant de s'éclipser.

— N'hésite pas, avait répondu Sigurdur Oli. Il avait salué d'un signe de tête la femme de son ami, prénommée Susanna, qui s'était jointe à eux, alors qu'il était plutôt rare que les conjoints assistent à ce genre de fêtes. Elle lui avait répondu par un sourire. Il l'avait toujours beaucoup appréciée et considérait que Patrekur avait eu une sacrée veine de la rencontrer.

— Tu es toujours dans la police ? avait demandé Ingolfur en s'avançant vers lui, sa bière à la main. C'était l'un des deux pasteurs de l'assemblée : descendant de pasteurs du côté de son père comme de sa mère, il n'avait jamais envisagé d'autre profession que celle de servir Dieu. Il n'avait pourtant rien d'un saint : porté sur la boisson autant que sur les femmes et marié deux fois. Il se disputait parfois avec son collègue Elmar, tenant d'une tout autre école : particulièrement pieux et austère, ce dernier prenait la Bible au pied de la lettre et refusait toute évolution, surtout quand il s'agissait des homosexuels qui voulaient bousculer les vénérables règles de l'Église luthérienne d'Islande. Peu importait à Ingolfur le type de gens qui venaient le consulter, il appliquait dans tous les cas le précepte qu'il tenait de son père : tous les hommes sont égaux devant Dieu. En revanche, il prenait un malin plaisir à taquiner Elmar et lui demandait régulièrement s'il n'allait pas bientôt fonder une secte, qu'il lui suggérait d'appeler, par exemple, les Elmarites.

— Et toi, tu dis toujours la messe ? avait répliqué Sigurdur Oli.

— Nous sommes évidemment aussi irremplaçables l'un que l'autre, avait répondu Ingolfur avec un sourire.

Guffi s'était avancé vers eux en donnant à Sigurdur Oli une tape sur l'épaule.

— Alors, quelles nouvelles de notre flic ? avait-il lancé, de sa voix forte et claire de directeur fraîchement nommé.

— Tout va bien.

— Tu ne regrettes jamais de ne pas avoir terminé ton droit ? avait-il interrogé, toujours aussi condescendant. Guffi s'était considérablement empâté avec l'âge. Le nœud papillon qui autrefois l'avantageait disparaissait peu à peu sous son énorme double menton.

— Eh bien, non, avait rétorqué Sigurdur Oli.

Certes, il avait parfois envisagé de démissionner de la police, de reprendre ses études de droit pour les mener à terme et entreprendre une belle carrière. Mais il était exclu qu'il le reconnaisse devant Guffi et il était également exclu qu'il reconnaisse ce qu'il pensait de son ancien camarade de lycée quand ce genre de pensées lui traversait l'esprit : il se disait souvent que si des imbéciles comme Guffi comprenaient les codes et les lois, c'est que c'était à la portée du premier venu.

— Tu maries les pédérastes, à ce que j'ai vu, avait annoncé Elmar, venu se joindre au groupe, en adressant un regard contrit à Ingolfur.

— Ça commence !

Sigurdur Oli s'était éclipsé avant que les querelles religieuses ne débutent.

Il s'était tourné vers Steinunn qui passait à proximité, un verre à la main. Jusqu'à une époque récente, elle travaillait aux Impôts et il lui avait parfois demandé de l'aider à remplir sa déclaration. Elle l'avait toujours bien conseillé. Il savait qu'elle était divorcée depuis quelques années, qu'elle vivait seule et que cela lui convenait. Elle était l'une des raisons qui l'avait incité à venir chez Guffi ce soir-là.

— Steina, avait-il appelé. Alors, tu as quitté les Impôts?

— Oui, je travaille maintenant à la banque avec Guffi, avait-elle répondu avec un sourire. J'aide aujourd'hui les riches à payer moins. Et ça fait une sacrée cagnotte, à ce que dit Guffi.

— Et tu es mieux payée? avait ajouté Sigurdur Oli.

— C'est le moins qu'on puisse dire, mon salaire est presque indécent.

Son sourire dévoila ses belles dents blanches et elle remit en place la mèche qui lui était tombée devant les yeux. C'était une blonde aux cheveux mi-longs, qui avait un joli visage un peu carré, des yeux sombres et des cils maquillés au mascara noir. Les adolescents auraient sans doute dit qu'elle était canon. Il se demanda si elle connaissait l'expression. En réalité, il n'en doutait pas, elle avait toujours été dans le coup.

— En effet, j'ai cru comprendre que vous n'êtes pas à la diète.

— Et toi, tu ne joues pas un peu à la Bourse?

— Moi? Jouer à la Bourse?

— Tu dois quand même bien avoir quelques placements, avait observé Steinunn. C'est assez ton type.

— Ah bon, c'est mon type? avait-il souri.

— Oui, il y a bien un joueur qui sommeille en toi?

— Je n'ai pas les moyens de prendre des risques, avait répondu Sigurdur Oli. Je n'investis que dans des placements sûrs.

— Et quels sont ces placements sûrs?

— Je n'achète que dans les banques.

Steinunn avait levé son verre.

— En effet, il n'y a pas plus sûr.

— Tu vis toujours seule?

— Oui, et ça me convient très bien.

— C'est vrai, cela peut avoir certains avantages.

— Mais comment ça va entre toi et Bergthora? avait demandé Steinunn sans détour. J'ai entendu dire que vous aviez des problèmes.

— En effet, ça ne va pas très fort, malheureusement.

— Bergthora est une fille bien, avait observé Steinunn qui avait rencontré la compagne de Sigurdur Oli dans des occasions similaires.

— Oui, elle l'était… enfin, elle le reste. Dis, je me demandais si on ne pourrait pas se voir un peu plus souvent tous les deux. Pour prendre un café.

— Tu me proposes de sortir avec toi?

Sigurdur Oli avait hoché la tête.

— Tu veux qu'on sorte ensemble?

— Non, pas qu'on sorte ensemble, non, enfin, peut-être que ce serait une bonne idée, maintenant que tu en parles.

— Siggi, avait répondu Steinunn en lui donnant quelques petites tapes sur la joue. C'est que tu n'es simplement pas mon type.

Il l'avait dévisagée sans rien dire.

— Tu le sais très bien, Siggi. Tu l'as toujours su, n'est-ce pas? Et tu ne seras jamais mon type d'homme.

Mon type?!

Sigurdur Oli cracha le mot avec dégoût, assis dans sa voiture devant l'immeuble tandis qu'il attendait toujours que le voleur se manifeste. Mon type? Qu'est-ce que ça signifiait? Avait-il un type pire que les autres? Et pourquoi Steinunn avait-elle donc cette manie de cataloguer les autres en types?

Un étui d'instrument de musique sous le bras, un jeune homme entra dans l'immeuble. Il attrapa le journal dans la boîte aux lettres sans l'ombre d'une hésitation, puis ouvrit la porte de la cage d'escalier avec sa clé. Déjà dans le sas d'entrée, Sigurdur Oli avait eu le temps de bloquer la porte avec le pied pour l'empêcher de se refermer et avait commencé à gravir les marches. Le jeune homme fut extrêmement surpris de le voir l'attraper par le bras, le tirer en bas de l'escalier et lui prendre le journal pour lui frapper la tête. Son instrument de musique lui échappa, alla cogner contre le mur, il perdit l'équilibre et tomba par terre.

— Levez-vous donc, espèce de voyou!

Sigurdur Oli s'efforça de le remettre debout. Il supposait que c'était le fainéant qui vivait deux étages au-dessus de l'amie de sa mère, et qui se prétendait compositeur!

— Ne me faites pas de mal! s'écria le musicien.

— Je ne vous ferai aucun mal! Mais arrêtez de voler le journal de Gudmunda. Vous savez qui c'est? Il faut vraiment être idiot pour piquer le journal du dimanche à une petite vieille. Ça vous amuse peut-être de vous en prendre à des personnes sans défense!

Le jeune homme s'était relevé. Il lui lança un regard haineux et lui arracha le journal des mains.

— Mais c'est mon journal! Et je ne vois pas du tout de quoi vous parlez!

— Votre journal? rétorqua Sigurdur Oli. Non, mon cher, il est à Munda!

Il jeta un œil vers l'entrée de l'immeuble où étaient alignées trois rangées de cinq boîtes aux lettres et aperçut le journal de Munda à l'endroit exact où il l'avait laissé.

— Et merde! maugréa-t-il une fois dans sa voiture. Sur quoi, il quitta le parking de l'immeuble, la queue entre les jambes.

3

Alors qu'il se rendait au travail le lundi matin, on l'informa qu'un cadavre avait été découvert dans un appartement du quartier de Thingholt : un jeune homme avait été retrouvé assassiné, la gorge tranchée. La Criminelle était immédiatement arrivée sur les lieux et il avait passé sa journée à interroger les voisins de la victime. Il avait croisé Elinborg qui avait pris les rênes de l'enquête, aussi calme et mesurée qu'à son habitude, en réalité, un peu trop calme et mesurée à son goût.

Il avait reçu un coup de fil de Patrekur qui lui avait rappelé qu'ils devaient se voir. Ayant eu vent du meurtre, Patrekur lui avait dit de ne pas se soucier de lui, mais Sigurdur Oli lui avait répondu qu'il n'y avait pas de problème : ils pourraient se rencontrer en fin d'après-midi dans un café dont il lui avait communiqué le nom. Il avait ensuite reçu un autre appel du commissariat : un homme demandait à parler à Erlendur et refusait de s'en aller tant qu'il n'obtiendrait pas gain de cause. On lui avait expliqué qu'Erlendur s'était absenté pour prendre des vacances en province, mais il avait refusé de le croire. Il avait fini par demander à s'entretenir avec Sigurdur Oli. L'homme n'avait pas voulu décliner son identité ni la raison de sa visite, puis il était simplement reparti. Enfin, Bergthora l'avait appelé pour lui fixer un rendez-vous le lendemain soir, si c'était possible.

Il avait passé la journée sur le terrain et rencontré Patrekur vers cinq heures de l'après-midi dans un café du centre-ville. Ce dernier l'attendait, accompagné de son beau-frère qu'il avait croisé lors de soirées chez ses amis. Le beau-frère avait déjà entamé une bière accompagnée d'un alcool fort.

— Vous y allez peut-être un peu fort pour un lundi, non ? interrogea-t-il en s'asseyant à leur table.

Le beau-frère afficha un sourire gêné et regarda Patrekur.

— J'en ai bien besoin, répondit-il avant d'avaler une gorgée de sa bière.

Le beau-frère, Hermann, travaillait chez un grossiste. Il était marié à la sœur de Susanna, la femme de Patrekur.

— Quoi, il y a un problème ? s'inquiéta Sigurdur Oli.

Il avait l'impression que son ami ne se comportait pas comme à son habitude, il supposa qu'il était simplement gêné d'avoir invité son beau-frère sans le prévenir. Il était en général à l'aise, souriant, et plaisantait volontiers. Parfois, très tôt le matin, ils se rendaient ensemble à la salle de sport, discutaient un moment devant un café, se baladaient ou allaient au cinéma. Patrekur était pour ainsi dire un ami intime de Sigurdur Oli.

— Tu as déjà entendu parler de soirées-entrecôtes ? interrogea Patrekur.

— Non, c'est un genre de barbecue ?

Son ami afficha un sourire.

— Si seulement ces soirées pouvaient être de simples barbecues entre copains, répondit-il en regardant son beau-frère qui avalait une autre gorgée de bière. La poignée de main qu'Hermann avait donnée à Sigurdur Oli était molle et moite. Vêtu d'un costume-cravate, il avait une barbe de trois jours, les cheveux clairsemés et les traits fins.

— Tu veux parler de ces entrecôtes qu'on cuit à la poêle, non ? demanda Sigurdur Oli.

— Non, en réalité, il n'y a pas d'entrecôtes dans les soirées dont je parle, observa Patrekur sur un ton monocorde.

Hermann termina sa bière et fit signe à un serveur de lui en apporter une autre.

Sigurdur Oli dévisagea longuement Patrekur. Ils avaient fondé ensemble l'association libérale Milton au lycée et publié un journal de huit pages qui portait le même nom et vantait les mérites de l'initiative individuelle ainsi que les avantages de l'économie de marché. Ils avaient invité des orateurs célèbres, issus du parti conservateur, à prendre la parole dans des réunions dont l'assistance était particulièrement restreinte. Plus tard, Patrekur avait tourné la page. Au grand étonnement de Sigurdur Oli, il avait viré à gauche, milité contre la base militaire américaine sur la lande de Midnesheidi et pour que l'Islande se retire de l'OTAN. À cette époque-là, il avait rencontré sa future femme, qui avait sans doute influé sur ses opinions. Sigurdur Oli s'était battu pour maintenir l'association Milton, mais quand les huit pages du journal s'étaient vues réduites à quatre et que les libéraux conservateurs du lycée n'avaient plus assisté aux réunions, c'en avait été fini. Il avait conservé chacun des numéros de *Milton*, parmi lesquels celui où se trouvait son article intitulé : "Pour la défense des États-Unis : quelques contre-vérités sur les activités de la CIA en Amérique du Sud."

Ils s'étaient inscrits ensemble à l'université. Quand Sigurdur Oli avait arrêté le droit pour aller étudier la criminologie aux États-Unis, ils avaient correspondu. Patrekur lui avait même rendu visite pendant ses études d'ingénieur, avec sa femme Susanna et leur premier enfant. À l'époque, il ne parlait que de physique mécanique.

— C'est quoi cette histoire d'entrecôtes ? interrogea Sigurdur Oli qui ne comprenait pas un traître mot de ce que lui racontait son ami. Il épousseta la manche de son tout nouvel imperméable d'été de couleur claire qu'il avait mis bien que l'automne fût déjà là. Il l'avait acheté en soldes et était satisfait de son acquisition.

— Ça me gêne un peu de te parler de ça, ce n'est pas dans mes habitudes de te demander des services de nature professionnelle, répondit Patrekur avec un sourire embarrassé. Hermann et sa femme sont confrontés à de gros problèmes à cause de gens qu'ils ne connaissent pas du tout.

— Quel genre de problèmes ?

— Des gens qui les ont invités à une soirée-entrecôtes.

— Tu recommences avec ça !

— Bon, laisse-moi lui expliquer, coupa Hermann. Nous avons fait ce genre de chose une fois et nous ne l'avons jamais refait depuis. Entrecôte est ici synonyme de...

Hermann toussota, gêné.

— ... Enfin, c'est un autre mot pour désigner l'échangisme.

— L'échangisme ?

Patrekur hocha la tête. Sigurdur Oli dévisagea son ami, incrédule.

— Toi et Susanna aussi?

Patrekur eut un instant d'hésitation. On eût dit qu'il ne comprenait pas vraiment la question.

— Est-ce que toi et Susanna aussi, vous faites ça? répéta Sigurdur Oli, ahuri.

— Non, non, pas du tout! Nous ne pratiquons pas ce genre de chose. Il s'agit d'Hermann et de sa femme, la sœur de Susanna.

— C'était juste histoire de pimenter en toute innocence notre vie conjugale, plaida Hermann.

— De pimenter en toute innocence votre vie conjugale?!

— Avez-vous l'intention de répéter chacune de nos paroles comme un perroquet? s'énerva Hermann.

— Ça fait longtemps que vous vous adonnez à ces... activités?

— Je ne suis pas sûr que *s'adonner* soit le terme approprié.

— Ce n'est pas à moi de le dire, rétorqua Sigurdur Oli.

— Nous ne le faisons plus, depuis des années.

Sigurdur Oli regarda son ami.

— De toute façon, je n'ai pas à me justifier devant vous, reprit Hermann, agacé. Il avala une grande gorgée de la deuxième bière qui venait d'arriver sur la table. Je crois bien que finalement, c'était une mauvaise idée, ajouta-t-il en regardant Patrekur.

Ce dernier ne lui répondit pas. Il continuait de fixer Sigurdur Oli d'un air grave.

— Tu n'as jamais fait ça? interrogea Sigurdur Oli.

— Bien sûr que non! J'essaie simplement de leur venir en aide.

— En quoi est-ce que ça me concerne?

— Ils ont des problèmes, répéta Patrekur.

— De quel genre?

— En fait, il s'agit simplement de s'amuser un peu avec des inconnus, reprit Hermann, manifestement revigoré par la bière. C'est là tout l'intérêt.

— Je ne comprends pas de quoi vous parlez, répondit Sigurdur Oli.

Hermann inspira profondément.

— Et nous sommes tombés sur des tricheurs.

— Quoi? Ils ont tiré un coup de plus que vous?

Hermann regarda à nouveau Patrekur.

— Je t'avais bien dit que je ne voulais pas de cette entrevue!

— S'il te plaît, écoute-le, demanda Patrekur à Sigurdur Oli. Ils ont de gros problèmes et je me suis dit que tu pourrais peut-être les aider. Arrête tes conneries et écoute-le.

Sigurdur Oli obtempéra. Il apparut qu'Hermann et sa femme avaient pratiqué l'échangisme pendant un certain temps. Cela remontait à quelques années, ils avaient convié chez eux des gens pour des "soirées-entrecôtes" et accepté le même genre d'invitation chez d'autres. Leur couple était, comme on dit, ouvert, c'est-à-dire libertin et cela leur convenait à tous les deux, aux dires d'Hermann. Ils avaient une vie sexuelle épanouie, ne rencontraient que des gens "corrects", affirmait-il, et n'avaient pas tardé à faire partie d'un club fondé par un groupe de personnes partageant le même genre d'intérêt.

— Puis nous avons rencontré Lina et Ebbi, reprit Hermann.

— C'est qui? interrogea Sigurdur Oli.

— Deux petites ordures! s'exclama Hermann en vidant sa bière d'un trait.

— Ah, ce n'étaient donc pas des gens "corrects", commenta Sigurdur Oli.

— Ils ont pris des photos, précisa Hermann.

— De vous?

Hermann hocha la tête.

— Pendant des actes sexuels?

— Oui, et ils nous menacent de les mettre sur Internet si nous ne les payons pas.

— La sœur de Susanna ne fait pas, plus ou moins, de la politique? interrogea Sigurdur Oli.

— Vous croyez que vous pourriez aller leur parler? demanda Hermann.

— Elle n'est pas attachée parlementaire? poursuivit Sigurdur Oli.

Patrekur acquiesça.

– C'est extrêmement gênant pour eux, plaida-t-il. Hermann se demandait si tu ne pourrais pas aller voir ces gens pour les ramener à la raison, récupérer les photos et leur faire un peu peur afin qu'ils se comportent correctement et qu'ils rendent tout ce qui est en leur possession.

– Et qu'est-ce qui est en leur possession ?

– Des photos. Une petite vidéo.

– Dans laquelle on vous voit en plein acte sexuel ?

Hermann répondit d'un hochement de tête.

– Et vous ignoriez que vous étiez filmés ? Comment cela a-t-il pu vous échapper ?

– Ça remonte à un certain temps, mais à l'époque, on ne s'est douté de rien. Puis ils nous ont envoyé une photo. J'ai l'impression qu'ils avaient installé une caméra vidéo dans leur appartement. En fait, je me souviens avoir vu ce genre d'appareil, comme une webcam miniature, posée sur une étagère du salon. Il ne m'est pas venu à l'esprit qu'ils l'avaient mise en route.

– Ce n'est pas très compliqué, comme installation, observa Patrekur.

– Et vous étiez chez eux ?

– Oui.

– C'est qui, ces gens ?

– On ne les connaissait pas et on ne les a jamais revus. Je suppose qu'ils ont reconnu ma femme parce qu'on la voit parfois dans les médias. C'est sans doute pour cette raison qu'ils ont voulu nous faire chanter.

– Et ils y parviennent à merveille, observa Patrekur en lançant un regard à Sigurdur Oli.

– Que demandent-ils ?

– De l'argent, répondit Hermann. Bien plus que nous en avons. C'est la femme qui nous a contactés. Elle nous a dit qu'on n'avait qu'à emprunter. Elle a également tenté de nous dissuader de contacter la police.

– Vous avez des preuves de ce que ces gens avancent, vous êtes sûrs qu'ils ont des photos de vous ?

Hermann regarda Patrekur.

– Oui, nous en avons.

— Lesquelles?

Il jeta un œil alentour, sortit son portefeuille de sa poche de veste et en tira une photo qu'il tendit discrètement à Sigurdur Oli. Le cliché n'était pas très net, sans doute n'était-ce qu'un tirage sur imprimante basique. On y voyait plusieurs personnes, figées dans des positions sans ambiguïté : deux femmes, plutôt floues, que Sigurdur Oli ne reconnaissait pas, étaient en compagnie d'Hermann, lui en revanche très identifiable. Au moment où le cliché avait été pris, il semblait que la soirée-entrecôtes avait atteint son point culminant en ce qui le concernait.

— Et tu voudrais que j'aille voir ce couple? interrogea Sigurdur Oli en dévisageant son ami.

— Oui, avant que ça ne déraille, répondit Patrekur. Tu es le seul qu'on connaisse à pouvoir arranger les choses avec ces sales types.

Il avait surveillé et suivi le salaud plusieurs mois avant de passer à l'acte.

Il était resté posté à épier le taudis que ce dernier louait à Grettisgata par tous les temps, à toute heure du jour ou de la nuit en prenant soin de se tenir à distance respectable et de se montrer discret afin de ne pas éveiller de soupçon. Il ne s'attardait jamais longtemps au même endroit, ainsi les passants ou les habitants de la rue ne le remarquaient pas et n'appelaient pas la police. Il voulait éviter à tout prix que cela se produise, ayant eu affaire à elle plus d'une fois.

Les bâtiments du quartier se ressemblaient tous plus ou moins. Par endroits, on en avait construit de nouveaux, conformes à la mode en vogue, mais d'autres correspondaient nettement mieux au paysage originel de la rue : des maisons en bois couvertes de tôle ondulée à un ou deux étages, bâties sur un rez-de-chaussée en pierre. Certaines étaient soigneusement entretenues, d'autres menaçaient ruine, comme le taudis qu'occupait le salaud. Le toit était en piteux état, il n'y avait aucune gouttière côté rue, la couleur bleu ciel de la tôle ondulée avait presque disparu, d'importantes taches de rouille maculaient le toit et les pignons. Personne ne semblait occuper l'appartement au-dessus du sous-sol. Les rideaux étaient tirés à toutes les fenêtres et il n'avait jamais vu quiconque y entrer.

Le salaud menait une existence assez routinière. Les années ne l'avaient pas épargné. Il devait approcher des quatre-vingts ans et marchait avec difficulté. Son dos s'était voûté, ses cheveux gris étaient coiffés d'un bonnet, sa vieille veste râpée : tout ce qui l'entourait semblait cassé ou décati. Il était désormais l'ombre de celui qu'il avait été. Un jour sur deux, aux aurores, il se rendait à la piscine couverte de Sundhöllin.

Il y allait si tôt qu'il devait parfois attendre que l'établissement ouvre ses portes. Il avait sans doute passé la nuit à veiller car, ensuite, il rentrait chez lui et n'en bougeait plus de toute la journée. Le soir, il sortait pour aller au magasin d'alimentation du coin où il achetait du lait, du pain et de quoi manger. Très rarement, il passait à la boutique d'alcools. Il ne parlait jamais à personne, ne saluait personne et ne s'attardait jamais nulle part : il se contentait du strict nécessaire et poursuivait sa route. Il ne recevait aucune visite. Le facteur lui apportait parfois du courrier. Il passait ses soirées chez lui, sauf deux fois où il était descendu jusqu'à la mer pour marcher le long du boulevard Saebraut et jusqu'au quartier de Grandi avant de rentrer en passant par le quartier Ouest et celui de Thingholt.

La deuxième fois, surpris par la pluie sur le chemin du retour, il était entré à la faveur de la nuit dans le jardin d'un immeuble à deux étages et avait longuement observé les fenêtres du rez-de-chaussée où vivait une famille avec des enfants. Pendant plus d'une heure, il était resté derrière les arbres sous la pluie glacée à épier ces gens qui s'apprêtaient à aller se coucher. Une fois les lumières éteintes, il s'était approché de la fenêtre de la chambre des enfants et avait longuement scruté à l'intérieur avant de reprendre sa route vers Grettisgata.

Toute cette nuit-là, le guetteur avait laissé la pluie tomber sur lui tandis que, les yeux fixés sur la porte du sous-sol de la maison de Grettisgata, il lui semblait devoir protéger tous les enfants innocents de Reykjavik.

Le soir, quand la nuit et le calme eurent envahi la ville, Sigurdur Oli alla sonner à la porte de Sigurlina Thorgrimsdottir, Lina pour les intimes, soupçonnée de chantage. Il avait accepté d'aller lui parler. Elle et son mari Ebeneser, que tout le monde appelait Ebbi, habitaient une maison jumelée dans le quartier est, pas très loin du cinéma Laugarasbio. Sigurdur Oli jeta un regard à ce bâtiment où il se rappelait avoir vu de bons films dans son adolescence, à l'époque où il le fréquentait le plus assidûment. Sur le moment, aucun titre ne lui venait à l'esprit, il avait toujours assez vite oublié les films qu'il avait vus. Il savait toutefois que Laugarasbio occuperait toujours une place particulière dans son esprit à cause d'une soirée mémorable qu'il y avait passée alors qu'il était lycéen. Il s'y était rendu en compagnie d'une jeune fille qui s'était ensuite tournée vers d'autres rivages, mais il se rappelait encore le long baiser qu'ils avaient échangé dans la voiture devant la maison de celle-ci.

N'ayant aucune idée précise de la manière dont il pouvait venir en aide à Hermann et à son épouse, il se disait qu'il allait vertement admonester Lina et Ebbi, les menacer de confier l'affaire à la police, et il espérait que cela suffirait. Hermann avait laissé entendre que le couple n'était pas spécialiste en chantage et extorsion de fonds, du reste c'était là une profession peu répandue.

En allant chez Lina, il avait repensé à sa soirée de la veille et au coup de fil qu'il avait reçu, confortablement allongé sur son canapé devant la télé, à regarder un match. Après avoir étudié aux États-Unis, il s'était intéressé à deux sports typiquement américains auxquels il n'avait rien compris jusqu'alors. Il s'était pris de passion pour le football américain et soutenait l'une des équipes de la NFL, les Cowboys de Dallas. Il se passionnait également pour le base-ball : son équipe favorite était les Red

Sox de Boston. À son retour en Islande, il avait acheté une parabole et suivait assidûment les matchs en direct. C'était parfois compliqué. Le décalage horaire était très gênant quand les rencontres avaient lieu de nuit à l'heure islandaise. Mais Sigurdur Oli n'avait jamais eu besoin de beaucoup dormir et sa passion ne l'avait que rarement empêché d'aller le matin à la salle de gym. Il ne s'intéressait pas du tout au sport en Islande, qu'il s'agisse du football ou du handball : les matchs lui semblaient en général tristement médiocres par rapport à ceux qu'on pouvait voir sur les chaînes étrangères. Il trouvait même qu'ils ne méritaient pas d'être diffusés à la télé.

Il louait un petit appartement dans la rue Framnesvegur. Quand il avait quitté Bergthora, après des années de vie commune, ils avaient partagé ce qu'ils possédaient en toute amitié, les livres, les CD, les ustensiles de cuisine et les meubles. Il avait tenu à emporter l'écran plat, elle avait désiré conserver le tableau d'un jeune artiste islandais que quelqu'un leur avait offert. Bergthora n'avait jamais beaucoup regardé la télé et ne comprenait pas l'intérêt qu'il portait à ces sports typiquement américains. L'appartement qu'il occupait était plutôt vide, il n'avait pas vraiment eu le temps de le meubler correctement. Ou peut-être espérait-il au fond de lui n'avoir pas définitivement gâché sa relation avec Bergthora.

Ils avaient passé leur temps à se quereller. Ils ne pouvaient quasiment pas se parler sans être emportés par la colère ou les reproches qu'ils s'adressaient mutuellement et à tour de rôle. Les derniers temps, elle l'avait accusé de ne pas lui avoir témoigné un soutien suffisant après sa seconde fausse-couche. Ils n'avaient pas réussi à avoir d'enfant et les tentatives de procréation médicalement assistée avaient toutes lamentablement échoué. Elle s'était mise à parler d'adoption. Il s'était montré plutôt réticent et avait fini par lui dire qu'il refusait d'adopter un petit Chinois, ce qui était son idée à elle.

— Dans ce cas, que reste-t-il ? lui avait lancé Bergthora.

— Nous deux, avait-il répondu.

— Je n'en suis pas si sûre, avait-elle objecté.

Ils étaient tous les deux parvenus à la conclusion que leur couple se trouvait dans une impasse, ils avaient également reconnu en partager les torts. Une fois qu'ils en étaient arrivés là, leurs relations s'étaient améliorées, la tension qui avait régné entre eux était alors largement retombée, leurs échanges n'étaient plus aussi hostiles. Pour la première fois depuis long-temps, ils avaient pu se parler sans que la discussion s'achève dans l'amertume ou le silence.

Allongé sur son canapé devant le grand écran, il buvait du jus d'orange et suivait d'un œil concentré un match de football américain quand le téléphone avait sonné. Il avait consulté sa montre qui indiquait minuit passé et regardé le numéro affiché.

— Bonsoir, avait-il répondu.

— Tu dormais ? lui avait demandé sa mère.

— Non.

— Tu ne dors pas assez. Tu devrais te coucher plus tôt.

— Si je l'avais fait, ton coup de fil m'aurait réveillé.

— Ah bon ? Il est si tard que ça ? J'avais pensé que tu m'appellerais. Tu as des nouvelles de ton père ?

— Non, répondit-il en s'efforçant de ne pas perdre une miette de ce qui se passait sur l'écran. Il savait bien que sa mère avait parfaitement conscience de l'heure qu'il était.

— Tu n'as pas oublié qu'il va bientôt fêter son anniversaire ?

— Non, je m'en souviens.

— Tu comptes passer me voir demain dans la journée ?

— J'ai beaucoup à faire ces jours-ci, je verrai si je peux. Je t'appellerai.

— Dommage que tu n'aies pas réussi à pincer ce voleur.

— En effet, j'ai échoué.

— Tu essaieras peut-être encore. Cette pauvre Munda est dans tous ses états. Surtout à cause de ce jeune musicien, c'est quand même un voisin.

— Oui, on verra bien, avait répondu Sigurdur Oli, plutôt réticent. Il se fichait éperdument de l'état dans lequel était Munda, mais n'en avait rien dit à sa mère.

Après lui avoir souhaité bonne nuit, il avait tenté de se replonger dans le match, mais cette conversation l'avait déconcentré. En dépit de la brièveté et de l'innocence appa-rente de la discussion, il éprouvait une forme de mauvaise conscience qui semblait envahir l'ensemble de son corps. Sa mère s'adressait à lui d'une façon particulière qui avait le don de troubler sa sérénité. Il y avait dans sa voix un ton sournoisement accusateur, intrusif et quelque peu dirigiste. Il ne dormait pas assez, ce qui signifiait qu'il négligeait sa santé. Il ne l'avait pas contactée depuis quelques jours, ni par téléphone ni par une visite, et elle l'avait souligné en lui parlant de son père qu'il négligeait également. De même, il n'était pas encore débarrassé de cette satanée Munda à moins qu'il n'ait une fois de plus l'intention de décevoir sa mère. Finalement, elle lui avait dit qu'il avait échoué à attraper le voleur, comme il échouait dans un certain nombre d'autres domaines.

Sa mère avait étudié dans une école de commerce et travaillait comme expert-comptable dans un important cabinet affublé d'un nom étranger pompeux. Elle occupait un poste à responsabilité, vivait confortablement et s'était récemment mise en couple avec un autre expert-comptable, un veuf du nom de Saemundur, que Sigurdur Oli avait rencontré quelques fois chez elle. À l'époque où ses parents avaient divorcé, il fréquentait encore le collège et il avait vécu avec elle jusqu'à l'âge adulte. Ces années-là, comme frappée d'instabilité, elle avait régulièrement déménagé, allant de quartier en quartier, ce qui n'avait pas favorisé l'intégration de son fils qui, ballotté d'école en école, n'avait jamais le temps de se faire de vrais amis. Elle avait fréquenté plusieurs hommes, mais ces relations étaient le plus souvent brèves, quand elles ne se limitaient pas à une nuit. Quant à son père, un plombier aux opinions politiques très arrêtées, c'était un homme de gauche presque extrémiste qui haïssait les conservateurs et le capital que ces derniers défendaient bec et ongles, conservateurs pour qui son fils votait, et ce, à son "grand regret". Les gens qui sont le plus à gauche sont ceux qui ont les convictions les plus solides et les plus justes, répétait-il. Sigurdur Oli avait depuis longtemps renoncé à parler politique avec lui et, chaque fois qu'il refusait la discussion, le vieux lui reprochait d'avoir hérité du snobisme conservateur de sa mère.

Méditant la conversation qu'il venait d'avoir avec elle, Sigurdur Oli avait perdu tout intérêt pour le match, il avait éteint l'écran, était allé se coucher et s'était vite endormi.

Il poussa un profond soupir et sonna une nouvelle fois à la porte de Lina.

L'expert-comptable et le plombier.

Jamais il n'avait saisi ce qui avait bien pu rapprocher ses parents. Les raisons qui les avaient conduits à divorcer lui apparaissaient plus clairement, même si ni lui ni son père n'avaient jamais obtenu d'explication satisfaisante de la bouche de la mère. C'était le mariage de la carpe et du lapin, et lui, enfant unique, était leur rejeton. Il était conscient que l'éducation dispensée par sa mère avait fortement marqué sa conception de l'existence et la manière dont il se situait par rapport à son père. Il n'avait toujours désiré qu'une seule chose : ne pas lui ressembler.

Son père était intarissable sur l'héritage qu'il tenait de la "bonne femme", elle lui avait non seulement transmis son snobisme, mais également une forme de condescendance – une forte propension à prendre les gens de haut.

Les gens de peu.

Comme personne ne venait répondre, il frappa à la porte. Il n'avait toujours aucune idée de la manière dont il allait s'y prendre pour amener Lina et Ebbi à renoncer à leur ridicule projet de chantage : il allait d'abord écouter ce qu'ils avaient à dire. Peut-être tout cela n'était-il que le fruit de l'imagination du beau-frère de Patrekur. Si tel n'était pas le cas, il parviendrait sans doute à les ramener à la raison. Il savait se montrer plutôt persuasif lorsque c'était nécessaire.

Il n'eut cependant guère de temps pour y réfléchir. La porte s'entrouvrit très légèrement quand il frappa. Il hésita, puis appela à l'intérieur, mais aucune réponse ne lui parvint. Il aurait pu rebrousser chemin et disparaître, mais quelque chose, sa curiosité naturelle ou peut-être son caractère irré-fléchi, le poussa à franchir le seuil.

– Ohé ! cria-t-il. Il s'avança dans le petit couloir qui partait de l'entrée, passait devant la cuisine et menait au salon. Il en profita pour redresser la petite aquarelle dont le cadre penchait sur le mur.

Plongée dans la pénombre, la maison n'était éclairée que par les lampadaires qui bordaient la rue. Cette clarté blafarde lui permit toutefois de voir que la pièce avait été mise à sac. Lampes, vases et bibelots jonchaient le sol, les lustres avaient été cassés et les tableaux étaient tombés des murs.

Parmi les éclats de verre, Sigurdur Oli découvrit une femme gisant dans une mare de sang : elle avait à la tête une blessure béante.

Il supposa que c'était Lina.

6

Il vérifia si elle présentait encore des signes de vie et n'en décela aucun, mais n'étant pas spécialiste en la matière, il préféra appeler une ambulance sans avoir réfléchi au fait qu'il devrait fournir une explication sur la raison de sa présence dans les lieux. Il parviendrait bien à inventer un mensonge crédible, par exemple, il raconterait que le commissariat avait reçu un appel anonyme. Finalement, il décida qu'il dirait la vérité : des amis lui avaient demandé de rendre visite à ce couple qui essayait de les faire chanter. Il préférait ne pas mentionner Patrekur et Susanna, ni sa sœur qui voulait faire une carrière politique, mais il se doutait que ce serait difficile. Dès le début de l'enquête, on ne manquerait pas de découvrir les liens qui les unissaient à Lina et Ebbi. Une autre chose était tout aussi certaine : s'il dévoilait la raison de sa présence sur les lieux, il était exclu qu'il puisse participer à l'enquête, de près ou de loin.

Ces considérations se bousculaient dans son esprit tandis qu'il attendait l'arrivée de l'ambulance et de la police. À première vue, il ne distinguait aucune trace d'effraction. L'agresseur semblait être entré, puis ressorti, par la porte sans daigner la refermer correctement. Peut-être les occupants des maisons voisines avaient-ils remarqué des allées et venues suspectes, un véhicule, un homme susceptible de s'introduire au domicile de Lina pour l'agresser et saccager l'endroit.

En se penchant à nouveau sur elle, il entendit du bruit et distingua un mouvement derrière lui. En un éclair, il aperçut une batte de base-ball qui arrivait à toute vitesse sur sa tête. Il l'esquiva d'un geste presque machinal, le bois s'abattit sur son épaule et il tomba par terre. Quand il se releva, son assaillant avait disparu et s'était enfui par la porte ouverte.

Il se précipita dehors, arrivé au coin de la rue il vit l'homme courir vers l'est. Il se lança à sa poursuite, attrapa son portable et appela des renforts sans ralentir. Particulièrement leste et rapide, l'agresseur le distançait sans difficulté. Il sauta par-dessus la clôture d'un jardin et disparut de sa vue. Sigurdur Oli continua à le poursuivre, il bondit également par-dessus la clôture, courut jusqu'à l'angle de la maison, enjamba une seconde clôture, traversa la rue et pénétra dans un autre jardin. Il trébucha sur une brouette qui lui barrait la route, atterrit dans un buisson de groseilliers et roula sur le sol, avec son bel imperméable tout neuf sur le dos. Il lui fallut un certain temps avant de reprendre ses esprits et se relever pour continuer à poursuivre le fuyard qui l'avait largement distancé. Il le vit piquer un sprint, traverser la rue Kleppsvegur puis le boulevard Saebraut avant de partir vers Vatnagardar et l'hôpital psychiatrique de Kleppur.

Sigurdur Oli s'arma de courage et se jeta dans la circula-tion du boulevard Saebraut. Les automobilistes freinèrent en klaxonnant copieusement. Son téléphone se mit à sonner dans sa paume, mais il ne s'arrêta pas pour répondre. Il vit l'homme tourner vers l'hôpital avant de disparaître derrière une colline. L'asile était éclairé, mais les alentours plongés dans le noir. Il ne voyait aucune trace des voitures de police qu'il avait appelées en renfort dès le début de cette course-poursuite et ralentit en arrivant à proximité de l'asile psychiatrique. Il se permit alors de répondre au téléphone. L'appel émanait d'un collègue à qui on avait communiqué des renseignements erronés et qui le cherchait aux abords de la maison de retraite Hrafnista. Il le pria de le rejoindre à Kleppur, demanda d'autres renforts en exigeant qu'ils soient accompagnés de chiens policiers. Il courut vers la mer et la baie de Kleppsvik, plongée dans la nuit noire. Il s'arrêta, jeta un œil vers le sud, vers la zone industrielle et commerciale de Holtagardar et l'anse d'Ellidavogur. Il tendait l'oreille, immobile, mais ne distinguait aucun bruit ni aucun mouvement. L'homme s'était évanoui dans l'obscurité.

Il remonta vers l'hôpital où deux véhicules de police arri-vaient. Il demanda à ses collègues d'aller explorer le périmètre de Holtagardar et de remonter jusqu'à l'anse d'Ellidavogur. Il leur communiqua une description succincte de l'individu : homme de taille moyenne, blouson en cuir, jean et batte de base-ball. À ce qu'il avait vu, l'individu était toujours armé lorsqu'il avait été happé par la nuit.

Les policiers quadrillèrent les lieux en suivant ses recommandations. Il appela des renforts supplémentaires et bientôt la brigade spéciale se joignit aux recherches dont le périmètre fut considérablement étendu : on fouilla tout le secteur en contrebas de Saebraut et jusqu'au fond de l'anse d'Ellidavogur.

Sigurdur Oli prit l'une des voitures garées à proximité de l'hôpital de Kleppur pour retourner chez Lina. L'ambulance qui avait emmené la jeune femme à l'hôpital était déjà repartie depuis un certain temps. On l'informa que la victime était encore en vie. Des véhicules de police et d'autres, banalisés, emplissaient la rue ; la Scientifique était déjà à l'œuvre.

— Comment tu connais ces gens ? interrogea son collègue Finnur qui se tenait devant la maison et avait été informé de l'appel de détresse qu'il avait envoyé.

— Vous savez où est son mari ? esquiva Sigurdur Oli, hésitant à raconter toute la vérité.

— Il s'appelle Ebeneser, précisa Finnur.

— Oui, quel nom ridicule !

— On ignore où il est. Qui poursuivais-tu comme ça ?

— Probablement l'agresseur de cette femme. Je suppose que c'est lui qui l'a frappée à la tête avec sa batte de base-ball. Cette ordure a aussi réussi à m'en donner un coup sur l'épaule. Il m'a eu par surprise.

— Tu étais chez elle ?

— Je devais la voir. Je l'ai trouvée allongée dans son sang et ce salaud m'a sauté dessus.

— Tu crois que c'était un voleur ? Nous n'avons trouvé aucune trace d'effraction. Il est manifestement entré par la porte. On peut supposer qu'elle est venue lui ouvrir, poursuivit Finnur.

— La porte était ouverte à mon arrivée. Je suppose que ce connard a sonné puis s'est jeté sur elle. C'est bien plus qu'un simple vol avec effraction. Je ne crois pas qu'il ait dérobé quoi que ce soit. Il met la maison sens dessus dessous, frappe cette femme en pleine tête, l'examen à l'hôpital révélera peut-être qu'il lui a porté d'autres coups.

— Donc…

– Je crois que c'était un collecteur de dettes, un encaisseur. On ferait bien d'en convoquer quelques-uns. Je ne connaissais pas celui-là, d'ailleurs je ne l'ai qu'aperçu. Par contre, je n'ai jamais vu un tel sprinter.

– Ce n'est évidemment pas exclu étant donné la description que tu viens d'en faire, la batte de base-ball et tout ça. Sans doute est-il venu récupérer quelque chose.

Sigurdur Oli suivit son collègue à l'intérieur de la maison.

– Tu crois qu'il a agi seul ? interrogea Finnur.

– D'après ce que j'ai pu constater, oui.

– Qu'est-ce que tu fabriquais ici ? Quelle relation tu as avec ces gens ?

Sigurdur Oli hésitait à dévoiler toute la vérité. Il ne pourrait certes pas dissimuler bien longtemps que l'agression subie par Lina était sans doute liée à la ridicule tentative de chantage qu'elle avait entreprise avec Ebbi pour s'enrichir. Il était également possible qu'Hermann ait envoyé ce salaud chez elle ; Sigurdur Oli n'imaginait pas son ami Patrekur capable d'une chose pareille. Il s'abstint de mentionner le moindre nom et expliqua être venu procéder à une simple vérification suite à un appel téléphonique reçu par le commissariat. Le correspondant avait informé la police d'étranges tractations auxquelles Lina et Ebbi s'adonnaient avec des photos.

– Il s'agit de pornographie ?

– Quelque chose comme ça.

– Des photos pédophiles ?

– Non, même s'il y a effectivement quelque chose d'immature dans cette histoire.

– Je n'ai pas été informé de l'appel dont tu parles, observa Finnur.

– En effet, nous l'avons reçu aujourd'hui. Je suppose qu'il s'agit d'une affaire de chantage, ce qui expliquerait l'intervention de l'encaisseur. Enfin, pour peu que ce type ait été un collecteur de dettes.

Finnur le regarda d'un air perplexe.

– Et quoi, tu voulais simplement entendre ce qu'ils répondaient à cette accusation ? Tu vois, Siggi, je ne te suis pas très bien.

— Non, l'enquête en est à ses débuts.

— Oui, mais…

— Nous devons trouver… Skröggur, répondit Sigurdur Oli d'un air buté, afin d'écourter la conversation.

— Skröggur?!

— Enfin, son mari avec ce nom ridicule. Et abstiens-toi de m'appeler Siggi.

7

Sigurdur Oli fit une halte au commissariat avant de retourner à son appartement de Framnesvegur. Elinborg était rentrée chez elle depuis longtemps. Sur un des bancs du couloir était assis un jeune homme violent qui avait souvent eu affaire à la police et commis quantité de menus forfaits. Il était issu d'une famille déstructurée : père en prison, mère alcoolique. La ville grouillait d'histoires de ce genre. Âgé de dix-huit ans la première fois qu'il avait croisé la route de Sigurdur Oli, l'individu avait été arrêté pour vol dans un magasin d'équipements électriques et n'en était pas à son coup d'essai. Depuis, quelques années s'étaient écoulées.

Encore furieux d'avoir laissé échapper l'encaisseur, Sigurdur Oli s'arrêta brièvement dans le couloir qui menait à son bureau, s'approcha du banc et vint s'asseoir.

— Qu'avez-vous encore fait ? interrogea-t-il.

— Rien.

— Un vol avec effraction ?

— Rien à voir avec ça.

— Alors une agression ?

— Où est le débile censé m'interroger ?

— Vous n'êtes qu'un sale petit con !

— Fermez-la !

— C'est vrai, je n'ai pas besoin de vous le dire, vous savez ce que vous êtes.

— La ferme !

— Ce n'est pas bien difficile à comprendre, poursuivit Sigurdur Oli, même pour un crétin de votre espèce.

Le jeune homme ne lui répondit rien.

— Vous n'êtes qu'un minable.

— Tout comme vous.

— Vous ne changerez jamais, vous resterez toujours un pauvre type, s'entêta Sigurdur Oli.

Menotté au banc, les épaules tombantes, la tête baissée sur sa poitrine, les yeux rivés au sol, le jeune homme espérait qu'on ne tarderait plus à le conduire dans la salle d'interrogatoire afin de pouvoir repartir. Les policiers comme Sigurdur Oli savaient qu'il n'était pas le seul à se jouer d'un système qui remettait en liberté ceux qui enfreignaient la loi dès qu'une affaire était éclaircie. Cela signifiait qu'il allait avouer, qu'il serait relâché et qu'il pourrait reprendre ses activités. Ensuite, il écoperait sans doute d'une petite condamnation avec sursis et, s'il cumulait un nombre suffisant d'effractions sur une période donnée, il finirait par passer quelques malheureux mois à la prison de Litla-Hraun où il purgerait la moitié de la peine prononcée car les autorités pénitentiaires participaient à ce que Sigurdur Oli appelait le chouchoutage des criminels. Le jeune homme et ceux de son espèce plaisantaient copieusement sur les juges, les périodes de mise à l'épreuve et la vie confortable qu'ils menaient aux frais de la Direction des affaires carcérales.

— Je suppose que personne ne vous a jamais dit ça, hein? continua Sigurdur Oli. J'entends par là que vous êtes un minable. Hein? Personne ne vous l'a jamais dit en face, n'est-ce pas?

Le jeune homme demeurait impassible.

— Il doit quand même vous arriver de réfléchir, reprit le policier, et de vous dire que vous n'êtes qu'un pauvre type. Je sais bien que vous pouvez faire des tas de reproches aux autres. Vous le faites tous, c'est toujours la faute des autres et vous, vous n'êtes qu'une pauvre victime. Votre mère figure au sommet de la liste des responsables, de même que votre père, ce sont deux parasites de la société, exactement comme vous. Et puis, il y a vos amis. Le système scolaire. Tous les organismes qui se sont occupés de vous. C'est vrai, vous avez un bon million d'excuses et vous les avez sans doute toutes épuisées. Vous évitez de penser aux jeunes qui ont une existence bien plus difficile que la vôtre, à ceux qui en bavent vraiment, mais ne passent pas leur temps à s'apitoyer sur leur sort comme vous le faites. C'est qu'ils ont quelque chose au fond d'eux qui les aide à affronter la vie et à devenir des gens bien et pas des larves de votre espèce, voyez-vous. Ils possèdent une once d'intelligence, ce ne sont pas des pauvres types qui n'ont rien dans la tête.

Le jeune homme feignait de ne pas l'entendre. Il jeta un œil vers le bout du couloir dans l'espoir que l'interrogatoire ne tarderait plus, ensuite sa garde à vue serait terminée et une nouvelle affaire élucidée.

Sigurdur Oli se leva.

— Voilà, je voulais être sûr que vous entendriez ne serait-ce qu'une seule fois la vérité de la bouche d'un de ceux qui se voient confrontés à des rebuts comme vous. Même si ce n'est que cette unique fois.

Le jeune homme le suivit du regard tandis qu'il entrait dans son bureau.

— Crétin, murmura-t-il avant de baisser à nouveau les yeux vers le sol.

Sigurdur Oli appela Patrekur. L'agression sur Lina avait fait les titres du journal de la soirée et on en parlait sur Internet. Son ami avait regardé les infos, mais il ignorait l'identité de la victime et Sigurdur Oli avait dû la lui répéter trois fois.

— C'est elle ?!

— Oui, c'est bien Lina, répéta-t-il encore une fois.

— Et… Elle a été… Enfin, elle est… morte ?

— Non, elle est encore en vie, mais ses jours sont en danger. Je n'ai pas mentionné vos noms, ni le tien, ni celui de ton beau-frère, ni celui de vos épouses. Je ne sais pas combien de temps je vais réussir à jouer ce petit jeu. Je me trouvais sur les lieux lorsque c'est arrivé, je m'apprêtais à aller lui parler et j'ai dû expliquer ma présence là-bas à mes collègues. En d'autres termes, je suis en train de m'enfoncer dans la merde avec vous.

Il y eut un silence à l'autre bout de la ligne.

— Je n'aurais jamais dû te mêler à cette histoire, déclara finalement Patrekur. J'avais pensé que tu pourrais sans doute arranger les choses, mais franchement je me demande ce qui m'est passé par la tête.

— Quel genre de type c'est, cet Hermann ?

— Quel genre de type?

— Est-ce qu'il connaît des encaisseurs, est-ce qu'il serait capable d'en envoyer un au domicile de Lina et d'Ebbi?

— Je ne crois pas, répondit Patrekur, pensif. J'ai du mal à imaginer une chose pareille. À ce que je sais, il ne connaît aucun encaisseur.

— Je sais bien que toi, tu ne ferais jamais ça.

— Moi?

— Et que tu ne serais pas son complice s'il le faisait.

— Je vous ai mis en relation l'un avec l'autre, ça s'arrête là. Tu dois me croire. Il vaut sans doute mieux que tu me tiennes en dehors de cette histoire et que tu t'adresses directement à Hermann si tu as des questions à lui poser. Je refuse d'être mêlé à ça, cela ne me concerne pas.

— J'aurais des raisons d'épargner Hermann?

— Tu fais comme tu veux. Je n'ai pas l'intention de te dicter tes actes.

— Parfait, répondit Sigurdur Oli. Tu en sais plus sur cette affaire que ce que ton beau-frère nous en a dit au bar? Tu en sais plus que moi?

— Non, je ne sais rien de plus. J'ai eu l'idée de m'adresser à toi. Je me suis contenté de jouer les intermédiaires. Mais dis-moi, l'agresseur, c'est vraiment un encaisseur?

— On n'en sait rien, éluda Sigurdur Oli, souhaitant en dévoiler le moins possible sur l'enquête en cours. Que cherchaient ton beau-frère et sa femme? Du sexe pour le sexe? Avec des inconnus? Qu'est-ce que ça signifiait?

— Je ne sais pas. Susanna et moi avons appris leurs pratiques il y a environ deux ans. C'est sa sœur qui a fait allusion à ces rencontres. Ils considèrent ça comme une forme de distraction. Personnellement, je n'y connais et n'y comprends rien. Je n'ai jamais abordé ce sujet avec eux et cela ne me regarde pas.

— Et Susanna?

— Elle est choquée, évidemment.

— Par quel moyen Lina et Ebbi sont-ils entrés en contact avec lui pour le faire chanter?

— Je crois que Lina lui a simplement téléphoné. Je ne sais pas exactement.

— Si nous vérifions la liste de ses communications téléphoniques, nous y verrons le nom d'Hermann ?

— Je suppose que oui.

— D'accord. Je te rappelle.

Avant de rentrer chez lui, il passa au service des soins intensifs de l'hôpital national de Fossvogur. Un policier montait la garde devant la chambre de Lina. Assis dans une petite salle d'attente, ses parents et son frère attendaient des nouvelles. Ebbi ne les avait pas contactés et on ignorait où il se trouvait. Un médecin de garde informa Sigurdur Oli que la victime n'était pas sortie du coma et que le pronostic vital était engagé. Elle avait reçu deux coups à la tête : le premier lui avait fêlé la boîte crânienne et le second l'avait brisée, déclenchant une hémorragie cérébrale. Elle portait par ailleurs des contusions à l'avant-bras droit, avec lequel elle avait sans doute tenté de se protéger.

Les recherches entreprises par les policiers pour retrouver l'agresseur étaient demeurées infructueuses, que ce soit dans les environs de l'hôpital de Kleppur, dans la zone de la compagnie de fret maritime Eimskip, dans l'anse d'Ellidavogur ou encore dans les quartiers surpomblant le boulevard Saebraut. L'homme était parvenu à leur échapper sans laisser chez Lina le moindre indice qui aurait pu les mettre sur une piste.

Sigurdur Oli regarda un moment un match de base-ball avant d'aller se coucher. Il se mit à réfléchir à ces photos que Lina et Ebbi conservaient chez eux. C'était sans doute elles que l'encaisseur était venu récupérer. Dans ce cas, il semblait bien que Lina ne les lui avait pas données. Elles devaient donc se trouver encore là-bas, ou bien avoir été mises à l'abri en un lieu connu uniquement d'Ebbi.

Juste avant de sombrer dans le sommeil, il repensa à l'homme qui était venu demander à lui parler au commissariat. Ce dernier était repassé plus tard dans la soirée et, cette fois, le collègue de garde l'avait reconnu même s'il avait de nouveau refusé de communiquer son identité et la raison de sa visite. Le collègue s'était souvenu qu'il s'appelait Andrés : l'homme avait, pendant un temps, été quasi-clochard à Reykjavik et écopé de plusieurs condamnations pour vols et agressions.

8

Il ne s'était pas spécialement bien préparé et ne savait pas de quelle manière il allait s'y prendre, l'important était de choisir le moment adéquat. En décidant d'agir, il avait une vague idée de ce qu'il allait faire, mais aucune sur la méthode qu'il emploierait. Finalement, c'était la haine, si longuement étouffée, qui l'avait poussé à passer à l'acte.

Il savait que ces policiers souhaitaient interroger le salaud. Il leur avait un peu parlé de lui l'hiver dernier, puis cette histoire avait été enterrée. Leurs chemins s'étaient à nouveau croisés par le plus pur des hasards. Il n'avait pas essayé de le retrouver, mais il l'avait simplement aperçu dans la rue, tout à coup. Des dizaines d'années s'étaient écoulées depuis qu'il était sorti de son existence, puis un jour, il l'avait vu passer dans son quartier. Il avait compris qu'il habitait là. Dans son quartier! Après toutes ces années, voilà que le salaud avait pour ainsi dire emménagé dans l'immeuble voisin!

Il avait eu du mal à démêler ce qu'il avait ressenti en comprenant qu'il s'agissait du même homme. Il y avait eu cet étonnement: cela remontait à si longtemps et il lui semblait exclu que leurs routes puissent à nouveau se croiser. Mais cette peur ancienne était également remontée à la surface, cet individu le terrifiait encore, il était la chose qui lui inspirait le plus d'effroi dans la vie. Puis sa colère avait explosé car, malgré les années, il n'avait rien oublié. Tout cela s'était déversé sur lui dès l'instant où il l'avait aperçu. Même si ce salaud était vieux et voûté, il représentait toujours une forme de menace, il était une frayeur ancienne, qui sortait maintenant de sa cachette pour lui sauter au visage, la gueule béante.

Peut-être était-ce par une banale réaction de peur que, dès le début, il avait pris garde à ce que le salaud ne l'aperçoive pas. Il l'épiait à distance sans avoir le courage d'aller plus loin.

40

Il ne savait pas comment s'y prendre. Quand les policiers lui avaient posé des questions sur cet homme, il s'était employé à leur en dévoiler le moins possible, il avait laissé planer un certain mystère et leur avait servi des déclarations contradictoires : du reste, les relations qu'il entretenait avec la police n'étaient pas franchement cordiales. Il ne conservait toutefois qu'un souvenir assez flou du dernier hiver, qu'il avait passé sous l'emprise constante de drogue ou d'alcool. Depuis, il avait pris le taureau par les cornes et échafaudé un projet de vengeance. Le salaud avait jugé bon de raser les murs dès qu'il avait appris que la police souhaitait l'interroger. Il avait changé d'adresse pour venir se terrer dans ce sous-sol de la rue Grettisgata.

Le guetteur refusait de s'apitoyer sur son sort. Cela, il ne le pourrait jamais, ne s'y abaisserait jamais. Il endossait l'entière responsabilité des erreurs et des infractions qu'il avait commises, il refusait qu'on lui mette sur le dos celles que commettaient les autres mais il reconnaissait les siennes. Non, il se gardait de s'apitoyer sur son sort même si on ne pouvait pas dire que la vie avait été tendre avec lui. Ses parents n'étaient pas des gens convenables. Son père alcoolique prenait tous les prétextes pour punir ses enfants en les frappant avec son ceinturon. Quant à leur mère, il la battait comme plâtre. Il préférait oublier tout cela, c'était une douleur que de repenser aux années qui avaient précédé la dissolution de la famille par les services sociaux, qui l'avaient envoyé chez ces braves gens à la campagne. Là-bas, il s'était senti mieux. Il n'avait jamais été véritablement heureux, il ignorait ce qu'était le bonheur. Il avait toujours l'estomac noué par une angoisse, une peur qui ne le quittait jamais. Peut-être n'osait-il pas s'en débarrasser : elle était la seule chose qu'il connaissait, il ignorait ce qui viendrait la remplacer.

Une nuit, plongé dans l'ombre de la maison de Grettisgata, il s'était dit que le moment était venu de cesser d'épier ce salaud. Il devait agir au lieu de passer son temps à contempler ses fenêtres. Il n'aurait aucune peine à maîtriser cette épave, il la neutraliserait sans difficulté. Il avait pensé aux contes de son enfance, ces histoires où les héros affrontaient le danger, et il s'était souvenu combien il était important de surprendre son adversaire. Il était exclu qu'il l'attaque en pleine rue. Il fallait que la chose ait lieu chez lui. Il ne pouvait pas aller frapper à sa porte de nuit, quand la ville était endormie, cela le rendrait méfiant. Il devait le prendre au dépourvu. Le meilleur moment était sans doute l'aube, quand il se rendait à la piscine.

Le matin où il décida d'entrer dans la maison, le temps était gris sur Grettisgata. Une bise venue du nord soufflait fort et il était transi jusqu'aux os après avoir passé des heures debout dehors. Il avait enfilé un banal anorak usé et un bonnet sur sa tête, mais la précaution s'était avérée inutile : de toute la nuit, il n'avait pas vu âme qui vive dans la rue. Vers le matin, il s'était approché de la maison et la porte du sous-sol s'était ouverte tout à coup. Il s'était alors précipité vers l'escalier, avait descendu les marches et était tombé nez à nez avec le salaud qui, son sac de piscine à la main, refermait derrière lui. Sans l'ombre d'une hésitation, il l'avait poussé à l'intérieur, vers le petit couloir, avant de refermer la porte d'entrée. Le salaud avait protesté et lui avait balancé son sac de piscine à la figure, mais il avait riposté en le lui arrachant des mains. Paniqué, l'homme s'était réfugié dans le salon où il l'avait suivi et fait tomber avant de le plaquer à terre.

Ça avait été facile d'avoir le dessus sur cette ordure, plus facile qu'il ne l'avait imaginé.

9

Hermann préférait que Sigurdur Oli ne vienne pas le voir sur son lieu de travail. Il était directeur des ventes chez un grossiste en matériel de construction. Ils se donnèrent donc rendez-vous dans le bar où ils s'étaient rencontrés avec Patrekur. Sigurdur Oli comprenait bien qu'Hermann préfère être prudent, mais n'avait pas l'intention de prendre de gants avec lui. Si cet homme savait quelque chose sur l'agression subie par Lina, il parviendrait à lui tirer les vers du nez.

Toujours inconsciente au service des soins intensifs, Lina était dans un état stationnaire et les médecins, peu optimistes. Ebeneser avait fini par se manifester. Il était rentré au milieu de la nuit et était tombé sur les policiers, encore en plein travail, à son domicile. Il avait eu un choc énorme en apprenant ce qui était arrivé et on l'avait accompagné à l'hôpital où il était encore au chevet de sa femme. Finnur avait commencé à l'interroger : Ebbi travaillait comme guide et, ce jour-là, il avait emmené un petit groupe de touristes français aux sources chaudes de Landmannalaugar. L'un de ses collègues avait pris le relais à l'hôtel Ranga tard dans la soirée et il était rentré en ville, ce dont Finnur avait immédiatement obtenu confirmation. Ebbi affirmait n'avoir aucune idée du mobile de l'agression commise sur sa femme ni de l'identité de l'agresseur, il pensait que c'était simplement un cambrioleur. Comme il était en proie à une vive émotion, on avait décidé de poursuivre l'interrogatoire plus tard.

À onze heures un quart du matin, Hermann était arrivé au café pour s'asseoir à la table de Sigurdur Oli. Les deux hommes s'étaient donné rendez-vous à onze heures précises.

— Vous croyez que je n'ai pas mieux à faire que de vous attendre dans les bars de la ville ? déclara Sigurdur Oli d'un ton peu avenant, un œil sur sa montre.

— Je devais terminer quelque chose, s'excusa Hermann. Que me voulez-vous?

— Il s'en est fallu de ça, reprit Sigurdur Oli en joignant presque son pouce et son index, ne laissant qu'un mince espace entre les deux, pour que la femme qui veut vous faire chanter ne meure la nuit dernière. Il y a d'ailleurs un risque que cela arrive aujourd'hui et, si elle survit, il n'est pas certain qu'elle recouvre l'ensemble de ses facultés mentales et physiques. Quelqu'un lui a brisé le crâne.

— C'est l'agression dont les journaux parlent ce matin?

— En effet.

— C'était Lina? J'ai vu ça aux informations hier soir, mais aucun nom n'était mentionné. Il était question d'un encaisseur.

— On pense en effet que c'est un encaisseur qui s'en est pris à elle.

— Et?

— Vous connaissez des gens qui se chargent de ce genre de tâches?

— Moi?!

— Oui… Vous.

— Vous ne croyez quand même pas que c'est moi qui ai fait ça?

— Je ne connais personne qui aurait de meilleur mobile.

— Minute! Ça s'est passé hier soir. Vous croyez que je serais allé m'en prendre à cette femme alors que je venais de vous demander d'intervenir en notre faveur?

Sigurdur Oli le regarda sans rien dire. Plus tôt dans la matinée, il était allé déposer son imperméable tout neuf au pressing: sans doute le vêtement serait-il bon à jeter après le traitement qu'il avait subi la veille au soir et sa roulade dans le buisson de groseilliers.

— Il est toujours préférable, rétorqua Sigurdur Oli, pour un homme dans votre situation de répondre directement aux questions qu'on lui pose au lieu d'essayer de changer de conversation. Je me fiche éperdument des pensées que vous me prêtez. Je me fiche de votre bonne femme et des pratiques sexuelles dégoûtantes auxquelles vous vous adonnez avec d'autres. Répondez à mes questions, cela m'évitera de vous coffrer sur-le-champ.

Hermann se redressa sur sa chaise.

— Je ne lui ai rien fait. Je vous le jure.

— À quand remonte le dernier contact que vous avez eu avec elle?

— Elle m'a téléphoné il y a trois jours en me disant qu'elle n'avait pas l'intention d'attendre plus longtemps. Elle m'a menacé de mettre ces photos en circulation. Je lui ai demandé de m'accorder un délai supplémentaire. Elle m'a donné deux jours en me disant qu'elle ne me recontacterait pas et que je devais passer chez elle pour lui remettre l'argent. Dans le cas contraire, les photos circuleraient sur les sites pornos du monde entier.

— En d'autres termes, elles devaient être mises en ligne hier, le jour de l'agression.

— Nous n'avons envoyé personne chez cette salope, vociféra Hermann. D'ailleurs, comment on s'y prend pour dégoter un encaisseur? Est-ce qu'ils font de la pub? Même si je le voulais, je serais incapable d'en trouver un.

— Vous n'avez jamais discuté avec Ebbi?

— Non, j'ai uniquement eu affaire à Lina.

— Vous savez si vous êtes leurs seules victimes?

— Je l'ignore totalement. Mais c'est peu probable. On peut penser qu'ils ont essayé d'en faire chanter d'autres que nous.

— Donc, vous deviez passer chez eux pour leur remettre l'argent, récupérer les photos et rien de plus.

— Oui. C'était aussi simple que ça. Ce genre de personne n'est pas très compliqué. Ce sont des cinglés.

— Mais vous n'aviez pas l'intention de payer, n'est-ce pas?

— Vous étiez censé arranger les choses, répondit Hermann. Vous avez trouvé des photos chez eux?

Sigurdur Oli avait tenté de les chercher discrètement, mais sa tâche avait été compliquée par la présence de ses collègues sur les lieux. Il n'avait rien trouvé, ni photos ni caméra.

— Et vous étiez chez eux lorsque ces clichés ont été pris?

— Oui. Cela remonte à, disons, deux ans.

— C'était la seule fois?

– Non, nous les avons vus deux fois.

– Et ils ont attendu tout ce temps pour vous faire chanter ?

– Oui.

– Parce qu'on voit parfois votre femme dans la presse et qu'elle a l'intention de faire une carrière politique ?

– Je ne vois pas d'autre explication.

– Super, commenta Sigurdur Oli. Des gens très corrects !

Quand il arriva à l'hôpital pour l'interroger, Ebeneser était assis au chevet de sa femme au service des soins intensifs. Finnur, qui avait pris la direction de l'enquête, lui avait dit qu'il faudrait qu'ils approfondissent les choses avec l'époux de la victime et Sigurdur Oli lui avait proposé de le faire à sa place, ce que son collègue avait accepté, étant assez occupé comme ça. Ebeneser avait une barbe de trois jours, c'était un homme de taille moyenne, svelte et vif, au teint hâlé. Il portait d'épaisses chaussures de randonnée, comme il sied aux guides de montagne. Il se leva lorsque Sigurdur Oli entra dans la chambre et le salua d'une poignée de main sèche, tout en se gardant de croiser son regard. Allongée sur le lit d'hôpital, Lina était branchée à toutes sortes d'appareils et de goutte-à-goutte, la tête enveloppée dans d'épais bandages. Âgés d'une trentaine d'années, Ebbi et son épouse devaient avoir dix ans de moins qu'Hermann et sa femme et semblaient former un beau couple même si Sigurdur Oli distinguait mal les traits de Lina. Peut-être Hermann et sa femme voulaient-ils retrouver leur jeunesse ?

– Vous vous apprêtez à repartir ? interrogea Sigurdur Oli, les yeux baissés sur les pieds de l'homme. Ils étaient allés s'asseoir dans la salle d'attente. Le policier avait souhaité faire preuve de compassion, étant donné la situation, pourtant, il n'était pas certain que Lina et Ebbi méritent sa sympathie.

– Hein ? Ah, non, pas pour l'instant. Ces chaussures sont confortables, voilà tout. Je les porte même quand je suis en ville.

– On nous a confirmé que vous rentriez juste d'une excursion lorsque votre épouse a été agressée.

– Je trouve bizarre que vous ayez pu imaginer que c'était moi le coupable, observa Ebeneser.

46

– Bizarre ne signifie rien pour nous. Dites-moi, vous et votre femme, vous êtes très endettés?

– Pas plus que la plupart des gens. Et ce n'est pas ma femme, on est en concubinage.

– Vous avez des enfants?

– Aucun.

– Devez-vous de l'argent à des personnes susceptibles de recourir à des méthodes musclées pour le récupérer? Autrement dit, à des encaisseurs ou à ce genre d'individus?

– Non, répondit Ebeneser.

– Et vous n'avez aucune difficulté financière?

– Non.

– Avez-vous déjà eu affaire à des encaisseurs?

– Non, je n'en connais aucun, ni personne qui en connaisse. Ce n'était pas simplement un cambrioleur?

– A-t-il dérobé quelque chose?

– J'ai cru comprendre qu'il a été surpris sur les lieux par un flic.

– Je n'ai jamais entendu parler d'un voleur qui commence par tout retourner dans l'appartement qu'il veut dévaliser avant d'attaquer ses occupants à l'aide d'une batte de base-ball, observa Sigurdur Oli. Il est possible que ça existe, mais je n'ai jamais entendu ce genre d'histoire.

Ebeneser garda le silence.

– Quelqu'un était-il au courant que vous n'étiez pas en ville hier soir?

– Eh bien, une quantité de gens, mais je les connais et ils n'iraient jamais faire une chose pareille, si c'est ce que vous suggérez.

– Donc, vous n'avez aucun problème financier?

– Non.

– Vous en êtes certain?

– Oui, je serais quand même au courant!

– Et votre vie sexuelle, elle est satisfaisante?

Assis les jambes croisées, Ebeneser avait jusque-là écouté les questions de Sigurdur Oli sans manifester d'intérêt particulier. Il se redressa tout à coup sur son siège et se pencha en avant.

– Notre vie sexuelle?!

– Oui, votre vie sexuelle avec les autres, précisa Sigurdur Oli.

Ebeneser le dévisagea longuement.

– Comment... Vous plaisantez, n'est-ce pas?

– Non.

– Comment ça, notre vie sexuelle avec les autres?

– Permettez-moi de développer : croyez-vous que les activités sexuelles que vous pratiquez, Lina et vous, avec des inconnus puissent avoir un lien avec l'agression?

Ebeneser le regarda, atterré.

– Je ne comprends pas de quoi vous parlez.

– Bien sûr que non, rétorqua Sigurdur Oli. Et je suppose que vous n'avez jamais non plus entendu l'expression "soirée-entrecôtes".

Ebeneser secoua la tête.

– Où le mot "entrecôte" est synonyme d'échange de partenaire, compléta Sigurdur Oli.

– Je n'ai jamais entendu parler de ce truc-là, répondit Ebeneser.

– Et vous n'avez jamais pratiqué l'échangisme avec votre chère Lina?

– Que signifient ces questions?! Nous n'avons jamais fait ça. Non mais, ça va pas?!

– Voici ce que je vous propose, s'entêta Sigurdur Oli. Vous me remettez les photos que vous et votre compagne avez prises tandis que vous baisiez avec d'autres gens et j'agirai comme si je n'avais jamais entendu parler de cette histoire.

Ebeneser ne répondit rien.

– D'autres gens? reprit Sigurdur Oli, comme s'il venait d'avoir une illumination. Dites-moi, qui sont-ils, ces autres gens? Je ne suis au courant de vos tentatives de chantage qu'avec un seul couple, mais je suppose que vous en menacez d'autres en ville, n'est-ce pas?

Ebeneser se contentait de le fixer du regard.

– Quelqu'un en a eu marre de vos conneries et il a voulu vous effrayer en vous envoyant un encaisseur. C'est bien cela?

Décidant que la coupe était pleine, Ebeneser se leva tout à coup.

— Je ne vois pas du tout de quoi vous parlez, s'emporta-t-il en quittant la salle d'attente pour retourner à la chambre de Lina.

Sigurdur Oli l'accompagna du regard. Il voulait lui laisser le temps de comprendre qu'il était au courant de tout et lui accorder un délai pour réfléchir à la proposition qu'il venait de lui faire. Il sourit. Même s'il avait une certaine expérience du métier, il ne se souvenait pas avoir rencontré de toute sa carrière un mentor aussi éhonté que cet Ebbi — à moins que ce dernier n'ait été particulièrement doué pour s'attirer des ennuis.

10

Quand il arriva, avec quelques minutes de retard, Bergthora avait déjà pris place à la table et consultait le menu. Elle avait choisi un restaurant italien en centre-ville. Sigurdur Oli avait passé sa journée à assister Elinborg, plongée jusqu'au cou dans l'enquête sur le meurtre du quartier de Thingholt, et était ensuite directement venu rejoindre son ancienne compagne. Il aurait bien voulu passer chez lui pour prendre une douche et se changer, mais il n'en avait pas eu le temps. Il était content d'aller au restaurant même s'il était angoissé à l'idée de cette rencontre.

Il l'embrassa sur la bouche et s'installa. Bergthora avait les traits tirés. Elle dirigeait une entreprise d'informatique dans laquelle elle possédait un certain nombre de parts et venait de traverser des temps difficiles. Elle avait été confrontée à toutes sortes de problèmes, la séparation n'était pas le moindre, de même que son désir inassouvi d'avoir un enfant. Les derniers mois ne l'avaient pas épargnée.

— Tu as l'air en forme, dit-elle dès qu'il se fut assis.

— Et toi, comment ça va?

— Ça va. J'ai l'impression d'être revenue au début de notre relation quand je te rencontre comme ça, dans un restaurant. J'ai vraiment du mal à m'y habituer. Tu aurais aussi pu venir à la maison, je t'aurais préparé un bon petit plat.

— C'est vrai, c'est un peu comme avant, convint Sigurdur Oli.

Le nez dans le menu, ils percevaient très clairement l'un comme l'autre que, justement, rien n'était plus comme avant. Ils portaient sur leurs épaules le poids d'une relation usée, d'années qui avaient passé, de sentiments qui s'étaient étiolés et d'une vie commune qui avait pris l'eau jusqu'au naufrage. Tels deux capitaines fatigués face au désastre, il ne leur restait plus qu'à régler les comptes et à en dresser le solde. Bergthora s'emportait parfois devant cette situation : c'était la raison pour laquelle Sigurdur Oli préférait la rencontrer dans un restaurant.

— Comment va ton père ? demanda-t-elle tout en continuant de regarder le menu.

— Très bien.

— Et ta mère ?

— Ça va aussi.

— Elle est toujours avec ce type ?

— Saemundur ? Oui.

Ils firent leur choix et décidèrent d'accompagner leur repas d'une bouteille de vin rouge italien. En ce mercredi soir, les clients étaient rares dans le restaurant. Une musique apaisante était diffusée dans les haut-parleurs du plafond, on entendait des rires et des bruits de casserole en cuisine.

— Et ton appartement de Framnesvegur, il est comment ? interrogea Bergthora.

— Plutôt bien, mais quand même un peu vide, répondit Sigurdur Oli. Quelqu'un est venu voir le nôtre ?

— J'ai reçu trois visites aujourd'hui. L'une de ces personnes m'a dit qu'elle me recontacterait. Je vais regretter cet appart.

— Forcément, il est très chouette, c'est vrai.

Il y eut un silence. Sigurdur Oli se demandait s'il devait lui parler d'Hermann et de sa femme. Il décida de tenter le coup dans l'espoir de détendre un peu l'atmosphère. Il lui raconta sa rencontre avec Patrekur, qui, sans l'en avoir prévenu, était venu accompagné de son beau-frère. Il lui exposa les goûts particuliers qu'Hermann et son épouse avaient développés à une époque et expliqua les problèmes que ça leur avait attirés. Il mentionna l'agression de Lina, l'homme à la batte de base-ball, Ebbi et ses chaussures de randonnée, qui faisait semblant de n'être au courant de rien.

— Il tombait littéralement des nues, ou plutôt, comme on dit en bon islandais, il descendait de la montagne. Vois-tu, Ebbi est guide, précisa-t-il avec un sourire.

— Il y a réellement des gens qui font ce genre de chose ? soupira Bergthora, sans répondre au trait d'esprit.

51

– Je ne suis pas spécialiste de la question.

– Je ne connais personne qui pratique l'échangisme. Ça doit être franchement dingue, ce truc! Surtout si, ensuite, ça vous attire un tas d'ennuis.

– Le cas est un peu particulier.

– Ça ne doit pas être facile pour la sœur de Susanna. Elle fait de la politique et voilà que cette histoire remonte à la surface des années plus tard.

– Certes, mais elle a quand même été assez idiote pour se mettre dans la panade. Surtout quand on pense que, justement, c'est une femme publique. Tu ne vas quand même pas plaindre ces gens-là?

– Ah, c'est vrai, j'oubliais que l'empathie n'est pas ton fort, observa Bergthora.

– Qu'est-ce que tu veux dire?

Le serveur, un homme affable, âgé d'une quarantaine d'années, les interrompit en arrivant avec le vin rouge qu'il présenta à Sigurdur Oli. Il versa quelques gouttes dans son verre.

– Vous avez déjà ouvert la bouteille? demanda Sigurdur Oli en levant les yeux vers lui.

Le serveur ne comprit pas le sens de sa question.

– Vous devez ouvrir le vin devant moi, précisa-t-il. J'ignore ce que vous avez pu trafiquer avec dans la cuisine, ni à quel moment vous l'avez débouché.

Le serveur le dévisagea.

– Mais je viens juste de l'ouvrir, marmonna-t-il.

– Peut-être, mais vous devez le faire à la table, devant nous et pas dans un placard.

– Je vais tout de suite vous en chercher une autre, s'excusa-t-il avant de s'éclipser.

– Il essaie pourtant de faire correctement son travail, tu ne crois pas? protesta Bergthora.

– C'est un amateur, répondit Sigurdur Oli. Nous payons ce repas à prix d'or et les serveurs doivent être des professionnels. Mais pourquoi tu dis que l'empathie n'est pas mon fort?

Bergthora le regarda intensément.

– Ce qui vient de se produire est typique, observa-t-elle.

– Tu veux parler de ce service déplorable?

– Tu es le portrait craché de ta mère.

– Comment ça?

– Il y a chez toi la même… froideur. Et le même snobisme.

– Aïe…

– Je n'ai jamais été assez bien pour toi, poursuivit Bergthora. Elle me l'a souvent fait sentir, contrairement à ton père qui a toujours été adorable avec moi. Je ne comprends pas comment il a pu venir à l'esprit de cette femme d'épouser un plombier. Ni d'ailleurs comment il a réussi à la supporter.

– Je me suis, moi-même, plus d'une fois posé ces questions, convint Sigurdur Oli. Mais ma mère t'apprécie beaucoup. Elle me l'a souvent confié et c'est inutile de médire sur elle.

– Elle ne m'a jamais témoigné aucun soutien quand nous avons perdu… au moment où nos problèmes ont débuté. Pas une seule fois. J'avais l'impression qu'elle ne se sentait pas concernée, qu'elle s'imaginait que c'était ma faute et qu'elle pensait que je gâchais ta vie puisque je ne pouvais pas avoir d'enfant.

– Pourquoi tu me dis des choses pareilles?

– Parce que c'est la vérité.

– Mais c'est la première fois que tu m'en parles.

– Non, je t'en ai déjà parlé, mais tu as refusé de m'écouter.

Le serveur revint avec une nouvelle bouteille qu'il présenta à Sigurdur Oli. Il la déboucha sous ses yeux. Sigurdur Oli goûta le vin et l'accepta, puis le serveur remplit leurs deux verres et laissa la bouteille sur la table.

– Tu n'as jamais daigné écouter ce que j'avais à te dire, répéta Bergthora.

– Ce n'est pas vrai.

Elle le regarda et prit sa serviette pour essuyer les larmes qui lui montaient aux yeux.

– D'accord, reprit-elle. Nous ne sommes pas ici pour nous disputer. C'est du passé et nous ne pouvons rien y changer.

Sigurdur Oli baissait le nez sur son assiette. Il n'aimait pas les disputes. Il était capable de déverser un flot d'insultes et d'imprécations sur des voyous en les traitant de moins que rien et de pauvres types, mais il tenait absolument à préserver la paix quand il s'agissait de ses proches. Pendant un certain temps, il s'était demandé si cela ne venait pas du rôle qu'il avait joué dans son enfance quand ses parents avaient divorcé : il s'était employé à l'époque à les ménager tous les deux jusqu'au moment où il avait compris que ça ne servait à rien.

— J'ai l'impression que tu oublies souvent que ce n'était pas facile pour moi non plus, objecta-t-il. Il n'y en avait que pour toi. Puis tu t'es mise à exiger qu'on adopte un enfant, sans jamais réellement en discuter, comme si je n'avais pas mon mot à dire. Tu voulais simplement engager la procédure. Nous avons abordé ce sujet je ne sais combien de fois et je n'avais pas du tout envie de le voir resurgir dans la conversation ce soir.

— Tu as raison, n'en parlons plus, convint Bergthora. Ce n'était pas dans mon intention d'aborder le sujet. Allez, on arrête.

— Je suis surpris de t'entendre tenir ces propos sur maman, reprit Sigurdur Oli. Je la connais très bien. Je me rappelle d'ailleurs t'avoir mis en garde contre elle au début de notre relation.

— C'est vrai, tu m'as dit de ne pas trop la prendre au sérieux.

— Et j'espère que tu as écouté mon conseil.

Ils se turent un long moment. Le vin italien venu de Toscane avait un goût aussi doux que fruité sur leurs papilles. La musique qui tombait du plafond était italienne, tout comme le plat qu'ils attendaient qu'on leur serve. Seul ce silence entre eux était islandais.

— Je ne veux pas adopter, reprit Sigurdur Oli.

— Je sais, répondit Bergthora. Tu veux trouver une autre femme et lui faire des enfants qui seront les tiens.

— Non. Je ne crois pas que je serais un bon père.

De retour chez lui, il alluma l'écran et regarda le base-ball. L'équipe qu'il soutenait prenait une raclée mémorable, ce qui ne contribuait pas à lui remonter le moral après l'entrevue avec Bergthora. Son portable sonna sur la table de la cuisine où il l'avait posé en entrant. Ne reconnaissant pas le numéro, il faillit ignorer l'appel, mais la curiosité l'emporta.

– Oui ? répondit-il d'un ton rude et sec. C'était là une manière de défense à laquelle il recourait quand il ignorait l'identité de son correspondant. L'appel pouvait provenir d'associations caritatives. Il avait demandé à faire figurer une croix rouge devant son nom dans l'annuaire afin d'éviter d'être importuné par des démarcheurs, mais il y en avait toujours un ou deux qui tentaient leur chance. Ils n'étaient généralement pas déçus du voyage.

– Sigurdur Oli ? interrogea une voix féminine.

– Qui êtes-vous ?

– Vous êtes bien Sigurdur Oli ?

– Oui !

– C'est Eva.

– Eva ?!

– Eva Lind. La fille d'Erlendur.

– Ah, oui, bonsoir.

Sa voix était dénuée de toute chaleur. Il connaissait bien la fille d'Erlendur, avec lequel il travaillait depuis des années. Il avait parfois eu affaire à elle dans le cadre professionnel car sa vie avait longtemps été chaotique. Elle avait bu et pris de la drogue, ce qui lui avait valu des ennuis avec la police. L'existence qu'elle menait désolait depuis longtemps Erlendur.

– Vous auriez de ses nouvelles ? interrogea-t-elle.

– De votre père ? Non, aucune. Tout ce que je sais, c'est qu'il est parti en vacances pour quelques jours dans les fjords de l'Est.

– Oui. Et il n'a pas pris son portable ? Il n'a qu'un seul numéro, n'est-ce pas ?

– Si, je pense qu'il l'a pris.

– Il ne répond pas quand je l'appelle. Il n'aurait pas un autre numéro ?

– Non, pas que je sache.

– Pourriez-vous lui dire que j'ai cherché à le joindre s'il vous contacte ?

– Bien sûr, mais…

– Mais quoi ?

– Je serais étonné qu'il me téléphone, répondit Sigurdur Oli. Par conséquent…

– Je ne crois pas qu'il m'appellera non plus, observa Eva Lind. Nous…

– Oui?

– Nous sommes allés faire un tour en voiture l'autre jour, il voulait voir les lacs dans les environs de Reykjavik. Il était…

– Oui?

– Il m'a semblé plutôt triste, abattu.

– Il n'est pas toujours comme ça? À votre place, je ne m'inquiéterais pas, je n'ai jamais vu votre père en grande forme.

– Je sais.

Il y eut un silence.

– Vous pourriez lui passer le bonjour de ma part, au cas où il vous appellerait? demanda Eva Lind.

– Je n'y manquerai pas.

– Au revoir.

Sigurdur Oli prit congé d'Eva et reposa son téléphone. Il éteignit la télévision et alla se coucher.

11

Il lui avait fallu un certain temps pour retrouver le vieux projecteur, soigneusement dissimulé dans un recoin du placard à balais dans la cuisine.

Il était persuadé que le salaud ne s'en était pas débarrassé. Ce n'était pas le genre d'appareil qu'il serait allé jeter aux ordures. L'antique dévidoir gris fonctionnait, même après toutes ces années. Sans doute le vieux s'en servait-il toujours. Il s'était rappelé à quel point l'objet était lourd en le retirant du placard pour l'installer sur la table du salon. Il avait revu la marque du constructeur : Bell & Howell. Il se souvenait qu'enfant, il n'avait pas compris la signification de l'inscription. L'un de ses camarades lui avait alors expliqué qu'il devait s'agir de deux hommes, dont les noms étaient apposés. L'un s'appelait Bell et le second Howell, sans doute avaient-ils conçu l'appareil ensemble, quelque part en Amérique. L'appareil était protégé par une housse qu'il retira. Il déplia les axes sur lesquels on plaçait les bobines, brancha le vieux fil électrique dans une prise et appuya sur le bouton. Le mur d'en face s'illumina.

Ce projecteur était l'un des seuls objets que le salaud avait apportés dans ses bagages quand il avait emménagé avec sa mère, Sigurveig. À ce moment-là, il était encore placé à la campagne et il ignorait l'existence de ce nouvel homme. Un jour arriva à la ferme un message disant que sa mère voulait le récupérer. On lui avait attribué un logement social dans un quartier récent, elle affirmait avoir arrêté de boire et rencontré quelqu'un. Il avait parlé avec elle au téléphone, mais l'avait appelée Sigurveig au lieu de maman. Du reste, il ne l'avait pas vue depuis deux ans et elle était presque devenue pour lui une étrangère. Elle avait téléphoné à la ferme pour la première et dernière fois. La conversation avait été brève, elle voulait que son plus jeune fils revienne à la maison. Il lui avait répondu qu'il se sentait bien à la campagne. Je sais, mon chéri, avait-elle convenu, mais tu rentres chez nous. J'ai obtenu l'accord des services sociaux. J'ai tout réglé.

Quelques jours plus tard, après qu'il eut fait ses adieux à la maîtresse de maison et aux deux filles du couple, le paysan l'avait conduit jusqu'à la route où il avait attendu avec lui que l'autocar arrive. C'était en plein été, il avait eu l'impression de trahir ceux qui l'avaient accueilli : les foins allaient commencer et ils auraient eu bien besoin de lui. Le couple l'avait souvent félicité pour son courage en ajoutant qu'il réussirait dans la vie, c'était certain. Ils avaient vu l'autocar arriver de loin avant de s'arrêter dans un nuage de poussière à côté d'eux. Prends bien soin de toi, tu viendras peut-être nous rendre visite à l'occasion, lui avait dit le paysan. L'homme avait failli lui tendre la main, mais l'avait finalement serré dans ses bras avant de lui glisser un billet de mille couronnes dans le creux de la paume. L'autocar s'était ébranlé et le paysan avait disparu dans un nuage de poussière*. Jamais il n'avait eu d'argent avant cela et, tout le temps qu'avait duré le voyage jusqu'à Reykjavik, il n'avait cessé de sortir le billet de sa poche, de l'y remettre, de le déplier pour le contempler, de le replier, encore et encore.

Sigurveig lui avait promis de venir le chercher à la gare routière, mais elle n'était pas là pour l'accueillir à sa descente du car. C'était le soir, il était resté un long moment à l'attendre, sa valise posée à ses pieds. Il ignorait comment se rendre chez lui, n'avait aucune idée du nom du quartier ni de la rue où vivait sa mère et commençait à s'inquiéter. Il avait quitté Reykjavik depuis longtemps et n'y connaissait plus personne. Il y avait longtemps que le paysan lui avait appris le départ de son père pour l'étranger. Quant à son frère et sa sœur, il ignorait tout d'eux. Ils étaient nettement plus âgés. C'était tout.

Assis sur sa valise, il pensait à son chez-lui, ou plutôt à ce qui avait été son foyer au cours des années passées. Sans

---

* À l'époque, dans les années 60-70 et jusqu'à la fin des années 80, peu de routes étaient asphaltées en Islande, elles étaient simplement couvertes de graviers.

doute avaient-ils terminé de traire les vaches à l'étable, les filles devaient glousser. On chassait le chien de la cuisine et le repas arrivait sur la table, peut-être de la truite pêchée dans le lac, avec un peu de beurre fondu : son plat préféré.

— C'est bien toi que je viens chercher, petit minable ?

Il avait levé les yeux. Un individu qu'il voyait pour la première fois le dominait de toute sa hauteur.

— C'est bien toi, le petit Drési ?

Personne ne l'avait jamais plus appelé ainsi depuis qu'il avait quitté Reykjavik.

— Je m'appelle Andrés, avait-il corrigé.

L'homme l'avait jaugé du regard.

— Bon, ça doit être ça. Ta mère te passe le bonjour, enfin, je crois. Elle a pas trop la pêche, ces jours-ci.

Il ignorait ce qu'il devait répondre, ne comprenait pas ce que cet homme lui racontait et ne savait pas ce qu'il entendait par cette histoire de pêche.

— Allez, en route ! Et n'oublie pas ta valise.

L'inconnu s'était ensuite dirigé vers le parking devant la gare routière. Il l'avait vu disparaître au coin du bâtiment et avait ramassé son bagage pour le suivre. Aucun autre choix ne s'offrait à lui, en dépit de ses réticences. Il avait immédiatement eu l'impression qu'il lui faudrait consentir à un certain nombre d'efforts pour plaire à cet homme. Le ton de sa voix lui avait semblé étrange lorsqu'il avait parlé de sa mère. Et il avait prononcé son nom, "le petit Drési", d'un air méprisant, sans même lui dire bonjour. "C'est bien toi que je viens chercher, petit minable ?" Voilà tout ce qu'il lui avait dit. Il avait remarqué qu'il lui manquait un index, mais n'avait pas demandé pourquoi. Même plus tard, il ne lui avait jamais posé la question.

Sigurveig dormait dans la chambre à leur arrivée. L'homme lui avait alors annoncé qu'il devait s'absenter et qu'il faudrait qu'il se tienne tranquille pour ne pas réveiller sa mère. Il était donc allé s'asseoir sans bruit sur une chaise de la cuisine. L'appartement n'avait qu'une seule chambre, dont la porte était fermée, un salon, une cuisine et une petite salle de bains. Dans le salon, il voyait un canapé, il supposait que ce serait son lit. Fatigué du voyage, il avait eu envie de s'y allonger, mais n'avait pas osé. La tête posée sur ses bras croisés sur la table de la cuisine, il n'avait pas tardé à s'endormir.

Il avait remarqué dans le salon quelque chose qui avait piqué sa curiosité. Sur la table à côté du canapé, de forme carrée, surmonté d'une poignée, c'était un objet étrange venu du vaste monde, et sur le côté duquel on lisait cette inscription bizarre : Bell & Howell.

Il apprit plus tard que l'homme récemment entré dans la vie de sa mère possédait également une caméra. Cette dernière avait un autre nom qu'il ne comprenait pas plus que le premier et sur lequel il s'était également interrogé.

Il regarda longuement le vieux Bell & Howell et le faisceau lumineux qu'il projetait sur le mur face à lui. Les souvenirs semblaient danser dans la lumière crue. Il éteignit l'appareil. Le salaud poussa un gémissement, il se tourna vers lui.

— Qu'est-ce que tu veux ?

L'homme cessa de protester sur sa chaise. Il dégageait une forte odeur d'urine et le masque qui lui couvrait le visage était humide de sueur.

— Où est la caméra ?

Le vieux leva les yeux vers lui sous le masque d'enfer.

— Et les films ? Où as-tu caché les films ? Parle ! Je peux te tuer à n'importe quel moment. Tu en as conscience ? Maintenant, c'est moi qui commande ! Moi, et pas toi, espèce de minable ! C'est moi qui décide !

L'homme ne laissait plus échapper le moindre gémissement ni la plus petite quinte de toux.

— Alors, ça te fait quoi ? Hein ? Qu'est-ce que tu en dis ? Ça ne te fait pas une drôle d'impression, après toutes ces années, de voir que je suis devenu plus fort que toi ? C'est qui, le minable, maintenant ? Dis-moi. Qui est le minable maintenant ?

L'homme demeurait immobile.

— Regarde-moi ! Regarde-moi si tu l'oses ! Tu vois ? Tu vois ce qu'est devenu le petit Drési ? Ah, il n'est plus aussi petit que ça, ce cher Drési. Il a rudement grandi et forci. Tu croyais peut-être que ça ne viendrait jamais, que ça ne pouvait pas arriver. Tu t'imaginais peut-être que le petit Drési resterait éternellement un gamin ?

Il lui asséna une gifle.

— Où est la caméra ? cria-t-il, d'un ton menaçant.

Il voulait trouver l'appareil et le détruire. De même pour les films que le salaud avait tournés. Persuadé que ce dernier avait tout conservé, il avait la ferme intention de mettre la main dessus et de tout brûler.

L'homme ne répondait rien.

— Tu crois que je ne les trouverai pas ? Je vais mettre ton antre sens dessus dessous. Je n'hésiterai pas à tout arracher du sol au plafond. Alors qu'en penses-tu ? Que dis-tu du petit Drési ?

Les yeux de l'homme se fermèrent sous le masque.

— C'est toi qui m'as pris ce billet de mille couronnes, murmura Andrés. Je sais que tu me l'as volé. Tu as menti, tu as raconté que je l'avais perdu, mais tu me l'as volé et je le sais.

L'homme se mit à pleurnicher.

— Et pour cela, tu iras brûler en enfer. Pour tout le mal que tu m'as fait. Tu te consumeras dans le plus brûlant des enfers.

12

Dans le cadre de l'enquête sur l'agression de Lina, la police dressa une liste des plaques d'immatriculation des véhicules garés aux environs de son domicile. On espérait que l'agresseur s'était rendu chez elle en voiture, la chose semblait d'ailleurs probable. En effet, il y avait peu de chance pour qu'il ait emprunté les transports publics, une batte de baseball dissimulée sous ses vêtements. Une simple vérification avait permis d'exclure qu'il ait pris un taxi. Il était également possible qu'il soit venu à pied parce qu'il habitait à proximité, à une distance d'un ou deux kilomètres. On pouvait également imaginer que quelqu'un était venu le déposer, qu'il l'avait attendu, mais que, voyant Sigurdur Oli entrer dans la maison, il s'était enfui. Toutefois, Sigurdur Oli n'avait rien remarqué qui aille dans ce sens. Restait encore l'hypothèse selon laquelle l'homme était venu au volant d'une voiture et s'était garé dans une rue adjacente. Ensuite, poursuivi par Sigurdur Oli, il avait dû abandonner le véhicule.

La plupart des voitures dont les plaques avaient été relevées par la police – il y en avait plusieurs dizaines – appartenaient aux habitants du quartier, à des familles et à des salariés qui n'auraient pas fait de mal à une mouche et ne connaissaient pratiquement pas Ebbi et Lina. Il restait toutefois un petit nombre de véhicules dont les propriétaires vivaient dans d'autres quartiers ou même à l'extérieur de la capitale. Aucun d'entre eux n'était connu des services de police pour violences.

Sigurdur Oli, qui avait, à tout le moins, pu juger des aptitudes de sprinter de l'agresseur, se chargea d'aller interroger certains propriétaires de ces voitures. L'état de Lina était stationnaire. Ebbi ne quittait pas son chevet. Les médecins considéraient toujours que le pronostic vital était engagé. La soirée avec Bergthora s'était mal terminée. Les reproches avaient fusé de part et d'autre jusqu'à ce que, excédée, elle se lève en disant qu'elle en avait assez. Puis, elle était partie.

Sigurdur Oli se jugeait parfaitement apte à participer aux investigations au même titre que ses collègues, en dépit de son implication personnelle. Après avoir mûri la question, il était parvenu à la conclusion qu'aucune des informations qu'il détenait ne risquait de nuire aux fameux intérêts de l'enquête. Il n'avait pas l'intention de protéger Hermann ou son épouse, quant à Patrekur, il n'avait tout simplement rien à voir avec cette histoire. Sigurdur Oli n'avait commis aucun impair susceptible de le contraindre à abandonner l'affaire. Le seul élément gênant, mais il l'avait vite balayé, c'était sa conversation avec Ebbi à l'hôpital à propos des photos. Il ne connaissait ni Lina ni Ebbi. Peut-être s'étaient-ils endettés jusqu'au cou pour acheter leur voiture, leur appartement ou éventuellement de la drogue. Il était possible qu'ils aient contracté certaines de ces dettes auprès d'individus qui ne répugnaient pas à recourir aux méthodes musclées des encaisseurs. La police savait que ce genre de brutes ne s'occupaient pas uniquement de récupérer les dettes de la drogue. Sigurdur Oli se disait que Lina et Ebbi étaient peut-être allés un peu loin dans leurs tentatives maladroites pour extorquer de l'argent à des imbéciles comme Hermann et sa femme en les faisant chanter avec des photos pornographiques. L'un d'eux s'était trouvé acculé et avait décidé de leur imposer le silence par la violence ou par la menace. Il ignorait s'il s'agissait d'Hermann. Ce dernier avait nié catégoriquement, mais la vérité finirait par éclater.

Il avait un peu mauvaise conscience de ne pas avoir mentionné à son collègue Finnur l'existence de ces clichés, pas plus que cette histoire de chantage. Le moment viendrait où ces informations seraient découvertes et quand cela se produirait, quand les noms d'Hermann et de son épouse apparaîtraient dans l'enquête, il faudrait qu'il soit prêt à fournir une explication.

Plongé dans ces pensées, il pénétra dans la petite entreprise de conditionnement de viande où il était venu interroger un dénommé Hafsteinn. Il occupait le poste de contremaître et avait été très étonné de recevoir sa visite. Il lui avait affirmé n'avoir jamais parlé à un policier de la Criminelle de toute sa vie, comme si c'était un gage de moralité. Hafsteinn l'avait invité à venir s'asseoir dans son bureau. Vêtu d'une combinaison blanche, il avait sur la tête une charlotte aux couleurs de l'entreprise et ressemblait à un fût de bière à la fête d'octobre de Munich. Bien en chair et jovial, les joues rouges et rebondies, il n'était pas du tout le genre à s'en prendre aux femmes sans défense, armé d'une batte de base-ball, et encore moins à courir sur plus de dix mètres. Cette réalité ne désarçonna toutefois pas Sigurdur Oli qui continua comme si de rien n'était. Après un bref préambule où il expliqua la raison de sa visite, il interrogea Hafsteinn sur ce qu'il était allé faire dans le quartier de Lina au moment où elle avait été agressée et lui demanda s'il avait des témoins pour confirmer ses dires.

Le contremaître le dévisagea longuement.

— Minute, c'est quoi ces histoires ? Je devrais vous dire ce que je suis allé faire là-bas ?

— Votre voiture était garée une rue plus bas, or vous habitez à Hafnarfjördur. Que faisiez-vous à Reykjavik ? Vous êtes bien le conducteur de ce véhicule, n'est-ce pas ?

Sigurdur Oli pensait que, même si cet homme ne s'en était pas pris à Lina, il avait peut-être connaissance de certains détails liés à l'agression. Peut-être était-ce lui qui avait conduit l'agresseur sur les lieux avant d'abandonner sa voiture, pris de panique.

— Oui, c'est moi qui le conduisais. Je rendais visite à quelqu'un. Vous avez besoin d'en savoir plus ?

— Oui.

— Et pour quelle raison ?

— Parce que nous essayons de retrouver le coupable.

— Vous ne croyez tout de même pas que c'est moi.

— Êtes-vous mêlé à cette agression ?

— Vous êtes fou ou quoi ?

Sigurdur Oli vit les joues de son interlocuteur pâlir.

— Puis-je interroger quelqu'un qui confirmera vos dires ?

— Vous avez l'intention d'en parler à ma femme ? hésita Hafsteinn.

— Est-ce que ce sera nécessaire? répliqua Sigurdur Oli.

L'homme poussa un profond soupir.

— Non, il vaut mieux pas, répondit-il après un long silence. Je... J'ai une amie qui vit dans cette rue. Si vous avez besoin d'une confirmation, adressez-vous à elle. Je n'arrive pas à croire que je suis en train de vous raconter ça.

— Une amie?

Le contremaître hocha la tête.

— Vous voulez dire une maîtresse?

— Oui.

— Et vous lui avez rendu visite ce soir-là?

— Oui.

— Je vois. Auriez-vous remarqué des allées et venues suspectes dans les parages?

— Non. Vous vouliez savoir autre chose?

— Non, je crois que ça ira comme ça, répondit Sigurdur Oli.

— Vous allez en parler à ma femme?

— Elle pourra confirmer vos dires?

L'homme secoua la tête.

— Dans ce cas, je n'ai aucune raison d'aller l'interroger.

Sigurdur Oli nota le numéro de la maîtresse, puis se leva et prit congé.

Plus tard dans la journée, il alla interroger un homme qui ignorait que sa voiture stationnait non loin de chez Lina le soir de l'agression. Son fils la lui avait empruntée. Le père appela donc le fils qui l'informa qu'accompagné d'un camarade, il avait rendu visite à un ami. Les trois lycéens étaient ensuite allés voir un film au cinéma de Laugarasbio; la séance débutait à l'heure de l'agression.

L'homme regarda longuement Sigurdur Oli.

— Vous n'avez aucune inquiétude à avoir en ce qui le concerne, déclara-t-il.

— Ah bon?

— Il serait incapable d'agresser qui que ce soit. C'est dire, il a même peur des mouches.

Pour finir, Sigurdur Oli alla voir une femme âgée d'une trentaine d'années qui travaillait comme standardiste dans une usine de boissons gazeuses. Elle s'était fait remplacer dès que Sigurdur Oli s'était présenté. Il préférait ne pas lui exposer la raison de sa visite devant ses collègues et elle l'avait emmené à la cafétéria.

— De quoi s'agit-il exactement ? demanda la jeune femme, du nom de Sara. Les cheveux bruns et le visage carré, elle portait un piercing à l'arcade sourcilière. Sigurdur Oli ne parvenait pas à déterminer ce que représentait le tatouage qui s'enroulait autour de son avant-bras, il lui semblait qu'il s'agissait d'un chat, ou bien d'un serpent.

— Je venais vous demander ce que vous faisiez, pas très loin de Laugarasbio dans la soirée d'avant-hier.

— Avant-hier ? répéta-t-elle. Et pourquoi ?

— Votre voiture était stationnée à proximité d'une rue ou a eu lieu une agression.

— Je n'ai fait de mal à personne.

— Non, convint Sigurdur Oli. En revanche, votre voiture se trouvait dans les parages.

Il lui expliqua que la police interrogeait les propriétaires de tous les véhicules garés à proximité du domicile d'Ebbi et de Lina ce soir-là. L'agression en question avait été extrêmement brutale et la police désirait également demander à ceux qui se trouvaient dans le quartier s'ils avaient remarqué certains détails suspects, susceptibles de l'aider dans son enquête. Les explications de Sigurdur Oli étaient un peu longues et il constata que Sara s'ennuyait ferme.

— Je n'ai rien remarqué de spécial, répondit-elle.

— Qu'étiez-vous venue faire dans le quartier ?

— Voir une copine. Que s'est-il passé exactement ? À la télé et à la radio, ils ont parlé d'un cambriolage.

— Nous ne détenons pas d'informations suffisantes, éluda Sigurdur Oli. J'aurais besoin du nom et du numéro de téléphone de votre amie.

Sara nota les deux renseignements.

— Avez-vous passé la nuit chez elle ?

— Qu'est-ce que… Vous espionnez les gens, maintenant ?!

La porte de la cafétéria s'ouvrit et l'un des collègues de Sara lui adressa un signe de la tête.

— Non, aurions-nous une raison de le faire? interrogea Sigurdur Oli en se levant.

Sara se mit à sourire.

— Je suppose que non, répondit-elle.

Il s'asseyait au volant de sa voiture garée sur le parking de l'entreprise quand son portable sonna. Il reconnut immédiatement le numéro de Finnur qui lui annonça sèchement que Sigurlina Thorgrimsdottir était décédée des suites de ses blessures un quart d'heure plus tôt.

— Putain, Siggi, qu'est-ce que tu foutais chez elle? éructa son collègue avant de lui raccrocher au nez.

13

Quand elle vint lui ouvrir la porte, la mère de Sigurdur Oli affichait clairement une expression de reproche pour son retard. Il ne possédait pas de double de la clé. Elle avait refusé de lui en donner un, prétextant qu'elle aurait été mal à l'aise de savoir qu'il pouvait entrer chez elle n'importe quand. Elle l'avait invité. Le dîner était prêt à l'heure convenue. Il refroidissait maintenant sur la table. Saemundur était absent.

Âgée d'une bonne soixantaine d'années, la mère de Sigurdur Oli, que tout le monde appelait Gagga, habitait une grande maison dans un quartier chic de la commune de Gardabaer, entourée d'autres experts-comptables, de médecins, d'avocats et de gens aisés qui possédaient deux ou trois voitures et prenaient des employés pour l'entretien de leur jardin, le ménage ou encore l'installation des décorations de Noël. Gagga n'avait pas toujours vécu dans cette opulence. Elle avait connu des difficultés financières avant de rencontrer le père de Sigurdur Oli et juste après son divorce, même si son ex-mari, qu'elle appelait "le plombier", s'était engagé à l'aider autant qu'il le pourrait. Elle était locataire et, au moindre problème avec son propriétaire, elle déménageait sans se soucier des protestations de son fils, ballotté d'une école à l'autre. Comme elle ne supportait d'ailleurs pas non plus le corps enseignant, le père de Sigurdur Oli s'était finalement chargé de suivre sa scolarité.

Diplômée d'une école de commerce, elle occupait un poste de secrétaire à la naissance de son fils. Elle avait repris des études à l'université, puis était peu à peu montée en grade dans une grosse entreprise, rachetée ensuite par un cabinet d'experts-comptables étranger. À ce moment-là, elle était devenue chef.

— Où est Saemundur ? demanda Sigurdur Oli. Il se débarrassa précautionneusement du manteau hors de prix qu'il avait acheté l'hiver précédent dans l'une des boutiques les plus chères d'Islande. En le voyant arriver à la maison avec ce vêtement sur le dos, Bergthora lui avait fait part de sa consternation : elle ne connaissait personne aussi snob que lui pour les marques de vêtements, il se comportait en vraie victime de la mode. Elle lui disait aussi parfois, ah tu veux parler de "Gaga", quand la conversation concernait sa mère.

— Il est à Londres, répondit Gagga. Un de ces nouveaux Vikings inaugure une agence là-bas avec le président de la République et toute la clique. Tout ce beau monde y va en jet privé, il faut bien ça.

— Ils réussissent plutôt bien.

— Ils sont surtout endettés jusqu'au cou. Tout ce qu'ils possèdent se résume à des dettes et il faudra bien que quelqu'un finisse par payer.

— Je trouve qu'ils se débrouillent bien, objecta Sigurdur Oli qui avait suivi l'ascension des loups de la finance islandaise tant au pays qu'à l'étranger. Il admirait leur esprit d'entreprise autant que leur audace et s'était réjoui de les voir acquérir de vénérables compagnies danoises ou britanniques.

La mère et le fils passèrent à table. Elle lui avait préparé son plat favori : des lasagnes au thon.

— Tu veux que je te les réchauffe au micro-onde ? demanda-t-elle, s'exécutant aussitôt, sans même attendre la réponse. Le four bipa et Gagga lui tendit son assiette. Il pensait encore à la conversation brève et cinglante qu'il avait eue avec Finnur à propos du décès de Lina. Son collègue était très énervé, pour ne pas dire furieux, et sa colère était dirigée contre lui. Putain, Siggi, qu'est-ce que tu foutais chez elle ? s'était emporté Finnur, sachant parfaitement que Sigurdur Oli ne supportait pas ce genre de familiarité.

— Tu as des nouvelles de Bergthora ?

— Je l'ai vue hier.

— Ah bon ? Alors, comment va-t-elle ?

— Elle m'a dit que tu ne l'avais jamais appréciée.

Gagga ne répondit pas immédiatement. Elle ne s'était pas encore servie. Elle prit une cuiller, déposa une part de lasagnes dans son assiette, puis se leva de table pour aller la mettre dans le micro-onde. Sigurdur Oli lui en voulait de lui avoir fait perdre son temps devant ces boîtes aux lettres et de l'avoir dérangé alors qu'il regardait le base-ball en lui passant ce coup de fil le lendemain soir. Mais il lui en voulait également à cause de ce que Bergthora lui avait confié.

— Pourquoi elle t'a raconté ça? interrogea-t-elle, debout devant le four, dans l'attente de la sonnerie.

— Elle n'en démord pas.

— Elle me met peut-être tout ça sur le dos? C'est ma faute si ça n'a pas marché entre vous?

— Je ne crois pas que tu nous aies fait part de ta déception ou de ta tristesse.

— Bien sûr que si, objecta-t-elle, d'un ton peu convaincant.

— C'est la première fois que Bergthora me parle de ça. En réfléchissant, je me suis rendu compte que tu ne nous rendais jamais visite et que tu ne l'appelais presque jamais non plus. Tu essayais de l'éviter?

— Absolument pas.

— Elle m'a beaucoup parlé de toi hier. Elle a été très franche, d'ailleurs, nous ne nous cachons rien. Elle m'a dit que tu ne la trouvais pas assez bien pour moi et que tu considérais que c'était sa faute à elle si nous ne pouvions pas avoir d'enfant.

— Qu'est-ce que c'est que ces âneries?!

— Ah, ce sont des âneries?

— C'est ridicule!

La mère de Sigurdur Oli s'assit devant son assiette chaude sans y toucher.

— Elle n'a pas le droit de dire des choses pareilles. C'est n'importe quoi!

— Tu lui reproches le fait qu'on ne peut pas avoir d'enfant?

— Enfin, le problème vient quand même bien d'elle! Je n'ai donc pas besoin de le lui reprocher.

Sigurdur Oli reposa sa fourchette.

— C'est tout le soutien que tu lui as témoigné?

— Le soutien?! Personne n'est venu me soutenir quand j'ai divorcé de ton père.

— Tu parviens en général à tes fins. Mais au fait, de quel soutien est-ce que tu parles? C'est toi qui l'as quitté!

– Et quand bien même? Alors, que va devenir votre couple?

Sigurdur Oli repoussa son assiette et promena son regard sur la cuisine. Par la porte, on apercevait l'immense salon. Le domicile de sa mère était froid, les murs blancs, les pièces chauffées par le sol dallé, les meubles aux formes aiguës, neufs, coûteux et sans âme, les tableaux accrochés aux murs avaient été peints par des artistes qui se vendaient bien, ce qui n'était pas un gage de qualité.

– Je n'en sais rien, répondit-il. Je suppose que c'est terminé.

Ebeneser venait de pleurer. Il était encore à l'hôpital quand Sigurdur Oli passa, plus tard dans la soirée, pour lui adresser ses condoléances. Il s'était brièvement absenté dans l'après-midi et, à son retour, sa compagne était décédée. Assis dans la salle d'attente, seul et désemparé, il semblait ignorer s'il devait partir ou rester. Il avait accompagné du regard la dépouille de sa compagne pendant qu'on la transférait à la morgue où elle serait autopsiée afin de déterminer les causes exactes du décès.

– Je n'étais pas là, observa-t-il au bout d'un moment. Je veux dire, quand elle est morte.

– Non. Je vous présente mes condoléances, répondit Sigurdur Oli. Il brûlait d'envie de l'interroger, mais avait pensé qu'il valait mieux lui donner le temps de reprendre ses esprits. Pas plus de temps toutefois que ce qu'avait duré sa visite chez Gagga.

– Elle n'a jamais repris conscience, jamais rouvert les yeux. Je ne croyais pas que c'était si grave. À mon retour, elle était partie. Morte. Que… Que s'est-il passé exactement?

– Nous le découvrirons, répondit Sigurdur Oli. Mais vous allez devoir coopérer.

– Coopérer? Comment ça?

– Pourquoi l'a-t-on agressée?

– Je n'en sais rien et j'ignore également qui est le coupable.

– Qui savait qu'elle était seule chez vous à ce moment-là?

– Qui? Je n'en sais rien.

– Avez-vous déjà eu des problèmes avec des encaisseurs?

– Non.

71

– Vous êtes certain ?

– Évidemment que j'en suis certain !

– Je ne crois pas que l'agresseur soit un simple cambrioleur. Étant donné ce que j'ai vu, j'opterais plutôt pour la thèse de l'encaisseur. Il n'est pas certain qu'il ait agi pour son propre compte. Vous comprenez où je veux en venir ?

– Non, je ne vois pas.

– On peut imaginer qu'il a été envoyé par quelqu'un pour vous menacer. Ou d'user de violence contre Lina. Voilà pourquoi je vous demande : qui était au courant de votre absence ce jour-là ? Qui savait que Lina se trouverait seule à votre domicile ?

– Mais je n'en sais rien. Il faut vraiment qu'on discute de ça maintenant ?

Les deux hommes étaient assis face à face. Autour d'eux, c'était le silence. Les aiguilles de la grande pendule au-dessus de la porte avançaient lentement. Sigurdur Oli se pencha par-dessus la table et murmura :

– Ebeneser, je sais que vous et votre compagne avez essayé d'extorquer de l'argent à certaines personnes en les menaçant de divulguer des photos compromettantes.

Ebeneser le fixa longuement.

– Et cela comporte certains risques, poursuivit le policier. Je sais que vous l'avez fait parce que je connais des gens qui ont subi votre chantage. Vous voyez de qui je parle ?

Ebeneser fit non de la tête.

– D'accord, reprit Sigurdur Oli. C'est comme vous voulez. Je ne crois pas que ce soient les gens dont je parle qui vous ont envoyé cette ordure. J'en doute fortement car je les connais bien et il faudrait qu'ils soient bien plus tordus que je me l'imagine. J'étais venu chez vous pour tenter de raisonner Lina lorsqu'elle a été agressée.

– Vous étiez chez moi ?

– Oui. Ces gens m'avaient demandé d'intervenir pour que vous cessiez votre chantage et que vous me remettiez les photos en question.

– Que… Pouvez-vous… ?

Ebeneser était interloqué.

– Vous connaissez les gens dont je parle?

Ebeneser fit une nouvelle fois non de la tête.

– On ne pourrait pas discuter de tout cela plus tard? répondit-il d'une voix si basse que Sigurdur Oli l'entendit à peine. Lina vient juste de mourir, vous voyez.

– Je crois, s'entêta le policier, que la brute qui a fait cela à Lina est venue chez vous pour la même raison que moi. Vous comprenez?

Ebeneser se taisait.

– Cet homme était là dans le même but que moi : il devait tenter d'amener votre compagne à renoncer à un projet qu'elle avait échafaudé seule ou avec vous. Ne croyez-vous pas que ce soit une possibilité?

– Je ne vois pas de quel projet il pourrait s'agir, répondit Ebeneser.

– Avez-vous tenté d'extorquer de l'argent à des personnes en les faisant chanter?

– Non.

– Qui était au courant que Lina serait seule chez vous ce soir-là?

– Personne et, en même temps, tout le monde. Enfin, je ne sais pas. N'importe qui pouvait le savoir. Je n'ai aucune idée, je ne tiens pas ce genre de registre.

– Vous n'avez pas envie qu'on parvienne à élucider cette affaire?

– Bien sûr que si! Enfin, qu'est-ce qui vous prend? Évidemment que je veux savoir la vérité!

– Qui est susceptible de s'en prendre à vous si brutalement?

– Personne! C'est juste le fruit de votre imagination.

– Je suis quasiment sûr que le décès de Lina est accidentel, continua Sigurdur Oli. Un accident terrible. La brute qui s'est attaquée à elle est allée trop loin. Vous ne voulez pas nous aider à le retrouver?

– Enfin, bien sûr que si! Mais on ne pourrait pas voir ça un peu plus tard? Il faut que je rentre chez moi, je dois aller voir les parents de Lina. Je dois…

Ebeneser s'interrompit, à nouveau au bord des larmes.

– Ebeneser, il me faut ces photos, dit Sigurdur Oli.

— Je dois partir.

— Où sont-elles ?

— Je n'écouterai pas un mot de plus.

— Je ne suis au courant que pour ce couple-là, mais peut-être qu'il y en avait d'autres ? Qui aurait des raisons de vous en vouloir ? Et que diable avez-vous manigancé ?

— Rien du tout. Laissez-moi tranquille, répondit Ebeneser. Fichez-moi la paix, répéta-t-il en se précipitant hors de la salle d'attente.

Sigurdur Oli se dirigeait vers la sortie de l'hôpital quand une infirmière passa devant lui en poussant un patient sur une chaise roulante. L'homme avait les deux bras dans le plâtre et le menton entouré de bandages. L'un de ses yeux était enfoncé sous un gros hématome, on lui avait bandé le nez, lequel était sans doute cassé. Il faillit ne pas le reconnaître, mais constata en le regardant une seconde fois qu'il s'agissait du jeune homme qu'il avait traité de pauvre type et sur lequel il s'était défoulé tandis que ce dernier attendait qu'on l'interroge, assis dans le couloir du commissariat. Le jeune homme, du nom de Pétur, leva les yeux quand il croisa Sigurdur Oli.

— Que vous est-il donc arrivé ? interrogea-t-il.

Pétur était incapable de répondre, mais l'infirmière s'en acquitta sans difficulté. Elle lui expliqua que son patient avait été victime d'une agression extrêmement violente, non loin du commissariat de Hverfisgata dans la soirée de lundi. Elle l'emmenait faire des radios.

À sa connaissance, les individus qui s'en étaient pris à ce point au jeune homme n'avaient pas été appréhendés. Quant à lui, il se refusait à dévoiler leur identité.

14

Quelques instants plus tard, Sigurdur Oli s'apprêtait à entrer dans le commissariat par la porte de service quand un homme vêtu de haillons et malodorant sortit de l'ombre pour lui barrer la route.

— Il n'y a pas moyen de vous joindre, murmura-t-il d'une voix étrangement rauque et faible en l'attrapant par le bras.

Sigurdur Oli sursauta violemment, mais ne tarda pas à reprendre ses esprits. L'individu lui semblait n'être qu'un banal clochard. Il en avait rencontré plus d'un au cours de sa carrière et ce visage lui disait quelque chose, même s'il ne parvenait pas à l'identifier – d'ailleurs, cela ne l'intéressait pas vraiment.

— Qu'est-ce que ça signifie, on ne saute pas sur les gens comme ça! hurla-t-il en repoussant son assaillant qui lui lâcha le bras et recula.

— Il faut que je voie Erlendur, marmonna le clochard.

— Ce n'est pas moi!

Sigurdur Oli continua de marcher vers la porte.

— Je sais, rétorqua l'homme de sa voix de crécelle. Où est-il? Il faut que je lui parle.

— Il n'est pas là et j'ignore où il se trouve, répondit le policier en ouvrant la porte.

— Et vous?

— Comment ça, et moi?

— Vous ne vous souvenez pas de moi?

Sigurdur Oli le dévisagea.

— Vous ne vous souvenez pas de Drési? Vous êtes passés chez moi pour m'interroger avec Erlendur et je vous ai parlé de lui.

Le policier maintenait la porte ouverte et détaillait son interlocuteur.

– Drési ?

– Vous avez oublié Drési ? répéta le clochard en se grattant l'entrejambe et en essuyant la goutte qu'il avait au nez.

Sigurdur Oli se rappelait vaguement l'avoir déjà rencontré, mais il lui fallut un certain temps pour le situer. L'homme avait considérablement maigri et les guenilles qu'il portait semblaient pendouiller sur lui : un anorak crasseux, un pull islandais en laine deux fois trop grand et un jean. Ses chaussures, de banales bottes noires en caoutchouc, n'étaient pas plus élégantes. Son visage s'était creusé, ses traits s'étaient affaissés et semblaient pendouiller, comme ses vêtements. Ses yeux étaient vides, sa bouche affaissée, et son visage inexpressif. Il semblait sans âge, mais Sigurdur Oli se souvint qu'il devait avoir environ quarante-cinq ans.

– Vous êtes Andrés ?

– Oui, et il faut que je lui parle de quelque chose, il faut que je parle à Erlendur.

– Ce n'est pas possible. Pour quelle raison souhaitez-vous le voir ?

– Je dois le voir, c'est tout.

– Ce n'est pas une réponse. Excusez-moi, mais j'ai autre chose à faire. Erlendur rentrera bientôt de vacances et vous pourrez lui parler à ce moment-là.

La porte se referma sur Andrés et Sigurdur Oli se précipita vers son bureau. Il se souvenait bien de cet homme et de l'enquête à l'occasion de laquelle il l'avait rencontré, au tout début de l'année, en janvier, pendant le glacial hiver arctique.

Il aperçut Finnur au bout du couloir et tenta de se mettre hors de portée, mais il était déjà trop tard.

– Siggi !

Il pressa encore le pas vers son bureau en faisant comme s'il n'entendait pas. Ce n'était d'ailleurs pas dans ses habitudes de répondre à ses collègues quand ces derniers l'appelaient Siggi.

– Il faut que je te parle ! cria Finnur. Il le suivit et entra dans son bureau.

– J'ai autre chose à faire, objecta Sigurdur Oli.

– Eh bien, tu vas trouver le temps. Qu'est-ce que tu fabriquais chez Sigurlina ? Pourquoi as-tu immédiatement pensé que cette agression était l'œuvre d'un encaisseur ? Quelles sont ces photos bizarres dont tu as parlé ? Quelles informations as-tu dissimulées à l'équipe et pourquoi ?

— Je n'ai rien… commença Sigurdur Oli.

— Tu sais que je peux faire remonter tout ça, n'est-ce pas ? coupa Finnur. Je n'aurai pas d'état d'âme.

Sigurdur Oli savait en effet que Finnur n'hésiterait pas. Sans doute se verrait-il accusé de faute professionnelle. Il aurait bien aimé disposer d'un peu plus de temps pour assurer ses arrières, craignant que son ami Patrekur ne se trouve mêlé à cette affaire. Pour ce qui était d'Hermann et de son épouse, il se fichait éperdument de leur sort.

— Calme-toi, ce n'est pas si grave. Je voulais éviter de compliquer les choses. Au début de l'enquête, il s'agissait d'une simple agression. Maintenant que la victime est décédée, c'est différent et je m'apprêtais à tout t'expliquer…

— Eh bien, c'est généreux de ta part, allez, crache le morceau !

— Il s'agit de photos compromettantes où apparaît un couple que connaît mon ami Patrekur, commença Sigurdur Oli. C'est lui qui m'a mis en contact avec ces gens. Le mari s'appelle Hermann. Je suis allé rendre visite à Sigurlina et Ebeneser qui se servaient de ces photos pour les faire chanter, lui et sa femme. Les documents en question sont de nature pornographique. Hermann m'en a montré un où on le voit en pleine action. Lina et Ebbi organisaient chez eux des soirées-entrecôtes, c'est-à-dire des soirées échangistes. Les choses se sont déroulées normalement, enfin, si j'ose dire, si ce n'est que, dans le cas présent, ils ont tenté d'extorquer de l'argent aux intéressés. Ils se sont probablement livrés au même petit jeu avec d'autres couples, je n'en sais rien.

— Et quoi ? Tu comptais peut-être mener ta petite enquête dans ton coin pour le compte de *ton ami* ?

— Je n'avais pas l'intention de cacher ça à l'équipe éternellement. Je t'en parle maintenant. Je n'ai rien fait de mal. Je voulais simplement voir Lina et Ebbi avant que les choses ne déraillent. Ces documents risquent de nuire grandement à la réputation de la femme d'Hermann, qui commence une carrière politique. Quand je suis arrivé sur les lieux, Lina gisait sur le sol, son agresseur s'en est pris à moi, j'ai appelé des renforts, mais il nous a quand même échappé.

— Et qu'en dit cet Hermann ?

— Il nie catégoriquement avoir quelque lien que ce soit avec cette agression. Je n'ai aucune raison de croire qu'il me ment et aucune de croire qu'il me raconte la vérité. Il est possible que l'agresseur ait agi pour son propre compte.

— Mais il y a aussi des gens qui pourraient être dans la même situation que cet Hermann et qui connaissent des encaisseurs, c'est ce que tu suggères ? interrogea Finnur.

— Oui, mais je crois qu'on ne doit pas exclure Hermann pour autant.

— Tu as eu le temps d'avoir la version de Sigurlina quand tu es allée chez elle ?

— Non, elle gisait inconsciente sur le sol à mon arrivée.

— Et Ebeneser ?

— Il fait semblant de n'être au courant de rien et soutient qu'il ne possède aucune photo. Il dit aussi n'avoir aucune idée du mobile de l'agression. Il faut qu'on aille le cuisiner dès demain matin. Il est en position de faiblesse en ce moment.

— Comment a-t-il pu te venir à l'esprit de nous cacher tout ça ?

— Je... J'ai commis une erreur. Ce n'était pas mon intention de dissimuler des informations.

— Certes, et c'est pour ça que tu t'es amusé à jouer les détectives privés ? Tu trouves ça normal ?

— Je n'ai jamais connu une journée normale depuis que j'ai débuté dans la police !

— Tu sais que je suis dans l'obligation de prévenir la hiérarchie. Il vaudrait d'ailleurs mieux que tu le fasses toi-même.

— Tu fais ce que tu veux. Je n'ai pas nui aux intérêts de l'enquête et je me considère comme apte à la poursuivre. Mais bon, comme c'est toi qui la diriges, c'est à toi de voir.

— Apte à la poursuivre ?! Oui, ça te permettra de protéger ton ami !

— Il n'a rien à voir avec cette histoire.

— *Come on!* s'écria Finnur. Pourquoi il s'est adressé à toi ? Arrête ton char ! N'aggrave pas ton cas. Il t'a contacté parce qu'il est lui-même plongé jusqu'au cou dans cette histoire et qu'il veut justement éviter une enquête. Il se sert de toi, Siggi. Atterris !

Finnur quitta le bureau, furieux, et claqua la porte.

En rentrant chez lui dans la soirée, Sigurdur Oli dérogea à son habitude. Au lieu d'allumer la télévision, il se prépara un sandwich et se servit un verre de jus d'orange. Puis, il s'installa à la table de la cuisine et mangea. Il était minuit passé. Un silence absolu régnait sur les lieux. L'immeuble qu'il habitait comportait six appartements et il n'avait lié connaissance avec aucun de ses voisins depuis son arrivée. Parfois, quand il ne pouvait pas l'éviter, il en saluait certains. Cela ne l'intéressait pas de discuter avec des inconnus, il le faisait assez comme ça dans le cadre de son travail. Il savait que trois familles avec des enfants vivaient dans le bâtiment, il y avait également un célibataire âgé d'une quarantaine d'années qu'il avait aperçu un jour, vêtu d'une combinaison aux couleurs d'un garage. Ce dernier avait tenté de lier connaissance et l'avait plusieurs fois salué en le croisant à la porte de l'immeuble. Un samedi après-midi, il était même venu frapper chez lui pour lui emprunter du sucre. Méfiant, Sigurdur Oli lui avait répondu qu'il n'en avait pas et, quand l'homme avait commencé à discuter de football, il avait coupé court en lui disant qu'il était occupé.

Il acheva d'avaler son sandwich en réfléchissant à Patrekur, à Hermann et à ce que Finnur lui avait dit. Il repensa également à l'alcoolique qui était venu demander à parler à Erlendur. Il connaissait Andrés et se souvenait l'avoir vu en meilleur état, même s'il n'était pas en grande forme la dernière fois que leurs chemins s'étaient croisés. C'était un ivrogne qui vivait dans un immeuble, sans doute occupait-il même un logement social, pas très loin de l'endroit où avait été poignardé un petit garçon d'origine thaïlandaise, dont on avait découvert le corps presque gelé sur le sol. Une terrible vague de froid sévissait alors sur la ville. De grands moyens avaient été déployés pour cette enquête. Andrés avait figuré parmi les nombreuses personnes interrogées dans le voisinage : c'était un récidiviste qui avait souvent eu maille à partir avec la police dans des affaires de vols et de violences. Il avait été emmené au commissariat pour interrogatoire, les réponses qu'il avait fournies n'avaient ni queue ni tête, mais il ne semblait représenter aucun danger pour la société.

Maintenant que l'automne était là, tel un fantôme, Andrés était sorti de la nuit, derrière le commissariat. Sigurdur Oli se demandait ce qui avait bien pu le pousser à venir là : que tramait-il donc ? Il se dit que, peut-être, il n'aurait pas dû lui claquer ainsi la porte au nez : l'espace d'un instant, il sentit poindre en lui une vague inquiétude.

Mais cela ne dura que l'espace d'un instant.

15

Le lendemain de son retour de la campagne, il s'était retrouvé sur le canapé. Quelqu'un l'y avait porté depuis cette chaise de la cuisine. Il avait mis longtemps à se réveiller complètement et, un instant, il s'était cru à la ferme où l'attendaient les travaux du matin. Puis il s'était rappelé le voyage en autocar, l'attente à la gare routière et cet inconnu qui était venu le chercher.

Il se souleva légèrement. Il ignorait combien de temps il avait dormi. Dehors, il faisait clair et le soleil illuminait l'appartement. Il reconnaissait quelques-uns des meubles, d'autres pas. Certains lui semblaient étranges comme ce poste de télévision qu'il n'avait pas remarqué la veille. Posé sur une table, l'écran était en verre épais, ses côtés, en plastique noir, et il était muni d'une série de boutons. Il s'était levé pour s'en approcher, avait regardé son reflet difforme sur la vitre convexe qui lui allongeait la tête et lui donnait un air ridicule : cette caricature l'avait fait sourire. Il avait passé sa main sur l'écran, tripoté les boutons, et tout à coup, quelque chose s'était produit. Il avait entendu un petit grésillement, puis un drôle de symbole était apparu, immédiatement suivi d'un son suraigu qui avait failli le rendre sourd. Il avait reculé, jeté quelques regards alentour dans l'espoir que quelqu'un vienne à son secours, puis avait essayé tous les boutons pour faire taire le bruit. Tout à coup, l'étrange symbole s'était replié sur lui-même pour ne devenir plus qu'un petit point lumineux qui avait disparu au centre de l'écran. Le sifflement s'était arrêté, il était soulagé.

— Qu'est-ce que c'est, ce vacarme ?

Sa mère était arrivée dans le salon.

— Je crois que j'ai allumé l'écran, avait-il répondu, penaud. Je ne l'ai pas fait exprès.

– Ah, c'est toi, mon petit. Excuse-moi, je voulais aller te chercher à la gare routière hier soir, mais je n'ai pas pu, je ne me sens pas très bien ces temps-ci. Tu aurais vu mes cigarettes?

Il avait cherché le paquet du regard, puis avait secoué la tête.

– Où ai-je bien pu les poser? avait-elle soupiré en balayant l'appartement des yeux. C'est Rögnvaldur qui est passé te prendre?

Il ignorait la réponse à cette question, n'ayant aucune idée du prénom de l'inconnu. Sa mère avait retrouvé ses cigarettes, elle en avait aussitôt allumé une, inspiré une bouffée qu'elle avait rejetée, puis pris une autre taffe et expulsé la fumée par le nez.

– Que penses-tu de lui, mon chéri?

– De qui?

– Enfin, de Röggi! Tu es dans la lune ou quoi?

– Je ne sais pas, il a l'air bien.

– Röggi est un chic type, avait-elle confirmé en inspirant une nouvelle bouffée. Il est parfois un peu mystérieux, mais je l'aime bien. Il vaut nettement mieux que ton salaud de père, permets-moi de te le dire. Nettement mieux que cette ordure. Au fait, tu as pris ton petit-déjeuner, mon chéri? Qu'est-ce que tu mangeais le matin à la campagne?

– De la bouillie de flocons d'avoine.

– Tu ne trouvais pas ça dégoûtant? Tu ne préférerais pas des céréales? Tout le monde mange ça, en Amérique. Je t'ai acheté un paquet rien que pour toi. Des céréales aromatisées au chocolat.

– Si, peut-être.

Il n'avait pas voulu se montrer ingrat, mais n'avait jamais trouvé mauvaise la bouillie de flocons d'avoine et il en avait consommé tous les matins sauf quand il y avait de la compote de rhubarbe bien épaisse et sucrée, qu'il aimait également.

Il avait suivi sa mère à la cuisine. Elle avait sorti un paquet brun et deux bols qu'elle avait remplis de petites boules marron, était allée chercher du lait dans le réfrigérateur et l'avait versé par-dessus. Puis, balançant son mégot dans l'évier sans l'éteindre, elle s'était mise à mâcher les céréales. Il avait pris quelques boules dans sa cuiller et les avait laissées fondre dans sa bouche.

— Tu ne trouves pas ça bon ? avait-elle interrogé.

— Si, plutôt.

— C'est bien meilleur que cette satanée bouillie, avait-elle conclu.

Il avait avalé avec délice ce lait, teinté d'une couleur chocolat dans le fond du bol, puis avait regardé sa mère. Elle avait changé depuis la dernière fois qu'il l'avait vue, elle avait grossi, son visage semblait bouffi et elle avait perdu une dent à la mâchoire supérieure.

— Tu n'es pas heureux d'être rentré à la maison ? lui avait-elle demandé.

Il s'était accordé un moment de réflexion.

— Si, si, avait-il finalement consenti, peu convaincant.

— Quoi ? Tu n'es pas content de voir ta mère ? Alors là, c'est la meilleure ! Quand je pense à tout ce que j'ai dû faire pour que tu reviennes. Je trouve que tu devrais te montrer un peu plus reconnaissant. Et remercier ta chère maman pour tout ce qu'elle a fait pour toi.

Elle s'était allumé une autre cigarette, puis avait longuement dévisagé son fils.

— Alors là, c'est la meilleure ! avait-elle répété en aspirant si fort que la braise s'était mise à rougeoyer.

Quand il voulait dormir, il s'allongeait à même le sol de l'appartement de Grettisgata et ne s'accordait jamais plus d'une heure ou deux à la suite. Il n'était pas allé chez lui depuis des jours et devait se priver de sommeil afin de ne pas quitter le salaud des yeux. Il ne fallait pas que ce dernier parvienne à s'enfuir, il était hors de question qu'il lui échappe.

Il n'avait pas réussi à mettre la main sur la caméra Eumig ni sur aucun des films. Il avait renversé les tables, retourné les tiroirs sur le sol, mis les placards sens dessus dessous et vidé toutes les bibliothèques. Au terme d'une longue hésitation, il avait fini par ouvrir la porte de la chambre. Le même désordre que dans le reste de l'appartement régnait dans cette pièce. Le matelas crasseux n'avait ni alèse ni drap, aucune housse ne protégeait la couette. Une vieille commode à quatre tiroirs occupait l'un des angles. À côté du lit était placée une chaise encombrée de vêtements et, contre le mur, un grand placard. Au sol : du lino marron. Il s'attaqua d'abord au placard, jeta par terre les pantalons et les chemises, en tailladant certaines de ces frusques à l'aide du couteau qu'il avait pris. Il bouillonnait de colère. Il entra dans le placard et frappa sur les parois jusqu'à briser l'un des côtés, puis sortit les tiroirs de la vieille commode et vida sur le sol les slips, les chaussettes et les maillots de corps ainsi qu'un certain nombre de documents auxquels il n'accorda aucune attention. Rageur, il défonça l'un des tiroirs en le piétinant. Il finit par renverser la commode et par briser la paroi du fond, lacéra le matelas et le retourna sur le sol. Il leva à la verticale le coffre sur lequel reposait le matelas, mais n'y trouva ni la caméra ni les films.

Puis, il retourna au salon s'asseoir auprès de l'ordure. La seule source de lumière dans le sous-sol était désormais le projecteur Bell & Howell qu'il n'avait pas éteint depuis qu'il l'avait retrouvé. La lampe était encore comme neuve. Il avait orienté l'appareil de manière à ce que le faisceau tombe sur l'homme attaché sur la chaise, et dont le visage était couvert par le masque.

— Où as-tu caché ces saloperies ? lui demanda-t-il, encore essoufflé après les recherches qu'il venait d'effectuer dans la chambre.

L'homme leva la tête et plissa les yeux face au faisceau lumineux.

— Détache-moi, gémit-il.
— Où est la caméra ?
— Détache-moi.
— Où sont les films que tu as tournés avec ?
— Détache-moi, Drési, et nous pourrons parler.
— Non.
— Détache-moi.
— Tais-toi !

L'homme fut pris d'une quinte de toux graillonneuse.

— Détache-moi et je te raconterai tout.
— Tais-toi.

Il se leva pour aller chercher le marteau. Il ne se souvenait plus du tout à quel endroit il l'avait rangé. Il avait retourné l'appartement pour trouver cette caméra et promenait maintenant son regard sur les lieux. Les chaises et les meubles formaient un chaos. Il se souvint subitement qu'il avait posé l'outil dans la cuisine. Il y alla aussitôt, enjamba le fatras qui jonchait le sol et aperçut le manche. Il le ramassa et le rapporta avec lui au salon, puis se posta face à l'ordure. Il lui attrapa le menton et lui poussa la tête vers l'arrière jusqu'à ce que le poinçon se retrouve à la verticale.

— Dis-le-moi! vociféra-t-il, en levant le marteau.

— Tais-toi, marmonna l'homme sous le masque.

Il laissa le marteau retomber, mais le retint à l'instant où ce dernier allait s'abattre sur le poinçon et n'y donna qu'un coup léger.

— Parle!

— Tais-toi, espèce de minable!

— La prochaine fois, je l'enfonce, murmura-t-il.

Il leva à nouveau le marteau et allait laisser le coup s'abattre avec force quand l'homme poussa un hurlement.

— Non! Non! Attends… Ne fais pas ça, ne fais pas ça…

— Quoi?

— Ne fais pas ça, supplia l'homme, arrête, détache-moi… Détache-moi…

— Te détacher? renvoya-t-il.

— Laisse-moi… partir… relâche-moi…

Ses mots n'étaient plus qu'un murmure.

— Arrête… ça suffit…

— Que j'arrête? Ah bon, ça suffit? Ce n'est pas avec ces mots-là que je t'ai supplié autrefois? Tu te rappelles? Hein, tu te rappelles? Quand je te demandais d'arrêter! Tu t'en souviens, espèce d'ordure?!!

Le marteau lui avait glissé de la main, il le leva à nouveau bien haut en l'air et le laissa s'abattre de tout son poids. L'outil frôla la tête de l'homme.

Il se pencha vers lui.

— Dis-moi où tu caches ces saletés, sinon je t'enfonce ce poinçon dans la tête!

16

Quand Sigurdur Oli vint le déranger, Patrekur semblait très occupé. Directeur adjoint dans un bureau d'études, spécialiste en génie civil, il travaillait principalement à la construction de ponts, de barrages et de centrales hydroélectriques. Son cabinet était l'un des plus importants d'Islande et Patrekur, qui était apprécié de ses collègues, encadrait une équipe nombreuse. Les bureaux d'études avaient fleuri de toutes parts sous l'effet de la croissance économique phénoménale que connaissait le pays, et qui se manifestait surtout par les investissements des grosses fortunes islandaises ou des firmes locales à l'étranger, les grands travaux de construction entrepris à Reykjavik et ceux, titanesques, du barrage et de l'usine d'aluminium dans les fjords de l'Est. Patrekur ne pouvait pas se plaindre d'être désœuvré. C'était encore tôt le matin. Les manches de chemise relevées, il se tenait debout, un portable à la main, un combiné de téléphone fixe dans l'autre, et lisait à voix haute les informations qu'affichait l'un des deux écrans face à lui. Sigurdur Oli referma la porte, s'installa sur le canapé en cuir noir face au bureau, puis attendit patiemment, les jambes croisées.

Patrekur avait semblé surpris de le voir entrer. Il mit rapidement fin à l'une des conversations. Le problème de son second correspondant était toutefois plus coriace. Sigurdur Oli écouta, mais perdit le fil de la discussion dès qu'elle s'orienta sur la quantité d'acier nécessaire pour le béton armé et l'augmentation des coûts de production.

Les lieux portaient toutes les marques de l'homme débordé. À côté de la photo de son épouse Susanna et de leurs enfants, des piles de documents encombraient le bureau jusqu'à la fenêtre. Des plans en rouleaux étaient posés debout à même le sol, un casque de sécurité accroché au mur.

– Ils ont commencé à me cuisiner, annonça Sigurdur Oli dès que son ami fut enfin libéré du téléphone.

Le fixe se remit à sonner. Patrekur décrocha le combiné, le posa sur la table et raccrocha du bout du doigt avant d'éteindre également son portable.

– Qui ça ? demanda-t-il. Te cuisiner ? À cause de quoi ? De quoi est-ce que tu parles ?

– Mes petits camarades de la rue Hverfisgata. J'ai été obligé de leur parler de toi et de leur dire qu'on était amis.

– De moi ? ! Mais pour quelle raison ?

– Ils te croient plus impliqué dans cette affaire que tu ne veux bien me l'avouer. Les choses se sont rudement corsées depuis hier, depuis le décès de Lina. En réalité, à dire vrai, je ne devrais même pas être ici, à discuter avec toi.

Patrekur le dévisagea longuement.

– Tu plaisantes ?

Sigurdur Oli secoua la tête.

– Pourquoi a-t-il fallu que tu leur parles de moi ?

– Pourquoi a-t-il fallu que tu t'adresses à moi ? renvoya Sigurdur Oli.

– J'ai vu hier aux informations qu'elle était morte. Ils ne pensent tout de même pas que je suis impliqué là-dedans ?

– C'est le cas ?

– Enfin, quand même ! Je te le dirais. Cette histoire t'attire de gros ennuis ?

– Pour l'instant, j'arrive encore à contrôler, répondit Sigurdur Oli. Que t'a dit Hermann quand il a appris la nouvelle pour Lina ?

– Je n'ai pas eu l'occasion d'en parler avec lui. Je suppose que tout cela va se retrouver sur la place publique, non ?

Sigurdur Oli hocha la tête.

– Je voulais t'informer de la manière dont les choses vont se dérouler. Tu seras convoqué au commissariat pour interrogatoire. Probablement aujourd'hui, dans l'après-midi. Hermann et sa femme le seront également. Susanna n'y échappera sans doute pas. Enfin, je ne suis pas sûr. L'homme qui procédera au premier interrogatoire s'appelle Finnur. C'est un gars bien. En ce qui te concerne, j'espère que tu lui raconteras toute la vérité, que tu ne lui cacheras rien et que tu n'essaieras pas de faire le malin. Montre-toi clair et précis et surtout, tiens-t'en aux faits. Réponds aux questions, mais n'en dis pas plus. Ne prends pas l'initiative de raconter quoi que ce soit. Et ne va surtout pas leur parler d'avocat, l'affaire n'en est pas à ce stade. Cela ne ferait qu'éveiller des soupçons inutiles. Sois toi-même. Essaie d'être détendu.

— Tu es… enfin, sommes-nous suspects dans cette affaire ? soupira Patrekur.

— La situation d'Hermann est nettement pire que la tienne, répondit Sigurdur Oli. Je ne sais pas ce qu'il en est de toi. J'ai dû parler à Finnur de notre amitié, de ces photos compromettantes, du chantage et des liens qui t'unissent à Hermann. Je lui ai également dit que c'était toi qui nous avais mis en contact.

Abasourdi, Patrekur s'était affaissé dans son fauteuil depuis lequel il jetait régulièrement des regards vers la photo de sa femme et de ses enfants.

— Quand on s'adresse à toi, on n'est pas déçu du voyage, observa-t-il.

— Tout cela aurait fini par éclater au grand jour, plaida Sigurdur Oli.

— Par éclater ? Mais ni moi ni Susanna n'avons fait quoi que ce soit !

— Finnur est convaincu du contraire, répondit Sigurdur Oli. Il affirme que tu te sers de moi, que tu es toi-même plongé jusqu'au cou dans ces trucs glauques et que tu voulais simplement que je fasse peur à ces gens pour récupérer les photos.

— Je n'arrive pas à le croire, soupira Patrekur.

Sigurdur Oli observait son ami qui gigotait sur sa chaise.

— Moi non plus, convint-il. Finnur est un gars bien, mais je trouve son idée ridicule, si tu veux savoir le fond de ma pensée. Il refuse d'entendre qu'il y a peu de chances pour que vous m'ayez envoyé chez Lina et qu'en même temps vous vous soyez offert les services d'un encaisseur. Tu peux me donner des informations supplémentaires ? Tu sais certaines choses qui nous permettraient de retrouver la brute qui a fait ça ? Tu connais d'autres gens avec lesquels Lina et Ebbi ont entretenu ce genre de relations ?

Sigurdur Oli vit que son ami était soulagé de voir qu'il n'adhérait pas aux théories de Finnur.

— Je ne sais rien de plus, répondit Patrekur. Je t'ai dit tout ce que je savais et, en réalité, je ne sais rien. Rien du tout. Susanna et moi, nous ne connaissons pas ces gens, nous ne les connaissons pas.

— Parfait. Répète cela à Finnur quand il t'interrogera et tout devrait bien se passer. Et ne lui dis pas que je suis venu te voir ici pour te prévenir.

Patrekur le suppliait du regard.

— Mais, tu ne vas pas intervenir ? demanda-t-il. Je n'ai jamais subi d'interrogatoire.

— Ce n'est plus de mon ressort, répondit Sigurdur Oli.

— Et les médias, je suppose qu'ils vont mettre leur nez là-dedans.

Sigurdur Oli ne trouvait pas les mots susceptibles de rassurer son ami.

— On peut s'y attendre.

— Nom de Dieu, pourquoi a-t-il fallu que tu me mêles à ça ?!

— C'est Hermann qui l'a fait, conclut Sigurdur Oli. Pas moi.

Quand il arriva au commissariat de Hverfisgata, son père l'attendait. C'était la première fois qu'il venait le voir sur son lieu de travail et cela le rendait presque inquiet.

— Quelque chose ne va pas ? lui demanda-t-il immédiatement.

— Non, tout va bien, mon petit Siggi. J'avais juste envie d'avoir de tes nouvelles. J'ai un chantier dans le coin en ce moment, et j'ai eu l'idée de te faire une petite visite, je me suis dit que je n'étais jamais venu te voir à ton travail.

Sigurdur Oli l'invita dans son bureau, tout étonné, mais également un peu agacé de cette intrusion. Son père soupira profondément, sans doute de fatigue, en s'installant dans le fauteuil. Il n'était pas très grand, mais râblé, ses mains fortes et usées par le travail avaient passé toute une vie à manipuler des pinces et des tuyaux. Son ménisque usé le faisait boiter légèrement, du reste, il passait le plus clair de son temps à travailler agenouillé. Sur ses cheveux grisonnants, il portait une casquette de base-ball. Les épais sourcils en bataille qui surmontaient son regard bienveillant avaient conservé leur couleur rousse. Il portait une barbe de trois jours, comme à son habitude. Il ne se rasait qu'une fois par semaine, le samedi. Quant à ses sourcils, il ne les taillait jamais, on eût dit qu'ils avaient été fondus dans un métal précieux.

— Tu as vu ta mère récemment ? demanda-t-il tout en massant son genou douloureux.

— Je suis passé chez elle hier soir, répondit Sigurdur Oli, persuadé que son père ne lui rendait pas là une visite de courtoisie. Ce n'était pas dans ses habitudes de perdre un temps précieux dans des choses inutiles. Tu veux que je t'apporte un café ? proposa-t-il.

— Non, merci. Ne te dérange pas pour moi. Alors, elle était en forme ?

— Oui, elle allait bien.

— Elle vit toujours avec cet homme ?

— Avec Saemundur, oui.

Leur conversation ressemblait trait pour trait à celle qu'ils avaient eue presque trois semaines plus tôt quand son père lui avait téléphoné. Il l'avait appelé sans raison précise, si l'on excluait le fait qu'il lui avait posé quelques questions ici et là à propos de Gagga et de son nouveau compagnon, Saemundur.

— Je suppose que c'est un brave gars, observa son père.

— Je ne le connais quasiment pas, répondit Sigurdur Oli.

Et il ne mentait pas, il entretenait aussi peu de relations que possible avec cet homme.

— Elle se débrouille bien.

— Dis-moi, tu as prévu quelque chose pour ton anniversaire ? interrogea Sigurdur Oli en le regardant se masser le genou.

— Non, il y a peu de chance. Je…

— Quoi donc ?

— Mon petit Siggi, je vais être hospitalisé.

— Ah bon?

— Ils m'ont découvert quelque chose à la prostate. C'est assez fréquent chez les hommes de mon âge.

— Quoi… Que… c'est un… cancer?

— Espérons qu'il n'a pas eu le temps de progresser, ils ne pensent pas qu'il y ait des métastases. Mais cette opération est urgente et je tenais à t'en informer.

— Et merde!

— Tu l'as dit, on en voit de toutes les couleurs. Ça ne sert à rien d'y penser. Alors, quelles nouvelles de cette chère Bergthora?

— Bergthora? Tout va bien, je suppose. Et quoi, tu n'as pas peur? Que t'ont dit les médecins?

— Eh bien, ils m'ont demandé si j'avais des enfants, je leur ai parlé de toi et ils veulent que tu ailles aussi consulter.

— Moi?

— Ils m'ont parlé de groupes à risques, ils m'ont expliqué que tu faisais partie de l'un d'eux. Avant, les hommes n'avaient pas à s'inquiéter de ce genre de chose avant d'atteindre la cinquantaine, mais l'âge s'est abaissé. Et ce truc-là est aussi héréditaire dans une certaine mesure, c'est pour ça qu'ils veulent te voir: il faut que tu fasses des examens. Voilà, je voulais t'en informer.

— Et l'opération est prévue quand?

— Lundi prochain, ils m'ont dit que ça ne pouvait pas attendre.

Lui ayant à présent dévoilé la raison de sa visite, son père se leva et ouvrit la porte.

— Voilà, c'était tout, mon petit Siggi. Tu t'occupes de cet examen, hein? N'attends pas.

Sur quoi, il était parti en boitant très légèrement sur son genou usé.

17

Quand Sigurdur Oli arriva chez Lina et Ebbi en début
de soirée, le calme régnait dans la maison. L'imposante jeep
d'Ebeneser stationnait devant, très haute sur roues, conçue
pour affronter les pistes de montagne, la glace et la neige
gelée. Il se gara derrière et pensa à ces excursions qu'entre-
prenaient les gens sur les hautes terres de l'intérieur. Ces
machins compliqués ne l'avaient jamais tenté. Il n'aimait pas
voyager ni visiter l'Islande, et encore moins dormir sous la
tente ou renoncer au confort moderne. Il ne voyait pas ce
qu'il serait allé faire sur un glacier islandais. Bergthora avait
tenté de le convaincre de l'intérêt que cela présentait mais
s'était heurtée à ses réticences, dans ce domaine comme dans
bien d'autres. Il préférait rester à Reykjavik, à proximité de
son appartement, et passait chaque année ses vacances d'été
à l'étranger, recherchant bien plus le soleil que des occasions
de découvrir le monde. Bergthora n'avait pas été surprise
d'apprendre que sa destination favorite était la Floride. Il
préférait éviter l'Espagne ou les autres pays d'Europe du Sud
qu'il trouvait sales et où les restaurants lui semblaient aussi
inégaux que grossiers. Les villes historiques, les musées et les
beaux monuments ne l'attiraient pas et il ne risquait rien de ce
genre en séjournant à Orlando. Ses goûts cinématographiques
étaient du même ordre : il ne supportait pas la prétention des
films européens. Les films d'art et d'essai dénués de toute
intrigue. Il leur préférait nettement le cinéma hollywoodien,
l'action, l'humour et les stars. D'ailleurs, le cinéma était
conçu pour la langue anglaise. S'il regardait à la télévision
un programme qui n'était ni américain ni britannique, il
ne tardait pas à éteindre l'écran. Toutes les autres langues
qu'il entendait à la télé, et surtout l'islandais, lui semblaient
ridicules. Il fuyait les films autochtones comme la peste. Il ne

lisait pas beaucoup, un livre par an, tout au plus, mais écoutait en revanche beaucoup de musique, du rock américain de la grande époque et de la country.

Assis dans sa voiture derrière le gigantesque véhicule d'Ebbi, il pensa longuement à la conversation qu'il avait eue avec son père plus tôt dans la journée, à cette maladie qu'on lui avait découverte et aux recommandations que les médecins lui avaient demandé de transmettre à son fils. Il grimaça. Cet examen de la prostate ne serait pas une partie de plaisir. Il n'avait pas oublié ces trajets déplaisants où il portait à l'hôpital de petites éprouvettes en plastique à l'époque où, avec Bergthora, ils avaient essayé de faire un enfant par procréation médicalement assistée. Il devait à chaque fois éjaculer dans un petit récipient tôt le matin, maintenir le liquide à la température adéquate avant d'aller le remettre aux jeunes femmes de l'accueil, accompagné de ses renseignements personnels, tout en s'efforçant de faire un peu d'humour. Il allait maintenant devoir consulter un spécialiste qui lui demanderait de s'allonger sur le côté, de lever le genou tandis qu'il enfilerait un gant en latex, lui parlerait de la pluie et du beau temps et explorerait son intimité à la recherche d'une tumeur.

– Et merde! maugréa-t-il en abattant son poing sur le volant.

Ebeneser vint lui ouvrir et le laissa entrer avec réticence: il était en deuil. Sigurdur Oli supposa qu'il avait reçu la visite d'un pasteur ou d'un psychologue. Il lui affirma qu'il comprenait et précisa que sa visite serait brève.

Ebeneser avait remis les lieux en ordre depuis la venue du policier. Le chaos ne régnait plus dans le salon, la pièce était maintenant presque chaleureuse, un luminaire sur pied diffusait une lumière tamisée, les chaises avaient retrouvé leur place et les tableaux étaient d'équerre sur les murs. Sur la table trônait une photo de Lina dans un cadre devant lequel vacillait la flamme d'une bougie.

Ebeneser se préparait un café à la cuisine quand Sigurdur Oli était venu le déranger. Le filtre était resté posé sur la table et la cafetière, ouverte. Le policier s'attendait à ce que son hôte lui offre une tasse, mais ce ne fut pas le cas. Ses gestes étaient lents, il semblait absent et pensif. Sans doute le décès de Lina lui apparaissait-il maintenant d'une manière plus palpable, et les conditions terribles dans lesquelles il avait eu lieu devenaient une réalité incontournable.

— Elle ne vous a rien dit quand vous l'avez trouvée? demanda-t-il à Sigurdur Oli tout en versant du café moulu dans le filtre.

— Non, elle était inconsciente et son agresseur s'est immédiatement attaqué à moi.

— Vous n'auriez pas dû vous lancer à sa poursuite. Vous auriez pu vous occuper d'elle, reprocha Ebeneser en se tournant vers lui. Vous ne l'avez pas fait. Elle serait peut-être arrivée plus tôt à l'hôpital, c'est très important, ça peut faire toute la différence dans ce genre de… de cas.

— Évidemment, répondit Sigurdur Oli. Voilà pourquoi j'ai immédiatement appelé les secours, j'ai eu le temps de les contacter avant que l'agresseur ne s'en prenne à moi. J'ai voulu l'attraper, c'est une réaction normale. Je ne crois pas que j'aurais pu réagir autrement.

Immobile à côté de la table de la cuisine, Ebeneser alluma la cafetière.

— Et vous-même? s'enquit le policier.

— Comment ça, moi-même? renvoya son interlocuteur, les yeux rivés sur l'appareil.

— Vous essayez apparemment de trouver des responsables. Et vous? Quelle responsabilité avez-vous dans l'agression de Lina? Qu'est-ce que vous fabriquiez tous les deux? Qui avez-vous donc mis à ce point en colère? C'est une idée à vous? Avez-vous entraîné Lina dans vos manigances? Deviez-vous de l'argent? Quelle est votre responsabilité, Ebeneser? Vous êtes-vous posé la question?

Ebeneser ne répondit rien.

— Pourquoi refusez-vous de nous dire la vérité? poursuivit Sigurdur Oli. Je sais que vous avez tenté de faire chanter des gens avec des photos compromettantes, il est inutile de le nier. Les personnes dont je parle sont actuellement interrogées au commissariat. Elles racontent à mes collègues les soirées-entrecôtes que vous organisiez et leur parlent de vos pratiques échangistes. Elles leur parlent aussi des photos et des vidéos que vous avez prises d'elles afin de leur extorquer de l'argent. Vous êtes en route vers la prison. Et, pour couronner le tout, vous serez accusé de chantage.

Ebeneser ne leva pas les yeux. La cafetière rota. Le liquide brun l'emplissait peu à peu.

— Vous avez détruit la vie de ces gens, s'entêta Sigurdur Oli. Et vous avez détruit la vôtre, Ebeneser. Et pour quoi? Pour qui? Combien de couronnes cela vaut-il? Quel était le prix de Lina? Un demi-million? C'est comme ça que vous allez la laisser partir?

— Taisez-vous, marmonna Ebeneser, les dents serrées, les yeux fixés sur le café qui montait peu à peu dans la verseuse. Sortez!

— Vous serez convoqué pour un interrogatoire, probablement dans la soirée. En tant que suspect dans une sombre affaire de chantage. Sans doute serez-vous placé en garde à vue, je n'en suis pas sûr. Peut-être serez-vous forcé de déposer une demande spéciale pour assister aux obsèques de Lina.

Le veuf fixait la cafetière comme si l'appareil avait été le seul point fixe auquel il pouvait se raccrocher dans l'existence.

— Ebbi, réfléchissez.

Ebeneser se taisait.

— Connaissez-vous un dénommé Hermann? Vous lui avez envoyé une photo, c'est lui qui me l'a montrée.

Ebeneser gardait les yeux fixés sur le café sans dire un mot. Sigurdur Oli inspira profondément. Il n'était pas certain de vouloir continuer.

— Connaissez-vous un homme du nom de Patrekur? demanda-t-il. Sa femme s'appelle Susanna. Ils font aussi partie du lot?

Il se leva, s'approcha et sortit de son imperméable une photo de Patrekur et de Susanna qu'il était passé prendre chez lui avant de venir frapper à la porte du veuf. On y voyait Patrekur et Susanna chez eux, accompagnés de Sigurdur Oli et de Bergthora, à l'époque où tout allait bien. Elle avait été prise en été, les visages étaient hâlés, et les verres, remplis de vin blanc. Il la posa sur la table à côté de la cafetière.

— Connaissez-vous ces gens ?

Ebeneser la regarda brièvement.

— Vous n'avez aucun droit d'être ici, observa-t-il, d'une voix si faible que Sigurdur Oli l'entendit à peine. Sortez. Sortez avec cette saleté !

Il prit la photo pour la jeter rageusement au sol.

— Sortez d'ici ! répéta-t-il en poussant Sigurdur Oli qui ramassa le cliché et recula. Les deux hommes se toisèrent un moment, puis le policier tourna les talons, quitta la maison et retourna à sa voiture. En s'installant à la place du conducteur, il regarda la fenêtre de la cuisine qui donnait sur la rue. Il vit Ebeneser attraper la cafetière et la balancer contre le mur, le café éclaboussa l'ensemble de la pièce comme une gerbe de sang.

Avant de rentrer chez lui, il se rendit à la salle de sport. Il courut un certain nombre de kilomètres sur le tapis de course et souleva des poids et des haltères comme s'il y allait de sa vie. Il passa en revue l'ensemble des appareils de musculation. Il croisait souvent les mêmes personnes quand il venait tôt le matin ou tard le soir. Il lui arrivait de discuter un peu avec certaines d'entre elles, mais d'autres fois son unique désir était d'être tranquille. C'était le cas aujourd'hui. Il ne s'adressa à personne et, si quelqu'un lui parlait, il répondait brièvement et changeait d'appareil. Il termina son entraînement et rentra chez lui.

À son arrivée, il se prépara un gros hamburger dans une ciabatta avec des oignons confits et un œuf sur le plat. Il avala une bière importée d'Amérique et regarda un divertissement, également américain.

Trop fébrile pour s'attarder devant la télévision, il l'éteignit au début d'une série policière suédoise. Assis dans le fauteuil, il pensa à nouveau à son père et se demanda s'il devait prendre ce rendez-vous chez un spécialiste ou laisser tomber, en espérant que tout irait bien. L'idée de faire brusquement partie d'un de ces groupes à risques lui était insupportable. Il avait toujours surveillé sa santé qu'il considérait comme excellente et n'avait jamais eu besoin de subir le moindre examen. Il se faisait une fierté de n'avoir jamais été hospitalisé. Il lui arrivait d'attraper la grippe, comme celle dont il sortait tout juste, mais à part ça, tout allait pour le mieux.

Son calepin était tombé de la poche de son imperméable qu'il avait plié sur le dossier d'une chaise. Il se leva pour le ramasser et le feuilleta avant de le poser sur le bureau du salon. Il n'avait jamais été hypocondriaque, n'avait jamais eu peur de contracter une maladie grave ou une affection incurable. L'idée ne lui venait simplement pas à l'esprit : il était la santé incarnée. Il prit donc la décision d'aller consulter un spécialiste, sachant qu'il devrait s'y résoudre tôt ou tard car il refusait de vivre dans l'incertitude.

Il reprit son carnet et s'y plongea. Il avait omis de vérifier un détail. Il parcourut les notes qu'il avait prises au cours des derniers jours et constata que sa négligence n'était pas bien grave : il n'avait pas encore essayé d'appeler un numéro de téléphone qu'il devait contacter. Il regarda l'heure, il n'était pas si tard. Il décrocha le combiné.

— Oui ? répondit une voix féminine fatiguée et neutre.

— Excusez-moi d'appeler à cette heure. Mais vous connaissez une certaine Sara ? C'est l'une de vos amies ?

Il y eut un silence.

— Que puis-je faire pour vous ? interrogea sa correspondante.

— Eh bien… Elle est venue vous rendre visite lundi soir ? Vous pouvez me le confirmer ?

— Qui ça ?

— Sara.

— Quelle Sara ?

— Votre amie.

— S'il vous plaît, qui est à l'appareil ?

— La police.

— Et que me veut-elle ?

— Sara ?

— Non, la police !

— Sara est-elle passée chez vous dans la soirée de lundi dernier ?

— C'est une blague ?

— Comment ça, une blague ?

— Vous devez faire erreur.

Sigurdur Oli lut à haute voix les chiffres inscrits sur son calepin.

— Vous avez pourtant le bon numéro, mais il n'y a pas de Sara qui travaille ici. D'ailleurs, je ne connais aucune Sara. Vous êtes à la billetterie du cinéma de Haskolabio.

— Et vous n'êtes pas Dora ?

— Non, aucune de mes collègues ne s'appelle Dora. Je travaille ici depuis des années et je n'en ai jamais connu aucune.

Sigurdur Oli scruta longuement la note sur son calepin. Lui apparut alors clairement l'image d'un anneau d'acier à l'arcade sourcilière et d'un serpent tatoué sur le bras d'une menteuse, et celle-là s'était montrée rudement convaincante.

18

Il envisagea de convoquer Sara pour un interrogatoire, d'aller la chercher sur son lieu de travail, de lui faire quitter son usine de soda entre deux policiers en uniforme, de lui faire tout un cirque afin de l'effrayer un peu, de l'amener à parler et de briser en elle toute forme de résistance. Mais ce n'était là qu'une des stratégies envisageables. La seconde consistait à aller la revoir à son travail pour la cuisiner en brandissant les pires choses, en la menaçant de l'emmener menottes aux poignets, d'aller voir ses supérieurs et de dévoiler à tous le mensonge dont elle s'était rendue coupable. Ne la connaissant pas, il ignorait s'il avait affaire à une dure à cuire, mais s'imaginait qu'elle mentait comme elle respirait. Elle avait débité le numéro de téléphone du cinéma avec un aplomb phénoménal, espérant sans doute que Sigurdur Oli n'irait jamais vérifier.

Il opta pour la seconde méthode : le fait qu'elle ait menti n'impliquait pas qu'elle ait quelque chose à voir dans l'agression de Llna. Son comportement pouvait avoir des centaines d'explications différentes.

Elle était à son poste au standard de l'usine avec son piercing à l'arcade et son serpent sur le bras, affichant ainsi sa révolte contre une société de petit-bourgeois et de médiocres. Mauvais goût et négligence, pensa Sigurdur Oli en s'approchant. Sara s'occupait d'un client au téléphone. Il attendit un long moment mais, constatant que la conversation traînait en longueur, il perdit patience, lui arracha le combiné des mains et raccrocha.

— Nous allons avoir une petite discussion, annonça-t-il.

Sara le regarda, ahurie.

— Non mais ! Qu'est-ce qui vous prend ?!

— Nous pouvons le faire ici ou au commissariat, c'est à vous de voir.

Une femme nettement plus âgée qu'elle, debout derrière le comptoir de l'accueil, observait la scène d'un œil circonspect. Sara lui adressa un clin d'œil et Sigurdur Oli comprit qu'elle voulait éviter un scandale sur son lieu de travail.

— Ça ne te dérangerait pas que je prenne une petite pause ? demanda-t-elle à sa collègue, qui lui répondit d'un hochement de tête en la priant toutefois de ne pas être trop longue.

Sara précéda le policier sur le chemin de la cafétéria, ouvrit la porte qui donnait sur un escalier et s'immobilisa.

— C'est quoi ces conneries ? s'emporta-t-elle dès que le battant eut claqué derrière eux. Vous ne pouvez donc pas me foutre la paix ?

— Vous n'avez rendu visite à aucune amie le soir des faits. Maintenant, il s'agit d'un meurtre et non d'une simple agression. Quant au numéro que vous m'avez communiqué, c'était n'importe quoi !

— Je ne vois pas de quoi vous parlez, répondit Sara en grattouillant son serpent tatoué.

— Pourquoi votre voiture était-elle garée dans le quartier le soir du meurtre ?

— Je suis allée rendre visite à une amie.

— À Dora ?

— C'est ça.

— Soit vous êtes une idiote, soit vous me prenez pour un crétin, rétorqua Sigurdur Oli. Vous pourrez méditer sur la question pendant votre garde à vue. Je tiens simplement à vous informer qu'à partir de maintenant vous figurez sur la liste des suspects et serez emmenée au poste plus tard dans la journée. Je vais demander à ce qu'on imprime votre mandat d'arrêt sans plus tarder. Cela ne devrait pas me prendre beaucoup de temps et, surtout, emportez votre brosse à dents.

Il ouvrit la porte de la cage d'escalier.

— C'est mon frère qui me l'a empruntée, glissa Sara à voix basse.

— Vous dites ?

— Mon frère me l'a empruntée, répéta la jeune femme, un peu plus fort. La mine butée qu'elle avait affichée jusqu'alors se fissurait sur son visage.

– Qui c'est ? Qu'est-ce qu'il fait ?

– Rien du tout, je lui prête parfois ma voiture. Il l'avait prise ce soir-là. Je ne sais ni où il est allé ni ce qu'il a fait.

– Pourquoi m'avez-vous menti ?

– Il passe son temps à chercher les ennuis. Quand vous êtes venu me poser ces questions, je me suis dit qu'il avait peut-être fait une connerie. Mais si je dois aller en prison à sa place, alors là, c'est hors de question. C'est lui qui conduisait ma voiture ce soir-là.

Sigurdur Oli regardait Sara qui baissait les yeux à terre. Il se demandait si elle lui mentait encore.

– Pourquoi devrais-je vous croire ?

– Je me fiche de ce que vous croyez. C'est mon frère qui avait la voiture. Je n'en sais pas plus et ce n'est pas mon problème. Voyez ça avec lui.

– Qu'était-il allé faire ? Que vous a-t-il dit ?

– Rien. On ne parle pas beaucoup tous les deux. Il est…

Sara s'interrompit.

– Oui, vous vous contentez de lui prêter votre véhicule, ironisa Sigurdur Oli.

Sara cessa de fixer le sol, puis leva la tête et les yeux vers lui.

– Non. J'ai menti là aussi.

– Sur quel point ?

– Il ne me l'a pas empruntée. Il me l'a volée. Je suis arrivée en retard au travail le lendemain à cause de lui. J'ai été forcée d'appeler un taxi. Ma voiture avait disparu du parking. C'est peut-être mon frère, mais c'est un vrai connard !

Le frère de Sara se prénommait Kristjan. Elle avait depuis longtemps renoncé à lui prêter son véhicule d'après ce qu'elle avait déclaré à Sigurdur Oli. Kristjan ne tenait jamais parole, on lui avait retiré deux fois son permis de conduire, souvent il n'avait pas ramené la voiture ou n'avait pas été en état de le faire et sa sœur avait dû venir la récupérer elle-même. Le véhicule, une vieille Micra en fin de course, était peut-être alors stationné en centre-ville où il accumulait les amendes. Voilà pourquoi elle refusait aujourd'hui de le lui prêter. D'ailleurs, cela valait pour tout ce qu'elle possédait, y compris pour l'argent. L'argent, il lui en avait volé. Un jour, il lui avait subtilisé sa carte de crédit, et même divers objets de son appartement qu'il avait revendus pour s'acheter de la drogue. Les ennuis le poursuivaient. Elle ignorait pourquoi, ils avaient pourtant reçu une bonne éducation, leurs deux parents étaient enseignants. Ils étaient cinq frères et sœurs, tous étaient des gens convenables, sauf lui, qui était toujours en révolte contre tout et tout le monde. Le soir où il avait pris la voiture, il était venu rendre visite à sa sœur qui lui avait trouvé son air fébrile habituel. Il ne s'était pas attardé.

Quand elle s'était réveillée le lendemain matin pour partir au travail, elle n'avait pas retrouvé ses clés et sa voiture avait disparu du parking.

Sigurdur Oli avait vérifié si ce Kristjan avait déjà eu affaire à la police, mais n'avait rien trouvé sur son compte dans les dossiers. Sara lui avait indiqué où habitait son frère, enfin, pensait-elle. Il vivait en colocation avec un de ses amis dans un appartement en sous-sol. Il était toujours légalement domicilié chez ses parents, même s'il n'habitait plus chez eux depuis deux ans. Il n'avait aucun travail fixe. Le dernier emploi qu'il avait occupé s'était soldé par un licenciement au bout d'une semaine exactement. Il travaillait alors dans un magasin d'alimentation ouvert de jour comme de nuit et avait volé dans les rayons dès sa première journée.

Sigurdur Oli frappa à la porte. L'appartement en sous-sol se trouvait dans un immeuble du quartier de Fell, sur la colline de Breidholt, on y accédait par une entrée indépendante. Il frappa à nouveau : rien ne se produisit. Il appuya sur la sonnette, mais ne l'entendit pas retentir à l'intérieur. Il alla frapper et regarder à la fenêtre qui donnait sur une arrière-cour miteuse. Il n'y avait là rien d'intéressant, des canettes de bière et des saletés, c'était l'image même du laisser-aller. Il retourna vers l'entrée, tambourina à la porte et finit par y balancer plusieurs coups de pied.

Un individu vêtu d'un slip, frissonnant de froid, pâle comme un linge et les cheveux tombant sur les épaules vint finalement lui ouvrir.

— Qu'est-ce qui se passe ? interrogea-t-il, les yeux plissés, encore pleins de sommeil.

— Je suis à la recherche de Kristjan, ce n'est pas vous, n'est-ce pas ?

— Moi… Non…

— Sauriez-vous où je peux le trouver ?

— Qu'est-ce qu'il a ? Pourquoi… ?

— Il est chez vous ?

— Non.

— Vous l'attendez ?

— Non. Que… vous êtes qui ?

— Je suis de la police et je dois le contacter. Vous savez où il pourrait être ?

— Il fout pas les pieds ici, il me doit un paquet de fric pour le loyer et tout ça. Vous pouvez lui dire de venir me payer si vous le retrouvez. Pourquoi vous êtes de la police ?

— Vous savez où il pourrait être ? répéta Sigurdur Oli. Il s'efforçait de regarder à l'intérieur de l'appartement, ne croyant pas un mot de ce que lui disait cette épave. Il n'avait pas compris le sens de la question : pourquoi vous êtes de la police, et n'essaya même pas d'y répondre. Il supposa que l'individu lui demandait pourquoi les flics s'intéressaient à Kristjan.

— Vous pouvez essayer le bar Harda Hattinn, le Chapeau Dur, il est parfois accroché là-bas, répondit l'épave en souriant à son jeu de mots éculé. C'est un cas désespéré. Un cas vraiment désespéré, répéta l'homme, comme pour souligner que lui-même ne l'était pas du tout.

Le serveur de Harda Hattinn connaissait bien Kristjan, mais ne l'avait pas vu depuis un certain temps. Il pensait que l'ardoise que ce dernier avait accumulée dans l'établissement avait sur lui un certain pouvoir dissuasif. Il avait prononcé la phrase avec un sourire, comme si les dettes qu'avaient les autres envers son patron ne le concernaient nullement. La scène se passait en début d'après-midi et quelques clients étaient assis au comptoir ou aux tables de bistrot, une bière devant eux. Tous observaient avec curiosité Sigurdur Oli, qui n'était pas un habitué des lieux, et ils entendaient chaque mot échangé entre lui et le serveur. Il n'avait pas précisé qu'il était policier. Un homme âgé d'une trentaine d'années vint le renseigner spontanément.

— J'ai aperçu Kiddi à Biko hier, je crois qu'il a trouvé un boulot là-bas, annonça-t-il.

— Où ça?

— À Hringbraut.

Sigurdur Oli reconnut immédiatement Kristjan à la description que lui en avait donnée sa sœur et c'était exact, il venait de trouver un travail au magasin de bricolage du quartier Ouest. Il l'observa un moment avant de passer à l'action. Ce Kristjan fuyait les clients comme le diable. Il traînait dans le rayon quincaillerie et se déplaça vers les ampoules dès qu'un client s'approcha, là il tomba nez à nez avec un autre qui lui demanda de l'assister dans le choix de pinceaux et il lui répondit qu'il était occupé, en pointant son index vers un autre vendeur. Il avait remarqué Sigurdur Oli et craignait visiblement que ce dernier ait besoin d'aide quand le policier parvint finalement à le coincer.

— Vous êtes bien Kristjan? interrogea-t-il sans détour.

Le vendeur acquiesça. Sigurdur Oli constata immédiatement que ce n'était pas l'homme qui s'était enfui jusqu'à l'hôpital de Kleppur avant de disparaître dans la nuit. Il doutait que ce jeune homme ait assez de force pour soulever une batte de base-ball tant il était maigre. C'était un gringalet âgé d'une vingtaine d'années, vêtu d'une combinaison Biko dans laquelle il flottait. Pitoyable, tel était le mot qui venait à l'esprit de Sigurdur Oli.

— Je suis policier, annonça-t-il en regardant alentour. Les deux hommes étaient entre deux rayons d'outils de jardinage et Kristjan tripotait un sécateur d'un air concentré. Je viens de parler avec votre sœur, poursuivit Sigurdur Oli, et elle m'a dit que vous lui aviez volé sa voiture.

— C'est faux, je ne l'ai pas volée. Elle me l'a prêtée, d'ailleurs je l'ai rendue.

— Où êtes-vous allé avec ce véhicule?

— Hein?

— Pourquoi en aviez-vous besoin?

Kristjan hésita. Fuyant le regard du policier, il reposa le sécateur et attrapa un bidon de désherbant.

— Ce sont mes affaires, répondit-il d'un ton hésitant.

— Ce véhicule était stationné à proximité du cinéma de Laugarasbio la nuit où une femme a été agressée et assassinée. C'est justement ce soir-là que vous l'aviez pris. Nous savons donc que vous étiez dans le quartier au moment des faits.

Kristjan le regardait avec des yeux ronds. Sigurdur Oli ne lui accorda pas une seconde de réflexion.

— Que faisiez-vous ? Pourquoi l'avez-vous laissée là-bas ?

— C'est que… Enfin… C'est un malentendu, répondit Kristjan.

— Vous étiez avec qui ? interrogea Sigurdur Oli d'un ton sec et impatient en faisant un pas vers lui. On sait que vous étiez deux. Qui vous accompagnait ? Et pourquoi avez-vous agressé cette femme ?

La manière dont Kristjan s'était préparé ou non à cette entrevue ne changeait rien à l'affaire, il perdait tous ses moyens. Sigurdur Oli avait vu plus d'une fois des gamins de son genre s'effondrer devant lui. De petits durs qui l'avaient d'abord défié par leurs mensonges et leur insolence, qui avaient nié en bloc ses accusations en lui disant d'aller se faire foutre puis qui, tournant brusquement casaque, avaient renoncé à leur comédie et s'étaient montrés bien plus coopératifs. Kristjan était encore plus pitoyable, il reposa le bidon de désherbant, mais si maladroitement qu'il en fit tomber trois autres par terre. Il se pencha pour les ramasser et les remettre à leur place dans le rayon. Sigurdur Oli l'observait sans lever le petit doigt.

— Je n'arrive pas à croire que Sara ait cafté !

Pauvre type, pensa le policier.

19

Sigurdur Oli n'avait pas envie de connaître le détail du parcours qui avait fait de Kristjan le minable qu'il était devenu. Il avait entendu un grand nombre d'histoires similaires, qui servaient d'excuse à une pitoyable carrière de voyou ou étaient citées comme exemples des impasses de la société du bien-être. Il lui suffisait de savoir que Kristjan s'était débrouillé pour finir écrasé de dettes, en majeure partie dues à sa consommation de stupéfiants. Il devait de l'argent un peu partout en ville et même à deux endroits en province. Kristjan n'était pas des plus actifs, il travaillait ici et là car le travail ne manquait pas en Islande, mais il passait bien plus de temps à se la couler douce, comme un paresseux qui ne s'intéressait à rien, une larve. Il contractait des emprunts dès que l'occasion se présentait, dans les banques et les caisses d'épargne. Il possédait une kyrielle de cartes de paiement, dont les dettes avaient été placées en recouvrement auprès d'organismes légaux. C'était toutefois un autre genre de recouvreurs de créances qui l'inquiétait.

Il avait souvent enfreint la loi même s'il n'avait jamais été appréhendé, mais il avait eu la flemme de dresser la liste de ses forfaits à Sigurdur Oli. Il avait soutiré de l'argent à plusieurs jeunes filles jusqu'à ce qu'elles comprennent son manège. L'un de ses futurs beaux-pères, ancien joueur de football, lui avait cassé la figure quand il s'était rendu compte qu'il avait dérobé à son domicile des objets de valeur pour les revendre.

Kristjan avait fourni certaines de ces informations au cours de son interrogatoire au commissariat de Hverfisgata et Sigurdur Oli en tenait d'autres de la bouche de Sara, la sœur du jeune homme.

Kristjan n'hésitait plus à se livrer, maintenant que, de toute façon, il était entre les mains de la police. Il fallait certes prendre en compte le fait qu'il était suspecté de complicité de meurtre et qu'il voulait se laver de tout soupçon, mais Sigurdur Oli n'était pas sûr que ce soit la seule raison de sa volubilité. Kristjan semblait ne jamais avoir raconté sa vie à personne et, après quelques hésitations et difficultés, il s'était mis à raconter les épisodes de son existence et les rencontres qu'il avait faites et qui l'avaient conduit sur le chemin du crime. Au début c'était un récit plutôt décousu et chaotique, mais il avait fini par le maîtriser et un nom était revenu plus souvent que les autres, celui d'un certain Thorarinn, chauffeur-livreur de profession.

À en croire Kristjan, ce Thorarinn était à la fois dealer et encaisseur. Cette double activité n'était pas rare et présentait certains avantages. Kristjan ne le décrivait pas comme un gros importateur de stupéfiants, mais comme un type qui ne supportait pas les mauvais payeurs. C'est d'ailleurs pour cette raison qu'il s'était retrouvé entre ses griffes. Et comme Kristjan n'était pas du genre à payer, que les menaces et les raclées ne produisaient aucun effet sur lui, il rendait à son revendeur divers petits services, s'acquittant ainsi d'une partie de ses dettes. Les services en question consistaient à aller faire des courses, à acheter de l'alcool ou à réceptionner les arrivages de drogue auprès des passeurs ou des cultivateurs de cannabis, choses dont Thorarinn se gardait soigneusement. Thorarinn ne se droguait pas, mais aux dires de Kristjan, il était capable de boire jusqu'à faire rouler tous ses compagnons de beuverie sous la table. Marié et père de trois enfants, il avait pratiqué l'athlétisme dans sa jeunesse. Il se montrait le plus discret possible, l'argent de la drogue était son capital-retraite, disait-il, en ajoutant qu'il mettrait un terme à ses activités dès qu'il aurait atteint la somme qu'il avait prévu d'épargner. Kristjan avait souvent dû l'accompagner dans ses tournées et c'était toujours lui qui devait porter les fardeaux les plus lourds. Son salaire était invariablement englouti dans les dettes.

Sigurdur Oli regarda Kristjan, assis face à lui dans la salle d'interrogatoire, l'air abattu et minable, mais il ne se laissa pas apitoyer. Il n'était toutefois pas impossible que ce petit crétin soit devenu l'esclave de son revendeur. Kristjan demanda s'il pouvait fumer, mais obtint un non cassant en guise de réponse. Il demanda quelque chose à manger, mais ne fut pas exaucé. Il demanda à aller aux toilettes, ce qui lui fut également refusé

— Vous n'avez pas le droit de me l'interdire! maugréa-t-il.

— Ah, fermez-la, s'agaça Sigurdur Oli. Et lundi soir, que s'est-il passé?

— Il ne voulait pas prendre la camionnette et il m'a demandé de trouver une voiture. Ou, plutôt, il me l'a ordonné. Je lui ai dit que je n'en avais pas et il m'a répondu de voir ça avec ma sœur, il savait qu'elle en avait une.

— Vous a-t-il précisé ce qu'il allait faire avec ce véhicule?

— Non, il m'a promis de me le rendre dans la soirée.

— Donc vous n'étiez pas avec lui?

— Non.

— C'est-à-dire qu'il était seul?

— Oui, je crois. Je ne sais pas, je ne sais rien de cette histoire.

— Prend-il toujours autant de précautions? Par exemple, s'arrange-t-il pour qu'on lui prête des voitures?

— Il est très prudent, répondit Kristjan.

— L'avez-vous revu depuis ce jour-là?

Kristjan hésita.

— Je... Il est passé me voir à Biko le lendemain, finit-il par répondre. Il est venu en coup de vent, m'a expliqué où était la voiture en me demandant de ne répéter à personne qu'il l'avait empruntée. Il m'a dit aussi que nous ne devions avoir aucun contact pendant les prochaines semaines ou les prochains mois enfin, *whatever*. Ensuite il est parti. J'ai appelé Sara pour lui expliquer où était garée sa bagnole. Elle a complètement pété les plombs.

— Thorarinn vous a-t-il précisé la raison pour laquelle il se rendait chez cette femme?

— Non.

— Est-il allé chez elle pour son propre compte ou était-il envoyé par quelqu'un d'autre?

Kristjan dévisagea Sigurdur Oli qui comprit qu'il avait une fois de plus perdu le fil de la conversation. Cela s'était produit à plusieurs reprises au cours de l'interrogatoire, surtout quand les phrases du policier étaient un peu longues. Il lui renvoyait un regard perdu, Sigurdur Oli devait alors reformuler et résumer sa question. Ce qu'il fit une fois encore en s'employant à parler lentement.

— Thorarinn connaissait-il cette femme ?

— Celle qu'il a agressée ? renvoya Kristjan d'un air suspicieux. Non, je ne crois pas, enfin, je sais pas, il m'a rien dit.

— Allait-il là-bas pour récupérer des dettes de drogue ?

— J'en sais rien.

— Avez-vous une idée de ce qu'il lui voulait ?

— Non.

— Thorarinn connaît-il le compagnon de cette femme ? Il s'appelle Ebeneser, je veux dire, le compagnon.

— Je ne l'ai jamais entendu parler d'aucun Ebeneser. Il est étranger ?

— Non. Définiriez-vous Thorarinn comme un homme violent ?

Kristjan s'accorda un moment de réflexion. Il se demanda s'il devait mentionner le jour où Thorarinn lui avait flanqué une raclée parce qu'il n'avait pas payé ses dettes. Ou encore celui où il lui avait cassé le majeur. Il lui avait attrapé le doigt et l'avait plié vers l'arrière jusqu'à ce qu'une des phalanges casse. La douleur avait été insoutenable. Le reste du temps, il s'était montré correct avec lui. En tout cas, une fois qu'il avait compris qu'il ne parviendrait pas à récupérer l'argent que devait Kristjan autrement qu'en le mettant au travail. Ensuite, ils étaient pour ainsi dire devenus amis. Il ne pensait pas que Thorarinn ait beaucoup de copains, en tout cas à sa connaissance. Il l'avait entendu s'adresser à sa femme et ce n'était pas franchement joli. Il l'avait vue un jour avec une grosse bosse sur le front et la lèvre fendue. Les propos qu'il tenait sur elle étaient tout aussi rudes, mais il était gentil avec ses enfants, même si c'était par ailleurs un sacré rustre. Kristjan ne l'avait jamais vraiment vu de bonne humeur et, à maintes reprises, Thorarinn l'avait prévenu que, s'il le dénonçait à la police, il le tuerait ; sans l'ombre d'une hésitation, il le buterait.

— Pardon, que disiez-vous ? interrogea Kristjan, qui avait oublié la question.

Sigurdur Oli poussa un soupir et la répéta.

— Oui, c'est tout à fait possible. Je ne crois pas qu'il rende sa femme heureuse.

— Et vous affirmez que ce Thorarinn est un encaisseur, c'est bien ça ?

— Oui.

— En êtes-vous sûr ? Avez-vous pu le vérifier par vous-même ?

— Eh bien, il est venu me voir pour récupérer du fric que je devais. Et je sais qu'il l'a fait avec d'autres que moi. Il est très fort pour récupérer les dettes de drogue. Et maintenant il travaille même pour d'autres.

— Qui ?

— Eh bien, d'autres dealers ou même n'importe qui.

— Et il se sert d'une batte de base-ball ?

— Oui, répondit Kristjan sans hésiter. D'après lui, tous les encaisseurs en ont.

— À quand remonte votre dernier contact ?

— Le lendemain de cette agression, il est passé me voir au magasin.

— Savez-vous où on peut le trouver en ce moment ?

— Je suppose qu'il est chez lui, ou peut-être à son travail.

— Vous ne croyez pas qu'il se cache ?

Kristjan haussa les épaules.

— C'est possible.

— Si c'était le cas, où serait-il ?

— Je n'en sais rien.

— Vous êtes sûr ?

— Oui.

Sigurdur Oli continua à tirer les vers du nez de Kristjan et se débrouilla plutôt bien, sans se laisser intimider par les menaces de mort réitérées du jeune homme. Il apparut que, comme bien d'autres individus des bas-fonds de Reykjavik, Thorarinn portait un surnom qui éclaircissait nombre de choses dans l'esprit de Sigurdur Oli.

Toggi le Sprinter.

Au début, il voyait peu l'homme qui partageait la vie de sa mère. Celui qu'elle appelait Röggi passait très peu de temps à la maison. Parfois il était en mer, parfois il travaillait en province et leur faisait rarement signe.

À son retour de la campagne, le petit avait pris l'habitude de ne compter que sur lui-même. Il avait rencontré d'autres gamins du quartier, des mômes de son âge avec lesquels il allait au cinéma l'après-midi et, à l'automne, il en avait retrouvé certains dans sa classe. Il se débrouillait seul pour aller à l'école, se réveiller à l'heure, préparer ses vêtements et son pique-nique, pour peu qu'il y ait quelque chose à la cuisine. Sa mère ne se levait pas très tôt. Elle veillait jusque tard dans la nuit et recevait parfois la visite de gens qu'il ne connaissait pas et ne souhaitait pas connaître. À ces moments-là, il ne pouvait pas dormir dans le salon et occupait la chambre conjugale, incommodé par le vacarme des invités, occupés à boire. Un jour, ils en étaient venus aux mains et quelqu'un avait appelé les secours. Par la fenêtre de la chambre, il avait vu un homme complètement ivre, emmené dans une voiture de police. Il avait entendu l'individu déverser un flot d'injures sur les agents qui, du reste, n'avaient pas pris de gants : ces derniers l'avaient violemment balancé contre une porte avant de l'empoigner par les pieds. Il avait entendu sa mère l'insulter vertement en bas de l'immeuble, puis elle avait claqué la porte et les réjouissances s'étaient poursuivies jusqu'au petit jour.

Il avait honte d'avoir égaré le billet de mille couronnes que le paysan lui avait offert quand ils s'étaient fait leurs adieux. Il l'avait gardé sur lui pendant tout le trajet en car, soigneusement plié dans la poche de son pantalon qu'il tapotait de temps à autre afin de s'assurer qu'il était bien à sa place. Pendant qu'il attendait à la gare routière, il n'y avait plus pensé, angoissé à l'idée que personne ne vienne le chercher. Puis, en rentrant à la maison, il s'était endormi, épuisé, sur la table de la cuisine pour se réveiller le lendemain sur le canapé du salon. Il avait complètement oublié cet argent, du reste il n'était pas habitué à posséder quoi que ce soit. Il ne s'était souvenu du cadeau que tard dans la soirée. Comme il avait gardé le même pantalon que la veille, il avait plongé sa main dans la poche droite, dans la gauche, puis dans les poches arrière, il était allé chercher sa veste, avait encore fouillé toutes les poches ainsi que sa valise. Il avait regardé dans la cuisine, sur le canapé, dans le salon et même derrière la télévision. Il avait raconté à sa mère ce qui lui arrivait : il avait perdu un billet de mille couronnes. Il l'avait suppliée de l'accompagner à la gare routière pour demander si quelqu'un l'avait trouvé.

— Mille couronnes ! s'était-elle exclamée. Qui veux-tu qui te donne un billet de mille couronnes !

Il lui avait fallu un certain temps pour la convaincre qu'il ne mentait pas.

— Il est sans doute tombé de ta poche. Tu peux faire une croix dessus. Personne n'ira rapporter un billet de mille couronnes aux objets trouvés ! Absolument personne ! Tu n'es vraiment qu'un nigaud ! C'est une sacrée somme. Tu es sûr que tu n'as pas rêvé ? avait répondu Sigurveig en s'allumant une cigarette.

Elle avait toutefois fini par consentir à téléphoner à la gare routière. Il avait écouté la conversation, extrêmement brève.

— Non, évidemment, ça ne m'étonne pas, avait-elle déclaré dans le combiné, feignant sans doute d'avoir obtenu une réponse précisant qu'on n'avait trouvé aucun billet de mille couronnes.

Et ce n'était pas allé plus loin. Elle ne voulait plus entendre parler de ce billet. Quand Röggi était rentré à la maison, le sujet était venu sur le tapis et celui-ci avait répondu qu'il ne savait rien et qu'il n'avait jamais vu ce billet.

En réalité, l'enfant ne parvenait pas à établir une véritable relation avec sa mère, pas plus qu'il ne comprenait la raison qui l'avait poussée à le faire revenir en ville. Cette femme l'indifférait, c'était presque une inconnue qui ne s'occupait quasiment pas de lui. Elle semblait vivre dans son monde, tout à fait personnel, où il n'avait pas sa place. Elle n'entretenait aucun contact avec ses autres enfants ni avec aucun membre de sa famille. Elle ne travaillait pas et semblait ne fréquenter que des oiseaux de nuit de son espèce. Elle ne s'était jamais vraiment inquiétée de savoir comment il allait, si les choses se passaient bien à l'école ou si d'autres enfants l'ennuyaient.

Si elle lui avait accordé la moindre attention, il aurait pu lui confier qu'il aimait l'école et apprenait plutôt bien. Il aurait certes eu besoin d'un coup de main en calcul, mais ne voyait pas qui pouvait l'aider. Et l'orthographe était également difficile. Les règles, comme celles du *a* accentué et des doubles consonnes relevaient pour lui de l'hermétisme. Mais le professeur d'islandais était aussi bienveillant que patient avec lui, en dépit de ses résultats médiocres en dictée. En outre, il écrivait lentement. C'était un handicap, les dictées étaient enregistrées sur bandes magnétiques par des lecteurs qui les débitaient à toute vitesse, et il peinait à aller jusqu'au bout. Il aurait également pu lui expliquer combien cela l'embarrassait d'attirer l'attention parce qu'il n'apportait pas de pique-nique ou qu'il gardait trop longtemps les mêmes vêtements et que ces derniers commençaient à sentir mauvais.

Chaque jour, il faisait consciencieusement ses devoirs à la maison et le soir il regardait la télévision, il avait l'impression d'avoir un cinéma dans son salon. Il suivait toutes les émissions avec un égal intérêt, qu'il s'agisse des informations, des débats télévisés, des séries policières ou des émissions de divertissement et de variétés. Quelques films étaient diffusés en fin de semaine et il ne les manquait jamais. C'était peut-être ces programmes-là qu'il préférait. Avec les dessins animés.

Quand il était à la maison, Röggi se montrait assez taciturne et parlait peu de lui. Il ne semblait pas avoir d'amis ni entretenir de relations avec d'autres gens, il ne recevait pas de visites et personne ne le demandait jamais au téléphone. Il passait ses journées de congé à dormir et ne se levait que dans la soirée. Un jour, Andrés s'était réveillé au milieu de la nuit et l'avait vu assis dans la cuisine, occupé à fumer une cigarette devant une bouteille. Une autre fois, il s'était réveillé

113

sur le canapé et l'avait vu, figé, au-dessus de lui. L'homme l'avait regardé avec des yeux vides, puis était retourné dans la chambre à coucher. Il avait l'impression que Röggi lui manifestait plus d'intérêt que ne le faisait sa mère. Il lui posait des questions sur la manière dont ça se passait à l'école, sur ses professeurs, et regardait parfois la télévision avec lui. Il lui offrait aussi de petits cadeaux, des sucreries, des boissons gazeuses ou des chewing-gums.

Puis, un soir d'automne, sa mère s'était absentée, il s'était retrouvé seul à regarder la télé avec Röggi qui lui avait demandé s'il avait envie de voir de vrais films et des dessins animés. Il avait répondu oui. Röggi était allé dans la chambre pour y chercher la drôle de boîte qu'il avait remarquée sur la table du salon le soir de son arrivée. Il avait ouvert la boîte et retiré la housse, dévoilant le projecteur, puis était retourné dans la chambre d'où il avait rapporté un carton rempli de films. Pour finir, il avait déroulé un petit écran monté sur un trépied.

— Je vais te montrer mes dessins animés, avait annoncé Röggi. Il avait sorti quelques bobines du carton et installé l'une des pellicules sur les dévidoirs.

Il avait appuyé sur le bouton. Un faisceau d'un blanc aveuglant avait illuminé l'écran. L'appareil s'était mis à ronronner agréablement quand la pellicule avait commencé à défiler devant la lampe, la lumière blanche s'était transformée en traits, en points et en chiffres puis le film avait débuté.

Ils l'avaient regardé jusqu'à la fin, Röggi avait rembobiné la pellicule avant d'en choisir une autre, tout aussi drôle que la première : c'était tous les deux des films de Donald.

Quand le second dessin animé s'était achevé, Röggi avait installé une troisième bobine sur le projecteur sans le moindre commentaire. C'était un film étranger en couleur. La première scène montrait un homme adulte qui caressait les cheveux d'une petite fille à peine âgée de sept ans avant de la déshabiller.

— Je n'étais pas d'accord !! hurla-t-il, surplombant le salaud qui était parvenu à renverser par terre la chaise sur laquelle il l'avait attaché. Je n'ai jamais voulu regarder cette ignominie ! Tu me l'as montrée et tu m'as forcé… tu m'as forcé… tu m'y as forcé…

Il lui envoya des coups de pied, se mit à le battre, lui donna des coups de pied en pleurant, en hurlant, lui donna des coups de pied, encore et encore, le visage baigné de larmes.

— Je n'ai jamais été d'accord !!

21

Thorarinn se cachait.

Accompagné de quelques hommes, Sigurdur Oli s'était rendu au domicile du suspect, une petite maison jumelée de la rue Sogavegur. Il n'avait toutefois pas jugé nécessaire de faire appel aux forces d'intervention spéciales. Il avait frappé à la porte. Une bruine froide enveloppait la ville en cette fin d'après-midi. Les lampadaires qui venaient de s'allumer dans le quartier diffusaient une clarté brumeuse sur les environs. Finnur attendait que la porte s'ouvre et les autres demeuraient en retrait. Deux hommes étaient allés se poster derrière la maison au cas où Thorarinn essaierait de s'enfuir par là. La porte s'ouvrit et une fillette âgée d'environ six ans leva les yeux vers eux.

Sigurdur Oli se pencha en avant.

— Est-ce que ton papa est à la maison ? lui demanda-t-il en tentant de sourire.

— Non, répondit la petite.

Une seconde fillette, âgée d'environ dix ans, apparut derrière elle. Elle dévisagea Sigurdur Oli, Finnur et les autres policiers.

— Et ta maman, elle est ici ? interrogea Sigurdur Oli en s'adressant à l'aînée.

— Elle dort, répondit-elle.

— Tu pourrais la réveiller ?

Il s'efforçait d'adopter un ton bienveillant, sans grand succès.

— On n'a pas le droit, répondit la gamine.

Il échangea un regard avec Finnur.

— Il faut que tu la réveilles, observa son collègue d'un ton ferme. Nous sommes de la police et nous devons parler à ton père. Tu sais où il est ?

— Au travail, répondit la grande. Je vais réveiller maman, ajouta-t-elle avant de disparaître à l'intérieur.

Ils patientèrent un long moment au sommet des marches. Les policiers qui les accompagnaient piétinaient derrière eux sous la bruine. La plus jeune des fillettes se tenait dans l'embrasure et leur opposait un regard suspicieux. Ils étaient en possession d'un mandat de perquisition mais, contrairement à Sigurdur Oli, Finnur tenait à ne pas brusquer inutilement les trois enfants du couple : la benjamine n'avait que quatre ans. Ils savaient que Thorarinn n'était pas au travail. Ils avaient contacté son employeur qui leur avait répondu ne pas l'avoir vu depuis lundi. On avait maintenant lancé un avis de recherche pour retrouver sa camionnette.

L'aînée revint enfin, les observa un moment sans rien dire, puis sa mère apparut. Elle s'était manifestement accordé une sieste dont elle sortait à peine. Son visage potelé portait encore les traces des draps, elle avait les cheveux en bataille.

— Nous avons un mandat de perquisition, annonça Sigurdur Oli. Et nous souhaiterions que vous nous permettiez d'entrer. Nous devons également entendre Thorarinn, votre époux. Savez-vous où il se trouve ?

La femme ne répondait rien, les gamines les dévisageaient.

— Nous souhaiterions que cela se déroule aussi calmement que possible, ajouta Finnur.

La mère des enfants mettait un certain temps à se réveiller.

— Que... Que lui voulez-vous ? interrogea-t-elle d'une voix encore ensommeillée.

Au stade où en était l'affaire, Sigurdur Oli n'avait pas envie de se perdre en discussions. Il donna l'ordre à ses collègues de le suivre en écartant doucement les gamines du passage. Leur mère recula à l'intérieur. La perquisition débuta presque aussitôt. Ils étaient à la recherche de vêtements déchirés ou tachés de sang, de drogue, d'argent liquide, d'une liste de clients, de tout ce qui pouvait avoir un lien avec l'agression commise sur Lina et en expliquer le mobile. La plus jeune des petites était endormie dans le lit de ses parents. Sa mère la réveilla et la porta dans le salon. L'épouse ne semblait pas spécialement surprise de voir la police débarquer ainsi et n'émit pas la moindre objection. Elle s'installa à l'écart avec les petites et regarda sans rien dire les policiers qui envahissaient son foyer et le mettaient sens dessus dessous. La maison était impeccablement tenue, les tiroirs des commodes remplis de linge propre, la cuisine rangée, la table et le plan de travail essuyés. Il n'y avait toutefois aucun luxe visible, des objets de décoration bon marché ornaient la table et les étagères du salon, meublé d'un canapé et de fauteuils usés. Si Thorarinn s'enrichissait en revendant de la drogue, cela ne se voyait pas chez lui. En outre, il ne possédait pour tout véhicule que sa camionnette.

— Vous souvenez-vous des vêtements que portait votre mari dans la soirée de lundi ? interrogea Sigurdur Oli.

— Quels vêtements ? Il s'habille toujours pareil.

— Dans ce cas, pourriez-vous nous décrire sa tenue vestimentaire ?

La femme leur communiqua une description assez précise, qui correspondait à ce qu'avait vu Sigurdur Oli. Elle leur demanda ce qu'on reprochait à son mari.

— Où a-t-il passé la soirée de lundi ? éluda Sigurdur Oli.

— Il n'est pas sorti de toute la soirée, répondit-elle sans l'ombre d'une hésitation. Il n'est pas sorti ce soir-là, répéta-t-elle, au cas où Sigurdur Oli ne l'aurait pas entendue.

— Nous avons des preuves du contraire. En fait, il a été vu par quelqu'un. Il est donc impossible qu'il ait passé toute la soirée chez vous. D'ailleurs, celui qui l'a vu, c'est moi. Si vous avez l'intention de continuer à nous mentir, ne vous gênez pas, mais vous allez devoir le faire au commissariat. Vos filles iront chez la nounou et, si vous n'en trouvez aucune, nous le ferons à votre place, menaça-t-il.

La femme le dévisageait sans rien dire.

— Ou bien vous pouvez nous dire ce que nous avons besoin de savoir et vous pourrez retourner vous coucher, ajouta-t-il.

En regardant ses trois filles, la mère se dit qu'elle n'avait pas le choix. L'aînée connaissait déjà une scolarité difficile, non seulement en termes d'apprentissage, mais également dans la cour de récréation, et elle refusait désormais d'assister aux séances de piscine et de gymnastique.

— Il ne me parle jamais de quoi que ce soit. Je ne sais rien.

– Mais il n'était pas à la maison lundi soir ?

Elle secoua la tête.

– C'est lui qui vous a demandé de nous mentir ?

Elle hésita un instant puis acquiesça.

– Où est-il en ce moment ?

– Je n'en sais rien. Qu'est-ce qu'il a fait ? Je ne l'ai pas revu depuis lundi soir. Il est passé ici en coup de vent et je n'ai rien compris. Il m'a dit qu'il devait s'absenter et quitter la ville pendant un moment, mais qu'il rentrerait bientôt.

– Qu'entendait-il par *quitter la ville* ? Où voulait-il aller ?

– Je ne sais pas, nous n'avons pas de chalet d'été ni rien de ce genre.

– Il aurait de la famille en province ?

– Je ne crois pas. Qu'est-ce qu'il a fait ?

Les trois petites suivaient toute la conversation et les regardaient tour à tour. Sigurdur Oli fit signe à la mère qu'il n'était pas souhaitable que les enfants entendent et elle réagit immédiatement en les emmenant dans la cuisine et en demandant à l'aînée de préparer un chocolat chaud au malt.

– Nous pensons qu'il a agressé une femme dans le quartier Est de la ville, lui répondit Sigurdur Oli dès qu'elle fut revenue. Il a été vu sur les lieux.

– Il y a une autre femme ?

– Non, je ne crois pas, répondit Sigurdur Oli. L'agression dont je parle est d'une tout autre nature. Pouvez-vous nous dire avec qui il a été en contact les jours précédant son départ ?

La police avait demandé un relevé des appels passés depuis le fixe de Thorarinn. Peut-être ce document jetterait-il la lumière sur les raisons qui l'avaient conduit à agresser Lina, mais Sigurdur Oli en doutait. D'après les déclarations de Kristjan, Thorarinn s'entourait trop de précautions pour se laisser piéger ainsi. En outre, aucun numéro de portable n'était enregistré sous son nom, même s'il en possédait un.

– J'ignore en grande partie les activités de Toggi, répondit sa femme. Il ne me dit jamais rien. Il est livreur et travaille énormément, parfois aussi le soir et la nuit. C'est tout ce que je sais. Et maintenant il a disparu.

– Vous a-t-il contacté depuis sa disparition ?

– Non, répondit-elle. Pourquoi il s'en est pris à cette femme ?

– Nous l'ignorons.

– Il s'agit de celle dont ils ont parlé aux informations ? Celle qui est morte ?

Sigurdur Oli hocha la tête.

– Vous croyez que c'est Thorarinn qui a fait ça ?!

– Saviez-vous que votre mari est ce qu'on appelle communément un encaisseur ? interrogea Sigurdur Oli.

– Un encaisseur ? répéta-t-elle. Non. Qu'est-ce qui vous fait penser que c'est lui le coupable ? Pourquoi… je n'arrive pas à le croire !

Thorarinn avait quelques antécédents judiciaires, mais les faits étaient anciens. Ils dataient d'avant la naissance de sa fille aînée, sans doute même n'avait-il à l'époque pas encore rencontré son épouse. Il avait été deux fois condamné pour voies de faits. La première, il avait écopé de quatre mois avec sursis pour avoir agressé un homme dans un bar de Reykjavik. La victime avait été gravement blessée. La seconde fois, il s'en était pris à un autre dans un restaurant de Hafnarfjördur. Une sentence de six mois de prison ferme avait été prononcée à son encontre et il en avait purgé la moitié. Quand l'avis de recherche avait été lancé vers la fin de l'après-midi, on avait pris soin de préciser que l'homme était dangereux.

À en croire ce qu'avait dit Kristjan, Thorarinn était violent avec sa femme, mais Sigurdur Oli ne décela sur elle aucune trace de coups. Il se demanda s'il devait aborder la question, mais préféra finalement s'abstenir.

– Nous sommes en train d'examiner son implication dans cette affaire, répondit-il. Et vous pouvez croire ce que nous vous affirmons. C'est vous qui tenez cette maison aussi propre ?

– Il tient à ce que tout soit impeccable, répondit-elle, d'un ton presque machinal.

Finnur sortit de la cuisine et pria Sigurdur Oli de le suivre à l'extérieur.

– Nous n'avons rien trouvé qui nous permette d'établir un lien avec Lina. Tu as réussi à obtenir quelque chose de sa femme ? demanda Finnur.

— Elle vient d'apprendre que son mari est sans doute un assassin. Elle nous en dira sûrement plus une fois qu'elle aura repris ses esprits.

— Et tes amis, qu'est-ce qu'ils te disent ?

— Mes amis ? Tu recommences ?

— Tu n'as pas envie de savoir comment leurs interrogatoires se sont passés ? s'étonna Finnur.

— Cela ne m'intéresse pas du tout.

Sigurdur Oli savait que Patrekur, Herman et leurs épouses avaient tous les quatre été interrogés par son collègue. Il se serait évidemment procuré une copie de l'ensemble s'il n'avait pas été aussi occupé à tenter de mettre la main sur Thorarinn.

— Cet Hermann m'a montré la photo où il apparaît, il m'a raconté qu'Ebeneser et Lina le faisaient chanter. Bien sûr, il n'a pas reconnu avoir agressé Lina ni envoyé quelqu'un chez elle pour y récupérer les documents. Il était assez pitoyable. Quant à son épouse, elle a passé tout son temps à pleurer. Patrekur s'est montré plus revêche. Il a nié en bloc.

— Qu'as-tu l'intention de faire ?

— Je leur ai interdit de quitter le territoire. Patrekur a reconnu s'être adressé à toi, c'est consigné dans le procès-verbal. Il y est écrit que tu étais au courant de cette affaire et que tu ne l'as pas signalée. Je rédigerai le rapport plus tard et je l'enverrai à qui de droit. Attends-toi à ce qu'il y ait des suites.

— Pourquoi il faut que tu te comportes comme ça, Finnur ?

— Je suis étonné que tu t'entêtes à vouloir participer à cette enquête. Tu es bien trop proche de ces gens et, puisque tu n'agis pas, je me vois contraint de le faire. C'est moi qui dirige l'enquête et ce n'est pas ton affaire personnelle.

— Tu te crois en position de me menacer ? rétorqua Sigurdur Oli.

— Et toi, tu n'es pas en position de protester, Siggi. Tu es en train de faire capoter cette enquête du simple fait de ta présence. C'est moi qui la dirige et, toi, tu m'obéis.

— Tu crois vraiment que tu ne peux pas avoir confiance en moi ? s'agaça Sigurdur Oli. C'est ça que tu es train de me dire ? Toi, entre tous ?

— Oui, c'est exactement ça.

Sigurdur Oli toisa longuement Finnur. Il savait que c'était un bon flic, mais ses remarques relevaient presque d'une forme de harcèlement et il fallait que cela cesse. Il n'entendait pas le supporter plus longtemps. Pas de la part de Finnur. Venant d'autres collègues, peut-être l'aurait-il accepté, mais de Finnur, certainement pas.

— Si tu continues avec tes conneries, répondit-il en s'approchant de son collègue, je n'hésiterai pas. Réfléchis bien. Je crois qu'il vaudrait mieux pour toi que tu me laisses tranquille.

— De quoi est-ce que tu parles ?

— Tu connais un jeune homme du nom de Pétur, non ?

Finnur le regarda d'un air grave, mais ne lui répondit pas.

— Un de ces pauvres types qui nous posent constamment problème, poursuivit Sigurdur Oli. Un crétin violent qui a été roué de coups à deux pas du commissariat de Hverfisgata. Ça te dit quelque chose ?

Finnur continuait de le toiser sans dire un mot.

— Si tu t'imagines être le seul bon flic du quartier, tu te trompes lourdement. Je veux que tu cesses de me faire la morale et de me menacer pour que nous puissions tous les deux faire correctement notre travail.

Finnur ne le quittait pas des yeux, comme s'il s'efforçait de comprendre où il voulait en venir. Qu'il ait saisi ou non les insinuations de Sigurdur Oli, il lui servit une bordée d'insultes avant de retourner dans la maison.

Quand Sigurdur Oli arriva au commissariat un peu plus tard dans la soirée, un paquet l'attendait. L'homme venu le déposer avait refusé de décliner son identité, mais à la description qu'on lui avait faite, Sigurdur Oli avait compris qu'il s'agissait d'Andrés, l'alcoolique qui lui avait sauté dessus à l'arrière du commissariat. Placé au fond d'un grand sac de supermarché en plastique usé, le paquet était si petit qu'il faillit ne pas le trouver. Il pensa d'abord que le sac ne contenait rien et qu'il s'agissait d'une plaisanterie. Ce ne fut que lorsqu'il le retourna pour le secouer consciencieusement que l'objet tomba sur le sol.

C'était un petit morceau de pellicule 8 millimètres enroulé sur lui-même. Il le posa sur son bureau, fouilla tous les replis du plastique à la recherche d'un message ou d'autres fragments, mais n'y trouva rien de plus.

Il reprit la pellicule, la déplia et l'approcha de la lampe pour voir ce qu'elle représentait, sans grand succès. Il resta longtemps assis à réfléchir à Andrés et à tenter d'imaginer la raison de sa visite.

Il scruta le fragment et se demanda ce qu'il devait faire de ce minuscule machin, arrivé au commissariat au fond d'un sac de supermarché crasseux. Sans doute la police n'en tirerait-elle pas grand-chose. Le film devait être des plus brefs et il ne comprenait pas pourquoi il avait atterri sur son bureau.

Il apparut plus tard que la séquence fixée sur la pellicule durait douze secondes.

22

Lina travaillait comme secrétaire dans un cabinet d'experts-comptables et ses collègues avaient été choqués d'apprendre ce qui lui était arrivé. Sigurdur Oli s'y rendit vers midi le samedi. Il avait d'abord eu l'intention d'attendre le début de la semaine suivante, mais on l'avait informé que presque tous les employés seraient présents tout le week-end car l'entreprise avait pris du retard, tant elle croulait sous le travail. Aucun de ceux qu'il interrogea n'avait la moindre idée du mobile de l'agression, et ils ne connaissaient personne qui aurait pu vouloir du mal à Lina. Il interrogea d'autres secrétaires, ainsi que quelques comptables sous l'autorité desquels elle avait travaillé. Il s'installa dans une petite salle de réunion avec le directeur adjoint du cabinet, dont Lina était la plus proche collaboratrice. C'était un homme âgé d'une cinquantaine d'années du nom d'Isleifur, plutôt gras et bien portant, vêtu d'un costume hors de prix. Le cabinet avait largement bénéficié de la croissance économique phénoménale que connaissait l'Islande et l'homme semblait débordé. Il avait posé ses deux portables devant lui et les avait réglés en mode vibreur. Les appareils vrombirent constamment tout le temps que dura leur conversation. Isleifur consultait leurs écrans par intermittence et jugeait généralement que les appels pouvaient attendre. Il n'avait répondu qu'une seule fois, manifestement à son épouse, à en juger par la douceur avec laquelle il lui avait demandé de rappeler plus tard car il était en rendez-vous. La dame avait l'air habituée.

Isleifur décrivit Lina comme une employée modèle et appréciée de tous. En effet, aucun de ceux que Sigurdur Oli avait interrogés n'avait eu le moindre reproche à adresser à la jeune femme.

– Je crois qu'elle voulait devenir expert-comptable. Elle comprenait bien comment tout ça fonctionnait, ce qui n'est pas à la portée de n'importe qui, observa-t-il, avec un sourire convenu.

— Il ne s'agit pas juste d'additions et de soustractions ? s'enquit Sigurdur Oli.

— Hé, hé.

Isleifur laissa échapper un petit rire sec.

— C'est ce que pensent bien des gens, mais c'est plus compliqué que ça.

— Lina était-elle l'une de vos proches collaboratrices ?

— Oui, on peut dire ça. Elle était très courageuse. On doit souvent travailler jusque tard le soir et aussi le week-end. Elle ne rechignait pas, elle faisait sa part.

— En quoi consistent exactement vos activités ? Quel est le profil de vos clients ? demanda Sigurdur Oli.

— Eh bien, c'est extrêmement varié, répondit Isleifur.

Il attrapa l'un des portables, jeta un coup d'œil rapide à l'écran et fit taire le vibreur.

— Nous travaillons aussi bien pour des particuliers que pour des entreprises, de grosses entreprises. Nous offrons, si on peut dire, des solutions clés en main, cela va de la comptabilité la plus simple aux contrats les plus complexes.

— Lina entretenait-elle des relations avec certains de vos clients ?

— Des relations ? C'est-à-dire ?

— Pouvez-vous me donner les noms de personnes avec lesquelles elle était en contact direct pour des raisons professionnelles ?

— Eh bien, je ne sais pas…

L'un des téléphones se remit à vibrer.

— Vous voulez parler de relations… personnelles ou de… ?

Il regarda le numéro sur l'écran et ignora à nouveau l'appel.

— Je parle de n'importe quel type de relations, entretenait-elle des relations personnelles avec certains clients du cabinet ?

— Pas que je sache, répondit Isleifur. Évidemment, des liens se créent entre les gens, mais en général pas entre les secrétaires et les clients, les relations dont vous parlez concerneraient plutôt les experts-comptables.

— Connaissez-vous Ebeneser, son époux ?

125

– Oui, mais très peu. Je sais qu'il s'est chargé d'emmener certains de nos clients en excursion. Il est guide de montagne ou quelque chose comme ça, non ? Il nous est arrivé d'organiser des barbecues sur le glacier de Vatnajökull.

– Avec Lina, ils formaient un couple solide ou ça battait de l'aile ? Vous êtes peut-être au courant.

Les deux téléphones se mirent une nouvelle fois à vibrer et Isleifur les attrapa d'un air contrit.

– Je crains d'être forcé de répondre cette fois-ci, observa-t-il. Lina travaillait beaucoup avec Kolfinna. C'est l'une de nos secrétaires, vous devriez peut-être l'interroger.

Kolfinna était aussi débordée que son chef. Assise devant son ordinateur, elle entrait des données dans un tableau Excel entre deux coups de téléphone. Sigurdur Oli la pria de lui accorder quelques minutes en précisant qu'il enquêtait sur le décès de Sigurlina.

– Ah oui, mon Dieu ! répondit Kolfinna. On m'a dit que la police était ici, au fait vous fumez ?

Sigurdur Oli secoua la tête.

– Nous allons quand même faire une pause cigarette tous les deux, déclara-t-elle en refermant son fichier. Elle ouvrit un tiroir, prit son briquet et son paquet et lui fit signe de la suivre. Ils se retrouvèrent au grand air dans l'arrière-cour du bâtiment, à côté d'une bassine à moitié remplie de mégots qui marinaient dans l'eau sale. Kolfinna alluma sa cigarette et inspira profondément la fumée.

– Mon Dieu, c'est vraiment terrifiant, soupira-t-elle. Ces cambrioleurs sont devenus complètement cinglés pour s'en prendre aussi sauvagement aux gens.

– Vous pensez qu'il s'agit d'un cambrioleur ? interrogea Sigurdur Oli en s'efforçant de se protéger de la fumée.

– Oui, ce n'est pas le cas ? C'est ce que j'ai cru comprendre. C'est bien ça, non ?

– L'enquête est en cours, répondit sèchement Sigurdur Oli qui ne supportait pas les fumeurs et n'était pas mécontent qu'ils aient été chassés des lieux publics, et même des restaurants et des bars. Ils pouvaient aller se tuer à petit feu ailleurs.

– Son couple allait bien ? demanda-t-il avec un toussotement poli qu'elle ne remarqua absolument pas.

– Son couple ? Oui, tout allait bien, enfin je pense. Mais ils en bavaient financièrement. Ils sont très endettés. Ils ont contracté un de ces emprunts en devises étrangères, ils en ont pris un autre pour la voiture et pour le chalet d'été qu'ils se font construire. Leurs salaires ne sont pas mirobolants, mais ils ont tout et ne se refusent rien. Ils se contentent de faire un emprunt de plus. N'est-ce pas ce que tout le monde fait en ce moment en Islande ?

– Un chalet d'été ?

– Oui, à Grimsnes.

– Ebeneser s'est déjà occupé des excursions de certains de vos clients, à ce qu'on m'a dit, observa Sigurdur Oli.

– Il l'a fait deux fois, si je ne m'abuse. Je n'y ai pas participé. Lina l'a accompagné, évidemment. C'était très sympa, des excursions de deux ou trois jours, si je me souviens bien, avec balades en jeep sur les glaciers. Tous ces gars-là ont des jeeps. Moins ils en ont dans le pantalon, plus la bagnole est chère.

Kolfinna avait dit tout cela d'un air détaché avant de lancer son mégot dans le bouillon de culture.

– C'était Lina qui disait ça, précisa-t-elle.

– Elle avait eu l'occasion de vérifier la chose ? interrogea Sigurdur Oli.

Kolfinna sortit une seconde cigarette, bien décidée à mettre au mieux sa pause à profit.

– Naturellement, elle était avec Ebbi.

Elle laissa échapper un petit rire rauque. Sigurdur Oli lui adressa un sourire.

– Entendez-vous par là qu'il n'est pas impossible qu'elle ait eu des aventures avec certains de ces hommes ? s'enquit Kolfinna. Cela se pourrait bien. C'était son genre. Ça ne la gênait pas de coucher à droite à gauche. Vous avez découvert des choses dans ce sens ? Elle a couché avec certains ?

Kolfinna faisait preuve d'une authentique curiosité et la déception se lut sur son visage quand Sigurdur Oli lui répondit qu'il n'était au courant de rien dans ce domaine. Il lui demanda si elle pouvait lui procurer la liste des noms des clients qui étaient allés à ces excursions en jeep avec Ebeneser et Lina. Kolfinna l'assura que c'était simple, toutes ces informations se trouvaient dans son ordinateur. À sa connaissance, le couple n'avait pas d'ennuis susceptibles de leur attirer la visite d'un encaisseur. Elle lui répéta qu'ils étaient très endettés et ajouta que Lina ne s'était jamais beaucoup confiée à ses collègues. Même si elles travaillaient ensemble depuis plusieurs années et qu'elles s'entendaient plutôt bien, Kolfinna en savait très peu sur Lina.

— C'était une collègue agréable, reprit-elle, mais elle gardait toujours une certaine distance. Elle était comme ça, cela dit nous n'avons jamais eu la moindre dispute.

— Ça lui est arrivé de vous dire qu'elle avait peur, qu'elle se sentait en danger ou qu'elle s'était mise dans une situation dont elle n'arrivait pas à se sortir?

— Non. Tout allait bien. Enfin, je crois.

Kolfinna trouva uniquement la liste des participants à la première excursion dans son ordinateur, elle l'imprima et promit au policier de lui envoyer la seconde par courriel dès qu'elle l'aurait retrouvée. Sigurdur Oli passa les noms en revue, mais n'en reconnut aucun.

Elinborg l'appela plus tard dans la journée pour lui demander de venir l'aider dans la soirée. Il pensait avoir mieux à faire un samedi soir, mais se laissa convaincre. Elinborg était débordée, plongée jour et nuit dans son enquête sur le meurtre de Thingholt. Elle passa le prendre chez lui. Ils se rendirent chez un homme qui habitait dans la rue Fellsmuli, un certain Valur, un individu particulièrement pénible qui avait rudement agacé Sigurdur Oli.

— Dis donc, tu as des nouvelles d'Erlendur? demanda Sigurdur Oli une fois dans la voiture, leur visite terminée. Il se rappela l'appel d'Eva Lind au sujet de son père.

— Non, aucune, lui avait répondu Elinborg d'un ton las. Il n'avait pas prévu de partir en voyage dans les fjords de l'Est pour quelques jours?

— Il y a longtemps?

— Ça doit faire une bonne semaine.

— Combien de temps avait-il prévu de rester là-bas ?

— Je n'en sais rien.

— Qu'allait-il y faire ?

— Revoir les lieux de son enfance.

— Tu as des nouvelles de cette femme qu'il fréquente ?

— Valgerdur ? Non. Je devrais peut-être l'appeler pour lui demander s'il s'est manifesté.

23

C'était le deuxième dimanche d'affilée que Sigurdur Oli passait sa matinée assis dans sa voiture à surveiller le quotidien qui dépassait de la boîte aux lettres dans le sas d'entrée de cet immeuble. Arrivé là tôt le matin, peu après le passage du livreur de journaux, il avait surveillé les allées et venues et laissé le chauffage allumé dans le véhicule. Il avait emporté avec lui un thermos de café et un peu de lecture, un journal et les dernières brochures touristiques proposant des voyages en Floride. Les lieux étaient encore plus déserts que le dimanche précédent. Il n'avait vu ni la jeune fille qui avait tant peiné à gravir l'escalier ni le crève-la-faim qui se disait musicien. Les minutes s'étiraient en longueur. Il avait lu chaque lettre imprimée sur son quotidien et longuement scruté les photos ensoleillées des brochures. Il avait allumé la radio sans rien trouver qui lui plaise, zappant d'une station à l'autre, du blabla à la musique, puis à nouveau au blabla. Il avait finalement trouvé une chaîne qui diffusait de vieux morceaux de rock et avait écouté un moment.

Un homme âgé était entré dans l'immeuble avec un sac provenant d'une boulangerie du quartier. Il n'avait pas même accordé un regard au journal dépassant de la boîte aux lettres mais, en voyant le sac que ce dernier avait à la main, Sigurdur Oli avait tout à coup eu faim. La boulangerie se trouvait à deux pas, il lui aurait suffi de reculer de quelques mètres pour apercevoir l'enseigne. Il avait hésité. Une odeur de pain et de gâteaux frais lui chatouillait les narines. Il aurait bien eu envie d'une petite pâtisserie. Cela dit, le voleur risquait évidemment de subtiliser le journal juste à ce moment-là. Et s'il y avait la queue? avait-il pensé en regardant vers la boulangerie.

Rien de notable ne s'était produit jusque vers midi. Puis, une femme entre deux âges était descendue dans le sas d'entrée, elle avait inspecté le parking, puis les boîtes aux lettres et pris le journal sans hésiter avant de pousser la porte vitrée qui donnait sur la cage d'escalier. Plongé dans les mots croisés et tenaillé par la faim, Sigurdur Oli bondit hors de la voiture pour se précipiter dans le hall. Il bloqua la porte du pied avant qu'elle ne se referme et attrapa pour ainsi dire la main dans le sac cette voleuse qui avait déjà gravi deux marches.

— Qu'est-ce que vous faites avec ça? lança-t-il d'un ton peu avenant, la main serrée autour du bras de la dame.

Elle le regarda d'un air terrifié.

— Laissez-moi tranquille, répondit-elle. De toute façon, je ne vous le donnerai pas! Au voleur! s'écria-t-elle d'une voix étouffée.

— Je ne suis pas un voleur, je suis policier. Pourquoi volez-vous le journal de Gudmunda?

Le visage de la dame s'illumina tout à coup.

— Vous êtes le fils de Gagga? s'enquit-elle.

— Oui, répondit-il, déconcerté.

— Mon petit, Gudmunda, c'est moi.

Sigurdur Oli relâcha son emprise.

— Gagga ne vous a pas prévenue? s'étonna-t-il. J'étais censé surveiller ce journal, pour vous.

— Ah oui, mince alors, mais vous comprenez, c'est que j'ai eu tout à coup terriblement envie de le lire.

— Je veux bien, mais vous ne pouvez pas l'emporter chez vous si je dois le surveiller.

— En effet, convint Gudmunda en continuant de monter les marches, c'est bien le problème. N'oubliez pas de passer le bonjour de ma part à votre mère, mon petit.

Sigurdur Oli relata cet échange à Gagga dès qu'il arriva chez elle, quelques instants plus tard. Tout en enfournant goulûment le déjeuner qu'elle lui avait préparé, il précisa qu'il ne passerait plus son temps à traquer le voleur de journal de Kleppsvegur. C'en était fini de ces conneries.

Gagga trouvait la mésaventure de son fils assez drôle: debout derrière lui, elle tentait de se retenir de rire et lui proposa de se resservir, assez surprise de le voir manger de si bon appétit.

Elle lui offrit un café et lui demanda s'il avait vu son père. Sigurdur Oli lui répondit que ce dernier était passé le voir au commissariat de Hverfisgata pour lui annoncer qu'il avait un problème à la prostate.

— Le pauvre, il doit être sacrément déprimé, non ? interrogea Gagga en s'asseyant à côté de son fils à la table de cuisine. Quand il m'a appelée pour me le dire, il n'avait pas l'air très en forme.

— En tout cas, il n'en laisse rien paraître, répondit Sigurdur Oli. Je vais aller le voir tout à l'heure, il doit passer sur le billard demain. Il m'a dit qu'il fallait que moi aussi je passe des examens, que je faisais partie d'un groupe à risques.

— Alors, fais-le, trancha Gagga, il me l'a dit à moi aussi, n'attends pas.

Il avala une gorgée de café en pensant au couple que son père et sa mère formaient autrefois. Il se rappelait avoir épié une de leurs conversations dont il était le sujet, où ses parents avaient dit ne pas pouvoir divorcer à cause de lui. L'affirmation venait de son père. Gagga avait répondu qu'elle pouvait parfaitement s'occuper du petit toute seule. Son père avait tout tenté pour éviter la séparation, mais en vain. C'était inévitable et il avait fini par déménager avec ses bagages remplis de vêtements, une vieille valise qui était depuis longtemps dans sa famille, une table, des photos, des livres et quelques autres bricoles. Tout cela avait disparu dans une fourgonnette garée devant l'immeuble. Gagga était absente ce jour-là. Son père lui avait dit au revoir sur le parking en lui expliquant que ce n'était pas un adieu, qu'ils continueraient à se voir souvent et à passer de bons moments ensemble.

— Peut-être que c'est mieux comme ça étant donné la situation, avait-il observé. Pourtant, je ne comprends pas vraiment ce qui se passe, avait-il ajouté.

Ces mots s'étaient gravés dans l'esprit de Sigurdur Oli.

Il avait interrogé sa mère sur les raisons du divorce, mais elle ne lui avait fourni aucune réponse satisfaisante. Ça n'allait plus entre nous depuis longtemps, avait-elle simplement déclaré en lui demandant de ne plus l'importuner avec ces histoires.

Dans le souvenir de Sigurdur Oli, son père s'était toujours plié en quatre pour elle jusqu'à devenir pratiquement son esclave. Elle le traitait souvent comme un moins-que-rien en présence de leur fils, qui attendait de le voir réagir, dire quelque chose, protester, s'insurger, se mettre en colère, hausser le ton et lui reprocher d'être injuste, exigeante et acariâtre. Mais il ne se rebellait jamais, ne s'opposait jamais durement à elle et la laissait décider de tout. Sigurdur Oli savait que les torts incombaient grandement à sa mère, à cette intransigeance et cette exigence qui la caractérisaient. Mais il s'était également mis à considérer son père sous un autre jour, à lui reprocher ce qui déraillait, sa léthargie et son incapacité à maintenir la famille unie.

Jamais il ne se laisserait piétiner par sa femme. Son désir le plus cher était de ne pas ressembler à son père.

— Tu lui trouvais quoi quand tu l'as rencontré? demanda-t-il à sa mère en terminant son café.

— Tu veux dire, à ton père? répondit Gagga. Elle lui offrit une seconde tasse. Il refusa et se leva. Il fallait qu'il aille à l'hôpital et qu'ensuite il passe à Hverfisgata.

— Oui.

Gagga le regarda longuement, pensive.

— Je croyais qu'il avait plus de répondant, ton père n'a jamais eu de tripes, déclara-t-elle.

— Il a toujours tout fait pour te faire plaisir, répondit Sigurdur Oli. Je m'en souviens très bien. Et je me rappelle aussi que tu étais plutôt désagréable avec lui.

— Non mais, c'est quoi ça? rétorqua Gagga. Pourquoi tu remets cette histoire sur le tapis maintenant? C'est à cause du problème que tu as avec Bergthora? Tu as des remords?

— Peut-être que je t'ai un peu trop soutenue, observa-t-il. Je me dis que j'aurais sans doute dû soutenir un peu plus papa.

— Tu n'avais pas à choisir entre lui et moi. Notre couple ne fonctionnait plus. Cela n'avait rien à voir avec toi.

— En effet. Cela ne me concernait pas, c'est ce que tu m'as toujours dit. Tu trouves ça juste?

— Non, mais qu'est-ce que tu veux que je te dise? Et pourquoi tu remues tout ça maintenant? C'est du passé.

– C'est vrai, répondit Sigurdur Oli. Bon, il faut que j'y aille.

– J'ai toujours beaucoup apprécié Bergthora.

– Ce n'est pas ce qu'elle dit.

– Eh bien, elle peut dire ce qu'elle veut, mais c'est faux.

– Bon, il faut que j'y aille.

– Passe le bonjour à ton père de ma part, conclut Gagga en débarrassant les tasses.

Le père de Sigurdur Oli avait été admis au service d'urologie de l'Hôpital national de Hringbraut et était endormi lorsqu'il arriva. Il ne voulait pas le réveiller, il s'installa sur une chaise et attendit. Le malade occupait une chambre individuelle plongée dans le silence, allongé sous une couette blanche.

En attendant que son père se réveille, Sigurdur Oli pensait à Bergthora. Il se demandait s'il n'avait pas été trop intransigeant avec elle et s'il avait encore une chance de pouvoir rattraper les choses.

24

Les recherches lancées pour retrouver Thorarinn n'avaient toujours pas abouti le lundi après-midi. On avait interrogé une foule de gens qui le connaissaient de près ou de loin, parmi lesquels d'autres chauffeurs-livreurs, des parents et des clients réguliers. Personne n'avait aucune nouvelle de lui ni ne savait où il était, mais diverses hypothèses avaient été avancées. On en explora certaines, d'autres semblèrent trop tirées par les cheveux pour qu'on leur accorde le moindre crédit. Un avis de recherche avait été publié par voie de presse, accompagné cette fois d'une photo récente, transmise par sa femme. L'avis précisait que l'homme était recherché pour le meurtre de Sigurlina et qu'il était dangereux. La police récolta assez vite de premiers indices sur les lieux où il pouvait se cacher. Elle reçut des appels provenant de Reykjavik et de province, et même des lointains fjords de l'Est.

Ce jour-là, Sigurdur Oli consacra la majeure partie de son temps à une autre affaire plus complexe qui exigeait entre autres le recours à une personne sachant lire sur les lèvres. Au début de la soirée, il l'avait enfin trouvée. Elinborg lui avait suggéré de s'adresser à l'Association des malentendants qui l'avait orienté vers une femme considérée comme l'une des meilleures spécialistes islandaises en la matière. Il l'avait contactée par courriel et tous deux avaient convenu d'un rendez-vous vers dix-huit heures au commissariat.

Sigurdur Oli souhaitait qu'elle examine avec lui le fragment de pellicule qu'il avait reçu dans ce sac en plastique crasseux.

Il l'avait préalablement confié à la Scientifique qui avait transféré la séquence sur un support numérique. Ses collègues s'étaient efforcés de restaurer l'image et de la nettoyer malgré le manque de temps dont ils disposaient. Il apparut que la pellicule 8 mm était de marque Kodak. L'entreprise avait

135

cessé de la fabriquer depuis 1990. Le contenu ne semblait pas être l'œuvre d'un studio, c'était plutôt l'un de ces films de famille, tournés par un cinéaste amateur et réservé au cercle privé. Il était cependant difficile de se montrer affirmatif en quoi que soit, y compris sur le pays où les images avaient été prises. On pouvait imaginer que c'était en Islande, mais cela pouvait être à l'étranger, comme l'avait expliqué clairement le gars de la Scientifique qui avait appelé Sigurdur Oli pour lui communiquer les résultats de ses analyses.

Il était difficile de distinguer dans quel lieu et à quelle époque la séquence avait été prise pour un certain nombre de raisons. L'une d'elles était que le cadre était extrêmement "fermé" comme l'avait dit le collègue : l'environnement n'était pas très visible, on n'apercevait qu'un morceau de meuble qui pouvait être un lit, un canapé ou un divan. Le film ne révélait pas grand-chose de ce côté-là. Il pouvait être récent, avoir été fait juste avant 1990, mais également remonter à une cinquantaine d'années, à l'époque où ce type de pellicules Kodak était le plus en vogue. Il était impossible de se prononcer sur cette question, le procédé ayant très peu évolué avec le temps. La séquence était très courte : elle comportait seize images à la seconde, soit cent quatre-vingt-douze au total. Toutes avaient le même cadre, accompagnaient le même mouvement et l'angle de prise de vue était le même. Elles avaient été filmées en intérieur. Le lit ou le sofa tendait à indiquer que la scène se passait dans une chambre à coucher. Il était impossible de localiser l'appartement. On ne voyait rien par les fenêtres, la prise était en plongée tout le temps que durait le fragment.

La séquence était muette, mais des mots étaient prononcés. Les gars de la Scientifique n'étaient pas parvenus à les décoder et Sigurdur Oli non plus. C'est alors qu'il avait eu l'idée de contacter une spécialiste en lecture labiale.

Ce qui l'intéressait dans ce fragment de douze secondes résidait justement dans ce qui n'apparaissait pas à l'image. Ce qu'il suggérait avait piqué la curiosité de Sigurdur Oli. Cette séquence, malgré la rareté des informations qu'on pouvait en extraire, racontait une histoire précise ; elle était le témoin de la souffrance et du malheur des plus vulnérables, la promesse triste que d'autres événements, plus graves, se produiraient ensuite, sur les images manquantes. Il n'y avait aucune raison d'écarter cette crainte quand on pensait à la manière dont le fragment était arrivé à la police. C'était une question d'expérience. Sigurdur Oli avait le sentiment tenace que des choses bien pires apparaîtraient si on retrouvait le reste du film.

Il était presque six heures quand on l'appela depuis l'accueil du commissariat pour l'informer que deux femmes l'attendaient. Il alla à leur rencontre. La première, prénommée Elisabet, était celle qui lisait sur les lèvres et l'autre, Hildur, était l'interprète en langue des signes. Ils se saluèrent puis rejoignirent le bureau de Sigurdur Oli où il avait installé sur une table à roulettes un lecteur DVD et un écran plat. Tous trois s'assirent sur des chaises disposées face à l'écran et le policier expliqua plus précisément à la spécialiste en lecture labiale la raison pour laquelle il lui avait demandé de venir. La police avait reçu un morceau de pellicule dont elle ne connaissait pas le propriétaire, mais la séquence montrait sans doute un acte réprimé par la loi, qui avait eu lieu des années plus tôt. La spécialiste en lecture labiale pouvait donc l'aider à reconstituer les paroles prononcées par le protagoniste. L'interprète en langue des signes traduisait au fur et à mesure les propos de Sigurdur Oli. Les deux femmes étaient très différentes. La spécialiste en lecture labiale était âgée d'une trentaine d'années, petite et fine. Sigurdur Oli avait l'impression qu'elle était fragile comme une poupée de porcelaine. L'interprète, aussi grande qu'imposante, était une femme exubérante, âgée d'une soixantaine d'années. Elle entendait parfaitement et il était évident qu'elle n'avait jamais été muette. Le plus important était qu'elle traduisait extrêmement vite, sans la moindre hésitation, et dans les deux sens.

Ils regardèrent la séquence une première fois, puis une deuxième. Puis une troisième. Ce qu'ils y virent était un petit garçon âgé d'un peu plus de dix ans qui tentait d'échapper à celui qui filmait la scène. L'enfant était nu, il tombait du lit ou du sofa dont on ne distinguait qu'une partie, restait un instant allongé sur le sol, puis tentait de se dérober à la caméra, recroquevillé sur lui-même comme une araignée, les yeux fixés alternativement sur l'objectif et sur l'homme qui tenait l'appareil. On voyait ses lèvres bouger. Ses vaines tentatives pour échapper à la caméra faisaient penser à un animal traqué et il était visible qu'il avait peur du caméraman qu'il suppliait. Le fragment de film s'arrêtait de manière aussi abrupte qu'il débutait, sur l'image d'un être désemparé et humilié. La souffrance palpable sur le visage du petit garçon produisit le même effet sur les deux femmes que sur Sigurdur Oli, la première fois qu'il avait regardé le document.

— Qui est-ce ? demanda Hildur. Qui est cet enfant ?

— On l'ignore, répondit Sigurdur Oli tandis qu'Hildur se mettait à traduire. On essaie de le découvrir.

— Qu'est-ce qui lui est arrivé ? demanda Elisabet.

— On ne sait pas non plus. Nous avons reçu cela et c'est tout. Vous pouvez nous dire ce qu'il raconte ?

— C'est très difficile, fit remarquer Elisabet. Il faut que je regarde mieux.

— Vous pouvez revoir ce document autant de fois que vous le désirez, informa Sigurdur Oli.

— Vous savez qui a fait ce film ?

— Non.

— Ce n'est qu'un extrait très bref, vous n'avez pas d'autres informations ?

— Non, tout ce que nous avons se résume à ça.

— Ces images ont été tournées en quelle année ?

— On l'ignore également, ça doit remonter à longtemps, mais nous avons très peu d'éléments pour juger. Rien dans le décor ne permet d'établir une datation précise. Nous savons que ce type de pellicule était courant avant 1990, mais rien ne dit que ce fragment n'a pas été filmé récemment. Les seules choses concrètes dont on dispose se résument à ce petit garçon et à ce qu'il dit.

Sigurdur Oli expliqua aux deux femmes qu'il avait fait tirer trois photos à partir du bout de pellicule et qu'il les avait emmenées chez plusieurs coiffeurs qui officiaient depuis des années. Tous avaient émis la même remarque. Le petit garçon portait une coupe de cheveux dite coupe pour hommes à la mode jusqu'au début des années 70 : on dégageait la nuque, on laissait un peu de longueur sur le sommet du crâne et une mèche retombait sur le front.

— Ce film daterait donc des années 60 ? demanda Elisabet.

— Sans doute, répondit Sigurdur Oli.

— Il me semble qu'à cette époque-là les parents rasaient généralement la tête des garçons quand ils les envoyaient à la campagne l'été, ajouta Hildur. J'ai deux frères nés vers 1960 et ils partaient toujours à la campagne avec le crâne rasé.

— Vous pensez que la scène aurait pu avoir lieu dans une ferme ? interrogea Sigurdur Oli.

Hildur haussa les épaules.

— Il est très difficile de déchiffrer ce qu'il dit, répéta-t-elle, traduisant les propos d'Elisabet, mais ça pourrait être de l'islandais.

Ils regardèrent à nouveau la séquence. Elisabet se concentra sur les lèvres de l'enfant. Le fragment de pellicule défila une fois encore, puis une autre, et encore une autre devant leurs yeux. Dix fois, vingt fois, ils le regardèrent tandis qu'Elisabet scrutait le visage du petit. Sigurdur Oli avait eu beau essayer de deviner ce qu'il disait, il n'y était pas parvenu. Il aurait bien aimé que les mots prononcés par l'enfant soient un nom, qu'il appelle l'homme à la caméra par son prénom, mais il supposait que les choses n'étaient pas aussi simples.

— … *arrête*…

Le mot sortit de la bouche d'Elisabet qui fixait intensément l'écran.

Elle l'avait prononcé sans l'accentuer, d'un ton plat, presque mécanique, un peu bizarrement, d'une petite voix claire, comme celle d'un enfant.

— Je ne l'ai jamais entendue dire le moindre mot, murmura Hildur, ébahie.

— … *arrête*… dit une nouvelle fois Elisabet. Puis, elle répéta encore une fois : *arrête*.

Il était tard le soir lorsque la spécialiste en lecture labiale considéra avoir trouvé avec certitude la prière qu'adressait le petit garçon.

139

arrête
arrête
je ne veux plus
s'il te plaît arrête

25

Plus tôt dans la journée, alors qu'il allait d'un salon de coiffure à l'autre avec les photos extraites de la séquence, Sigurdur Oli avait tenté de retrouver Andrés. Il avait découvert qu'il habitait toujours le même immeuble que l'hiver précédent, il s'y était rendu et avait frappé si fort chez lui que toute la cage d'escalier avait résonné, mais il n'avait obtenu aucune réponse. Il envisageait de forcer la porte quand une voisine, une femme âgée d'environ soixante-dix ans, ouvrit la sienne et sortit sur le palier.

— C'est vous qui faites tout ce boucan? s'était-elle exclamée en lui adressant un regard noir.

— Vous savez où je pourrais trouver Andrés? Vous l'auriez vu récemment? avait interrogé Sigurdur Oli sans se laisser impressionner.

— Andrés? Qu'est-ce que vous lui voulez?

— Rien. Je dois lui parler.

Il avait préféré ne pas lui répondre que ce n'était pas ses affaires.

— Il y a longtemps qu'Andrés n'est pas passé chez lui, avait-elle observé en le détaillant du regard.

— Ce n'est pas un genre de clochard, un poivrot?

— Et quand bien même, cela ferait de lui quelqu'un de moins convenable? avait rétorqué la femme. Je n'ai jamais eu le moindre problème avec lui. Il est toujours prêt à rendre service, il n'est pas bruyant et ne dérange jamais personne. Quelle importance qu'il boive un petit coup de temps en temps?

— Quand l'avez-vous vu pour la dernière fois?

— Si je puis me permettre, qui êtes-vous?

— Je travaille dans la police, avait précisé Sigurdur Oli, et il faudrait que je lui parle. Rien de bien grave, mais j'ai besoin de le voir. Peut-être pourriez-vous me dire où il est?

– Je n'en ai aucune idée.

La femme continuait à lui opposer un regard suspicieux.

– C'est possible qu'il soit à l'intérieur ? Dans un état qui ne lui permettrait pas de m'entendre ?

Prise d'hésitation, la vieille femme avait regardé la porte d'Andrés.

– Vous me dites ne pas l'avoir vu depuis un certain temps. Il ne vous est pas venu à l'esprit qu'il pourrait être chez lui et avoir besoin d'aide ?

– Il m'a laissé une clé, avait-elle répondu.

– Ah bon, vous avez la clé de chez lui ?

– Il m'a dit qu'il la perdait tout le temps et m'a demandé d'en garder un double. Il lui est arrivé d'en avoir besoin. La dernière fois que je l'ai vu, c'était justement pour ça.

– Dans quel état était-il ?

– Le pauvre, il n'était pas bien vaillant. Il semblait bouleversé, j'ignore pourquoi. Il m'a dit de ne pas m'inquiéter pour lui.

– Ça remonte à quand ?

– À la fin de l'été.

– Cet été ?!

– Ça m'est déjà arrivé de ne pas le croiser pendant un certain temps, avait-elle observé, sur la défensive, afin de signifier qu'elle n'était pas responsable de son voisin.

– On ne devrait pas aller vérifier que tout va bien ? avait suggéré Sigurdur Oli.

La femme hésitait. Une jolie plaque en cuivre gravée à son nom était collée sur sa porte : Margrét Eymunds.

– Je ne crois vraiment pas qu'il est à l'intérieur.

– Ne vaudrait-il pas mieux s'en assurer ?

– Vous avez raison, ça ne coûte rien, avait-elle convenu. On ne sait jamais, il aurait pu se faire mal, le pauvre. Mais vous ne touchez à rien. Je doute qu'il ait envie que la police vienne fourrer son nez chez lui.

Elle était retournée chercher la clé chez elle.

Une forte odeur de crasse et de restes de nourriture les avait accueillis dès qu'ils étaient entrés. Étant déjà venu ici, Sigurdur Oli savait à quoi s'attendre, c'était l'incurie typique de l'alcoolique. L'appartement n'était pas grand et ils avaient pu rapidement écarter l'idée qu'Andrés puisse être en danger de mort. Il n'était tout simplement pas chez lui. Sigurdur Oli avait allumé la lumière et le chaos leur était apparu dans toute sa saleté.

Il s'était remémoré sa dernière visite et les propos échangés entre Erlendur et Andrés. Quand il était venu le voir avec son collègue, Andrés avait eu un comportement des plus étranges, il semblait d'ailleurs n'avoir pas dessoûlé depuis des jours. Il avait raconté qu'un homme dangereux vivait dans le quartier, un individu qu'il connaissait de longue date, et il avait laissé entendre que c'était un pédophile. Il avait catégoriquement refusé de leur communiquer la moindre information supplémentaire. Ils avaient découvert par d'autres moyens que l'homme en question était son beau-père, qu'il s'appelait Rögnvaldur, mais qu'il empruntait d'autres identités. Gestur était l'un des prénoms dont il se servait. Ils n'avaient pas réussi à le retrouver, du reste les seules informations dont ils disposaient étaient le témoignage partiel et embrouillé d'Andrés, qui n'était pas fiable. Andrés avait affirmé que cet homme avait détruit sa vie et que Rögnvaldur était le cauchemar dont il ne parvenait pas à se débarrasser, il avait laissé entendre qu'il était également coupable de meurtre, mais avait refusé d'en dire plus. Erlendur avait cru comprendre que le "meurtre" en question avait été commis contre sa propre personne, même si la chose pouvait sembler étrange. Il avait employé ce terme comme pour décrire les souffrances que cet homme lui avait infligées et qui avaient détruit sa vie.

Sigurdur Oli n'avait trouvé aucun indice sur l'endroit où Andrés pouvait se trouver.

Un détail l'avait toutefois interpellé dans tout ce désordre et cette crasse. Andrés s'était amusé à découper du cuir dans la cuisine. Il en restait des lambeaux, éparpillés sur le sol et sur la table, où était également posée une alène de cordonnier ainsi qu'une bobine de fil.

Sigurdur Oli avait longuement scruté les chutes en se demandant à quoi Andrés avait bien pu s'occuper. La femme commençait à s'impatienter, elle l'avait prié de quitter les lieux puisque l'occupant de l'appartement était absent, mais il s'était entêté à fixer les morceaux de cuir et à en examiner les contours. Le découpage semblait procéder d'une certaine logique qui ne lui avait pas immédiatement sauté aux yeux. Il avait emboîté mentalement les chutes, espérant déduire la nature de l'objet confectionné et un carré en cuir d'environ quarante centimètres de côté dans lequel avait été découpée une forme ovale lui était apparu.

Il avait à nouveau baissé les yeux sur la table, l'aiguille et l'alène. Il subsistait encore quelques petits morceaux qu'il avait tenté d'emboîter dans le reste. Cela n'avait pas été très difficile. L'image d'un visage humain avec des yeux et une bouche s'était alors présentée à son esprit. Andrés avait sans doute fabriqué une sorte de masque, un objet dont la fonction demeurait énigmatique.

Il avait vite découvert l'identité du meilleur ami d'Andrés à l'époque où les deux hommes étaient tous deux clochards à Reykjavik. Celui-ci s'appelait Holmgeir et était connu sous le diminutif de Geiri. Même s'il était aujourd'hui revenu sur le droit chemin, qu'il ne buvait plus et occupait un emploi fixe, il avait derrière lui de nombreuses années passées dans le caniveau à boire et à commettre divers petits forfaits qui l'avaient fait connaître des services de police. Le parcours d'Andrés était d'ailleurs similaire. Il avait passé quelques mois en prison pour vol et violences, mais n'avait jamais été condamné à de longues peines, n'étant pas considéré comme dangereux. C'était avant tout un alcoolique et un drogué qui finançait sa consommation en commettant de menus larcins et à qui il arrivait parfois de devoir se défendre, pour reprendre les termes qu'il avait utilisés dans les rapports de police que Sigurdur Oli avait consultés. Andrés avait parfois été agressé par des gens qui avaient, selon ses propos consignés dans les procès-verbaux, tenté de lui arracher ce qu'il avait acquis honnêtement et "il n'acceptait pas que des sales cons lui marchent sur les pieds".

Gardien de nuit dans un grand magasin de mobilier appartenant à une gigantesque chaîne étrangère, Geiri était à son poste quand Sigurdur Oli avait demandé à s'entretenir avec lui. Auparavant, il avait interrogé ses collègues de Hverfisgata, discuté avec les plus anciens afin de collecter le plus de renseignements possible. Il était apparu qu'Andrés n'avait pas laissé grand souvenir au commissariat. La plupart des collègues avaient oublié tout ce qui le concernait mais, cédant à l'insistance de Sigurdur Oli, l'un d'entre eux avait contacté un policier en retraite qui se souvenait parfaitement d'Andrés et lui avait communiqué le prénom d'Holmgeir.

Avant de rentrer chez lui, Sigurdur Oli avait donc téléphoné à celui-ci pour lui annoncer sa visite. L'homme l'attendait et l'avait fait entrer par la porte de service. Vêtu de son uniforme de gardien de nuit, il portait un talkie-walkie en bandoulière et, à sa ceinture, une lampe torche accompagnée d'équipements divers. Eh bien, il a repris du poil de la bête, pensa Sigurdur Oli en se rappelant l'épave qu'était Geiri, une dizaine d'années plus tôt.

Quand il l'avait eu au téléphone, il lui avait précisé ce qui l'amenait en lui demandant s'il avait une idée de l'endroit où Andrés pouvait bien se trouver. Il entra donc immédiatement dans le vif du sujet.

— J'ai bien réfléchi et je crains de ne pas pouvoir vous être de grand secours, observa Holmgeir, un homme enveloppé, la petite cinquantaine, et qui semblait à l'aise dans son uniforme. Son visage buriné conservait les traces d'une vie difficile, sa voix était rauque, comme salie par les ans.

— Ça fait longtemps que vous ne l'avez pas vu?

— Ça fait une paye, répondit Holmgeir. Je ne sais pas si vous êtes au courant de tout ça, mais à une certaine époque j'en ai bien bavé, je passais mon temps à traîner dans les rues, je dormais dans des taudis et des squats, bref j'étais dans un piteux état. Je buvais comme un trou et c'est d'ailleurs comme ça que je l'ai rencontré. Il était encore plus mal en point que moi.

— C'était quel genre d'homme? demanda Sigurdur Oli.

— Il n'aurait pas fait de mal à une mouche, répondit Holmgeir, mais c'était un gars plutôt solitaire qui voulait qu'on lui fiche la paix. Je ne sais pas trop comment le décrire, il était très sensible à ce que les gens pouvaient dire ou faire, au point d'en devenir parfois impossible. Ça m'est arrivé assez souvent de devoir voler à son secours parce qu'il se faisait emmerder et qu'il avait la trouille. Mais pourquoi la police est à sa recherche ? Vous pouvez me le dire ?

— On doit l'interroger à propos d'une histoire ancienne, répondit Sigurdur Oli, en restant dans le vague. Ce n'est pas vraiment urgent, mais il serait souhaitable qu'on le trouve.

Dès les premiers instants, il avait été persuadé que le petit garçon de la séquence filmée n'était autre qu'Andrés lui-même et qu'il avait communiqué ce fragment à la police afin d'attirer son attention, ou plutôt celle de Sigurdur Oli qu'il avait rencontré l'hiver précédent. Il voulait l'informer d'un crime ancien, commis sur lui alors qu'il était encore enfant. Les dates concordaient. Le petit garçon qu'on voyait sur la pellicule était âgé d'environ dix ans. Andrés, qui avait aujourd'hui un peu plus de quarante-cinq ans, était né en 1960, d'après les rapports de police. Le témoignage qu'il avait fourni sur Rögnvaldur, son beau-père, laissait entendre que c'était un violeur d'enfants. Rögnvaldur avait vécu avec la mère d'Andrés à l'époque où, on pouvait l'imaginer, le film avait été tourné.

— Vous a-t-il expliqué comment il était devenu clochard ?

— Il ne parlait quasiment pas de lui, répondit Holmgeir. Quand je lui posais des questions là-dessus, il ne me répondait jamais. Il y avait des types parmi nous qui passaient leur temps à se lamenter sur leur sort, à reprocher leur malheur au monde entier et à lancer toutes sortes d'accusations. C'était d'ailleurs mon cas. Mais, lui, je ne l'ai jamais entendu se plaindre de quoi que ce soit. Il acceptait son destin. Pourtant...

— Oui ?

— Pourtant, on avait l'impression qu'il portait en lui une colère. Je ne sais pas exactement contre quoi. Même si on passait beaucoup de temps ensemble, je ne peux pas dire que je l'aie réellement connu. Andrés était très secret. Il avait en lui une sorte de haine, de colère bouillonnante qu'il étouffait et qui sortait aux moments les plus inattendus. Mais bon, beaucoup de ces choses-là sont perdues dans la brume, il y a de longues périodes dont je ne me souviens quasiment pas. Malheureusement.

— Savez-vous ce qu'il faisait avant cette époque-là ? Avait-il un travail ?

— Il avait essayé de devenir tapissier, répondit Holmgeir. C'était un métier qu'il aurait voulu apprendre dans sa jeunesse.

— Tapissier ? répéta Sigurdur Oli. Les chutes et lambeaux de cuir se présentèrent immédiatement à son esprit.

— Mais ça n'a pas marché, bien sûr.

— Vous savez s'il s'est quand même essayé à la profession ?

— Non.

— Et vous ne savez pas non plus où il pourrait être ?

— Non plus.

— Avait-il des amis proches chez qui il aurait pu trouver refuge ? interrogea Sigurdur Oli. Connaissez-vous des gens avec qui il serait resté en contact ?

— Il n'allait nulle part et personne ne venait jamais le voir. Il traînait pas mal autour de la station de bus de Hlemmur à l'époque. Il y avait du chauffage et on nous laissait tranquilles tant qu'on ne posait pas de problème. En revanche, il ne s'est pas fait d'amis. Pas que je sache. D'ailleurs, les amitiés étaient souvent de courte durée. Nombreux étaient ceux parmi nous à ne pas survivre à l'hiver.

— Il n'avait pas de famille ?

Holmgeir s'accorda un moment de réflexion.

— Il me parlait parfois de sa mère. Apparemment, elle était morte depuis longtemps.

— Et que disait-il d'elle ?

— Pas beaucoup de bien, répondit Holmgeir.

— Et pourquoi ?

— Je ne m'en souviens pas avec précision, mais je crois me souvenir que c'était à cause de gens chez qui il avait été envoyé à la campagne.

— Ces gens, c'était qui ?

— J'ai oublié. Mais Andrés n'en disait que du bien. Je me rappelle qu'il aurait préféré rester chez eux, dans cette ferme. Il affirmait que c'était la seule période de sa vie où il avait été heureux.

26

Sigurdur Oli rentra chez lui peu avant minuit et s'allongea sur le canapé devant la télévision. Il opta pour une sitcom américaine qui ne tarda pas à l'ennuyer et zappa jusqu'à ce qu'il tombe sur un match de rugby diffusé en direct, mais il ne parvint pas non plus à s'y intéresser. Il pensait à son père et à sa mère, à Bergthora et au couple qu'il avait formé avec elle, à la manière dont leur relation avait déraillé sans qu'il se donne réellement la peine d'y remédier et de la sauver. Il avait laissé la situation dégénérer jusqu'à ce qu'elle devienne incontrôlable et sans issue. Peut-être son manque de discernement et son entêtement avaient-ils fissuré son couple.

Il pensa à Patrekur dont il n'avait aucune nouvelle depuis son interrogatoire ainsi qu'à Finnur et aux menaces qu'il avait proférées. Ce comportement ne lui ressemblait pas. C'était un bon policier qui n'avait pas l'habitude de prendre des décisions à la hâte mais, évidemment, il ne connaissait ni Patrekur ni Susanna. Sigurdur Oli n'avait rien contre Finnur. C'était un bon père de famille, qui réussissait tout ce qu'il entreprenait, autant dans sa vie professionnelle que personnelle. Ses trois filles étaient nées à deux ans d'intervalle et elles fêtaient toutes les trois leur anniversaire le même mois. Sa femme était enseignante à mi-temps dans un collège. Il était pointilleux, extrêmement consciencieux et jouait cartes sur table avec ses collègues ou avec ceux que sa profession l'amenait à croiser. Il ne fallait donc pas s'étonner qu'il soit furieux du comportement de Sigurdur Oli, qui avait négligé de signaler une affaire à cause des relations personnelles qu'il entretenait avec certains des protagonistes. Mais Finnur avait ses failles, comme tout un chacun. Sigurdur Oli ne s'était pas gêné pour le lui rappeler, parvenant ainsi à le calmer. Il ignorait toutefois combien de temps durerait ce répit. L'enquête sur le décès de

Lina ne l'intéressait pas plus que cela, même si son ami était impliqué. Il se fiait à son intelligence et à son discernement. En outre, la population de l'Islande était si réduite qu'on pouvait difficilement faire abstraction des liens familiaux ou amicaux. On ne pouvait pas y échapper. Il suffisait d'en tenir compte et de travailler avec honnêteté et professionnalisme.

Le match se termina et il changea de chaîne. Il pensa au fragment de pellicule et au regard suppliant de ce petit garçon. Il se remémora la visite qu'il avait rendue à Andrés en compagnie d'Erlendur par une froide journée de janvier au début de l'année. Andrés avait sans doute passé plusieurs semaines à boire, il sentait mauvais, il était repoussant. Tout à coup, il s'était mis à parler de lui en employant l'expression *le petit Drési*. Erlendur avait supposé qu'il s'agissait là du diminutif qu'on lui donnait dans son enfance. L'enfant sur le fragment de pellicule était-il le petit Drési ? Où donc se trouvait le reste de la bobine ? En existait-il d'autres du même type ? Qu'avait subi le petit Drési de la part de son beau-père ? Et où était cet homme aujourd'hui ? Où était ce Rögnvaldur ? Sigurdur Oli avait épluché les rapports de police sans trouver personne qui puisse correspondre.

En janvier, quand il les avait accueillis dans son appartement d'alcoolique, Andrés était en piteux état et, maintenant que l'automne était arrivé, il avait l'air encore plus mal. L'homme qui avait bondi sur Sigurdur Oli derrière le commissariat n'était plus que l'ombre de lui-même : voûté, nerveux et apeuré, les joues creusées, le teint grisâtre, la barbe négligée et les vêtements puants. Qu'était-il arrivé ? Où Andrés était-il allé se cacher ?

C'était sans doute lui le gamin de la séquence.

Sigurdur Oli se souvint du petit garçon qu'il était lui-même à cet âge. Ses parents venaient alors tout juste de divorcer. Il vivait avec sa mère et passait des week-ends chez son père qu'il accompagnait parfois sur ses chantiers car ce dernier semblait travailler tous les jours sans exception jusque tard le soir. Il s'était familiarisé avec la profession de plombier et avait découvert que son père portait un surnom qui l'avait rudement déconcerté. Un jour, il était allé avec lui au restaurant. C'était le mercredi des Cendres, il n'y avait pas école et, pour une raison qu'il avait oubliée, sa mère travaillait et n'avait pas voulu le laisser seul à la maison. Il était donc allé manger avec lui dans le restaurant où il avait ses habitudes quand il ne rentrait pas chez lui le midi ou qu'il ne se préparait pas un panier. L'établissement était situé sur la rue Armuli. C'était le rendez-vous d'artisans et d'ouvriers qui venaient y prendre des repas bon marché, comme des boulettes de viande ou de l'agneau qu'ils dévoraient à pleines dents tout en fumant et en discutant avant de repartir. Cela ne leur prenait qu'une vingtaine de minutes, au bout d'une demi-heure tout au plus ils avaient levé le camp.

Sigurdur Oli se tenait à côté d'une table et attendait son père qui faisait la queue quand un homme était passé à toute vitesse devant lui et l'avait presque renversé.

— Excuse-moi, gamin, avait-il déclaré en le rattrapant dans sa chute. Mais qu'est-ce que tu fabriques ici ?

L'homme avait parlé sur un ton plutôt brutal, agacé de voir un enfant encombrer le passage des adultes. Peut-être sa curiosité avait-elle été piquée, peut-être se demandait-il ce qu'un môme venait faire dans une gargote comme celle-ci.

— Je suis avec lui, avait répondu Sigurdur Oli, hésitant et timide en désignant son père qui s'était retourné au même instant en lui adressant un sourire.

— Ah bon, avec l'Arrivée d'eau ?

L'homme avait adressé un signe de la tête à son collègue et frotté d'une main vigoureuse les cheveux du petit garçon avant de quitter les lieux.

On décelait dans sa voix une sorte de raillerie, mêlée à de l'irrespect. Sigurdur Oli avait été surpris. C'était la première fois qu'il était confronté à l'image sociale de son père et il lui avait fallu un certain temps pour comprendre que cet étrange surnom exprimait une forme de mépris.

Jamais il ne lui en avait parlé. Il avait appris plus tard à quoi renvoyait le terme et avait peiné à comprendre le rapport qu'il pouvait bien y avoir. Il voyait en lui un ouvrier comme les autres et il avait été gêné de découvrir qu'on le surnommait ainsi. Cela le diminuait d'une manière que Sigurdur Oli ne saisissait qu'imparfaitement. Son père était-il ridicule aux yeux de ses collègues? C'était d'une certaine manière un raté? Ça avait un rapport avec le fait qu'il avait choisi de travailler seul et refusait de faire partie d'une entreprise, qu'il était plutôt solitaire et avait peu d'amis ou que, de son propre aveu, il n'était pas très doué pour les relations humaines?

Sigurdur Oli était venu s'asseoir à son chevet à l'hôpital plus tôt dans la journée. Il avait attendu qu'il se réveille après l'intervention et s'était remémoré cet événement lointain. Plus tard, il avait mieux compris ce qu'il avait ressenti, les sentiments qu'il avait éprouvés en entendant ce surnom. On l'avait brusquement placé dans la position inconfortable qui consistait à plaindre le plombier. À ressentir à son égard une certaine compassion, et pour ainsi dire, à le défendre.

Son père s'était retourné dans son lit de malade et il avait ouvert les yeux. Les médecins avaient informé Sigurdur Oli que l'opération s'était correctement déroulée. On avait procédé à l'ablation de la glande et aucune trace de métastase n'avait été découverte, la tumeur ne touchait que la prostate. Il se remettrait rapidement.

— Comment tu te sens? lui avait-il demandé à son réveil.

— Assez bien, un peu sonné quand même.

— Tu as l'air en forme, avait observé Sigurdur Oli. Tu as simplement besoin de repos.

— Merci d'être passé me voir, mon petit Siggi. Tu n'étais pas obligé de le faire, tu n'as pas besoin de te soucier d'un vieux bonhomme comme moi.

— J'ai pensé à toi et à ma mère.

— Ah bon? Vraiment?

— Je me demandais pourquoi vous vous étiez mariés, vous êtes tellement différents l'un de l'autre.

— Oui, c'est vrai, nous ne nous ressemblons pas du tout. On s'en est rendu compte assez vite. Au début, cela ne nous gênait pas, mais après, c'était différent. J'ai eu l'impression de la voir se transformer quand elle s'est mise à travailler. Je veux dire, à travailler comme expert-comptable. Cela t'étonne à ce point qu'elle se soit mise avec un simple plombier comme moi?

— Je n'en sais rien, répondit Sigurdur Oli, en tout cas ça ne lui ressemble pas. Quand tu parles d'après, tu veux dire, après ma naissance ?

— Ça n'a rien à voir avec toi, mon petit Siggi. Ta mère est imprévisible.

Les deux hommes s'étaient tus. Le père s'était rendormi. Le fils était resté à son chevet encore un moment, puis était parti.

Sigurdur Oli se leva et alla étreindre la télévision. Il regarda la pendule, sans doute était-il un peu tard pour appeler. Mais il avait quand même envie de lui téléphoner, il y avait pensé toute la journée. Il décrocha le combiné et le soupesa, hésitant. Puis il composa le numéro. Une voix féminine répondit au bout de la troisième sonnerie.

— Je t'appelle trop tard ? demanda-t-il.

— Non… ça va, répondit Bergthora. Je ne dormais pas. Tout va bien ? Pourquoi tu me téléphones à cette heure-là ?

Sa voix semblait inquiète, mais également tendue, presque essoufflée.

— J'avais simplement envie de t'entendre. Je voulais aussi te donner des nouvelles de mon père, il est à l'hôpital.

— Ah bon ?

Il l'informa de la maladie en précisant que l'intervention s'était bien déroulée et qu'il sortirait d'ici quelques jours. Il lui expliqua qu'il lui avait rendu visite deux fois et qu'il repasserait le voir pendant sa convalescence.

— Mais il ne veut pas que je chamboule mon emploi du temps pour lui.

— Vous n'avez jamais été très proches, remarqua Bergthora qui avait assez peu connu son beau-père.

— C'est vrai, convint Sigurdur Oli. C'est comme ça, je ne sais pas exactement pourquoi. Hemm… Je me suis dit qu'on pourrait peut-être se revoir, toi et moi ? Je pourrais passer chez toi. On ferait quelque chose de sympa.

Bergthora se tut à l'autre bout de la ligne. Il entendit un bruit de froissement et comme des mots étouffés.

— Tu n'es pas seule ? demanda-t-il.

Elle ne lui répondit pas.

– Bergthora?

– Excuse-moi, le combiné m'a échappé des mains.

– Qui est avec toi?

– Il vaudrait sans doute mieux qu'on en discute plus tard. Ce n'est peut-être pas le meilleur moment.

– Bergthora?

– Nous en reparlerons, conclut-elle. Je te rappelle.

La communication fut coupée. Sigurdur Oli fixa le combiné. Pour une raison imprécise, il ne lui était jamais venu à l'esprit que Bergthora puisse se tourner vers d'autres. Lui-même s'était montré plutôt ouvert dans ce domaine, mais cela le déconcertait d'envisager qu'elle ait pu le précéder.

– Et merde! murmura-t-il, furieux.

Il aurait mieux fait de s'abstenir.

Que diable faisait-elle avec un autre?

– Et merde! répéta-t-il. Sur ce, il reposa le combiné.

27

On avait estimé n'avoir aucune raison de demander le placement en détention provisoire de Kristjan, le larbin de Thorarinn, encaisseur et dealer qui, selon toute probabilité, avait agressé Lina et causé sa mort. Kristjan ne travaillait plus au magasin de bricolage Biko, il était reparti dans ses errances et il avait été facile de le retrouver dans le bar où Sigurdur Oli était déjà allé le chercher quelques jours auparavant. Plutôt en forme, le jeune homme l'avait salué depuis un coin du bar comme un vieux copain.

— Chez Biko on m'a dit que vous aviez donné votre démission, déclara Sigurdur Oli en s'asseyant à sa table.

La scène se passait juste après le déjeuner. Kristjan était assis seul avec une chope de bière à moitié vide, un paquet de cigarettes et un briquet jetable devant lui. Thorarinn ne lui avait donné aucune nouvelle, ce dont il semblait plutôt soulagé. Il semblait espérer que la police l'arrêterait au plus vite et qu'il serait condamné à la prison à vie.

— Ce n'est pas un ami, observa Kristjan, si c'est ce que vous croyez.

Il était quasiment l'unique client du bar en cette heure peu avancée. Il jouissait de la vie, on lui avait payé ses quelques jours de salaire et il était satisfait. Il lui était parfois arrivé dans le passé de n'avoir même pas de quoi combler un petit creux et encore moins une grosse faim.

— Non, je l'imagine bien, répondit Sigurdur Oli. Je suppose qu'il n'est pas d'une compagnie très agréable. Je suis allé interroger sa femme et elle ignore où il se trouve.

— Donc, vous n'avez rien de nouveau en ce qui concerne Toggi?

— Il s'est évaporé. La question est de savoir combien de temps il parviendra à se cacher. En général, les fuyards se dégonflent au bout de quelques jours. Mais vous, vous n'avez aucune idée de l'endroit où il pourrait être ?

— Aucune. Vous n'avez pas envie de vous détendre un peu avec une petite clope, devant une bonne bière ?

Kristjan poussa son paquet vers le policier, nettement plus à l'aise, maintenant qu'il était sur son propre terrain, chauffé par la bière. Sigurdur Oli avait l'impression de ne pas avoir le même homme face à lui. Il le dévisagea sans répondre. Allait-il supporter plus longtemps le mépris qu'affichait cet individu ? S'il y avait une chose qu'il n'aimait pas dans son travail, c'était justement de se montrer courtois avec des rebuts tels que ce Kristjan, de prendre des pincettes avec des types qu'il méprisait profondément et de s'abaisser à leur niveau. Quand il ne s'agissait pas, en plus, de faire semblant d'être l'un d'eux ou d'essayer de se mettre à leur place. Son collègue Erlendur y parvenait plutôt bien, il comprenait cette engeance. Elinborg pouvait recourir à son intuition féminine en présence de petits malfrats. Mais Sigurdur Oli trouvait qu'il y avait un océan entre lui et les petits crétins comme Kristjan. Ils n'avaient rien en commun, ce ne serait jamais le cas et ils ne pouvaient simplement pas discuter d'égal à égal. L'un était un multirécidiviste, l'autre un honnête citoyen. Aux yeux de Sigurdur Oli, ces gens-là n'avaient pas voix au chapitre et ils avaient perdu jusqu'au droit de faire partie de la société. Il arrivait pourtant, comme en ce moment, qu'il doive faire semblant d'être intéressé par ce que pensaient ces pauvres types, les opinions qu'ils avaient sur telle ou telle question, la manière dont fonctionnaient leurs âmes pitoyables. Il avait décidé de ménager Kristjan dans l'espoir de lui arracher encore quelques renseignements.

— Non, merci, je ne fume pas, répondit-il avec un sourire forcé. Il est très important que nous le trouvions rapidement. Si vous avez la moindre information sur le lieu où pourrait se trouver Toggi ou si vous pouviez me donner le nom de gens avec qui il est en contact, ça nous aiderait sacrément.

Kristjan se montrait méfiant. Le policier adoptait une attitude très différente de celle qu'il avait eue à leur dernière rencontre et il ne voyait pas trop comment réagir.

— Je ne sais rien du tout, répondit-il.

— Il n'a pas des copains, des amis? Nous n'avons rien sur lui. Thorarinn n'a jamais eu affaire à la police et nous sommes forcés de compter sur des gens comme vous, vous comprenez?

— Oui, mais puisque je vous dis…

— Un nom, cela devrait suffire. Une personne qu'il aurait mentionnée en votre présence, ne serait-ce qu'une fois.

Kristjan le regarda, il avala une gorgée, vida sa chope et la tendit en avant.

— Vous n'avez qu'à me payer un coup, suggéra-t-il. On va discuter et on sait jamais, peut-être que quelque chose finira par me revenir.

Trois chopes de bière plus tard, au terme d'un labeur interminable, Sigurdur Oli longeait le boulevard Miklubraut à la recherche d'un garage spécialisé dans les motos et motoneiges. Un homme, surnommé Höddi, travaillait là. C'était, aux dires de Kristjan, l'un des rares amis de Thorarinn. Kristjan ignorait comment les deux hommes s'étaient rencontrés, mais ils s'étaient mutuellement prêté main-forte lors de missions d'encaissement musclées et pour d'autres menues tâches. C'est ainsi qu'Höddi avait un jour mis le feu à une Range Rover blanche de douze millions avec intérieur cuir et toutes les options, à la demande du propriétaire du véhicule lui-même qui souhaitait se libérer d'un emprunt tout en extorquant une somme rondelette aux assurances. Cette demande lui avait été transmise par Toggi qui connaissait l'homme en question. Là encore, Kristjan n'en savait pas plus, mais à ce moment-là Toggi était en Espagne et la chose plutôt urgente. Höddi avait résolu le problème sans la moindre difficulté; il était assez expert en incendies, toujours d'après Kristjan, qui avait déclaré ne connaître aucun autre ami à Toggi le Sprinter.

Höddi était aussi imposant que musclé, la bedaine naissante. Chauve comme un œuf, les contours de la bouche cernés par une épaisse barbiche blonde, il était vêtu d'un jean et d'un T-shirt noir orné du drapeau des Confédérés. Une vraie caricature du Blanc américain raciste. Il réparait une moto chromée dans le petit garage dont il était le propriétaire et unique employé, toujours d'après Kristjan.

— Bonjour, je suis à la recherche d'un certain Höddi, annonça Sigurdur Oli. C'est peut-être vous.

L'homme se redressa.

— Qui êtes-vous? interrogea-t-il, suspicieux, comme s'il avait le don de flairer les problèmes à des lieues.

— Je dois trouver Toggi ou si vous préférez Thorarinn, on m'a dit que vous le connaissiez, expliqua Sigurdur Oli. Je suis policier, je viens vous voir dans le cadre d'une enquête dont vous avez peut-être entendu parler.

— Une enquête sur quoi?

— Sur une agression commise contre une femme dans le quartier Est.

— Et vous venez m'interroger pourquoi?

— Eh bien, je…

— Qui vous a donné mon nom? poursuivit Höddi. Vous êtes venu seul?

Sigurdur Oli se demandait comment interpréter la dernière interrogation. Un policier n'était, en soi, jamais seul, mais il supposait que ce genre de considérations philosophiques n'effleurait pas l'esprit d'Höddi. Pourquoi lui avait-il demandé ça? Avait-il l'intention de s'en prendre à lui physiquement s'il était venu seul? Quant à la première question, il ne pouvait pas se permettre d'y répondre, il ne voulait pas dénoncer Kristjan, même si l'envie le chatouillait un peu, tant ce dernier lui avait porté sur les nerfs. Il garda donc le silence et se contenta de balayer le garage du regard. Le lieu était plein de motoneiges aux moteurs trafiqués, ainsi que de motos qui avaient été débridées afin de pouvoir enfreindre le code de la route, avec une puissance accrue.

Höddi s'approcha.

— Qu'est-ce qui vous fait croire que je sais quoi que ce soit sur ce Toggi? interrogea-t-il.

— Je vous demande si vous savez où il pourrait se trouver, renvoya Sigurdur Oli.

— Non, et je ne le connais pas.

– Connaîtriez-vous un certain Ebeneser, Ebbi pour les intimes ?

– Je croyais que le type que vous cherchiez s'appelait Toggi !

– C'est que je suis également à la recherche d'Ebbi.

– Je ne le connais pas non plus.

– Il est avec une femme du nom de Lina, cela vous dit quelque chose ?

– Non.

Le portable du garagiste se mit à sonner au fond de sa poche. Il fixa longuement Sigurdur Oli et laissa passer une, puis deux, puis trois et jusqu'à six sonneries avant de répondre. Il toisa le policier d'un air buté tout le temps que dura la conversation.

– Oui, répondit Höddi.

Il écouta un moment les propos de son correspondant.

– Je m'en tape complètement, déclara-t-il. Ouais… Ouais… Ouais… Je m'en fous.

Il écouta à nouveau son correspondant en silence.

– J'en ai rien à foutre que ce type soit ton cousin, ça va pas m'empêcher de lui niquer le genou !

Il prononça ces paroles en défiant Sigurdur Oli du regard. Le policier savait parfaitement à quoi renvoyait l'expression : il s'agissait de flanquer une raclée à quelqu'un avec une batte de base-ball. La conversation semblait en rapport avec un encaissement musclé ou une vengeance. En tout cas, Höddi ne s'en cachait pas devant la police : il provoquait Sigurdur Oli comme s'il voulait lui montrer clairement qu'il n'était pas intimidé et que, de toute façon, il était intouchable.

– Ta gueule ! cria Höddi. Ouais… Ouais… C'est ça, ouais, et toi aussi. Ferme donc un peu ta sale gueule, mon vieux !

Il raccrocha, puis replongea le portable dans sa poche.

– Toggi vous a-t-il contacté récemment ? reprit Sigurdur Oli, feignant de ne pas avoir entendu la conversation.

– Je ne connais pas de Toggi.

– On le surnomme Toggi le Sprinter.

– Je ne le connais pas non plus.

— Je suppose que vous allez souvent en montagne avec ces engins, observa Sigurdur Oli, l'index pointé sur les puissantes motoneiges.

— Qu'est-ce que vous bavassez ? rétorqua Höddi. Vous feriez mieux d'arrêter votre blabla et de dégager !

— À moins que vous ne préfériez les glaciers, s'entêta Sigurdur Oli, ignorant la menace. Je me trompe ? Je parle des excursions organisées pour le compte d'institutions publiques ou d'entreprises privées, et pas de vos petites balades du dimanche.

— Qu'est-ce que vous racontez ?

— Vous proposez ce type de services ? Ce genre d'excursions ? Emmenez-vous les clients de certaines entreprises faire des balades sur les glaciers avec motoneiges, jeeps, barbecue et tout le reste ?

— Oui, ça m'arrive. Et alors ? En quoi ça vous regarde ?

— Le dénommé Ebbi, dont je viens de vous parler, accompagne des gens en excursion de haute montagne. Peut-être travaillez-vous avec lui ?

— Mon vieux, je ne connais aucun Ebbi.

— D'accord, répondit Sigurdur Oli. Eh bien, soit.

— Ouais, comme vous dites, eh bien, soit ! Maintenant, tirez-vous d'ici et lâchez-moi la grappe, conclut Höddi. Sur ce, il se remit aussitôt à réparer la moto qu'il avait délaissée.

De retour au commissariat de Hverfisgata, Sigurdur Oli trouva dans son ordinateur un courriel de Kolfinna, la secrétaire du cabinet comptable où Lina avait été employée. Elle lui avait promis de lui envoyer la liste manquante où étaient consignés les noms des employés et clients du cabinet qui, avec Lina, avaient participé à ces excursions sur les glaciers. Il imprima le document et parcourut la liste. Il fut assez étonné d'y trouver le nom d'Hermann, mais sa surprise fut décuplée quand il en découvrit un autre, celui d'un homme qu'il pensait si bien connaître qu'il n'en croyait pas ses yeux.

Celui de son ami Patrekur.

28

Ils le regardèrent d'un air suspicieux quand il entra dans le magasin d'alcools pour y acheter deux bouteilles de Brennivin islandais. Le dos bien droit, son pantalon soigneusement boutonné, il avait enfilé son anorak et caché ses cheveux sales sous un bonnet qui le protégeait du froid. Puis il avait longuement marché jusqu'au Rikid, le magasin d'alcools et de tabac de l'État* situé sur la place Eidistorg. Il était déjà allé plusieurs fois à celui qui était le plus proche de la rue Grettisgata, dans la rue Austurstraeti, mais il avait remarqué les regards échangés par les employés. Il s'était également rendu à celui du centre commercial de Kringlan. Là, il avait réglé en liquide, il ne possédait pas de carte de crédit, il n'en avait jamais eue. Voilà pourquoi il devait régulièrement passer à la banque y chercher de l'argent. Sa pension d'invalidité était versée sur un compte bancaire et il avait gardé un petit pécule qu'il avait économisé la dernière fois qu'il avait travaillé. Il était économe. Il ne mangeait presque rien, le Brennivin constituait à la fois sa boisson et sa nourriture.

Les employés le regardaient comme s'ils avaient quelque chose à lui reprocher. Peut-être était-ce simplement sa tenue vestimentaire. Il l'espérait bien. D'ailleurs, comment auraient-ils pu être au courant de quoi que ce soit? Non, ils ne savaient rien. Et ils ne refusaient pas non plus de le servir. Son argent était aussi bon que celui de n'importe qui, même s'il n'avait pas l'air d'un banquier. Aucun d'entre eux ne lui adressa la parole ni ne lui fit la moindre remarque. Qu'en avait-il à faire de ce qu'ils pouvaient penser? Ces gens ne lui importaient pas. Et lui? Quelle importance avait-il à leurs yeux? Aucune!

---

* L'État islandais détient le monopole de la vente d'alcool. On ne trouve ni bière, ni vin, ni alcools forts dans les supermarchés.

Il était venu ici pour acheter de l'alcool et c'était tout. Il ne posait pas de problème, c'était un client comme les autres.

Mais nom de Dieu, ce qu'ils pouvaient le mater!

Fallait-il être habillé de façon élégante pour boire du Brennivin?

L'esprit agité par ces questions, il quitta la boutique et jeta un regard par-dessus son épaule, comme s'il s'attendait à être suivi. Peut-être avaient-ils appelé la police. Il pressa le pas. Le jeune homme qui l'avait servi était assis à sa caisse et le suivit du regard par la vitre du magasin jusqu'à ce qu'il ait disparu de sa vue.

Il n'y avait aucun policier dans les parages, mais pour plus de sécurité il quitta les rues les plus animées dès qu'il le put. Il marcha vers le vieux cimetière en longeant des rues et des chemins peu fréquentés. Il lui fallut un certain temps. Il s'arrêta plusieurs fois en route, s'assura que personne ne le voyait et sortit l'une des bouteilles du sac pour en avaler une bonne gorgée. Il avait presque vidé la première avant d'arriver au cimetière. Il allait devoir économiser la seconde.

Il était souvent venu goûter la tranquillité du cimetière de la rue Sudurgata. Il s'installa sur le muret en ciment qui délimitait une grande tombe et se reposa un peu. Il déboucha la seconde bouteille. Le froid qui régnait ne l'atteignait pas, protégé qu'il était par son anorak rembourré et fourré tout autant que par le Brennivin.

L'alcool le revigora, il se sentait mieux, nettement plus en forme. Il répétait mentalement le couplet qui lui trottait dans la tête à chaque fois qu'il buvait : le Brennivin est la meilleure des boissons, son bon goût, l'assurance du frisson. Il préférait ne pas passer par le centre-ville afin de ne pas risquer de croiser des connaissances ou pire, la police, qu'il tenait absolument à éviter. Il avait plus d'une fois été arrêté du simple fait d'être là, présent, en ville. Un jour, alors qu'il était tranquillement assis sur l'un des bancs de la place Laekjartorg où il ne demandait rien à personne, deux flics s'étaient avancés vers lui et lui avaient cherché des noises. Il leur avait répondu de la boucler, avait peut-être ajouté quelques insultes, ça, il ne s'en souvenait plus, mais il s'était retrouvé au poste en un clin d'œil. Tu gâches le paysage aux touristes, avait commenté l'un des flics.

Il regarda le cimetière, les pierres tapissées de mousse et les arbres qui poussaient sur les vieilles tombes affaissées. Il leva les yeux vers le ciel, sombre et menaçant, qui lui semblait presque noir. L'espace d'un instant, une éclaircie laissa apparaître le massif montagneux de Blafjöll à l'horizon, il y eut un rayon de soleil, une mince bande de ciel bleu qui disparut bientôt derrière un banc de nuages ardoise.

Il n'avait pas assisté à l'inhumation de sa mère. À un moment donné, peut-être à l'occasion d'une hospitalisation, elle avait désigné son fils comme contact pour le jour où elle décéderait. Il avait donc reçu un appel dont lui parvenait parfois l'écho, depuis un lieu bien plus lointain encore que le massif de Blafjöll : on lui annonçait que Sigurveig, sa mère, était morte.

Pourquoi vous m'appelez pour me dire ça ? avait-il répondu.

Il n'avait ressenti ni joie ni peine. Ni surprise ni colère. Il n'avait rien ressenti du tout, il y avait longtemps qu'il ne ressentait plus rien pour elle.

La femme à l'autre bout de la ligne voulait s'entretenir avec lui des détails de l'inhumation, de la levée du corps, des pompes funèbres et d'autres choses qu'il n'avait même pas comprises.

Cela ne me concerne pas, s'était-il contenté de répondre avant de raccrocher.

Il avala une nouvelle gorgée de Brennivin, leva les yeux vers les nuages pour y chercher une trouée, mais n'en distingua aucune : il n'y avait nulle lumière. Il connaissait bien le cimetière, il y venait régulièrement, en quête de tranquillité et de sécurité. Là, il n'y avait personne pour l'importuner.

Entouré par les sépultures, il sentit en lui un calme étrange. Il s'attarda longuement, comme il l'avait souvent fait, en se demandant de quel côté de la tombe il se trouvait.

Il avait presque oublié ce qui l'avait conduit en ces lieux quand il vit le policier s'avancer vers lui. Sur le moment, il ne se souvint pas de son prénom. Sigur-quelque chose.

Sigurdur.

29

Sigurdur Oli avait les yeux rivés sur la liste qu'il venait d'imprimer quand le téléphone sonna sur son bureau, le faisant sursauter. Il n'entendit d'abord qu'un souffle bruyant dans le combiné, son correspondant à la respiration haletante semblait avoir le nez encombré.

– Qui est à l'appareil? interrogea-t-il.

– Il faut que je vous voie, répondit une voix qu'il reconnut aussitôt.

– C'est Andrés?

– Je... Je pourrais vous voir?

– Où êtes-vous?

– Dans une cabine téléphonique. Je suis... je vous attends dans le cimetière.

– Lequel?

– Celui de Sudurgata.

– D'accord, répondit Sigurdur Oli. Où êtes-vous en ce moment?

– ... Disons, dans deux heures.

– D'accord, dans deux heures, au cimetière, mais à quel endroit?

Sa question était demeurée en suspens, Andrés avait raccroché.

Deux heures plus tard, Sigurdur Oli gara sa voiture dans la rue Ljosvallagata et entra dans le cimetière par le côté ouest. Il n'avait aucune idée de l'endroit où Andrés pouvait être et prit immédiatement à gauche. Il descendit le long d'étroites allées qui serpentaient entre les tombes grisâtres. Il avait presque rejoint Sudurgata quand il aperçut Andrés, assis sur un muret de ciment recouvert de mousse, construit dans un passé lointain autour d'une tombe abritant deux défunts. Andrés l'observait tandis qu'il s'avançait vers lui. Il avait les mains crasseuses, en tout cas le bout des doigts qui dépassaient des manches de son anorak. Il portait un bonnet sur la tête et n'avait pas l'air en meilleur état qu'à leur dernière rencontre, derrière le commissariat.

Il fit mine de se lever pour le saluer, mais se ravisa. Il dégageait une odeur de compost, mêlée d'urine et d'alcool. Sans doute ne s'était-il pas changé depuis des semaines.

— Ah, vous êtes là, observa-t-il.

— Je vous ai cherché, répondit Sigurdur Oli.

— Et me voilà.

Un sac du magasin d'alcools et de tabac de l'État dans lequel Sigurdur Oli crut distinguer deux bouteilles était posé sur la mousse. Il s'assit sur le muret à côté d'Andrés et le regarda sortir l'une des deux, l'ouvrir, puis en avaler une gorgée directement au goulot. Il remarqua que la bouteille était presque vide et se fit la réflexion qu'il en apprendrait sans doute plus de la bouche d'Andrés s'il avait bu que s'il était sobre.

— Dites-moi, qu'est-ce qui se passe? interrogea-t-il. Pourquoi nous contactez-vous à tout bout de champ? Que nous voulez-vous?

Andrés lança quelques regards alentour. Ses yeux passèrent d'une tombe à l'autre, puis il prit une autre lampée d'alcool.

— Et que faites-vous donc dans ce cimetière? Je suis allé dans l'immeuble où vous habitez normalement dans l'espoir de vous y trouver.

— On n'est tranquille nulle part. Sauf ici.

— En effet, c'est un endroit très calme, convint Sigurdur Oli. Il se souvint qu'on y avait un jour découvert le corps d'une jeune fille sur la tombe de Jon Sigurdsson, le héraut de l'Indépendance des Islandais. Bergthora avait été témoin dans cette affaire et c'est ainsi qu'ils s'étaient rencontrés. Une voiture passa dans Sudurgata et de l'autre côté du mur veillaient les sympathiques maisons de Kirkjugardsstigur, le sentier du Cimetière.

— Vous avez reçu mon colis? s'enquit Andrés.

— Vous voulez parler de ce morceau de pellicule?

— Oui, j'ai fini par retrouver ça. Ce n'est pas grand-chose, mais ça suffit. Il n'a conservé que deux courtes bobines. Il s'est débarrassé de tout le reste.

– C'est vous que nous voyons sur ces images ?

– Nous ? Comment ça, nous ? C'est à vous que j'ai envoyé ça. Vous ne l'avez quand même pas montré à quelqu'un d'autre ? Personne ne devait voir ça. Personne ne doit voir ces images ! Je vous interdis de les montrer à qui que ce soit !

Andrés était très énervé. Sigurdur Oli s'efforça de le calmer en lui expliquant qu'il avait dû faire appel à une spécialiste en lecture labiale pour savoir ce que disait le petit garçon. Personne d'autre n'avait vu ces images, avait-il ajouté, en mentant un peu. Il n'avait pour l'instant ouvert aucune enquête et souhaitait dans un premier temps se pencher seul sur cette histoire afin de voir s'il y avait matière à prévenir la brigade des crimes sexuels avant d'y consacrer du temps et des moyens humains.

– C'est vous qu'on voit sur ce film ?

– Oui, c'est moi, répondit Andrés d'un ton triste. Qui d'autre… qui voulez-vous que ce soit d'autre ?

Il se tut et avala une gorgée.

– Il vous a fallu longtemps pour le retrouver ? Où avez-vous trouvé cette pellicule ?

– Ma mère, vous comprenez… n'était pas… n'était pas une femme forte, elle était incapable de s'opposer à lui, répondit Andrés sans se soucier des questions de son interlocuteur. Il portait une barbe clairsemée, son visage était sale et il avait un bleu sous l'œil, comme s'il s'était battu ou cogné à un meuble. Ses yeux étaient mouillés, petits et gris, presque sans couleur, et son nez gonflé et tordu. Sans doute avait-il eu une fracture qu'il n'avait jamais soignée, peut-être de l'époque où il venait se réchauffer dans la station de bus de Hlemmur.

– De qui parlez-vous ? Qui est cet homme auquel votre mère était incapable de s'opposer ?

– Il se servait d'elle, vous comprenez ? Elle lui offrait le gîte, en échange, il lui procurait de l'alcool et de la drogue et personne ne s'occupait de moi. Il pouvait faire de moi tout ce qu'il voulait.

Sa voix était rauque, comme chargée d'une colère ancienne.

– Existe-t-il d'autres pellicules ?

– Ça l'excitait de tourner des films, répondit Andrés. Il avait un projecteur, volé dans une école qu'il avait fréquentée

165

en province. Et il avait toutes sortes de films pornographiques, importés en contrebande et qui circulaient sous le manteau.

Andrés marqua une pause.

— L'homme dont vous me parlez, il ne s'appelle pas Rögnvaldur ? demanda Sigurdur Oli.

Le regard d'Andrés devint fixe.

— Vous le connaissez ?

— Nous vous avons interrogé en janvier dernier dans le cadre d'une autre enquête, précisa Sigurdur Oli. Vous vous en souvenez ? Vous vous en rappeliez la dernière fois que nous nous sommes vus. En tout cas, à ce moment-là, nous vous avons posé des questions sur ce Rögnvaldur. Ce n'était pas votre beau-père ?

Andrés ne répondit pas.

— C'est lui qui a fait le film que vous nous avez fait parvenir ? poursuivit Sigurdur Oli.

— Il lui manquait un index. Il ne m'a jamais expliqué comment il l'avait perdu, mais je me consolais parfois en me disant qu'il avait souffert le martyre et pleuré de douleur, je me disais que c'était bien fait pour lui.

— C'est bien de cet homme que vous parlez ?

Andrés baissa la tête et acquiesça lentement.

— À quand remontent ces événements ?

— À longtemps. Il y a des années.

— Quel âge aviez-vous ?

— Dix ans, à l'époque où ça a commencé.

— Aux alentours de 1970 ? Nous avons essayé de calculer la date.

— On ne s'en débarrasse pas, déclara Andrés d'une voix si faible que Sigurdur Oli l'entendait à peine. On a beau essayer. On ne s'en débarrasse jamais. J'ai surtout tenté d'oublier en buvant, mais ça ne suffit pas.

Andrés se redressa et leva les yeux vers le ciel. On aurait dit qu'il cherchait quelque chose dans les nuages. Puis sa voix ne fut plus qu'un murmure.

— Cette infamie a duré deux ans. Presque sans interruption. Ensuite, il est parti.

30

Un autobus longea bruyamment Sudurgata, en route vers le centre-ville; on entendit des éclats de rire provenant de Kirkjugardsstigur. La vie suivait son cours au-dehors, mais semblait s'être arrêtée dans ce jardin des morts où était assis Andrés. Aucun mot n'avait franchi ses lèvres depuis un long moment. Sigurdur Oli attendait qu'il reprenne son récit et voulait éviter de le brusquer. Les minutes passaient. Andrés avait repris sa bouteille, qu'il avait terminée puis posée à côté de l'autre au fond du sac. Il semblait plongé dans ses pensées. Voyant qu'il ne s'apprêtait pas à reprendre la parole, Sigurdur Oli toussota.

— Pourquoi avoir attendu jusqu'à maintenant? demanda-t-il.

Il n'était pas certain qu'Andrés ait prêté attention à ses paroles.

— Dites-moi, Andrés, pourquoi n'agir que maintenant?

L'homme tourna la tête vers lui et le regarda longuement comme s'il avait été un parfait inconnu.

— Quoi?

— Pourquoi venez-vous nous parler de cette histoire seulement maintenant? Même si nous réussissions à mettre la main sur ce Rögnvaldur, les faits sont très anciens, ils sont prescrits depuis longtemps. Nous ne pouvons rien faire. Aucune loi ne peut plus l'atteindre.

— C'est vrai, répondit Andrés. Vous ne pouvez rien faire. Vous n'avez jamais rien pu faire.

Il se tut à nouveau.

— Qu'est devenu Rögnvaldur?

— Il a déménagé et nous ne l'avons plus revu. Je n'ai jamais eu de nouvelles de lui. Il a disparu pendant toutes ces années.

— Puis?

– Puis, un jour, je l'ai croisé. Je vous en ai parlé.

– Nous ne l'avons pas trouvé. Et une fois que nous avions résolu l'enquête dans le cadre de laquelle nous le recherchions, nous ne nous sommes plus intéressés à lui car, finalement, il n'avait rien à voir avec cette histoire. D'ailleurs, votre témoignage ne nous apprenait pas grand-chose. Il était embrouillé, dénué de fiabilité et vous ne procédiez que par allusions. Pourquoi désirez-vous évoquer cette affaire maintenant?

Sigurdur Oli attendit qu'Andrés lui réponde, mais ce dernier gardait le silence, les yeux baissés à terre.

– Si je me rappelle bien, poursuivit-il, vous avez laissé entendre qu'il avait, à l'époque, assassiné un enfant de votre âge. Nous n'avons pas trouvé dans nos dossiers le moindre élément qui vienne le confirmer. C'est de vous que vous parliez? C'est comme ça que vous avez vécu ce qu'il vous a fait subir? Vouliez-vous dire par là qu'il avait tué quelque chose au fond de vous?

– Peut-être qu'il aurait mieux fait de me régler définitivement mon compte, répondit Andrés. Ça aurait sans doute mieux valu. Je ne me rappelle pas ce que je vous ai dit. Je n'ai pas… Il y a longtemps que je ne suis pas bien.

– Il y a des gens qui pourraient vous aider, observa Sigurdur Oli. Des gens qui aident ceux qui ont connu ce genre d'expérience. Avez-vous essayé d'en consulter?

Andrés secoua la tête.

– Je voulais vous voir pour vous dire que… enfin, pour vous expliquer que, quoi qu'il puisse arriver, quels que soient les événements qui se produiront, tout cela n'est pas ma faute. Vous me comprenez? Ce n'est pas entièrement ma faute. Je tiens à ce que vous le sachiez, à ce que la police le sache.

– Quels événements? s'inquiéta Sigurdur Oli. De quoi parlez-vous?

– Vous verrez bien.

– Auriez-vous retrouvé ce Rögnvaldur?

Andrés resta silencieux.

– Je ne peux pas vous laisser quitter ce lieu comme ça. Vous m'en dites à la fois trop et pas assez.

– Je n'ai pas l'intention de me chercher des excuses. Les choses sont comme elles sont et personne n'y changera quoi que ce soit. Après son départ, j'ai essayé de… j'ai essayé de me reprendre… mais je… cette chose… enfin, je n'arrivais pas à l'oublier… j'ai découvert que je pouvais la mettre en sommeil par la boisson et par la drogue, et je m'y suis jeté à corps perdu. J'ai fréquenté ceux qui pouvaient m'en procurer et, comme ça, j'ai réussi à la maîtriser un peu. Dès qu'il est parti. J'ai pris ma première cuite à douze ans. J'ai sniffé de la colle. J'ai pris tout ce que j'ai pu trouver. J'ai à peine dessoûlé depuis. C'est comme ça. Je ne me cherche pas d'excuses.

Andrés marqua une pause, se racla la gorge et prit l'autre bouteille dans le sac en plastique.

– Enfin, vous verrez bien.

– Quoi donc?

– Vous verrez bien.

– On m'a raconté que vous aviez eu envie de devenir tapissier, reprit Sigurdur Oli.

Il voulait lui parler aussi longtemps que possible, l'amener à se confier à lui, dans l'espoir qu'il en dise un peu plus sur ce Rögnvaldur. Nul besoin d'être spécialiste pour voir qu'Andrés était au bout du rouleau, aussi bien physiquement que psychologiquement.

– J'ai essayé de m'en sortir plusieurs fois. Je n'ai jamais tenu bien longtemps.

– Auriez-vous récemment fabriqué un objet en cuir? demanda Sigurdur Oli, hésitant.

– Comment ça? répliqua Andrés en pinçant les lèvres.

– Votre voisine, la femme qui occupe l'appartement face au vôtre, se fait du souci pour vous, expliqua Sigurdur Oli. Elle pensait que vous vous étiez peut-être blessé et elle m'a ouvert votre porte. J'ai trouvé des morceaux de cuir dans la cuisine et quand je les ai emboîtés mentalement les uns avec les autres, j'ai vu un cercle qui m'a fait penser à un visage.

Andrés gardait le silence.

– Qu'avez-vous découpé comme ça?

– Rien, répondit-il en jetant des regards alentour, comme s'il était à la recherche d'une issue. Je me demande pourquoi vous êtes entré chez moi. Je ne comprends pas.

– Votre voisine était très inquiète, répéta Sigurdur Oli.

– Dites plutôt que vous l'avez embobinée !

– Absolument pas.

– Vous n'aviez pas à entrer chez moi !

– Que faites-vous avec ce cuir ?

– Ça ne vous regarde pas.

– Vous n'avez pas oublié que nous avons trouvé de la pornographie pédophile chez vous l'hiver dernier, n'est-ce pas ? menaça Sigurdur Oli.

– Je…

Andrés n'acheva pas sa phrase.

– Qu'est-ce que vous faites avec ça ?

– Vous ne comprenez pas, dit-il.

– En effet.

– Je… je ne méprise personne plus que moi… je…

Andrés s'interrompit une nouvelle fois.

– Où est Rögnvaldur ? interrogea Sigurdur Oli.

– Je n'en sais rien.

– Je ne peux pas vous laisser partir d'ici si vous refusez de me le dire.

– Je me demandais comment j'allais faire. Puis, je m'en suis souvenu. Je me suis rappelé comment le paysan s'y prenait avec le poinçon. Et là, j'ai compris comment j'allais m'y prendre.

– Le poinçon ?

– Oui, l'extrémité n'est pas plus grosse qu'une pièce d'une couronne.

Les propos d'Andrés devenaient incompréhensibles.

– Où est Rögnvaldur ? s'entêta Sigurdur Oli. Vous savez où il se trouve ?

Andrés ne lui répondit pas. Il restait assis, muet, les yeux baissés.

– J'ai toujours eu envie d'y retourner, mais je n'en ai jamais eu le courage, déclara-t-il.

Puis, il y eut un nouveau silence.

– Röggi n'était qu'un dégueulasse. Il me dégoûte, il me fait vomir. Il me dégoûte!

Les yeux d'Andrés semblaient perdus dans un lointain infini où il contemplait des événements qu'il était le seul à connaître et depuis lequel il murmurait à Sigurdur Oli des mots que ce dernier entendait à peine :

– Mais celui qui me dégoûte le plus, c'est bien moi!

Le portable de Sigurdur Oli sonna au même moment, déchirant le silence du cimetière. Il se dépêcha d'attraper l'appareil dans la poche de son imperméable. C'était Patrekur. Il hésita, regarda Andrés puis, à nouveau, son téléphone et décida de répondre.

– Il faut qu'on se voie, annonça-t-il avant même que Patrekur ait le temps de dire quoi que ce soit.

– D'accord.

– Tu m'as menti, reprocha Sigurdur Oli.

– Quoi?

– Ça ne te dérange pas de mentir à un ami?

– Qu'est-ce que…

– Ça ne te gêne pas de me mettre dans la merde et de me raconter des salades par-dessus le marché?

– Qu'est-ce que tu insinues? interrogea Patrekur. Je ne vois pas du tout de quoi tu parles.

– Tu m'as affirmé n'avoir jamais rencontré Lina de toute ta vie.

– En effet.

– Et tu continues de le nier?

– Je continue? Enfin, de quoi parles-tu?

– Je parle de toi, Patrekur! Et de moi!

– Calme-toi donc un peu. Je ne comprends pas un traître mot!

– Espèce de crétin! Tu as participé à une excursion sur un glacier avec elle! s'emporta Sigurdur Oli. Alors, ça te revient? Une excursion sur un glacier! Il y a un an. Ça te rafraîchit peut-être la mémoire?

Il y eut un long silence à l'autre bout de la ligne.

– Et il faut qu'on se voie? interrogea Patrekur.

– Qu'est-ce que tu crois? vociféra Sigurdur Oli.

171

Pour être tranquille, il avait tourné le dos à Andrés pendant la conversation et, quand il se retourna, ce dernier avait disparu.

En un sursaut, il raccrocha et remonta le cimetière au pas de course en longeant Kirkjugardsstigur. Il chercha Andrés du regard : il n'était plus là. Il arriva à la grille, sortit dans la rue, mais l'homme avait disparu. Il retourna dans le cimetière, courut jusqu'au centre et regarda dans toutes les directions, en vain : Andrés lui avait échappé.

– Merde, merde et merde !

Il s'immobilisa. L'homme s'était tout à coup évaporé, il avait pu emprunter n'importe quelle sortie pour quitter les lieux pendant que Sigurdur Oli parlait au téléphone avec Patrekur.

Il remonta vers la rue Ljosvallagata, s'installa au volant de sa voiture et démarra. Ce fut en vain qu'il explora un long moment les rues proches du cimetière au cas où il y apercevrait Andrés.

L'homme s'était volatilisé et Sigurdur Oli n'avait pas la moindre idée de l'endroit où il pouvait bien se terrer. Il ignorait également si ce dernier avait retrouvé Rögnvaldur, tout autant que les conséquences de ces possibles retrouvailles.

Il repassa dans sa tête la conversation qu'il venait d'avoir avec lui, il ne lui avait pas appris grand-chose de tangible. Andrés lui avait parlé de sa mère et, vers la fin, il avait évoqué un poinçon qu'il avait comparé à une pièce d'une couronne. Il avait également mentionné le dégoût que lui inspirait Rögnvaldur et avait précisé qu'il tenait à ce que Sigurdur Oli sache que, quoi qu'il arrive, la faute ne lui incombait pas exclusivement.

Pour une raison inconnue, il était capital dans l'esprit d'Andrés que la police ait conscience de cette donnée-là.

31

Patrekur adressa à Sigurdur Oli un regard gêné quand il entra dans le bar pour s'asseoir face à lui. Les deux hommes avaient choisi le même établissement que pour leurs précédents rendez-vous, mais les lieux étaient maintenant plus animés ; cette fois-ci, le brouhaha qui régnait à l'intérieur les empêchait de se parler sans hausser fortement la voix. Ils jugèrent l'endroit mal choisi et décidèrent d'aller ailleurs. Depuis le centre-ville, ils marchèrent vers le front de mer, dépassèrent l'ancien bâtiment de la compagnie de fret maritime Eimskip, traversèrent la rue Tryggvagata pour rejoindre le boulevard de Saebraut et Austurhöfn, le versant est du port, où s'élèverait bientôt un gigantesque auditorium et centre de conférences futuriste. Après avoir gardé le silence un long moment, ils abordèrent le sujet.

— Nous n'en sommes encore qu'à la phase préparatoire, expliqua Patrekur. Il s'était immobilisé et portait son regard vers l'endroit où le bâtiment serait construit. Je ne suis pas certain que les gens se rendent bien compte de la taille de ce truc-là. Ce sera un véritable mastodonte.

— Et tout ça pour le millier de gens qui va aux concerts et aux opéras ? s'enquit Sigurdur Oli qui savait à peine comment épeler le mot symphonie.

— Je ne sais pas.

Ils n'avaient pour l'instant pas abordé le mensonge dont Patrekur s'était rendu coupable. Sigurdur Oli préférait attendre pour voir ce que dirait son ami et s'imaginait que Patrekur adoptait la même stratégie. Pour l'heure, ils parlaient de cette salle de concert gigantesque qui, d'après Patrekur, était un exemple criant et risible de l'ego surdimensionné d'une petite nation. Sans doute l'esprit révolutionnaire sommeillait-il encore au fond de cet homme qui avait tourné le dos au libéralisme à l'époque du lycée.

– Je crois bien que tous ces gars qui brassent le fric sont en train de perdre la tête, observa-t-il.

– Et toi, renvoya Sigurdur Oli, l'aurais-tu également perdue?

Patrekur ne répondit pas et les deux hommes se turent. Un long moment s'écoula.

– Tu aurais des nouvelles d'Hermann? interrogea Sigurdur Oli.

– Aucune.

Sigurdur Oli avait consulté les procès-verbaux des interrogatoires des deux hommes et constaté qu'ils s'en étaient tenus à la version qu'ils lui avaient donnée. Il fallait s'attendre à ce que Finnur les convoque à nouveau. Patrekur avait catégoriquement nié connaître Lina et avoir entretenu quelque relation que ce soit avec elle. Les deux hommes avaient également déclaré ne pas connaître de livreur prénommé Thorarinn et n'être aucunement impliqués dans l'agression de la jeune femme.

– Quelles relations entretenais-tu avec Lina? demanda Sigurdur Oli.

– J'ai cru que tu allais réussir à enterrer cette histoire. Ensuite, une fois que tout serait terminé, je prévoyais de te dire la vérité. Que tu le croies ou non, c'est ce que j'avais prévu.

– Essaie plutôt de répondre à mes questions. Nous avons déjà discuté de tout ça, non? Alors, arrête de tourner autour du pot.

– J'ai honte de t'avoir menti.

– Viens-en au fait.

– J'ai participé à cette excursion sur le glacier il y a un an, répondit Patrekur. Nous y sommes allés avec des clients étrangers. Il y avait plusieurs groupes, l'un venait de chez nous et l'autre du cabinet d'experts-comptables où travaillait Lina. Et il y avait aussi quelques banquiers. C'est Ebbi qui s'est occupé de toute la préparation et de la mise en œuvre. C'était le genre de voyages où tout le monde se soûle et où on amuse les étrangers en leur montrant la nature et les glaciers. Nous sommes montés sur le Vatnajökull. On a fait un barbecue.

C'était le week-end et nous avons dormi à Höfn i Hornafirdi la deuxième nuit.

— Hermann était aussi du voyage?

— Je l'ai invité, mais finalement il n'est resté qu'une journée. C'est lui qui m'a présenté à Lina. Enfin, elle est venue nous parler et il m'a semblé tout à coup très gêné. Aujourd'hui, je comprends pourquoi il est reparti précipitamment. Il la connaissait, évidemment.

Patrekur hésita.

— Et? s'impatienta Sigurdur Oli.

— J'ai couché avec elle.

Patrekur regarda son ami avec des yeux de chien battu.

— Tu as couché avec Lina?

Patrekur acquiesça.

— Ebbi était absent. Il était allé dormir ailleurs et elle… enfin, nous… bref, nous avons fini par passer la nuit tous les deux.

— Attends un peu…

Sigurdur Oli était estomaqué.

— Je sais, j'aurais dû te l'avouer dès le début.

— Tu as l'habitude de tromper Susanna?

— Cela m'était déjà arrivé une fois, répondit Patrekur. Il y a deux ans, dans une situation similaire, mais avec une autre femme. Au moment où j'étais parti dans les fjords de l'Est, pour la construction du barrage et de la centrale électrique de Karahnjukar. J'avais un peu bu, je sais, ce n'est pas une excuse. Lina était très sympa et très entreprenante. Quant à moi, j'ai fini par… me prêter au jeu, évidemment.

— Évidemment? renvoya Sigurdur Oli.

— Que veux-tu que je te dise? Ça s'est produit, je n'ai aucune excuse. C'est arrivé, c'est tout.

— Elle t'a expliqué comment elle avait connu Hermann? Et lui, il t'a dit qu'elle essayait de lui extorquer de l'argent?

— Non, bien sûr que non.

— Et elle n'a pas eu envie de prendre quelques photos-souvenir de votre rencontre?

— S'il te plaît, ce n'est vraiment pas drôle!

Sigurdur Oli haussa les épaules.

175

— Tu n'imagines pas à quel point j'ai eu peur l'autre jour quand Hermann a débarqué chez moi avec sa femme pour me demander si j'avais des relations dans la police, reprit Patrekur. Surtout quand il m'a expliqué ce qui lui arrivait et avec qui. J'ai cru que j'allais faire une crise de nerfs. J'ai surtout eu peur qu'il raconte ce qui s'était passé entre moi et Lina, peur qu'elle lui ait tout dit. Je ne pensais qu'à moi, et à rien d'autre.

— Tu n'es pas le genre à supporter ça, observa Sigurdur Oli qui ne parvenait pas à éprouver de véritable compassion pour son ami, même si le ton de sa voix laissait penser qu'il était sincèrement désolé pour lui.

— Tu crois que tu m'apprends quelque chose?

— Quant à ces histoires de soirées-entrecôtes que nous a racontées Hermann, c'est vrai qu'ils se sont rencontrés par hasard?

— Je pense qu'Hermann nous a dit la vérité. Je ne crois pas qu'il nous mente. Susanna et moi on n'imaginait pas qu'ils puissent pratiquer l'échangisme, elle en est restée bouche bée. Ce genre de choses la dépasse. Elle ne comprend pas que les gens puissent mentir ou tromper leur conjoint. On voulait aider Hermann. Susanna voulait bien sûr soutenir sa sœur, je te l'ai déjà expliqué bien des fois. On n'avait pas le choix. J'ai accepté de t'en toucher un mot et de te demander de mettre un peu la pression sur Lina et Ebbi pour régler cette affaire avant qu'elle ne déraille complètement. J'aurais mieux fait de te raconter toute la vérité. J'ai été vraiment nul et égoïste. Et je sais que c'est une forme de trahison envers toi. Je m'en rends très bien compte. Il est évident que j'aurais mieux fait de ne rien te cacher puisque je te mêlais à cette histoire. Tout cela était tellement problématique. Ensuite, Lina a été agressée, les choses se sont emballées et je me suis encore plus fermé. Je ne te mens pas, j'arrive à peine à respirer quand je pense à cet enfer.

— Il ne t'est pas venu à l'idée d'aller voir Lina directement puisque tu la connaissais?

— Je n'avais gardé aucun contact avec elle après ce qui s'était passé à Höfn i Hornafirdi et je n'avais pas envie de discuter avec elle.

176

– Tu crois que c'est toi qui lui as donné cette idée de chantage ?

– Non, sûrement pas. Je ne vois pas pourquoi.

– Tu ne lui aurais pas parlé d'Hermann et de sa femme ? Tu ne lui aurais pas dit qu'elle était une figure montante en politique ?

– Ce... non, je ne crois pas, je ne m'en souviens pas.

– Pourquoi a-t-il fallu que tu t'adresses à moi ?

– Cette histoire n'était pas censée arriver sur la place publique, répondit Patrekur. Tu devais y veiller et l'enterrer. On aurait dit deux fous furieux, ils les menaçaient des pires choses : les journaux à scandale, les sites Internet. Comme si Hermann avait atterri dans les griffes de deux cinglés. Je me suis dit que tu étais l'homme de la situation, que tu pourrais les faire redescendre sur terre et les amener à renoncer à leur projet en les menaçant de représailles comme nous en avions discuté. Ils étaient intraitables, mais j'étais certain qu'il ne fallait pas grand-chose pour qu'ils arrêtent leurs conneries.

– Tu sais s'ils étaient très endettés ?

– C'est ce qu'affirme Hermann ; il dit que c'est pour cette raison qu'ils sont allés si loin. Et là, je ne parle pas simplement de banques auprès desquelles ils auraient contracté des emprunts. Ils figurent sur la liste noire des mauvais payeurs. En plus, ils étaient tous les deux consommateurs de drogue et il est convaincu qu'ils devaient aussi de l'argent à des dealers. D'après lui, cela explique l'agression.

– Et toi, tu en sais un peu plus sur leur consommation ?

– Hermann m'a raconté qu'ils leur avaient proposé différents trucs, des pilules d'ecstasy et des amphétamines. Il y avait aussi d'autres produits dont il ne connaissait même pas le nom. En tout cas, ils avaient toute la panoplie.

– Il sait où ils s'étaient procuré ces produits ?

– Non, il ne leur a pas posé la question, répondit Patrekur.

– Et tu n'as jamais revu Lina après ce qui s'est passé entre vous ?

– Non. Ou plutôt, oui et non, elle m'a appelé un jour au bureau pour me demander des nouvelles, me passer le bonjour et ce genre de trucs. Nous avons discuté un moment, puis je lui ai demandé de ne pas me recontacter en lui expliquant que j'avais commis une erreur et que je ne voulais pas la revoir.

— Et elle, elle avait envie de te revoir ?

— Oui.

— Et tu as refusé ?

— Oui.

— Ebbi savait que vous aviez couché ensemble ? Il est au courant ?

— Je ne crois pas, répondit Patrekur. Je suppose que non, mais bon, étant donné leur mode de vie, il n'est pas exclu qu'elle lui en ait parlé. Je suis incapable de te le dire.

Les deux hommes se turent. On avait commencé à démolir les vieux bâtiments de Faxagardur afin de ménager la place nécessaire à l'immense palais de la musique qui sortirait bientôt de terre. Sigurdur Oli se rappela avoir lu dans les journaux une critique d'un économiste qui regrettait l'étalage prévisible de clinquant et affirmait que le futur auditorium n'était que le rêve de nouveaux riches désireux de bâtir un monument au génie financier des Islandais. De l'autre côté de la rue Kalkofnsvegur s'élevait le bâtiment de la Banque centrale d'Islande, telle une falaise imprenable, revêtue de basalte noir et massif venu des fjords de l'Est.

— J'aurais dû t'en parler tout de suite, soupira Patrekur. Je veux dire, de cette histoire avec Lina. Depuis le début, j'ai eu peur que tu la découvres d'une manière ou d'une autre. Je ne veux pas détruire notre amitié. J'espère ne pas l'avoir fait.

Le policier ne répondit pas. Les deux hommes observèrent un moment en silence la vie sur le port. Sigurdur Oli pensait à Ebbi et Lina, aux menaces, au chantage, aux encaisseurs, à leurs méthodes musclées, aux excursions sur les glaciers et aux experts-comptables. Il pensa à son collègue Finnur et à ce pauvre Pétur qui avait été roué de coups derrière le commissariat. À Susanna qui ignorait que son mari l'avait trahie. À Hermann et à sa femme qui espérait une belle carrière politique. Il pensa aussi à Bergthora, à la dernière conversation qu'il avait eue avec elle au téléphone et à son père qui était encore à l'hôpital.

— Est-ce que tu vas le dire à Susanna ? demanda-t-il, rompant le silence.

— C'est déjà fait, répondit Patrekur. Je ne supportais plus d'avoir ça sur la conscience et je lui ai tout raconté.

— Et ?

— Je ne sais pas. Elle réfléchit. Évidemment, elle s'est mise en colère. Il serait même plus juste de dire qu'elle était folle de rage. Elle a l'impression que tout le monde est devenu complètement cinglé, que les gens passent leur temps à copuler comme des bêtes et de tous les côtés.

— C'est peut-être un effet de l'euphorie économique, observa Sigurdur Oli.

Il consulta son ami du regard.

— Patrekur, tu as fait quelque chose à Lina ?

— Non, rien du tout.

— Tu n'as pas tenté de lui imposer le silence ?

— Non. Tu suggères que je l'aurais tuée ? Tu es fou ou quoi ? Je n'ai rien à voir avec ça. Rien du tout. Pour l'amour de Dieu, ce n'est pas ce que tu crois.

— Et Hermann ?

— Non, je ne pense pas non plus, mais c'est à lui que tu dois poser la question. Moi, je t'ai dit tout ce que je savais.

— D'accord. Qui d'autre participait à cette excursion ? Je ne connais aucun des noms sur les listes qu'on m'a communiquées.

— Des étrangers, répondit Patrekur, des ingénieurs comme moi et des banquiers. Je ne sais pas grand-chose d'eux. Il y avait des Américains, venus examiner la géothermie et les énergies renouvelables. On m'a demandé d'être du voyage parce que j'avais étudié aux États-Unis et que notre cabinet avait mené beaucoup d'études dans le domaine énergétique. Et…

— Oui ?

— Non, mais… l'un des participants est décédé peu après. Il travaillait dans une banque. Je ne me rappelle pas son nom. Il est parti en excursion avec d'autres et s'est perdu. On ne l'a retrouvé qu'au printemps dernier. Enfin, ce qui restait de lui.

32

L'homme connu sous le diminutif d'Höddi habitait une vieille maison jumelée plutôt délabrée dans le quartier de Breidholt. Deux motoneiges bâchées étaient garées devant. Une grosse jeep récente équipée d'une remorque ainsi qu'une moto stationnaient le long du trottoir. Le garage qu'il dirigeait semblait lui assurer une existence très confortable s'il possédait l'ensemble de ces joujoux. Sigurdur Oli l'avait pris en filature depuis un moment. Il l'avait vu quitter le travail, se rendre à la salle de sport puis rentrer chez lui. Il n'avait vu personne d'autre à part lui à son domicile et ignorait s'il avait une famille. Höddi avait été arrêté pour agression trois ans plus tôt, mais la plainte avait été retirée. La police n'avait rien d'autre sur lui.

Sigurdur Oli avait froid. Assis dans sa voiture, à distance respectable, il essayait d'être discret. Il ignorait combien de temps il allait rester là et ne savait pas non plus exactement ce qui le poussait à filer Höddi. Au cas où Thorarinn serait rentré chez lui, son domicile avait été placé sous surveillance et sa ligne téléphonique mise sous écoute. Peut-être appellerait-il sa femme et cette dernière n'avait aucun portable enregistré à son nom.

Il était sans nouvelles d'Andrés et ignorait comment il allait s'y prendre pour le retrouver. D'ailleurs, était-ce vraiment utile ? Assis dans la voiture glacée, il se demanda à nouveau pour quelle raison cet homme le contactait ainsi à répétition. Les événements qu'il avait vécus dans son enfance lui restaient sur le cœur et le passage des ans n'avait rien réglé. Il y avait en lui une amertume, une colère, une véritable haine envers ceux qui en portaient la responsabilité. Son indifférence pour sa mère en était un exemple. Les propos qu'il avait tenus sur Rögnvaldur étaient marqués du sceau de cette haine. Sigurdur

Oli se demandait si Andrés l'avait retrouvé. Dans ce cas, que s'était-il passé? Qu'arriverait-il si on retrouvait ce bourreau, ce pervers qui l'avait torturé des années durant? Il ne semblait pas disposé à lui accorder son absolution.

Sigurdur Oli aurait souhaité qu'Andrés l'accompagne afin de lui offrir l'aide psychologique dont il avait besoin. Cela lui aurait peut-être permis de comprendre un peu mieux ce qu'il lui voulait. En l'état, il était impossible de déduire quoi que ce soit de concret des propos qu'il lui avait tenus au cimetière. Certaines de ses paroles étaient inintelligibles tant il avait l'esprit embué par l'alcool et par le chaos de son existence. Il se négligeait complètement, ressassait des souvenirs douloureux et buvait pour faire taire sa souffrance. Sigurdur Oli demanda à tous les magasins d'alcool de la capitale de contacter la police si on l'apercevait. Sa requête était accompagnée d'un signalement sommaire qui devait suffire.

Il éprouvait de la compassion pour le petit garçon sur le bout de pellicule. Ce n'était pas dans ses habitudes de plaindre les malheureux dont il croisait la route, mais il y avait quelque chose qui le touchait profondément chez l'enfant qu'on voyait sur ce vieux film, cette angoisse, cette détresse, ce désarroi insondable. De manière générale, il pensait que les gens portaient la responsabilité de leur malheur. Une fois qu'il avait achevé sa journée de travail et fait ce qu'il avait à faire, c'était terminé jusqu'au lendemain. Confrontés à des enquêtes éprouvantes, certains de ses collègues se laissaient atteindre. Il s'agissait surtout des nouvelles recrues et de quelques anciens. Pour sa part, il jugeait qu'il fallait se garder de prendre les choses trop à cœur, que cela ne faisait que générer des problèmes. On lui avait souvent reproché sa froideur et sa distance, mais il ne s'en inquiétait pas beaucoup.

L'histoire d'Andrés l'atteignait en revanche assez profondément sans qu'il sache exactement pourquoi, si ce n'était l'évidence suivante: quelqu'un s'en était pris à un enfant. La police était constamment confrontée à ce genre d'affaires, mais il n'était pas souvent arrivé à Sigurdur Oli de pouvoir mesurer de manière aussi aiguë les conséquences à long terme de ce type de violence. Il était évident que le sort actuel d'Andrés s'expliquait par ces événements. Sa vie n'avait pas été une partie de plaisir. Il bouillonnait de haine et de colère.

Sigurdur Oli entrouvrit l'une des vitres pour dissiper la buée qui couvrait le pare-brise. Il ignorait combien de temps il allait rester posté là, à surveiller le domicile d'Höddi. Il était plus de dix heures du soir et il n'avait toujours pas remarqué d'allées et venues suspectes aux abords de la maison.

Son portable sonna, c'était sa mère.

— Tu es passé voir ton père? demanda Gagga sans préambule.

Sigurdur Oli lui répondit que oui et l'informa que l'intervention s'était correctement déroulée, son père était en forme et il ne tarderait plus à rentrer chez lui.

— Et toi, tu t'es occupé de tes examens? s'enquit-elle aussitôt.

— Non, mais j'ai tout mon temps.

— Tu devrais y aller rapidement, répondit Gagga. Ça ne sert à rien d'attendre.

— J'irai, répondit Sigurdur Oli, plutôt réticent. Il n'était pas certain qu'il le ferait jamais. Ce n'était pas uniquement cet examen précis qui l'angoissait. Il souffrait depuis longtemps d'une sorte de phobie des médecins et ne supportait pas de les consulter, quelle que soit leur spécialité. L'odeur des salles d'attente et des cabinets médicaux lui faisait horreur, celle des vieux journaux et, surtout, l'idée de la consultation elle-même. Les dentistes figuraient en tête de liste de ses phobies. Rien ne lui déplaisait plus que d'être allongé sur un fauteuil et d'ouvrir grand la bouche face à ces millionnaires tandis qu'ils dissertaient sur l'augmentation du coût de la vie. Les oto-rhino-laryngologistes les talonnaient de peu. Sa mère lui avait un jour fait ôter les amygdales, persuadée qu'elles étaient à l'origine de tous les maux dont il souffrait, rhumes, sinusites, pharyngites ou otites et, aujourd'hui encore, il préférait ne pas y penser, il voulait oublier l'anesthésie et son goût fétide. Le service des Urgences constituait un chapitre à part entière. Il avait parfois été contraint d'y aller après avoir reçu des coups dans l'exercice de sa profession : la lenteur cauchemardesque avec laquelle on s'occupait de lui s'ajoutait à la nausée que lui inspirait l'odeur du désinfectant mêlée à celle des vieux journaux déchirés. Il éprouvait une aversion particulière pour les magazines qui encombraient les cabinets médicaux. Il avait lu quelque part que ces derniers n'étaient pas porteurs de germes même s'ils avaient été manipulés jour après jour par des gens malades, mais il avait du mal à le croire.

Sa mère n'ayant rien d'autre à lui dire, elle prit congé. Cinq minutes plus tard, son téléphone sonna à nouveau. L'appel provenait de Bergthora.

— Quelles nouvelles de ton père? demanda-t-elle.

— Tout va bien, répondit-il plutôt sèchement.

— Il y a un problème?

— Non, je suis au travail, c'est tout.

— Bon, dans ce cas, je préfère ne pas te déranger.

C'est alors que Höddi sortit de sa maison. Il referma soigneusement la porte et tira deux fois sur la poignée pour s'assurer qu'elle était bien verrouillée. Puis il s'avança vers la jeep dont il détacha la remorque.

— Non, ne t'inquiète pas, répondit Sigurdur Oli. Il s'efforça d'adopter un ton pas trop abrupt, même si cela ne lui était pas facile quand il repensait à leur dernière conversation. Mais dis-moi, je t'ai dérangée l'autre soir?

Höddi recula la remorque jusqu'à la motoneige, posa le crochet d'attelage à terre et monta dans la jeep. Sigurdur Oli laissa passer quelques instants avant de mettre son moteur en marche et de le prendre en filature.

— Non, ce n'était pas grave, répondit Bergthora. Je voulais te dire que j'avais rencontré un homme il y a environ trois semaines. Nous nous sommes vus plusieurs fois.

— Ah bon?

— Je voulais t'en parler l'autre soir au restaurant, mais ça ne s'est pas trouvé.

— Qui est-ce?

— Tu ne le connais pas, répondit Bergthora. En tout cas, ce n'est pas un flic. Il travaille dans une banque, c'est un gars très sympa.

— Tant mieux.

Sigurdur Oli peinait à suivre Höddi en toute discrétion tout en parlant d'une manière faussement détachée avec Bergthora de sujets qu'il n'avait aucune envie d'aborder.

– J'ai l'impression que tu es occupé, observa-t-elle, il vaudrait sans doute mieux que je t'appelle plus tard.

– Non, ça va, répondit-il en s'engageant sur le boulevard de Breidholtsbraut à la suite d'Höddi qui roulait à vive allure. Il avait gelé dans la soirée, les rues étaient verglacées et Sigurdur Oli n'avait pas encore fait installer ses pneus cloutés. La voiture dérapa, mais il parvint à redresser. Höddi l'avait distancé et descendait le boulevard à toute vitesse.

– Tu voulais me dire quelque chose ? demanda Bergthora.

– Quelque chose ?

– Oui, quand tu m'as appelée hier soir. Tu as téléphoné si tard que j'ai cru qu'il y avait un problème.

– Non, je…

Il prit un autre virage en passant à l'orange et s'engagea sur la rue Bustadavegur à une vitesse excessive. Ses pneus dérapèrent à nouveau. Höddi avait disparu derrière l'église de Bustadakirkja. Il était sur le point de le perdre. Tout comme il avait l'impression d'être sur le point de perdre Bergthora.

– … j'avais juste envie d'avoir de tes nouvelles. Je, enfin, je ne sais pas, mais j'ai eu l'impression que notre soirée au restaurant aurait pu mieux se passer. Je voulais simplement t'en parler un peu.

– Tu es au volant ?

– Oui.

– Est-ce bien raisonnable de parler au téléphone tout en conduisant ?

– Je suppose que non.

Höddi tourna sur la rue Réttarholtsvegur. Le feu était rouge. Il n'y avait pratiquement pas de circulation. Sigurdur Oli jeta quelques regards alentour et passa au rouge.

– Je sais que cela ne me regarde pas, mais je t'ai trouvé…

– Quoi ?

– Quand tu m'as appelée hier soir, je t'ai trouvé… disons, plutôt bizarre, répondit Bergthora alors qu'Höddi traversait le pont du boulevard Miklubraut. Ça te gêne que je voie cet homme ? Tu y trouves à redire ?

– Je…

Sigurdur Oli aurait bien aimé pouvoir se concentrer un peu mieux sur la conversation.

– Je ne vois pas ce que j'aurais à dire. Tu mènes ta barque comme tu l'entends.

Bergthora garda le silence, attendant manifestement qu'il poursuive. Le ton de sa voix ne concordait pas avec la teneur de son discours. Le silence lui bourdonnait dans les oreilles pendant qu'il cherchait quelque chose à dire. Il l'avait appelée la veille au soir pour savoir si elle était d'accord pour qu'ils se rencontrent une nouvelle fois. Cela se passerait beaucoup mieux. Il ferait des efforts, écouterait son point de vue, ne serait ni rigide ni insupportable. Il ne serait pas comme sa mère. Mais il ne parvenait pas à trouver les mots justes tandis qu'il glissait sur le verglas qui couvrait les rues de la ville dans sa voiture aux pneus inadaptés à la saison.

– Bon, je ne veux pas te déranger plus longtemps, déclara finalement Bergthora. On se rappelle. Sois prudent. Et n'oublie que le portable est interdit au volant.

Il mourait d'envie de la retenir à l'autre bout du fil, de lui parler encore un peu, de donner de sa personne, mais tous les mots s'étaient évanouis dans sa tête.

– D'accord, répondit-il.

Cela ne pouvait pas être pire, pensa-t-il en voyant la jeep d'Höddi disparaître dans le quartier des Vogar. Au même moment, il entendait Bergthora raccrocher.

33

Il avait perdu la jeep de vue, mais n'osait pas trop accélérer sur le verglas. Il pénétra dans le quartier où il pensait qu'Höddi était entré et alla jusqu'au bout de la rue : c'était une impasse. Il fit demi-tour, scruta les alentours à la recherche du véhicule, s'engagea dans la rue suivante et arriva à un carrefour. Il n'avait aucune idée de la route à prendre et décida de tourner à gauche, dans la direction qui le mènerait chez lui. Sur le point de renoncer, il aperçut tout à coup la jeep, stationnée devant un petit établissement de restauration rapide.

Il dépassa le restaurant et remarqua que les gens faisaient la queue devant le comptoir. Au milieu de la file, Höddi levait les yeux vers le panneau lumineux qui présentait les plats proposés. Sigurdur Oli alla se garer sur un parking à distance respectable et attendit. L'idée de suivre Höddi en solitaire lui était subitement venue à l'esprit. En général, il ne prenait en chasse les suspects qu'accompagné d'autres policiers et selon des règles très précises. Au commissariat de Hverfisgata, ils parlaient de filature. Il s'était toutefois demandé si on l'autoriserait à entreprendre une telle opération en se fondant sur le simple fait que Höddi était un sale type. Certes, cet homme lui avait infiniment porté sur les nerfs mais cela suffisait pas à justifier qu'il soit placé sous surveillance de jour comme de nuit.

La file d'attente progressait lentement. Le policier supposait qu'Höddi avait simplement eu envie de prendre un peu l'air au volant de sa jeep et d'en profiter pour s'arrêter en chemin et acheter un hamburger dans son restaurant préféré. Sa corpulence laissait à penser qu'il était capable d'en engloutir une ribambelle.

Pour sa part, Sigurdur Oli commençait à avoir le ventre creux et pensait avec délice aux steaks hachés qui cuisaient sur la grille rougeoyante à l'intérieur du boui-boui. Affaibli par la faim, il envisagea de lâcher l'affaire et de rentrer chez lui en s'accordant, lui aussi, une brève halte dans un restaurant à hamburgers quand il vit Höddi quitter l'établissement, un sac à la main, avant de retourner s'installer au volant de sa jeep.

Il sortit du quartier et rejoignit le carrefour où il traversa le boulevard Saebraut avant de descendre vers l'est, en direction de l'anse d'Ellidavogur. Il tourna à droite, longea une enfilade de locaux industriels abritant des ateliers et de petites entreprises, s'arrêta devant l'un des bâtiments, descendit de voiture, puis s'avança vers une porte qu'il ouvrit à l'aide d'une clé. Il n'alluma aucune lumière. Sigurdur Oli ne parvenait pas à distinguer le nom de l'atelier, mais il n'avait pas oublié lorsque Thorarinn s'était précipité vers l'hôpital de Kleppur avant de courir le long de l'anse d'Ellidavogur. Était-ce là qu'il avait terminé sa course ? Était-ce à cet endroit qu'il s'était caché après avoir agressé Lina ?

Il considéra qu'il valait mieux ne pas aller frapper à la porte. Sans doute n'était-il pas de taille face à deux encaisseurs. Il voulait s'abstenir d'appeler des renforts, n'ayant aucune preuve de la présence de Toggi le Sprinter à l'intérieur du bâtiment. Peut-être Höddi avait-il simplement quelque chose à y faire. Ce gars-là ne restait pas les deux pieds dans le même sabot, à en juger par le nombre de véhicules qu'il possédait. Sigurdur Oli attendit donc à distance raisonnable en se contentant de surveiller les lieux.

Une demi-heure plus tard, il n'y avait toujours aucune lumière dans l'atelier. La porte s'ouvrit et il vit Höddi sortir. Débarrassé de son sac en plastique, sans même regarder à gauche ni à droite, il remonta dans sa jeep puis démarra.

Sigurdur Oli laissa s'écouler un long moment avant de descendre de voiture. Il plaqua son oreille à la porte, mais n'entendit aucun bruit. Il leva les yeux et lut le nom du garage : Contrôle Birgir. Il marcha jusqu'à l'arrière du bâtiment. Cela lui prit un certain temps car il devait contourner une longue rangée d'ateliers tous semblables. Il essaya de localiser la façade arrière du garage et constata qu'il n'y avait aucune issue de ce côté-là.

Il repartit vers l'avant et attrapa la poignée de la porte soigneusement fermée à clé où il frappa trois coups. Elle était accolée à l'imposant rideau métallique coulissant et chaque coup résonnait lourdement. Il y plaqua à nouveau l'oreille : aucun bruit. Il frappa plus fort et eut l'impression d'entendre un grincement discret qui cessa aussi brusquement.

Deux options s'offraient à lui dans la situation. Soit il pénétrait par effraction dans le garage, soit il attendait que les employés arrivent pour commencer leur journée de travail. Il consulta sa montre. La nuit promettait d'être longue. Il chercha du regard un outil ou même une pierre dont il aurait pu se servir. La porte avait quatre petites vitres. Il ne voyait aucun macaron indiquant que les locaux étaient surveillés. Sans doute n'abritaient-ils rien qui soit digne d'être volé.

Il trouva un bout de tuyau qu'il soupesa et donna un coup contre l'une des vitres qui explosa. Il ôta les morceaux de verre du cadre, passa sa main l'intérieur, trouva le verrou et l'ouvrit. Si on lui posait des questions, il répondrait qu'il était venu suite à l'appel d'un correspondant anonyme et qu'il avait trouvé les lieux dans cet état.

Il referma la porte et s'avança précautionneusement, cherchа à tâtons un interrupteur et en trouva trois, alignés. Il appuya sur l'un d'eux. Une lumière pâle s'alluma sous la poutre tout au fond où étaient empilés des pneus. Il resta immobile un long moment, le temps d'inspecter les lieux. C'était un garage très banal. Sigurdur Oli se demanda qui était ce Birgir. Peut-être était-il un parent d'Höddi ou même de Thorarinn si ce dernier se cachait effectivement ici.

— Ohé ! appela-t-il sans obtenir aucune réponse. Thorarinn, vous êtes ici ?

Il passa devant un local vitré à l'intérieur duquel on distinguait un comptoir et deux chaises ainsi qu'une pile de magazines crasseux, posés sur une table. En avançant un peu plus loin, une faible odeur de café vint lui chatouiller les narines. Il poussa la porte du coin-repas : une table et trois chaises, une cafetière maculée, posée sur une planche, et toute une kyrielle de tasses. Par terre, il y avait également une poubelle dans laquelle Höddi avait jeté le sac du restaurant ainsi qu'une boîte contenant des restes de hamburger et quelques frites. Sigurdur Oli scruta longuement la poubelle : était-il possible qu'Höddi ait tenu à consommer son hamburger en toute tranquillité au point d'aller le déguster dans un garage désert d'Ellidavogur ?

— Thorarinn ! Ici la police ! Nous savons que vous êtes là et nous voulons vous interroger.

Il n'y eut aucune réponse.

Sigurdur Oli quitta le coin-repas pour retourner dans le garage.

— Arrêtez de faire l'idiot ! cria-t-il.

Il préférait ne pas trop s'attarder. En réalité, il se sentait plutôt ridicule à crier ainsi dans l'espoir que Toggi le Sprinter soit caché parmi les pièces détachées et les piles de pneus. Si tel n'était pas le cas, il avait l'air d'un fieffé crétin.

En traversant le garage, il se fit la réflexion que quelque chose clochait. Au fil des ans, il avait eu plusieurs véhicules en état plus ou moins convenable, qu'il avait souvent dû mettre en réparation. Pour les petits tracas, il attendait que le garagiste fasse son travail, sinon il s'arrangeait pour que quelqu'un le dépose quelque part ou, dans le pire des cas il appelait un taxi, quand il n'avait pas d'autre solution. En général, il essayait de s'arranger pour que les mécaniciens terminent la réparation pendant qu'il attendait à l'accueil, allait faire un tour à pied ou bien traînait dans l'atelier. Il considérait donc qu'il en savait pas mal sur la profession et avait l'impression persistante que Birgir n'était pas des mieux équipés.

Debout au centre de l'atelier, il comprit tout à coup ce qui manquait.

Un plateau.

À ce moment-là, il lui sembla entendre un léger bruit de froissement.

Il baissa les yeux et remarqua qu'il se tenait sur une plaque métallique rectangulaire. Le bruit semblait provenir d'en dessous. Il frappa des pieds.

— Thorarinn ! cria-t-il, n'obtenant toujours aucune réponse.

Il avait compris la raison de l'absence de plateau dans cet atelier. Au lieu de soulever les voitures pour les réparer, le garagiste se glissait dans une fosse. Sans doute Birgir n'avait-il pas les moyens de s'offrir un élévateur. Peut-être n'en avait-il pas besoin, pas plus d'ailleurs que de cette fosse, puisque cette dernière était bouchée par une plaque de métal.

Il ne lui fallut pas longtemps pour trouver comment on retirait la plaque ; ce fut même un jeu d'enfant. Quand il inspecta l'intérieur, il découvrit Thorarinn qui levait les yeux vers lui, le dos accolé à la paroi.

— Comment diable vous y êtes-vous pris pour me retrouver ? demanda le fuyard, ahuri. Il se leva puis sortit de sa cachette en époussetant ses vêtements.

— Vous avez l'intention de faire des difficultés ? s'enquit Sigurdur Oli.

— Je n'arrive pas à croire que vous m'ayez trouvé ! Comment avez-vous fait ?

Thorarinn n'opposa aucune résistance.

— Je vous l'expliquerai peut-être un jour, répondit Sigurdur Oli, qui avait déjà appelé des renforts. La première voiture arriverait d'ici trois minutes. Dites-moi, il y a longtemps que vous êtes planqué ici ?

— Non, j'arrivais juste.

— Où étiez-vous avant cela ?

— Vous m'avez foutu la trouille, éluda Thorarinn. Je bouffais tranquillement mon hamburger quand je vous ai entendu tambouriner à la porte. Et j'ai couru me planquer. C'est Höddi ? Vous l'avez suivi ?

Thorarinn s'avançait subrepticement vers la porte.

— Pas un geste, commanda le policier. Plusieurs voitures sont en route, vous n'irez nulle part.

— Vous êtes venu seul ? s'étonna Thorarinn.

Sigurdur Oli entendait cette question pour la deuxième fois de la journée.

— Deux hommes sont postés à l'extérieur, ajouta-t-il. Ils nous attendent.

Il espérait que le mensonge était assez crédible, n'ayant aucune envie d'une nouvelle course-poursuite. Les deux hommes entendirent les sirènes dans le lointain.

– Et la rue ne va pas tarder à grouiller de flics. Vous les entendez, non ?

– Qui vous a parlé de Höddi ?

– Restez tranquille, répondit Sigurdur Oli, posté entre Thorarinn et la porte du garage. Nous vous aurions retrouvé d'une manière ou d'une autre. Ou bien vous vous seriez rendu. C'est que ce vous finissez tous par faire.

34

Thorarinn avait été emmené au commissariat de Hverfisgata. Comme il était plus de minuit, on avait repoussé son
interrogatoire au lendemain. Il avait été placé dans une cellule
et Sigurdur Oli était rentré chez lui. Contrairement à ce qu'il
avait prévu, il avait été incapable d'inventer un mensonge sur
la manière dont il avait retrouvé le fuyard, mais s'était efforcé
de laisser Kristjan en dehors de cette affaire. Il avait déclaré
avoir reçu un appel anonyme l'informant qu'Höddi était une
connaissance de Thorarinn. Bien que le renseignement ne lui
ait pas semblé des plus fiables, il avait préféré le vérifier. Il
avait donc suivi Höddi, l'avait vu acheter ce hamburger puis
descendre en voiture vers l'anse d'Ellidavogur. À ce moment-
là, il s'était souvenu que Toggi le Sprinter avait couru dans
cette direction le soir de l'agression et il s'était dit qu'il valait
mieux examiner tout cela de plus près. Höddi était entré dans
un garage puis en était ressorti sans le sac qu'il avait pris au
restaurant. Sigurdur Oli s'était sans attendre introduit dans
l'atelier de réparation automobile par effraction en brisant
une vitre. C'est là qu'il avait retrouvé Thorarinn.

Il pensait que cette version légèrement modifiée des faits
ferait diversion et protégerait Kristjan. Il n'avait donc pas
à rougir de ce mensonge. Même si Kristjan n'était qu'un
pitoyable crétin, cela n'arrangerait pas les choses de lui mettre
deux encaisseurs sur le dos. Aucun commentaire ne fut fait sur
le récit fourni par Sigurdur Oli. Thorarinn avait été retrouvé,
peu importaient les modalités. La police se voyait souvent
contrainte d'improviser.

Höddi et Birgir, le propriétaire du garage, ainsi que son
employé furent arrêtés dans la nuit et transférés à Hverfisgata. La batte de base-ball dont Thorarinn s'était servi
sur Lina avait été retrouvée dans un container à ordures à

deux cents mètres de sa planque, l'extrémité encore couverte de sang.

Alors qu'il allait rentrer chez lui, Sigurdur Oli tomba nez à nez avec Finnur.

— Tu aurais dû appeler des renforts, lui reprocha Finnur, qui supervisait l'enquête. Ne mélange pas boulot et vie privée, même si tes amis sont mêlés à cette histoire.

— Je m'en souviendrai la prochaine fois, promit Sigurdur Oli.

Tôt le lendemain matin, il prit part aux interrogatoires des trois suspects. Birgir affirma qu'il ignorait la présence du criminel dans son garage et réfuta toute complicité. Il expliqua que Höddi possédait des parts dans l'entreprise et qu'il avait donc un double de la clé. Ni lui ni son employé n'avaient remarqué la présence de Toggi aux horaires d'ouverture et, s'il s'était trouvé là, il avait dû se montrer rudement discret car, avec son employé, ils étaient amenés à visiter tous les jours les moindres recoins du garage plutôt exigu pour les besoins du travail. Il était plus probable que l'endroit ne lui ait servi de cachette que de nuit. Le Birgir en question n'ayant jamais eu affaire à la police, pas plus d'ailleurs que son ouvrier, la version des deux hommes fut considérée comme crédible. Il n'y avait donc aucune raison de les retenir plus longtemps.

— Et qui va payer la vitre ? interrogea Birgir, abattu, en apprenant que la porte de son atelier avait été endommagée. Pendant l'interrogatoire, il avait précisé que l'activité n'était pas florissante et qu'il ne pouvait pas se permettre le moindre extra.

— Vous n'avez qu'à nous envoyer la facture, répondit Sigurdur Oli, d'un ton peu encourageant.

Höddi leur donna plus de fil à retordre. Son séjour en cellule l'avait rendu irritable et revêche. Toutes griffes dehors, il apportait aux questions des policiers des réponses sciemment incohérentes.

— Quelles relations entretenez-vous avez Thorarinn ? interrogea Sigurdur Oli pour la troisième fois.

— Ta gueule ! T'as plutôt intérêt à faire gaffe quand je vais sortir d'ici !

– Ah bon ? Auriez-vous l'intention de me *niquer* les genoux ?

– Ta gueule !

– Est-ce que vous me menacez, espèce de pauvre type ?

Höddi fixait du regard Sigurdur Oli qui lui renvoyait un sourire.

– Ta gueule ! répéta-t-il.

– Quelles relations entretenez-vous avec Thorarinn ?

– On a baisé ta mère tous les deux en même temps !

On reconduisit Höddi à sa cellule.

Thorarinn ne montrait pas la moindre peur quand on l'amena en salle d'interrogatoire. Assis jambes écartées à côté de son avocat, face à Sigurdur Oli, il battait constamment la mesure sur le sol de son pied droit. Finnur était également présent. Les deux policiers commencèrent par lui demander où il avait passé les journées précédentes. Il leur fournit une réponse détaillée. Il avait couru jusqu'au garage de Birgir après avoir échappé à la police et s'était planqué à l'extérieur avant de se réfugier chez Höddi. Ce dernier l'avait caché à son domicile mais, quand il avait reçu la visite des flics, il lui avait dit de descendre au garage et de l'attendre là-bas. Ils s'étaient retrouvés après la fermeture, Höddi l'avait fait entrer, puis, plus tard dans la soirée, lui avait apporté de quoi manger. Thorarinn avait ensuite prévu de partir dans le chalet d'été qu'Höddi possédait dans le Borgarfjördur et d'y rester quelques jours, le temps de réfléchir.

– Vous n'avez pas envisagé de vous rendre ? interrogea Finnur.

– Je n'ai pas tué cette femme. Elle était encore en vie quand celui-là est arrivé, répondit-il, l'index pointé vers Sigurdur Oli. C'est lui qui l'a butée. J'étais sûr que vous alliez me coincer, me coller ça sur le dos et m'accuser à sa place. C'est pour ça que j'ai pris la fuite.

Sigurdur Oli regarda l'avocat de Thorarinn d'un air incrédule.

– Vous ne croyez tout de même pas à ça ? Vous avez étudié le dossier ?

L'avocat haussa les épaules.

– C'est sa version, répondit-il.

– Lina était effectivement vivante quand je suis arrivé sur les lieux, précisa Sigurdur Oli, et elle était également en vie quand les ambulanciers l'ont emmenée à l'hôpital où elle est décédée le lendemain. L'autopsie a révélé qu'elle est morte suite à un traumatisme crânien, parce que quelqu'un l'a frappée à la tête avec un objet. Nous avons d'ailleurs retrouvé cette arme à deux cents mètres de votre cachette. Ce n'est quand même pas moi qui suis allé la mettre là. J'ai l'impression que vous avez dégoté l'avocat le plus nul de tout le pays, Toggi. Cela, un gamin de quatre ans pourrait le dire et vous n'auriez pas besoin de rester assis là comme un imbécile.

Thorarinn consulta son avocat du regard.

– Nous aimerions savoir ce que vous faisiez là-bas, rétorqua le juriste afin de sauver la face. Pour quelle raison êtes-vous allé voir Sigurlina ? Je crois que mon client a le droit de le savoir.

– Cela ne vous regarde pas, observa Sigurdur Oli. Thorarinn est à la fois dealer et encaisseur. Je l'ai surpris au domicile de cette femme. Elle gisait à terre plus morte que vive, la tête en bouillie. La raison de ma présence sur les lieux est entièrement étrangère à cette affaire. Thorarinn s'en est pris à moi et il a échappé aux forces de police que j'ai appelées pour quadriller le périmètre… il a piqué un sprint du tonnerre, si je puis dire. Et il n'a rien d'un innocent.

– Mais vous, Thorarinn, qu'étiez-vous venu faire chez Sigurlina ? interrogea Finnur, qui gardait le silence depuis un bon moment.

Sigurdur Oli se demandait ce que son collègue avait en tête. Comment allait-il réagir à la version ridicule de Thorarinn et de son défenseur ? Les deux hommes n'avaient aucun moyen de savoir ce qui avait amené Sigurdur Oli chez Lina ce soir-là. Ils ne faisaient que brouiller les pistes et tentaient de jeter le discrédit sur lui en tant que policier. Il n'était pas certain que l'enquête doive mentionner la raison de sa présence chez Lina, mais bien des choses étaient incertaines dans le cours des événements à venir. Il n'avait sur eux qu'une prise très limitée et ne pouvait qu'espérer que tout se passe pour le mieux. La suite était en réalité plus du ressort de Finnur, ce qui lui inspirait finalement peu d'inquiétude.

À nouveau, Thorarinn regarda son avocat qui lui répondit d'un hochement de tête.

— À cause d'une dette de drogue, avoua-t-il. C'est vrai. Il m'arrive de vendre de la came et elle me devait du fric. Nous nous sommes disputés, j'ai pensé qu'il valait mieux que je me défende et je l'ai frappée. Le coup n'était pas censé la tuer. C'était un accident. J'ai paniqué en voyant ce crétin arriver sur les lieux, ajouta Thorarinn en montrant du doigt Sigurdur Oli.

— C'est ça, votre défense ? rétorqua Sigurdur Oli.

— C'était un accident, je ne l'ai pas fait exprès, plaida Thorarinn. Elle s'est jetée sur moi et je me suis protégé. C'est tout.

— Elle s'est jetée sur vous ?

— Oui.

— Vous vous êtes introduit chez elle, armé d'une batte de base-ball, vous avez tout cassé et elle s'est jetée sur vous ?

— Oui.

— Bon, ça suffira pour l'instant, observa Finnur.

— Donc, je peux m'en aller ? interrogea Thorarinn avec un sourire narquois. J'ai autre chose à faire, vous comprenez. C'est qu'un chauffeur-livreur n'est pas payé comme un banquier !

— Je crains que vous n'alliez nulle part pendant un certain temps sauf pour quelques petits déplacements, rétorqua Finnur.

— Quelle voiture aviez-vous pris pour aller chez elle ? interrogea Sigurdur Oli.

Thorarinn s'accorda un instant de réflexion.

— Comment ça, quelle voiture ?

— Oui.

— Je ne vois pas le rapport.

— Si votre intention n'était pas de lui faire du mal et que tout cela n'est qu'un accident, dites-moi pourquoi vous avez cru bon d'emprunter un véhicule pour aller chez elle.

— Quelle importance qu'il en ait emprunté un ou non ? s'agaça l'avocat.

— C'est le signe qu'il y a préméditation, volonté délibérée de nuire, c'est l'expression que vous utilisez. Cela indique qu'il ne voulait pas être repéré aux abords de la maison.

— C'est Kiddi ? interrogea Thorarinn en s'avançant sur sa chaise. Vous avez tiré les vers du nez de Kiddi. Ce sale petit connard ! Putain, je vais te le…

— Quel Kiddi ? s'étonna Finnur, en interrogeant son collègue du regard.

— Tenez-vous-en aux faits, contra Sigurdur Oli, comprenant tout à coup qu'il en avait trop dit trop tôt.

— C'est Kristjan qui a ouvert sa gueule, hein ? C'est lui qui vous a parlé d'Höddi. Putain de connard !

— Quel Kristjan ? interrogea une nouvelle fois Finnur.

— Je ne vois pas de quoi il parle, répondit Sigurdur Oli.

35

Il lui fallut un long moment pour se réveiller. Ignorant si c'était le jour ou la nuit, il demeura immobile le temps de reprendre ses esprits. La rencontre au cimetière lui revint en mémoire. Cette grisaille, ce frimas, ces arbres tordus, ces tombes affaissées et ce calme paisible.

Il avait oublié une partie de ses échanges avec le policier. Il se rappelait l'avoir rencontré, être resté assis à ses côtés pendant un moment, puis une chose était arrivée, il n'en savait pas plus. Il ignorait ce qui s'était produit, la manière dont il avait quitté les lieux ou encore ce qu'il avait pu raconter à ce flic. Il avait pourtant prévu de tout lui dire. Quand il lui avait téléphoné pour lui donner rendez-vous dans le cimetière, il était déterminé à tout lui raconter sur l'appartement en sous-sol de Grettisgata, sur Röggi et sa mère, sur la manière dont il avait été traité quand il n'était encore qu'un petit garçon. Il avait décidé d'accompagner ce policier jusqu'à Grettisgata pour lui montrer cette ordure en lui racontant toute son histoire afin de s'en libérer. Mais finalement il ne l'avait pas fait. Pour une raison quelconque. S'était-il enfui ? Il s'était ensuite réveillé, couché à même le sol, dans l'appartement de Grettisgata.

Il se leva avec difficulté et chercha le sac à tâtons. Il avait terminé l'une des deux bouteilles et l'autre était à moitié vide. Il en avala une grande lampée et se dit qu'il allait devoir immédiatement retourner au magasin d'alcool. Tout à coup, il se souvint avoir escaladé le mur du cimetière pour rejoindre la rue. Là, une voiture avait failli l'écraser. Il lui revint également en mémoire qu'à ce moment-là le policier parlait au téléphone.

Il hésitait à le rappeler pour lui fixer un nouveau rendez-vous. Il était persuadé de lui avoir fait parvenir un petit morceau de ce vieux film qu'il avait trouvé dans l'appartement du pauvre type. S'il ne faisait pas erreur, les pellicules étaient au nombre de deux. Il n'en avait pas trouvé d'autres, même après avoir mis l'appartement sens dessus dessous, cassé les cloisons et arraché les lattes du parquet.

Longtemps après avoir trouvé ces bobines, il était incapable de dire combien de temps exactement, il avait essayé de les regarder, mais cela avait été au-dessus de ses forces. Il en avait installé une sur le projecteur qu'il avait allumé, le film avait commencé à défiler et, tout à coup, une image avait bondi sur le mur blanc. Il y avait vu le petit garçon qu'il avait été et s'était souvenu de tout ce qui s'était produit alors. Même s'il peinait à reconstituer le fil des événements de la journée qui venait de s'écouler, il se souvenait parfaitement de choses remontant à des dizaines d'années. Il s'était dépêché d'éteindre l'appareil, avait retiré la bobine, trouvé des ciseaux dans tout le désordre et découpé un bout de la pellicule pour le mettre dans un sac en plastique qu'il avait trouvé par terre.

Il ne voulait pas que l'on voie ces images. C'était son secret. Il avait pris les pellicules, les avait balancées dans l'évier avant d'y mettre le feu. Il les avait regardées se consumer. Une épaisse fumée âcre s'en était dégagée? Cela n'avait rien d'étonnant : ce qui brûlait là était l'ignominie même. Il avait ouvert la fenêtre de la cuisine et celle du salon pour chasser la puanteur. Il avait veillé à ce que chaque fragment de cette infamie soit réduit en cendres avant de rincer l'évier.

Puis le tout avait disparu. C'en était fini.

Il avala une autre gorgée, vidant presque entièrement la bouteille. Il allait devoir retourner au Rikid, le magasin d'alcool.

Et il avait envie de revoir ce policier pour tout lui raconter afin de soulager sa conscience.

Et sans se raviser.

Cette fois-ci, il ne se raviserait pas.

36

Ebeneser ne répondit pas quand Sigurdur Oli alla sonner, puis frapper à sa porte. Le policier l'appela en vain, rien n'y faisait. Sa jeep stationnait pourtant devant la maison et Sigurdur Oli était quasi certain que l'homme était chez lui. Il décida d'aller épier par la fenêtre. Il regarda d'abord par celle de la cuisine et constata qu'elle avait besoin d'un bon coup de balai. Puis il fit le tour de la maison et trouva la baie vitrée à travers laquelle il scruta le salon. Ce ne fut qu'au terme d'une longue exploration qu'il aperçut la forme d'une jambe, puis celle d'une tête sous une couverture. Il frappa fort à la vitre qui vibra tout entière et il vit Ebeneser bouger. Ce dernier se contenta toutefois de changer de position. Des bouteilles d'alcool et des canettes de bière encombraient la table du salon. Ebbi noyait manifestement son chagrin dans l'alcool.

Sigurdur Oli frappa à nouveau à la vitre et appela Ebbi qui revint peu à peu à lui. Au bout d'un certain temps, il localisa l'origine du bruit, aperçut derrière la fenêtre le policier entêté et se redressa sur le canapé. Voyant qu'il reprenait ses esprits, Sigurdur Oli retourna à l'avant de la maison et attendit. Il ne tarda pas à s'impatienter. Peut-être Ebeneser s'était-il rendormi. Il sonna une nouvelle fois et tambourina à la porte.

Après un long moment, Ebeneser ouvrit, il apparut dans l'embrasure, son état était pitoyable.

— C'est quoi ce boucan? interrogea-t-il d'une voix rauque.

— Me permettez-vous de vous déranger un moment? Je n'en ai pas pour longtemps.

Ebeneser le regarda, les yeux plissés. Il faisait encore assez jour, même si la journée était bien avancée. Il consulta sa montre, regarda à nouveau Sigurdur Oli et l'invita à entrer. Le policier le suivit jusqu'au salon où les deux hommes s'installèrent.

— Voyez-moi ce bordel, commenta Ebeneser. Je n'ai même pas…

Il s'efforçait de trouver quelque chose à dire afin de justifier le chaos qui régnait chez lui tout autant que son état, mais s'interrompit, ne trouvant rien de convaincant.

— J'ai vu aux informations que vous l'aviez arrêté, déclarat-il.

— En effet, nous avons retrouvé l'auteur de l'agression, répondit Sigurdur Oli. Il nous a également donné la raison, mais à ce stade de l'enquête nous sommes incapables de discerner le vrai du faux. Voilà pourquoi nous avons besoin d'informations complémentaires.

— Comment ça, la raison ?

— La raison pour laquelle il a agressé Lina, précisa Sigurdur Oli.

— Ah, mais qui est cet homme ?

Ebeneser n'était manifestement pas encore très bien réveillé.

— Il s'appelle Thorarinn. Nous savons que c'est lui qui s'en est pris à Lina.

— Elle ne connaissait aucun Thorarinn, répondit Ebbi en attrapant une canette de bière qu'il secoua afin de vérifier s'il n'en restait pas un peu au fond. Elle était vide.

— En effet, ils ne se connaissaient pas.

Sigurdur Oli voulait se garder de lui dévoiler trop de détails concernant l'enquête. Il lui exposa la situation en quelques mots, décrivit comment on avait retrouvé Toggi et répéta que le moment était venu de vérifier certaines données, maintenant que les interrogatoires avaient débuté. Ebeneser semblait ne pas écouter un mot de ce qu'il lui racontait.

— Vous avez peut-être besoin d'un peu de temps pour vous remettre, observa le policier.

— Non, répondit Ebbi, ça ira.

— Je n'en ai pas pour longtemps, répéta Sigurdur Oli, espérant qu'il ne mentait pas.

Ebeneser avait le visage fatigué et les traits creusés, il semblait plongé dans une torpeur et une mélancolie plus profondes que ce que provoquerait une simple gueule de bois. Sigurdur Oli pensa qu'il s'était peut-être trompé et que le décès de Lina l'avait atteint plus profondément qu'il ne l'avait cru au premier abord. Il s'efforça de faire preuve de tact et de politesse, même si ce n'était pas ses points forts. En outre, cet homme ne lui plaisait pas ; il n'avait pas oublié les propos de Patrekur qui lui avait présenté Ebbi et Lina comme deux cinglés menaçant de publier des photos dans la presse à scandale et sur des sites Internet.

— Quelle raison a-t-il donnée, ce type que vous avez placé en garde à vue ? demanda Ebeneser.

— Dette de drogue, répondit Sigurdur Oli. D'autres sources m'ont affirmé que vous et Lina étiez consommateurs. Par conséquent, ce serait une explication recevable, enfin, à notre avis.

Ebeneser le scruta longuement sans dire un mot.

— Nous ne devons rien à personne, déclara-t-il, rompant le silence.

— Thorarinn est à la fois dealer et encaisseur. Il n'est pourtant pas spécialement connu des services de police, il est prudent et discret, il travaille par ailleurs comme chauffeur-livreur. Quelle raison cet homme aurait-il eue de s'en prendre à Lina sinon une dette ? Pouvez-vous me le dire ?

Ebeneser garda le silence un long moment, le temps de réfléchir à la question.

— Je ne sais pas. Je... Enfin, Lina et moi, on prenait de la drogue, c'est vrai, mais on travaillait beaucoup tous les deux et on pouvait se l'offrir. Je ne connais pas ce Thorarinn et je ne crois pas qu'elle l'ait connu non plus. Je n'ai aucune idée de la raison pour laquelle il l'a agressée.

— Soit, répondit Sigurdur Oli. Admettons qu'il ne s'agisse pas d'une affaire de drogue, mais d'autre chose. Qu'est-ce que ça pourrait être ? Que faisiez-vous avec Lina à part vous droguer et faire chanter les gens ?

Ebeneser ne répondit rien.

— Il est évident que vous avez mis quelqu'un en colère. Qui cela pourrait-il être ?

Ebbi s'obstinait à garder le silence.

— De quoi avez-vous peur ? Ou plutôt de qui ? Avez-vous tenté d'extorquer de l'argent à d'autres personnes ?

– Pour ces photos et ces films que nous avons pris, déclara Ebenser au terme d'une longue réflexion, c'était la première fois. Et aussi la dernière. Lina avait envie de tenter le coup, histoire de voir ce que ça donnerait. Si ça marchait, on gagnerait un peu d'argent. Si ça ne marchait pas, il n'y avait aucune casse. Je n'essaie pas de lui coller ça sur le dos, mais c'était son idée, elle était bien plus enthousiaste que moi. Finalement, on n'a rien fait, on n'a jamais utilisé ces photos jusqu'à l'autre jour, jusqu'à ce que Lina la voie à la télé.

– Qui ça? La femme d'Hermann?

– Oui.

– Et vous leur en avez envoyé une? demanda Sigurdur Oli.

C'était la première fois qu'Ebeneser reconnaissait que lui et sa compagne avaient fait du chantage.

– Oui, Lina m'a raconté que cette femme voulait devenir une grande figure du monde politique et elle avait envie de tenter le coup. Juste comme ça, pour rigoler.

– Pour rigoler? Vous avez détruit la vie de deux familles! Et Lina a été assassinée!

Sigurdur Oli avait prononcé ces mots d'un ton brutal, sous le coup de la colère. Généralement, il ne s'emportait pas ainsi. Même s'il connaissait les gens impliqués dans l'histoire. Finnur l'avait pourtant prévenu: il lui serait impossible de rester neutre dans la situation.

– Excusez-moi, dit-il, d'un ton radouci. N'êtes-vous pas en train de nier votre responsabilité?

– Pas du tout, répondit Ebeneser. Lina avait toujours des tas d'idées.

– De quelle sorte? Comme celle qui visait à faire chanter des gens?

– Non, toutes sortes d'idées ridicules lui venaient à l'esprit. Elle ne les mettait jamais en pratique, sauf cette fois-là.

– Comment savez-vous qu'elle ne l'a fait qu'à ce moment-là?

– Eh bien, je le sais.

– Cela ne vous dérangeait pas qu'elle couche avec d'autres hommes?

– On était tous les deux d'accord, répondit Ebeneser. Ça ne la gênait pas non plus que je couche avec d'autres femmes. Notre couple fonctionnait comme ça.

– Et l'échangisme?

– On l'a pratiqué dès le lycée. C'est même là-bas qu'on a commencé, dès qu'on est sortis ensemble. D'une certaine manière, on n'a fait que continuer.

– Vous parlait-elle des hommes avec qui elle couchait?

– Parfois. Oui, en général.

– A-t-elle eu des relations avec certains de ses collègues?

– Pas que je sache.

– Étiez-vous avec elle quand elle participait à ces excursions sur les glaciers avec des clients du cabinet?

– En général, oui. Lina s'était arrangée pour que son entreprise me laisse m'occuper de ces voyages. Ils savaient que j'étais guide et que j'organisais ce genre d'excursions. Lina leur avait dit que je pouvais m'occuper de tout ça pour eux. Ils ont bien accueilli sa proposition et n'ont pas eu à se plaindre. D'ailleurs, ces voyages étaient à chaque fois un succès.

– Connaissiez-vous les participants?

– Non, jamais.

– C'étaient des banquiers? Des ingénieurs? Des investisseurs étrangers?

– Oui, ce genre de personnes. Il y avait en effet pas mal d'étrangers.

– L'un d'eux a été victime d'un accident, à ce qu'on m'a raconté, glissa Sigurdur Oli. Il s'est perdu et on ne l'a retrouvé que des mois plus tard. Cela vous dit quelque chose?

– Lina m'en a vaguement parlé. Je ne me souviens pas de ce qu'elle m'en a dit précisément. En tout cas, ça ne s'est pas produit pendant les excursions qui étaient sous ma responsabilité.

– Et elle, connaissait-elle ces gens?

– Je ne crois pas.

– Elle n'a couché avec aucun d'entre eux?

Ebeneser ne répondit pas. Il y avait dans le ton de la question quelque chose qui lui déplaisait. Sigurdur Oli la trouvait pourtant tout à fait légitime. Lina n'avait pas hésité à coucher avec Patrekur et la vie de couple qu'elle menait avec Ebbi n'était nullement normale, en tout cas c'est ce qu'il pensait.

— J'ai besoin de ces photos, déclara Sigurdur Oli.

— Quelles photos?

— Celles où on vous voit en compagnie d'Hermann et de sa femme. Les avez-vous ici?

Ebeneser s'accorda un instant de réflexion, puis se leva et alla dans la cuisine depuis laquelle on accédait à un petit cagibi. Sigurdur Oli resta assis en attendant qu'il revienne. Il ne tarda pas à réapparaître avec une enveloppe qu'il lui tendit.

— C'est tout?

— Oui.

— Vous n'en avez pas d'autres dans votre ordinateur?

— Non, nous en avons imprimé quatre pour leur en envoyer une, pour leur montrer qu'on ne plaisantait pas. Elles se trouvaient sur la carte mémoire d'un appareil numérique et nous les avons supprimées. Nous n'avons jamais eu l'intention de les diffuser. Ce n'était qu'une… blague.

Ebeneser ne semblait pas avoir d'autres commentaires à faire sur la question. Il se sentait manifestement très mal. Il promena son regard sur le salon.

— Putain, quel bordel, soupira-t-il.

— Vous niez toujours avoir des difficultés financières? interrogea Sigurdur Oli.

Ebeneser secoua la tête. Son visage n'affichait que découragement. Sigurdur Oli crut qu'Ebbi allait se mettre à pleurer.

— Nous sommes ruinés, reconnut-il enfin. Cette maison, la jeep. Tout a été emprunté à cent pour cent et tout est hypothéqué. Nous avons des dettes de tous les côtés. Y compris pour de la drogue.

— Qui est votre fournisseur?

— Je préfère ne pas le dénoncer.

— Vous serez sans doute forcé de le faire.

— Je ne dirai rien.

— Vous a-t-il menacé?

— Nous achetons auprès de plusieurs personnes et aucune ne nous a jamais menacés de quoi que ce soit. C'est des conneries. Et je ne connais pas de Thorarinn. Je n'ai jamais rien acheté à ce type. Je ne comprends pas qu'il vous ait parlé d'une dette de drogue. Nous ne lui devons rien.

— Il est connu sous le diminutif de Toggi.

— Ça ne me dit rien.

— Donc, vous n'avez aucune idée de la raison pour laquelle Lina a été agressée ?

— Non, aucune.

— Vous me pardonnerez toutes ces questions, observa Sigurdur Oli, mais il faut bien que nous parvenions à y voir clair. Savez-vous s'il est déjà arrivé à Lina de coucher avec quelqu'un pour de l'argent ?

L'idée ne sembla pas choquer Ebeneser. Jusque-là, il s'était offusqué qu'on puisse oser lui tenir de tels propos. Il semblait maintenant totalement apathique. Sigurdur Oli se demandait quel genre de relation il avait entretenu avec Lina. Sur quels fondements reposait leur couple ?

— Si elle l'a fait, elle ne m'a pas mis au courant, voilà tout ce que je peux vous dire.

— Cela vous aurait été égal ?

— Lina était une femme très spéciale, éluda Ebeneser.

— Si tel avait été le cas, avec qui aurait-elle été susceptible de le faire ? Un collègue de bureau ?

Ebeneser haussa les épaules pour signifier qu'il n'en avait aucune idée.

— Il y a une chose qu'elle m'a dite, c'était au sujet de cet homme qui a participé à une excursion avec nous et qui a ensuite disparu.

— Vous voulez parler de cet employé de banque ? De celui qui s'est perdu ?

Ebeneser attrapa une autre canette de bière. Il la secoua, entendit qu'il en restait un fond et la vida avant de l'écraser bruyamment entre ses doigts.

— Il se tramait visiblement quelque chose.

— Quelque chose ?

— Ces gars-là magouillaient ensemble, répondit Ebeneser. Ceux qui l'accompagnaient, pendant cette excursion. Lina m'en a parlé.

— Quand ça ?

— Eh bien, l'autre jour, il n'y a pas si longtemps.

— Que vous a-t-elle dit?

— Simplement qu'ils étaient vraiment incroyables de tenter un coup pareil.

— Quoi donc?

— Je n'en sais rien. C'était un truc de banque. Lina n'avait pas très bien compris non plus, mais ils préparaient un coup et elle trouvait ça incroyable.

— Comment ça?

— Elle trouvait qu'ils étaient sacrément audacieux, un truc du genre, elle m'a dit qu'ils avaient un aplomb phénoménal.

37

Sigurdur Oli n'ouvrit pas l'enveloppe contenant les photos dont il ne savait d'ailleurs pas quoi faire. Il la rangea donc dans un tiroir en arrivant au commissariat de Hverfisgata. Peut-être Ebeneser mentait-il quand il affirmait n'avoir conservé aucune copie de ces documents. Il ne savait pas trop à quoi s'en tenir avec Ebbi. Il considéra que ces clichés n'apportaient rien à l'enquête, étant donné l'orientation que prenait cette dernière. Ebbi s'était efforcé de minimiser les choses. Il avait présenté cette histoire de chantage comme une plaisanterie à laquelle Lina s'était livrée, simplement pour voir. Si cela lui avait rapporté de l'argent, c'était tant mieux, dans le cas contraire cette histoire tombait aux oubliettes, en tout cas, d'après ce qu'en disait Ebbi.

Alors qu'il était plongé dans ces considérations, le téléphone sonna sur son bureau.

– Oui?

– Je... je n'étais pas...

– Allô?

Sigurdur Oli entendit un bruit de froissement et celui d'un objet qui tombait par terre à l'autre bout de la ligne.

– Quoi? Qui est à l'appareil? interrogea-t-il.

Il n'obtint aucune réponse.

– Andrés?

Sigurdur Oli avait l'impression de reconnaître cette voix.

– J'ai dit... je vous ai pas...

La voix alcoolisée, hésitante et presque incompréhensible bégayait au téléphone.

– Je ne vous ai pas dit...

L'homme n'acheva pas sa phrase. Sigurdur Oli l'entendait respirer dans le combiné.

– Andrés? C'est vous? Vous ne m'avez pas dit quoi?

— … je sais… je sais où il est… ce salaud…

— Comment ça ? Que dites-vous ?

— C'est bien vous ? C'est vous à qui j'ai parlé… au cimetière ?

— Oui. Que voulez-vous ? Pourquoi vous êtes-vous enfui comme ça ? Où êtes-vous ? Vous voulez peut-être que je vienne vous retrouver quelque part ?

— Où je suis ? C'est mon affaire et tout le monde s'en fout. Tout le monde. Ça ne regarde personne. Et maintenant… je l'ai attrapé… j'ai coincé cette ordure.

— De qui parlez-vous ? demanda Sigurdur Oli. Vous avez attrapé qui ?

Il y eut un nouveau silence. Sigurdur Oli patienta. Il n'entendit rien pendant un long moment puis, s'étant subitement armé de courage, Andrés reprit la parole.

— Et… je l'ai coincé ! Je voulais vous le dire l'autre fois, au cimetière. Je voulais vous dire que je l'avais attrapé et qu'il ne m'échappera plus. Ne vous inquiétez pas, il ne s'échappera pas. J'ai fabriqué… un masque… que… qu'il n'a pas beaucoup aimé… il n'était pas content de me revoir. Oh ça, non, il était pas heureux de me revoir après toutes ces années, ça, je vous le garantis. Il n'était pas content de revoir le petit Drési. Non, non, non, pas content du tout.

— Andrés, où êtes-vous ? interrogea Sigurdur Oli. Il regarda le numéro qu'affichait son téléphone, le rentra sur l'annuaire en ligne et vit apparaître sur l'écran de son ordinateur le nom et l'adresse d'Andrés. Je peux vous aider, Andrés, laissez-moi vous aider. Vous êtes chez vous en ce moment ?

— Mais j'ai réussi à le maîtriser, poursuivit Andrés comme s'il n'avait pas entendu Sigurdur Oli. Je… j'avais pensé que ce serait plus difficile que ça, mais ce n'est qu'un vieillard. Un vieillard miteux…

— Vous parlez de Rögnvaldur ? Est-ce Rögnvaldur que vous avez attrapé ? Andrés !!

La communication fut coupée. Sigurdur Oli se précipita sur son portable et demanda le numéro de la voisine d'Andrés. Il se rappelait l'adresse, mais avait oublié le prénom de celle-ci. Il dut faire un effort pour s'en souvenir.

Margrét Eymunds.

On lui passa la communication. Margrét répondit à la troisième sonnerie. Déjà en voiture, Sigurdur Oli avait démarré. Il se présenta et après s'être assuré que sa correspondante se souvenait de lui, la pria d'aller frapper à la porte de son voisin pour voir si ce dernier était chez lui.

— Vous voulez parler d'Andrés? s'enquit-elle.

— Oui, si vous le voyez, pourriez-vous essayer de le retenir jusqu'à mon arrivée? Pourriez-vous me rendre ce service? Il vient de me téléphoner et je crois qu'il a besoin d'aide. Êtes-vous devant sa porte?

— Comment ça, vous voulez que je l'espionne?

— Vous me parler depuis un téléphone sans fil?

— Oui, j'ai un sans-fil.

— J'essaie de lui venir en aide. Je crains qu'il ne commette une bêtise. Pourriez-vous me le passer au téléphone? S'il vous plaît, vous voulez bien faire ça pour moi?

— D'accord, un instant.

Il entendit une porte s'ouvrir, Margrét frappa chez Andrés et l'appela. Sigurdur Oli ralentit et maugréa. Il était coincé dans un bouchon; un accident avait eu lieu à quelques centaines de mètres, ce qui ralentissait toute la circulation.

— Mon Dieu, Andrés, dans quel état êtes-vous donc? entendit-il Margrét déclarer à l'autre bout de la ligne.

Sigurdur Oli klaxonna vigoureusement et tenta de changer de file. Il n'entendait pas la réponse d'Andrés et parvenait difficilement à distinguer les propos de Margrét qui lui expliquait qu'un policier tenait à lui parler. Puis il entendit la femme dire sur un ton étonnamment maternel: enfin, mon petit, tu ne peux pas sortir dans cet état-là. Il essaya de parler à Margrét, mais il était évident que le combiné était loin de son oreille.

Il venait de dépasser le lieu de l'accident et slalomait entre les voitures au double de la vitesse autorisée quand Margrét le reprit au téléphone.

— Allô? déclara-t-elle, hésitante.

— Oui, je suis toujours là, répondit Sigurdur Oli.

— Le pauvre homme, il est dans un état terrifiant.

– Il est parti ?

– Oui, je n'ai pas pu le retenir. Il n'a pas voulu m'écouter, il a descendu l'escalier, il courait presque. J'ai l'impression qu'il était complètement soûl.

– Dans quelle direction est-il allé en quittant l'immeuble ?

– Je n'ai pas vu, je n'ai pas vu par où il est parti.

Sigurdur Oli arriva au pied du bâtiment et chercha en vain Andrés du regard. Il tourna un moment dans le quartier, mais l'homme lui avait filé entre les doigts. Il revint sur ses pas et sonna à l'interphone chez Margrét qui lui ouvrit immédiatement, elle l'attendait sur le palier, morte d'inquiétude.

– Vous ne l'avez pas trouvé ? interrogea-t-elle dès qu'elle l'aperçut dans l'escalier.

– Il a disparu. Est-ce qu'il vous a dit quelque chose ?

– Rien du tout. Le pauvre diable. Il ne s'est pas lavé depuis des jours, il sentait mauvais et il était tout dépenaillé. Je ne l'ai jamais vu dans un état pareil, jamais.

– Vous avez une idée de là où il pourrait être ?

– Non. Je lui ai posé la question, mais il ne m'a pas répondu, il ne m'a rien dit. Il est parti d'ici à toute vitesse.

– A-t-il emporté quelque chose, un objet qu'il serait passé prendre chez lui ?

– Non, rien du tout.

– Vous aurait-il déjà parlé d'un certain Rögnvaldur ?

– Rögnvaldur ? Non, je ne crois pas. C'est l'un de ses amis ?

– Non, répondit Sigurdur Oli. C'est tout sauf un ami.

Margrét lui ouvrit une nouvelle fois la porte d'Andrés. L'appartement était exactement dans le même état. Sigurdur Oli y jeta quelques coups d'œil rapides pendant qu'elle l'attendait sur le seuil. Andrés n'était manifestement passé chez lui que dans le but de lui dire qu'il avait attrapé Rögnvaldur.

Le portable de Sigurdur Oli sonna. C'était un collègue de la brigade des stupéfiants.

– Je viens d'apprendre que tu as coffré Hördur Vagnsson.

– Höddi ? Oui, et alors ?

– On le surveille de près, mais jusqu'à présent cela n'a rien donné. On a placé son téléphone sur écoute, l'autre jour. Je me suis dit que ça t'intéresserait peut-être.

– Tu as quelque chose d'écrit? Une liste d'appels?

– Tu trouveras tout ça sur ton bureau.

– Vous êtes sur une piste?

– On finira par en trouver une. À moins que tu ne nous aies devancés. Il y a une chose que tu dois savoir au sujet de Höddi. Ce pauvre gars est un crétin de première.

Il entendit son collègue glousser à l'autre bout de la ligne.

– Auriez-vous également placé sur écoute son ami Thorarinn?

– Toggi?

– Oui.

– On ne le connaît que de nom. Si ce type est réellement un dealer, il est sacrément discret, surtout s'il exerce depuis longtemps. En tout cas, il est plus malin que Höddi.

C'était la première visite de Sigurdur Oli au siège de la banque. Cet étalage de richesse l'impressionnait. Il lui semblait pénétrer dans un monde parallèle, en plein centre de Reykjavik. Il admira l'architecture, ce verre, cet acier, ce bois sombre, les lignes classiques, épurées, et la végétation exotique. On n'avait pas lésiné sur les moyens pour rendre ce bâtiment aussi élégant que possible. Il trouva finalement un lieu qui lui semblait être l'accueil. Un vieil homme s'efforçait d'y régler une facture.

– Eh bien, c'est comme ça, vous ne pouvez pas payer cela ici, affirmait la femme qui, derrière son comptoir, constituait l'unique trace de réalité incarnée au sein de cet univers tout en apparences.

– Mais, objecta le client, vous êtes bien une banque, non?

– En effet, mais ce genre d'opération ne s'effectue que dans nos agences. Là-bas, vous pourrez payer.

– Enfin, ce n'est qu'une petite facture dont je dois m'acquitter, observa le vieil homme.

– Que puis-je faire pour vous? demanda l'hôtesse à Sigurdur Oli en le regardant, n'ayant plus envie de discuter avec l'importun.

– Est-ce que Sverrir est là? Il est à l'espace entreprise.

L'hôtesse entra le nom dans son ordinateur.

– Malheureusement, il a dû s'absenter, il devrait être de retour d'ici deux heures.

– Et Knutur? Knutur Jonsson, dans le même service, il est là?

– Vous avez rendez-vous? interrogea-t-elle d'une voix légèrement chantante.

– Non, pas du tout.

– Et l'agence la plus proche, où est-elle? s'entêta le vieil homme qui n'avait toujours pas renoncé à régler sa facture.

– Vous n'avez qu'à aller à celle de Laugavegur, répondit-elle, sans même lever les yeux vers lui.

– Knutur est en rendez-vous. Vous souhaitez l'attendre? Qui dois-je annoncer? Venez-vous pour un conseil entreprise?

Sigurdur Oli ne répondit qu'à la seconde question. Il acquiesça et suivit du regard le vieil homme qui passait la gigantesque porte vitrée de l'établissement, sa facture à la main.

– Troisième étage, informa la femme, vous trouverez les ascenseurs là-bas.

Sigurdur Oli attendait depuis un quart d'heure au troisième étage quand il vit sortir d'un bureau un homme accompagné d'un jeune couple. Le visage étonnamment poupin, il était blond, râblé et vêtu d'un costume hors de prix. Il prit congé de ses clients avec un large sourire en leur disant qu'il leur enverrait des informations complémentaires sur les comptes en devises étrangères. Sur ce, il se tourna vers Sigurdur Oli.

– C'est moi que vous attendiez? interrogea-t-il avec le même sourire figé.

– Si vous êtes Knutur, oui, répondit Sigurdur Oli.

– C'est moi, en effet. Vous venez me voir pour un conseil entreprise?

– En fait, non. Je suis policier et j'aimerais que vous m'en disiez un peu plus sur le décès de votre collègue Thorfinnur. Je serai bref.

– Pourquoi? Vous avez du nouveau?

– Nous ferions peut-être mieux d'en discuter ailleurs que dans le couloir.

Knutur dévisagea Sigurdur Oli et consulta sa montre. Il lui expliqua qu'il était extrêmement occupé, mais consentit à lui accorder un moment entre deux rendez-vous; la raison de cette visite lui échappait. Sigurdur Oli attendait sans rien dire que Knutur l'invite à le suivre dans son bureau.

38

Le récit de Knutur sur les événements qui avaient entraîné la mort de son collègue un an plus tôt sur la péninsule de Snaefellsnes était tout à fait conforme aux procès-verbaux de la police. Un groupe de quatre hommes, tous employés par la banque, s'étaient rendus ensemble à l'hôtel Budir. Ils étaient partis dans la journée du vendredi au volant de deux jeeps. Ils avaient prévu de passer deux nuits à l'hôtel, de travailler, de visiter la péninsule, avant de rentrer en ville le dimanche. Le temps était calme à leur arrivée le vendredi soir, mais la température nettement en dessous de zéro. Le samedi, ils s'étaient séparés. Deux d'entre eux, Knutur et Arnar, avaient décidé de gravir le glacier de Snaefellsjökull avec un groupe de touristes tandis que les deux autres, Sverrir et Thorfinnur, s'étaient rendus en voiture aux falaises de Svörtuloft, cette muraille de lave située à l'extrémité ouest de la péninsule, entre Skalasnagi, au sud, et le cap d'Öndverdarnes, au nord. Ils avaient convenu de se retrouver à l'hôtel en fin d'après-midi. Le temps avait changé au fil de la journée, une tempête de neige imprévue s'était abattue. Les deux hommes partis sur le glacier étaient revenus à l'heure dite, mais leurs collègues tardaient à rentrer de leur promenade aux falaises de Svörtuloft. Ils n'avaient pas pris de précautions particulières, si ce n'est qu'ils avaient informé l'hôtel de leur destination.

Leurs téléphones portables étaient devenus injoignables dès qu'ils avaient quitté la route nationale qui fait le tour de l'Islande.

Seul l'un d'eux était revenu de Svörtuloft. Dès que Sverrir avait capté un réseau sur son portable, il avait appelé ses collègues pour les prévenir qu'il avait perdu Thorfinnur. Les deux hommes avaient longé les falaises à pied jusqu'au phare de Skalasnagi. Sverrir avait voulu rentrer au bout d'une heure de marche, mais Thorfinnur avait préféré continuer. Ils avaient donc décidé que Sverrir irait chercher la jeep et qu'il récupérerait Thorfinnur sur la route aux abords de la baie de Beruvik. Quand Sverrir était arrivé au lieu du rendez-vous, il n'avait pas trouvé son collègue. Il l'avait attendu un long moment, puis l'avait cherché pendant au moins une heure jusqu'à ce que le temps se dégrade encore davantage. Il avait appelé les deux autres pour savoir s'ils avaient des nouvelles, ce qui n'était pas le cas. Il s'était alors écoulé trois heures depuis que les deux hommes s'étaient séparés. Knutur et Arnar avaient pris l'autre jeep, traversé le champ de lave et cherché Thorfinnur en compagnie de Sverrir. Finalement, ils avaient décidé de prévenir la police et d'appeler les sauveteurs.

Une nuit d'encre s'était abattue et le temps avait encore empiré quand les sauveteurs s'étaient rassemblés à Gufuskalar avant de prendre la direction des falaises de Svörtuloft. Les trois collègues de Thorfinnur avaient participé aux recherches. Sverrir avait montré aux sauveteurs l'endroit où ils s'étaient séparés, mais il ne leur avait pas été plus utile que cela. Cette partie du champ de lave était accidentée, ce qui ne facilitait pas la progression, qui plus est ralentie par la nuit et les mauvaises conditions météorologiques. Les sauveteurs avaient dû renoncer au bout de quelques heures. Dès le point du jour, les recherches avaient repris et on avait passé au peigne fin le bord de la muraille de lave en surplomb de la mer. C'était un à-pic vertigineux, l'océan se déchaînait sur la paroi de basalte et le vent soufflait avec une telle violence qu'on peinait à tenir debout.

Les sauveteurs avaient expliqué aux trois citadins que Svörtuloft était le surnom que les marins avaient donné à ces falaises au pied desquelles un grand nombre de bateaux avaient sombré. La dernière vision de ceux qui se trouvaient à leur bord était cette muraille noire. Entaillés de profondes crevasses, les bords dangereusement découpés du plateau de lave s'effondraient constamment sous les assauts de l'océan. On conclut que Thorfinnur s'était avancé trop près ou qu'un morceau de lave avait cédé sous ses pieds, causant sa chute dans la mer.

– On ne l'a pas retrouvé, conclut Knutur. Vous connaissez l'expression : comme si la terre l'avait englouti, eh bien, c'est exactement ça. Je ne pensais pas que j'aurais à en faire l'expérience un jour au sens littéral.

– Oui, jusqu'au printemps dernier, glissa Sigurdur Oli.

– En effet. Tout cela est vraiment affreux, les mots me manquent. C'est terrifiant. Au moins, il ne laisse personne derrière lui. Thorfinnur était célibataire, mais bon, c'est une piètre consolation.

– Vous trouvez que ça change quelque chose à l'affaire ?

– Non, bien sûr que non.

– Ça fait tout juste un an.

– Oui.

– J'ai cru comprendre qu'aucun d'entre vous n'était vraiment familier de cette région, reprit Sigurdur Oli.

– Non, à part Sverrir. Il nous accompagnait. Il est originaire de là-bas et connaît bien les lieux… donc… enfin, ce n'est pas mon cas. C'est la première fois que j'allais sur le glacier et je n'ai pas franchement envie d'y retourner.

– L'autopsie n'a pas révélé grand-chose, elle a conclu à un décès accidentel. Ce sont des touristes suédois qui ont découvert le corps sur une petite plage de la baie de Skardsvik, il avait été rejeté par la mer. Thorfinnur était méconnaissable après ce long séjour dans l'eau, mais il a été identifié. On a supposé qu'il avait commis une imprudence et qu'il était tombé de la falaise.

– Oui, quelque chose comme ça, en effet.

– Et vous travailliez tous ensemble dans cette banque ?

– Bien sûr.

– Sverrir est, par conséquent, la dernière personne à avoir vu Thorfinnur en vie ?

– Oui. Évidemment, il éprouve un certain remords de ne pas avoir mieux veillé sur lui. Il se sent un peu coupable de la manière dont les choses se sont passées, mais il n'est en rien fautif. Thorfinnur était parfois têtu, voire inflexible.

– Donc, il a voulu continuer tout seul ?

– Oui. À ce que dit Sverrir, il était totalement subjugué par la beauté du lieu.

Le portable du banquier sonna, il consulta l'écran et pria Sigurdur Oli de l'excuser un moment. Assis à son bureau, il fit pivoter son fauteuil afin de mieux se concentrer. Sigurdur Oli entendit l'ensemble de la conversation qui tournait autour d'un orchestre de musique de chambre.

— Comment as-tu fait pour avoir ces musiciens l'autre jour ? interrogea Knutur. Non, c'est juste que je donne un petit dîner, répondit-il à son correspondant. Oui, je sais, le délai est très court, mais ça ferait vraiment très classe, vois-tu, j'ai invité l'un de nos directeurs. Et quand j'ai entendu ce petit orchestre chez toi l'autre jour, j'ai trouvé ça très chic.

Il prit quelques notes, salua son correspondant plutôt sèchement, puis se tourna vers Sigurdur Oli.

— Donc, nous avons fait le tour ? interrogea-t-il en regardant l'heure sur l'écran de son ordinateur comme s'il avait franchement autre chose à faire.

— Et vous travailliez tous au sein du même service ?

— Non, mais il y a des choses qui se rejoignent. Nous collaborions pas mal dans bien des domaines.

— Vous pourriez me donner un exemple ?

— Pas sans vous dévoiler des informations à caractère confidentiel. Voilà pourquoi il existe ce qu'on appelle le secret bancaire. Je peux simplement vous dire que nous travaillons avec des entreprises.

Knutur afficha un sourire.

Sigurdur Oli avait l'impression que cet homme le prenait de haut. Il était un peu plus jeune que lui et, selon toute probabilité, cinquante fois plus riche. Malgré son visage poupin, il faisait venir des orchestres de chambre quand il organisait des dîners. Sigurdur Oli nourrissait une certaine admiration pour ces gens qui réussissaient dans la vie grâce à leurs capacités et à leur audace. Jamais il n'avait été envieux à leur égard. L'attitude de Knutur était toutefois fatigante et cette histoire de musique de chambre lui portait sur les nerfs.

— Je comprends parfaitement, répondit-il. En d'autres termes, vous ne vous connaissiez pas très bien.

— Si, la banque était notre point commun. Pourquoi venez-vous me poser ces questions maintenant ? Auriez-vous ouvert une enquête ?

— À dire vrai, je ne sais pas. Connaîtriez-vous une certaine Sigurlina ?

— Sigurlina ?

Knutur se leva, comme pour signifier que l'entrevue était terminée. Il s'avança jusqu'à la porte et l'ouvrit. Sigurdur Oli demeurait rivé sur le fauteuil.

— Eh bien, cela ne me dit rien. Je suis censé la connaître ?

Le banquier adressa un signe de tête à quelqu'un dans le couloir. Son rendez-vous suivant était arrivé. Les comptes en devises étrangères attendaient de nouveaux clients.

— Elle était secrétaire dans un cabinet comptable, précisa Sigurdur Oli. Elle a été agressée chez elle. On en a parlé aux informations. Elle est décédée à l'hôpital.

— Ah oui, j'ai vu ça aux nouvelles, mais je ne vois pas qui c'est.

— Vous étiez tous les quatre de la partie quand le cabinet où elle travaillait a organisé une excursion sur les glaciers, peu avant que ce drame terrible ne se produise à Snaefellsnes. C'est son mari qui vous a guidés. Tout le monde l'appelait sans doute Lina.

— Ah oui, c'est elle qui a été agressée ? interrogea Knutur, qui semblait enfin retrouver la mémoire. Vous savez ce qui s'est passé ?

— L'enquête suit son cours. Vous vous souvenez d'elle ?

— Oui, maintenant que vous parlez de cette excursion. Elle était très sympa, je veux dire l'excursion.

— Avez-vous eu d'autres contacts avec elle par la suite ? Après ce petit voyage ?

— Non, aucun.

— Et parmi les membres du groupe, parmi les quatre employés de la banque qui étaient présents ?

— Non, je ne crois pas. Pas que je sache.

— Vous êtes sûr ?

Sigurdur Oli se leva et s'avança vers la porte que Knutur maintenait ouverte. Il avait pris du retard sur son planning. L'argent ne pouvait pas attendre.

– Oui, répondit-il, tout à fait certain. Mais posez plutôt la question aux autres. Pour ma part, je ne connaissais pas du tout cette femme. Aurait-elle parlé de nous à quelqu'un? s'inquiéta-t-il.

Sigurdur Oli ne put résister à la tentation de le taquiner un peu.

– Oui, répondit-il. À son mari. Elle lui a dit que vous étiez des hommes incroyables, des hommes sacrément audacieux.

– Ah bon?

– Elle lui a parlé d'un coup.

– Un coup?

– Un projet que vous aviez mis sur pied, quelque chose que vous prévoyiez de faire. Voici ce qu'elle a dit mot pour mot pour vous qualifier: sacrément audacieux. Elle ne savait pas ce que vous manigançiez, mais je ne tarderai pas à le découvrir. Je vous remercie de votre collaboration.

Les deux hommes se serrèrent la main. Sigurdur Oli abandonna Knutur dans l'embrasure de la porte, les traits de son visage poupin s'étaient brouillés.

39

Les interrogatoires de Höddi et Thorarinn piétinaient. Les deux prévenus se montrèrent aussi revêches et désagréables avec Sigurdur Oli et Finnur quand la session reprit, plus tard dans la journée.

— C'est qui, cette salope ? leur répondit Höddi quand ils lui demandèrent s'il connaissait Lina.

— Ça ne vous sert à rien de faire le mariolle, observa Finnur.

— Faire le mariolle, imita Höddi. Vous allez peut-être m'apprendre à parler ? Vous êtes même pas capable d'aligner deux phrases.

— Quelles relations entretenez-vous avec Thorarinn ? interrogea Sigurdur Oli.

— Aucune, je ne le connais pas. Qui c'est, ce Thorarinn ? Je suis censé le connaître ?

Höddi fut raccompagné à sa cellule et Thorarinn conduit à la salle d'interrogatoire. Il s'installa à sa place et regarda tour à tour les deux policiers, comme si tout cela l'amusait.

— Vous dites que vous étiez venu récupérer une dette de drogue quand vous avez agressé Lina. Son mari prétend le contraire. Il affirme ne jamais vous avoir acheté quoi que ce soit.

— Qu'est-ce qu'il en sait ? rétorqua Thorarinn.

— Entendez-vous par là que vous avez vendu des produits à Sigurlina sans que son mari soit au courant ?

— Wow ! Et vous, vous êtes né où ? Elle me devait du fric. Et c'était de la légitime défense. Complètement.

— Vous êtes disposé à passer seize années en taule pour une petite dette de drogue ?

— Comment ça ?

— Vous ne trouvez pas que ce serait un motif plutôt minable pour être condamné à la prison à vie ? Tout ça pour quelques grammes de drogue ?

— Je ne comprends pas ce que vous racontez.

— S'agit-il uniquement d'une histoire de drogue?

— Comment ça…? Vous voulez dire qu'il y aurait un autre mobile? Qu'est-ce que ça changerait?

La question venait du cœur, elle était posée par l'avocat de Thorarinn qui se soulevait de sa chaise.

— Toutes sortes d'éléments pourraient jouer en votre faveur, observa Finnur.

— Par exemple, admettons, je dis bien, admettons que vous ne soyez que le commissionnaire, l'homme de main de quelqu'un d'autre, que vous ne soyez qu'un pion manipulé par un tiers, développa Sigurdur Oli. Imaginons que vous ne soyez pas directement impliqué dans cette affaire et que vous n'en ayez pas tiré le moindre intérêt.

Sigurdur Oli s'efforçait d'enjoliver les choses autant qu'il le pouvait, il n'était absolument pas certain qu'il y ait quoi que ce soit de fondé dans ce qu'il avançait.

— Nous pourrions présenter l'affaire au juge sous un jour bien précis, poursuivit-il, par exemple en lui expliquant que vous avez été coopératif, cela jouerait en votre faveur.

— Coopératif?

— Tout ce qui nous importe c'est de résoudre cette affaire. La question est de savoir ce que vous souhaitez. Comment voulez-vous que nous procédions? Je vous déconseille de nous servir vos salades de légitime défense. Vous étiez sur les lieux. C'est vous qui avez causé la mort de Lina. Cela, nous le savons et tout le monde le sait. La seule chose qui nous manque, c'est le mobile. Le motif véritable de votre présence chez elle. Nous pouvons régler les choses en suivant ce que vous nous dites et vous passerez seize années en prison, vous serez peut-être libéré au bout de dix ans pour bonne conduite. Tout cela pour une minable dette de drogue qui monte au maximum à, disons, cent, peut-être deux cent mille couronnes?

Sigurdur Oli était parvenu à capter l'attention de Thorarinn.

— Il est sans doute possible de comprendre que vous avez frappé Lina trop fort, que votre intention n'a été que de la molester et non de la tuer, vous me suivez? Car vous débarrasser d'elle n'avait aucun sens. Si vous la tuez, elle ne vous paie pas. Vous ne revoyez jamais votre argent et vous vous retrouvez en très mauvaise posture, réduit à vous cacher dans la fosse du garage de Birgir. Mais il y a peut-être une autre explication. Disons que quelqu'un vous a envoyé chez Lina en vous demandant de la secouer un peu et que vous l'ayez secouée trop fort. Dans ce cas de figure, c'est celui qui vous a envoyé chez elle qui est responsable. Sans doute vous a-t-il d'ailleurs envoyé là-bas pour que vous lui régliez définitivement son compte. Il n'est pas impossible qu'il se promène en liberté pendant toutes les années que vous passerez à l'ombre. Vous trouvez ça juste ?

Thorarinn continuait d'écouter avec intérêt.

— Il reste encore l'explication la plus simple, poursuivit Sigurdur Oli. Vous êtes allé chez elle dans le but de la tuer, pas à cause d'une dette de drogue ou parce que quelqu'un vous y a envoyé, mais pour une raison que vous souhaitez garder secrète. Nous pouvons parfaitement envisager que vous soyez allé là-bas dans le seul but de l'assassiner et que vous vous apprêtiez à lui asséner le coup de grâce lorsque vous avez été dérangé. Personnellement, je penche pour cette hypothèse étant donné la manière dont vous avez détalé et aussi dont vous avez brouillé les pistes avant d'aller chez elle. Cela semble indiquer que vous aviez tout soigneusement préparé, que l'acte était prémédité et que votre intention était, depuis le début, d'assassiner Lina.

Sigurdur Oli avait parlé longuement, il n'était pas certain que Thorarinn ait compris l'ensemble des implications de son discours, ses exagérations, ce qu'il minimisait, ce qu'il invalidait, ce qu'il mettait en avant ou encore la manière dont il cherchait à ouvrir certaines portes et à en fermer d'autres, en fonction de l'appréciation que Thorarinn aurait de la situation. Sigurdur Oli savait bien que ses théories ne se fondaient que sur des soupçons extrêmement ténus, mais il avait décidé de tout lui exposer pour voir sa réaction. Certaines des choses qu'il avait dites avaient dû sembler complètement ridicules à Thorarinn, mais d'autres étaient susceptibles d'ouvrir une brèche, c'était en tout cas ce qu'il espérait.

– Vous croyez que c'est votre rôle de tenir des discours aussi ridicules ? s'offusqua l'avocat de Thorarinn, un homme corpulent aux yeux lourds de sommeil.

– Je ne crois pas vous avoir adressé la parole, rétorqua Sigurdur Oli.

Thorarinn laissa échapper un rire. Assis à côté de son collègue, Finnur demeurait imperturbable.

– Que signifient ces façons de faire ? s'agaça l'avocat.

– Je n'ai jamais entendu autant de conneries de toute ma vie, observa simplement Thorarinn.

– Pas de problème, Toggi, répondit Sigurdur Oli. Voilà donc cette affaire résolue et vous nous en voyez ravis.

– En effet, ça se voit.

– Il s'agit simplement de savoir de quelle manière vous souhaitez que le meurtre soit enregistré dans les rapports de police et de déterminer s'il existe quelqu'un d'assez important pour avoir le droit de se balader en toute liberté pendant que vous purgerez votre peine de seize années. Vous en sortirez doux comme un agneau.

– Non, mais dites donc ! s'emporta l'avocat.

– J'avais juste l'impression que vous aviez besoin de méditer sur la question.

– Merci mille fois, répondit Thorarinn. Vous êtes un ange.

Ils se retrouvèrent dans un petit restaurant thaïlandais au-dessus de la place de Hlemmur. Bergthora lui parut immédiatement d'humeur plus légère. Arrivée avant lui, elle se leva et l'embrassa sur la joue quand il entra. Il était venu directement après l'interrogatoire de Thorarinn.

– Alors, vous avancez dans cette enquête ? demanda-t-elle.

– Je ne sais pas, elle est sans doute plus complexe qu'elle ne le semblait au premier abord. Et toi, comment ça va ?

– La vie est supportable.

– Donc, tu as trouvé quelqu'un d'autre ?

Il s'efforça de prononcer la phrase d'un ton neutre, mais Bergthora lisait dans ses pensées.

– Je ne sais pas, c'est encore tout nouveau.

– Vous sortez ensemble depuis combien de temps ? À peu près trois semaines, c'est ça ?

– Oui, ou disons plutôt un mois, quelque chose comme ça. Il travaille dans une banque.

– Qui ne bosse pas dans une banque par les temps qui courent ?

– Dis-moi, il y a un problème ?

– Non, aucun, je pensais simplement que nous… disons que je croyais que nous essaierions de sauver les choses jusqu'au bout.

– Moi aussi, je l'ai cru, mais tu n'as jamais rien donné…

– … et maintenant, il y a ce truc-là.

– … et tu n'as jamais non plus montré beaucoup d'enthousiasme.

Le serveur s'approcha de leur table afin de prendre les commandes. Ils lui demandèrent de choisir deux plats pour eux sur le menu. Sigurdur Oli commanda une bière pour accompagner son repas et Bergthora opta pour un verre de vin blanc. Ils s'efforçaient de discuter à voix basse car le restaurant était exigu et toutes les tables occupées. Le fumet des plats thaïlandais, la musique discrète d'Extrême-Orient et le chuchotis des clients étaient apaisants. Ils gardèrent le silence un moment après le départ du serveur.

– On pourrait croire que je te trahis, que je te trompe, déclara finalement Bergthora.

– Non, répondit-il. Bien sûr que non. Dis-moi, tu l'avais donc déjà rencontré la dernière fois que nous nous sommes vus ? Tu ne m'as pas parlé de lui.

– C'est vrai, j'aurais peut-être dû t'en toucher mot, je voulais le faire, mais bon, nous ne sommes plus ensemble. D'ailleurs, je ne sais pas trop ce que nous sommes. Je pensais peut-être qu'il restait quelque chose, mais après notre dernière rencontre j'ai compris que c'était fini.

– J'ai été sacrément surpris quand je t'ai appelée l'autre soir et que j'ai compris que tu n'étais pas seule.

– Tu ne nous as laissé aucune chance.

Bergthora avait prononcé ces mots comme ça, d'une voix dénuée de colère et d'agressivité. Le serveur apporta les boissons. La bière importée de Thaïlande était à température idéale, désaltérante.

— Je ne suis pas sûr que tu aies tout à fait raison, observa platement Sigurdur Oli, comme s'il n'était pas lui-même convaincu de ce qu'il avançait.

— J'étais prête à réessayer, déclara Bergthora, et je crois avoir tout fait pour, mais tu n'envoyais jamais aucun signal, tu étais négatif et buté. Maintenant, c'est terminé et nous pouvons continuer notre route. Je me suis sentie soulagée quand j'ai compris que désormais je pourrais vivre sans ce nœud à l'estomac, sans me tenir constamment sur mes gardes. Je continue ma vie et toi la tienne.

— Donc, c'est bien fini, regretta Sigurdur Oli.

— Ça fait longtemps que c'est terminé, reprit Bergthora. Nous avons simplement besoin de temps pour nous en rendre compte. Pour ma part, je l'ai compris et je l'ai accepté.

— Je suppose que ce banquier n'est pas banal.

Bergthora sourit.

— C'est un gars bien. Il joue du piano.

— Et tu lui as dit que…

Les mots lui avaient échappé, il s'était interrompu au milieu de sa phrase, jugeant que sa question n'était pas légitime. Mais la suite planait dans l'air et Bergthora comprit ce qu'il s'était apprêté à lui demander. Elle connaissait son mode de fonctionnement et savait qu'à un moment où à un autre sa cruauté finirait par affleurer.

— C'est vraiment comme ça que tu veux que cela finisse ? demanda-t-elle.

— Non. Bien sûr que non. Je ne voulais pas… Si je t'ai appelée l'autre soir, c'était pour te dire qu'on pourrait s'accorder une seconde chance. À ce moment-là, il était déjà trop tard. C'est ma faute. Je ne peux m'en prendre qu'à moi-même. Tu as raison.

— Oui, je lui ai dit que je ne pouvais pas avoir d'enfant.

— C'est là que j'ai compris que tout était fini, poursuivit Sigurdur Oli, quand je t'ai téléphoné l'autre soir.

— Parfois, tu es le portrait craché de ta mère, observa Bergthora, agacée.

226

— Et là, à ce moment-là, j'ai regretté, affreusement regretté. J'ai compris mon erreur.

— Moi aussi, je le regrette, répondit Bergthora, mais c'est terminé.

— Quant à ma mère, je ne crois pas qu'elle ait quoi que ce soit à voir là-dedans, précisa Sigurdur Oli.

— Oh que si, et plus que tu ne crois, affirma Bergthora en terminant son vin blanc.

40

Le professeur l'avait une nouvelle fois interrogé sur la raison de sa tristesse. C'était un cours de sciences naturelles. Comme il n'y connaissait rien, il craignait qu'il ne lui pose une question dont il ignorerait la réponse. L'enseignant lui avait demandé la même chose deux jours plus tôt et il n'avait pas su non plus quoi répondre. Les sciences l'intéressaient, mais il n'avait pas trouvé le moyen d'apprendre ses leçons à la maison, ni en arithmétique, ni dans les autres matières. Il savait qu'il prenait du retard sur ses camarades, mais ne parvenait pas à se ressaisir. Il n'en avait pas la force. Il avait perdu le goût de toute chose et s'était éloigné de ceux avec lesquels il avait lié connaissance à son arrivée. Il ignorait qu'il était triste et ne voyait pas ce qu'il pouvait répondre. Il s'était contenté de regarder le professeur sans rien dire.

— Andrés, il y a quelque chose qui ne va pas?

Tous les yeux étaient rivés sur eux. Pourquoi fallait-il qu'il lui pose cette question? Pourquoi ne pouvait-il pas simplement le laisser tranquille?

— Non, répondit-il.

Il y avait pourtant quelque chose qui n'allait vraiment pas.

Il vivait dans une peur permanente. Rögnvaldur lui avait dit qu'il le tuerait s'il racontait ce qu'ils faisaient tous les deux. Cette menace était inutile, jamais il n'avait imaginé le dire à quiconque. D'ailleurs, qu'aurait-il dit? Il était incapable de décrire cette chose et s'efforçait de ne pas y penser.

Il enfermait cette infamie dans un lieu où personne ne la découvrirait.

Il l'enfermait dans une pièce dont les murs ruisselaient de sang et de larmes, et où personne n'entendait jamais ses cris.

Le professeur avait vu que le petit se sentait mal, il avait attiré sur cet enfant une attention qui le mettait mal à l'aise et s'était hâté de changer de sujet. Il lui avait demandé de nommer deux plantes vivaces et l'enfant s'était exécuté, après une brève hésitation. L'enseignant s'était ensuite tourné vers un autre élève et les camarades d'Andrés avaient cessé de s'intéresser à lui.

Il s'était senti soulagé. Triste. Lui qui n'avait pas éprouvé la moindre joie depuis son retour chez sa mère. Sa vie était devenue un cauchemar interminable. Il redoutait le moment où il se réveillait le matin, celui où il s'endormait le soir, redoutait d'aller à l'école où il devait affronter toutes ces questions : pourquoi était-il si triste, pourquoi n'avait-il pas de vêtements propres, pourquoi n'avait-il pas de pique-nique pour la pause de midi ? Il craignait de susciter la curiosité. Il redoutait de s'éveiller parce que alors, tout lui revenait aussitôt en mémoire. Il craignait de s'endormir car il ne savait jamais à quel moment Rögnvaldur viendrait le rejoindre. Il redoutait les journées car, alors, il était entièrement seul au monde.

Sa mère n'était jamais à la maison quand cela se produisait, mais elle savait. Il avait compris qu'elle savait. Un jour, il l'avait entendue demander à Rögnvaldur de laisser le gamin tranquille. Elle était ivre, comme d'habitude.

— Ne te mêle pas de ça, lui avait ordonné son compagnon.

— Maintenant, ça suffit, avait-elle rétorqué. Et pourquoi est-ce que tu filmes tout ça ?

— Ta gueule !

Telle avait été sa réponse.

Il la menaçait aussi, allant parfois même jusqu'à la frapper.

Puis, un jour, Rögnvaldur était parti. Le projecteur, les films, la caméra, ses habits, ses chaussures, ses bottes, son nécessaire de rasage, ses bonnets, ses vêtements de pluie, tout cela avait brusquement disparu au réveil d'Andrés. Il était arrivé à Rögnvaldur de s'absenter pour de brèves périodes, mais il avait toujours laissé des affaires dans l'appartement. Cette fois-ci, il semblait bien qu'il ne reviendrait pas. Il était parti en emportant tout ce qu'il possédait.

Une journée s'était écoulée. Puis une deuxième. Une troisième. Sans que Rögnvaldur ne réapparaisse. Cinq jours. Dix jours. Deux semaines. Et Rögnvaldur ne se manifestait toujours pas. L'enfant se réveillait au milieu de la nuit, croyant le sentir se glisser près de lui. Mais ce n'était pas lui, ce n'était pas Rögnvaldur. Trois semaines. Il posait toujours la même question à sa mère.

— Est-ce qu'il va revenir?

La réponse ne variait pas.

— Comme si j'en savais quelque chose!

Un mois.

Une année.

À l'époque, il tentait déjà d'engourdir la douleur. Ça lui faisait un bien fou de sniffer de la colle.

Il s'efforçait de ne pas ouvrir cette pièce dont les murs ruisselaient de sang.

Et Rögnvaldur ne revint pas.

Il leva les yeux vers le ciel ardoise et menaçant.

Il ressentait un calme étrange dans ce cimetière. Assis, le dos appuyé contre une vieille pierre tombale couverte de mousse, le froid piquant ne l'atteignait pas. Sans doute s'était-il assoupi un moment. Le crépuscule se posait doucement sur la ville et le ronronnement de la circulation traversait le mur du cimetière et les grands arbres qui surplombaient cette tombe oubliée de longue date. Une mort paisible le cernait de tous côtés.

Ici, le temps s'était arrêté.

En ces lieux, il n'avait plus cours.

41

Sigurdur Oli ne savait pas vraiment quel crédit accorder aux déclarations d'Andrés et à ce que ce dernier lui avait révélé lors de leur dernière conversation, aussi floue qu'embrouillée. Andrés laissait entendre qu'il avait capturé Rögnvaldur. Il avait également mentionné un masque, ce qui expliquait les chutes de cuir que Sigurdur Oli avait vues dans la cuisine. Andrés l'avait appelé dans le but bien précis de lui communiquer ces informations, mais c'était tout. Son hésitation tendait à indiquer qu'il n'avait pas de projet précis. Pour l'instant, il n'habitait plus dans l'immeuble, l'état de son appartement laissait à penser qu'il n'y était passé qu'en coup de vent, et ce, pas récemment. Sigurdur Oli tenta d'en apprendre davantage sur ce Rögnvaldur et de découvrir où il habitait. Les hommes dans cette tranche d'âge n'étaient pas légion à porter ce prénom à Reykjavik et aucun d'entre eux n'était porté disparu. Le beau-père d'Andrés avait circulé sous des noms d'emprunt, peut-être avait-il d'ailleurs conservé cette habitude, ce qui compliquait grandement la tâche. Pouvait-on envisager qu'Andrés l'ait agressé? N'étaient-ce là que des divagations d'alcoolique? Devait-on prendre ses propos au sérieux? Lui, ce vieux clochard porté sur la boisson et qui posait problème depuis des années?

Ces questions et quelques autres occupaient l'esprit de Sigurdur Oli tandis qu'il roulait vers le domicile de sa mère après son rendez-vous avec Bergthora. Il lui semblait malgré tout devoir accorder foi aux propos d'Andrés. Cet homme n'avait pas du tout réglé ses comptes avec certains événements passés qui planaient encore sur sa tête, comme un cauchemar. Et il fallait que quelqu'un lui porte secours. D'ailleurs, il réclamait cette aide, même s'il le faisait d'une manière très particulière. Ce fragment de pellicule et la rencontre au cimetière suffisaient à convaincre Sigurdur Oli qu'il ne délirait pas complètement.

Andrés occupait constamment son esprit. Il lui en fallait peu pour qu'il se mette à penser à lui. Un détail qu'il voyait. Une chose qu'il entendait. Que lui avait-il dit sur sa mère? Ne me posez aucune question sur elle, je préfère ne pas en parler. Qu'avait dit Bergthora au sujet de Sigurdur Oli? Tu ressembles parfois tellement à ta mère. Après toutes les difficultés qu'ils avaient traversées, Bergthora avait mis un terme à leur relation. Elle était terminée et chacun suivrait désormais sa propre route. Il se demandait ce qu'il devait en penser maintenant qu'il le comprenait. Il regrettait Bergthora. Il avait fini par se rendre compte qu'il désirait offrir à leur couple une nouvelle chance, faire des efforts, mais il était trop tard. La colère l'envahissait. Elle avait parlé de froideur et de snobisme en les décrivant, lui et sa mère. Il ne se souvenait pourtant pas avoir fait la moindre remarque sur sa compagne, le temps qu'avait duré leur union.

Fatigué et déprimé, Sigurdur Oli aurait surtout souhaité rentrer chez lui et dormir, mais il avait envie de poser à sa mère quelques questions dans deux domaines assez différents. Le premier, parce qu'elle était sa mère, le second, parce qu'elle était expert-comptable et qu'elle voyait d'un œil plutôt critique le développement démesuré des banques islandaises et ceux qu'on surnommait les nouveaux Vikings.

Gagga s'étonna un peu de cette visite tardive. Il alla s'asseoir à la cuisine. On entendait la télévision dans le salon. Il demanda à sa mère si Saemundur était à la maison. Elle lui répondit que oui, qu'il regardait un feuilleton et lui suggéra d'aller le saluer. Sigurdur Oli refusa de la tête. Gagga lui proposa du café, mais il préféra un jus d'orange. Elle en avait toujours quelques bouteilles au cas où il passerait à l'improviste.

— Tu me parlais des banques, l'autre jour, tu t'y connais? interrogea Sigurdur Oli.

— Qu'est-ce que tu veux savoir?

— Pourquoi ont-elles tout à coup autant d'argent? D'où vient tout ce fric? Et à quelles activités peu avouables se livrent-elles? Tu as des réponses à ces questions?

– Je ne sais pas. On entend dire tellement de choses ces temps-ci. Certains affirment que tout cela finira mal si on continue à ce rythme. L'incroyable croissance économique que connaît l'Islande depuis quelques années est presque exclusivement fondée sur des emprunts contractés à l'étranger et plusieurs choses indiquent maintenant que les canalisations commencent à se boucher, voire à se tarir. Si le monde connaissait une profonde crise financière comme on le redoute en ce moment, ces gens-là se retrouveraient en très mauvaise posture. Le risque réside surtout dans le fait qu'au lieu de rentrer les voiles et de prendre quelques précautions, ils font machine avant et à toute vapeur. Tiens, hier, par exemple, j'ai entendu qu'ils prévoyaient de se procurer des devises en proposant des comptes d'épargne dans d'autres pays européens. Je crois bien qu'il y a effectivement des projets dans ce sens. Tu es en train d'enquêter sur les banques?

– Je ne sais pas, répondit Sigurdur Oli. En tout cas, je m'intéresse à des gens qui travaillent dans la finance.

– Ceux qui sont à la tête des grosses fortunes islandaises ont acquis de nombreuses parts dans les banques par le biais de leurs entreprises et ils empochent les remboursements des emprunts, ce qui est évidemment contraire aux lois morales et tout bonnement dangereux si le phénomène prend trop d'ampleur. Ils utilisent les banques, qui sont des sociétés d'actionnariat public, uniquement pour servir leur propre intérêt. Ils se répartissent les plus grandes entreprises islandaises et achètent tout ce qui bouge à l'étranger avec de l'argent emprunté à des taux très intéressants. Et ils pratiquent toutes sortes d'exercices de haute voltige pour que les sociétés en question prennent de la valeur en Bourse. Malheureusement, cette plus-value ne repose généralement que sur du vent. Ils flouent les actionnaires en leur vendant leurs propres biens à un prix surévalué. Les dirigeants des établissements bancaires concluent des accords de vente où ils sont à la fois acheteurs et vendeurs pour plusieurs centaines de millions, si ce n'est des milliards de couronnes, ils obtiennent un emprunt pour leur achat auprès des organismes de crédit en hypothéquant leurs actions et ne prennent en fin de compte pas le moindre risque.

— Oui, on entend constamment ce genre d'histoires.

— C'est comme ça qu'ils sont rémunérés pour leur collaboration avec les entrepreneurs, observa Gagga. Ensuite, il y a le problème de la propriété croisée. Ces transactions ont lieu entre un nombre très réduit de gens, qui prêtent de l'argent tout autant qu'ils en empruntent. Le risque est évidemment qu'un maillon de la chaîne ne vienne à céder et, là, le château de cartes s'écroulera.

Sigurdur Oli regardait sa mère, ahuri.

— Et tout cela est légal ?

— Ce sont des histoires qu'on entend. Pourquoi est-ce que tu n'en discutes pas avec tes collègues ? À moins que tu ne leur en aies déjà parlé ?

— Je risque de devoir bientôt le faire, répondit-il en pensant à Finnur.

— Je crois que la plupart des choses auxquelles ces gens se livrent ne tombe pas sous le coup de la loi islandaise. Notre Parlement est risible. Il est en retard de trente ans sur les événements. On n'y parle jamais que du prix des engrais pour les paysans. Il n'a aucun pouvoir. Ici, ce sont les ministres qui sont tout-puissants, et ils n'agissent pas pour faire cesser ce délire, pire que ça, ils encouragent encore un peu plus les nouveaux Vikings et se baladent un peu partout avec eux dans leurs jets privés. On raconte que les dettes des banques sont douze fois supérieures au produit national brut et tout le monde reste les bras croisés. Mais dis-moi, sur quoi enquêtes-tu exactement ?

— Je n'en ai aucune idée, répondit Sigurdur Oli, je ne suis pas sûr qu'il y ait anguille sous roche. Ça concerne quatre hommes qui travaillent dans la même banque. Ils sont allés faire un tour à la péninsule de Snaefellsnes. Trois sont revenus et le quatrième est tombé d'une falaise, ce qui n'a rien de suspect en soi. Le corps a été retrouvé des mois plus tard et il est impossible de déterminer si la chute était réellement accidentelle. Un an après ce voyage, une secrétaire a été sauvagement agressée à son domicile. Elle travaillait dans un cabinet d'experts-comptables qui avait justement invité ces quatre hommes à une excursion sur un glacier et elle les avait accompagnés. C'étaient d'ailleurs elle et son mari qui avaient organisé le voyage. La secrétaire, Lina, s'était mise dans le pétrin, elle se livrait à toutes sortes d'âneries et avait d'énormes dettes. C'était le genre d'idiote très douée pour s'attirer des ennuis.

— En fait, tu voudrais savoir à quel type de malversations des banquiers sont susceptibles de se livrer, et qui auraient pu coûter la vie d'abord à l'un d'entre eux, puis à cette femme, un an plus tard ? résuma Gagga.

Sigurdur Oli grimaça.

— Peut-être que seuls deux sont impliqués. Rien ne dit qu'ils aient tous été de mèche pour cette escroquerie, observa-t-il.

— Tu penses à quel genre d'escroquerie ? interrogea Gagga.

— Je t'en ai trop dit. Ne touche pas un mot de tout cela à quiconque. Sinon, je suis grillé. J'ai déjà assez d'ennuis comme ça. J'ai sans doute trop d'imagination. C'est probablement une banale dette de drogue. Nous avons arrêté deux crétins qui sont vraisemblablement les seuls responsables de la mort de cette femme. Ils ont essayé de récupérer leur fric par la méthode forte et ils sont allés un peu trop loin.

— L'imagination n'est jamais trop fertile quand il s'agit des transactions bancaires. La réalité dépasse souvent la fiction, observa Gagga. Le bruit court que les grosses fortunes du pays envoient des centaines de millions de couronnes dans les fameux paradis fiscaux pour échapper au fisc islandais. Ils fondent des tas de sociétés-écran et se servent d'elles pour effectuer des transactions sur des comptes bancaires secrets. Il est quasiment impossible d'en savoir plus car les paradis fiscaux protègent ce genre de trafic.

— Et le blanchiment d'argent ?

— Là, je ne sais pas.

— Peut-être que ces quatre hommes ont volé de l'argent aux banques.

— C'est envisageable, oui.

— Le plus simple serait de voir les choses sous cet angle, pour peu qu'ils soient coupables de malversations. Tout ce que je sais, c'est qu'ils étaient sacrément audacieux et qu'ils avaient un coup en vue.

— Un coup ?

— Ils manigançaient un truc. Ils étaient sacrément auda-cieux et ils préparaient quelque chose ensemble. Peut-être seulement deux d'entre eux, peut-être tous.

— Et ce n'est pas forcément en rapport avec la banque pour laquelle ils travaillent?

— Non, je suis allé en interroger un aujourd'hui.

— Et?

— Ça n'a rien donné. Il avait autre chose à faire que de discu-ter avec moi. Il réservait un orchestre de musique de chambre pour un dîner qu'il organisait chez lui prochainement.

— Un orchestre de musique de chambre?!

Sigurdur Oli entendit Saemundur toussoter devant la télé-vision. Il espérait bien que ce dernier ne viendrait pas les rejoindre dans la cuisine.

— J'ai dîné avec Bergthora, reprit-il. Nous avons définitive-ment réglé nos problèmes.

— Ah bon? Comment ça, définitivement?

— C'est terminé.

— Il y a déjà un moment que c'est fini, non?

— Elle a rencontré un autre homme.

— Et ça te rend malheureux?

— En réalité, oui.

— Allons, tu t'en trouveras une autre. C'est elle qui a mis le point final?

— Oui, elle vient de commencer une relation avec un autre homme.

— Ça lui ressemble bien, observa Gagga.

— Comment ça?

— Elle n'est pas du genre à laisser les choses traîner en longueur.

— Tu ne l'as jamais supportée.

— Non, répondit-elle. Tu as sans doute raison. Tu ne vas quand même pas la regretter. C'est inutile.

— Comment peux-tu dire une chose pareille? Tu m'avoues ça comme si de rien n'était.

— Tu préférerais que je te mente? Tu as été beaucoup trop bon avec elle. C'est mon opinion et je ne vois pas pourquoi je m'en cacherais. D'ailleurs, ça ne me viendrait même pas à l'idée.

Les yeux rivés sur sa mère, Sigurdur Oli posa une question qui lui brûlait les lèvres depuis longtemps.

— Qu'est-ce que tu lui as trouvé, à papa?

Elle le regarda, étonnée, comme si le sens des paroles de son fils lui avait échappé.

— Pourquoi vous vous êtes mis en couple tous les deux?

— Qu'est-ce que tu vas chercher? interrogea Gagga.

— Vous êtes tellement différents l'un de l'autre, observa Sigurdur Oli. Tu devais quand même t'en rendre compte. Et malgré ça… alors qu'est-ce que tu lui trouvais?

— Oh, je t'en prie, laisse-moi tranquille avec ces histoires!

— C'était par intérêt?

— Par intérêt?!

— Il a financé tes études à l'université.

— Mon petit! Les gens se lient et se séparent sans raison précise. C'est ce qui s'est passé entre ton père et moi. Les torts étaient sans doute de mon côté. Je le reconnais. Et maintenant, arrête avec ça!

Il sonna à la porte, mais il craignait que la soirée ne soit un peu trop avancée. Il ne voulait pas le sortir du lit. Un long moment s'écoula. Il s'apprêtait à repartir sur la pointe des pieds quand on lui ouvrit la porte.

— Ah, c'est toi, mon petit Siggi, se réjouit son père.

— Tu étais couché?

— Non, pas du tout. Entre donc. Bergthora est avec toi?

— Non, je suis seul, répondit Sigurdur Oli.

Son père portait un vieux peignoir bleu. Un tuyau en plastique dépassait d'un des pans du vêtement. Il remarqua que son fils le regardait.

— J'ai encore une poche, précisa-t-il. Pour l'urine. Mais on me la retire demain.

— Ah, je vois. Alors, comment ça va?

— Plutôt bien. Dommage que je n'ai rien à t'offrir, mon petit Siggi. Tu as faim?

— Non. Je passais juste avant de rentrer chez moi, voir si tu avais besoin de quelque chose.

— Non, c'est bon. Ça ne te dérange pas si je m'allonge?

Il s'installa sur le canapé du salon et Sigurdur Oli s'assit dans un fauteuil. Son père fermait les yeux. Il semblait très fatigué, sans doute aurait-il mieux valu qu'il reste un peu plus longtemps à l'hôpital, mais suite à ces éternelles coupes sombres dans les budgets, les patients étaient renvoyés chez eux dès que possible. Sigurdur Oli scruta les lieux, la bibliothèque, la commode, le vieux poste de télévision et le diplôme de plombier dans son cadre. Deux photos de lui, posées sur une table, une troisième, vieille de trente ans, où l'on voyait Gagga et son père. Sigurdur Oli se souvenait de l'occasion à laquelle elle avait été prise : c'était son anniversaire, le dernier qu'ils avaient fêté ensemble à l'époque où ils vivaient encore sous le même toit.

Il lui parla de ce qui s'était passé avec Bergthora. Son père écouta son récit sans rien dire. Sigurdur Oli ne se perdit pas en détails et se limita à l'essentiel. Puis il attendit la réaction de son père, mais ce dernier ne dit rien. Un long moment s'écoula. Le croyant endormi, il s'apprêtait à partir discrètement quand il vit ses yeux s'entrouvrir.

— Au moins, vous n'aviez pas d'enfants.

— Peut-être que ça ne se serait pas passé comme ça si nous en avions eu, répondit Sigurdur Oli.

Ses paroles furent suivies d'un long silence. Il crut une nouvelle fois que son père s'était assoupi et n'osa pas le réveiller. À ce moment-là, son père ouvrit les yeux et le regarda.

— C'est toujours eux qui paient les pots cassés. Tu es bien placé pour le savoir. Ce sont toujours les enfants qui trinquent.

42

Le lendemain, Sigurdur Oli découvrit que l'un des meilleurs amis du banquier Thorfinnur s'appelait Ragnar. Ce dernier enseignait l'islandais à l'institut universitaire de formation des enseignants. Il avait trouvé son nom dans un procès-verbal. Ragnar avait participé aux recherches quand son ami s'était perdu sur la péninsule de Snaefellsnes. Les cours avaient repris. Sigurdur Oli se rendit à l'institut en début d'après-midi et demanda à lui parler. On l'informa que l'enseignant était en cours, mais que la pause approchait. C'était d'ailleurs la dernière heure que Ragnar assurait ce jour-là. Sigurdur Oli patienta donc dans le couloir jusqu'à ce que la porte s'ouvre et que les étudiants quittent la salle.

Il n'eut pas à attendre bien longtemps. En un instant, les lieux s'emplirent du brouhaha d'une foule munie de sacs, d'ordinateurs et de téléphones portables dont les sonneries retentirent bientôt de tous côtés. Ragnar discutait avec deux étudiants quand Sigurdur Oli se risqua à entrer dans la salle. Il demeura à l'écart tandis que le professeur répondait aux questions qui semblaient tourner autour d'un examen auquel les deux jeunes gens n'avaient manifestement pas été brillants. Il faudrait simplement faire un peu plus d'efforts, leur conseilla l'enseignant.

Les deux étudiants quittèrent la salle, plutôt dépités, et Sigurdur Oli s'avança pour saluer Ragnar. Il lui expliqua qu'il était policier et qu'il désirait lui poser quelques questions sur son ami Thorfinnur, qui avait trouvé la mort au pied du glacier de Snaefellsjökull. Occupé à ranger son ordinateur portable dans sa sacoche, Ragnar s'interrompit en entendant le motif de la visite. C'était un homme plutôt petit, à la chevelure rousse luxuriante et avec des rouflaquettes dont Sigurdur Oli ignorait qu'elles étaient redevenues à la mode. Il avait une bouche large et ses grands yeux candides papillotaient constamment.

— Enfin, observa-t-il. Je commençais à croire que vous n'alliez jamais vous pencher là-dessus.

— Sur quoi donc?

— Eh bien, je me demandais combien de temps vous alliez attendre pour ouvrir une enquête, répondit Ragnar. La manière dont il est mort était plutôt suspecte.

— Qu'est-ce qui vous fait dire ça?

— Eh bien, je veux dire, il y a quelque chose qui cloche dans tout ça. Ces quatre types partent là-bas pour passer un week-end ensemble; tout à coup, le groupe se sépare, ils se retrouvent à deux et voilà que mon ami se perd.

— Ce genre de choses n'a rien d'exceptionnel. Les accidents ne sont pas rares quand on voyage en Islande. C'est ainsi, la météo et le pays lui-même sont traîtres.

— J'ai fait des tas d'observations qui n'ont jamais été prises en compte. Ces hommes ont laissé passer très longtemps avant de prévenir les secours. Et leurs déclarations ne se recoupaient pas toujours, ils avaient deux versions qui divergeaient sur le moment du départ et l'heure de retour prévue. Quant à ce Sverrir, c'est un vrai imbécile.

— Comment ça?

— Il disait que Thorfinnur n'aurait jamais dû entreprendre cette marche tout seul. Qu'il aurait mieux valu qu'ils la fassent à deux. Il affirmait que Thorfinnur avait voulu qu'il aille chercher la voiture tout seul. Pourquoi donc? Cela, il ne le précise pas. Il s'est contenté de prétexter que Thorfinnur avait eu envie d'être un peu seul sur le champ de lave pendant qu'il allait chercher leur véhicule.

— N'est-ce pas une explication plausible?

— Tout le monde sait qu'il convient d'être prudent et que des tempêtes terrifiantes peuvent s'abattre à l'improviste. En outre, ces lieux sont truffés de dangers, il faut se méfier de la falaise, de l'à-pic et des crevasses. Surtout quand on se balade là-bas, dans les environs de Svörtuloft.

— Thorfinnur était un randonneur expérimenté?

— Oui, en fait, c'était un marcheur chevronné.

– Vous aurait-il parlé d'une jeune femme prénommée Lina ou Sigurlina ? Elle l'a accompagné pour une excursion sur un glacier avec d'autres personnes, à l'automne dernier.

– Non, je ne crois pas.

Ragnar lui lança un regard inquisiteur.

– Ce n'est pas cette femme qui a été assassinée, celle dont il était question aux informations ? C'est bien son prénom, non ?

– En effet.

– Il y a un rapport entre ces deux décès ? C'est pour ça que vous venez me voir ? Ces deux affaires seraient liées ?

Ragnar écarquillait ses yeux démesurés face à Sigurdur Oli.

– Je suis incapable de vous le dire, répondit le policier. Pour l'instant, nous examinons le passé de cette femme pour comprendre ce qui est arrivé. Une partie de ce passé consiste en une excursion sur un glacier en compagnie de banquiers et d'étrangers. Savez-vous ce que faisait votre ami avec ses collègues ? En quoi consistait précisément leur travail ?

– Je n'ai jamais très bien saisi. Je sais que Thorfinnur s'occupait des comptes d'épargne en devises étrangères et aussi des fonds de pension. Il ne m'a jamais expliqué tout cela avec grande précision. Ces histoires de marchés financiers ne m'intéressent pas trop et nous en parlions le moins possible.

– Je suppose que vous le décririez comme un homme honnête.

– Irréprochable. Il l'était en toute chose.

– Vous a-t-il parlé de problèmes qu'il aurait pu avoir dans le cadre professionnel ?

– Jamais.

– De ses collègues ou des amis qu'il s'était faits à la banque, par exemple ces hommes qui l'avaient accompagné à Snae-fellsnes ?

– Je ne crois pas qu'ils étaient amis. Thorfinnur les a rencontrés quand il a commencé à travailler avec eux, il y a, disons, quatre ou cinq ans.

– En d'autres termes, ils n'étaient pas amis de longue date.

– En tout cas, pas à en juger par la manière dont il en parlait. Je crois d'ailleurs qu'il n'avait pas très envie de les accompagner là-bas, dans l'Ouest. Cette excursion ne lui disait rien, il aurait préféré ne pas y participer.

— Il y est tout de même allé.

— Oui, et il n'en est pas revenu.

Sverrir le laissa poireauter trois quarts d'heure avant de le recevoir. Les génies de la finance allaient et venaient le long du couloir sans même lui accorder un regard.

La porte du bureau s'ouvrit enfin, Sverrir passa sa tête dans l'entrebâillement et le dévisagea.

— Vous êtes Sigurdur? interrogea-t-il.

— Oui, Sigurdur Oli.

— Que me voulez-vous?

— Vous parler de Thorfinnur.

— Vous êtes policier?

— En effet.

— Pourquoi la police s'intéresse-t-elle à cette histoire?

Sverrir ne l'avait toujours pas invité à entrer. Sigurdur Oli s'était levé de son fauteuil, accolé à un autre et à une table sur laquelle reposait une pile de vieux magazines qu'il s'était abstenu de consulter.

— Nous restons discuter dans le couloir? demanda-t-il.

— Non, bien sûr que non, excusez-moi. Entrez!

Le bureau de Sverrir était aussi spacieux que lumineux, meublé d'un salon en cuir flambant neuf. Aux murs étaient accrochés deux grands écrans plats affichant les cours de la Bourse et des tas de graphiques.

— Vous êtes-vous disputé avec Thorfinnur? Est-ce la raison pour laquelle vous vous êtes séparés? demanda Sigurdur Oli alors qu'il s'installait face à Sverrir.

— Disputé? Pourquoi vous vous intéressez à cette histoire seulement maintenant? Auriez-vous découvert de nouveaux éléments? Disputé? D'où tenez-vous cette information? C'est vous qui êtes venu interroger Knutur, à l'étage du dessous?

Sigurdur Oli se demandait s'il devait répondre à toutes les questions qui fusaient de la bouche de Sverrir.

— Dans ce cas, je suppose qu'il, j'entends par là Knutur, vous a déjà parlé des questions que je lui ai posées au sujet de

Lina. Elle a affirmé que vous étiez sacrément audacieux et que vous aviez un gros coup en vue. C'est d'ailleurs la raison pour laquelle, comme vous dites, je m'intéresse à cette histoire, voilà le nouvel élément dont vous parliez. Alors, quel était ce coup ? Et en quoi êtes-vous sacrément audacieux ?

Sverrir toisa longuement Sigurdur Oli.

— Je ne comprends pas de quoi vous parlez, répondit-il. Knutur est passé me voir et m'a raconté que vous lui aviez posé des questions sur Thorfinnur en faisant toutes sortes d'allusions, voire d'insinuations. Je ne trouve pas cela de très bon goût.

— Connaissiez-vous Lina ?

— Je me suis souvenu d'elle quand Knutur m'a parlé de notre excursion. J'ignorais que c'était cette femme qui a été agressée l'autre jour.

— Qu'en est-il de vous et de Thorfinnur ? Pourquoi être allé chercher le véhicule tout seul ? Vous vous êtes disputés ? Que s'est-il passé ?

— Vous avez sans doute lu les procès-verbaux. Je n'ai rien à ajouter. J'avais l'intention de le récupérer sur la route à côté de la baie de Beruvik, mais il n'est jamais venu.

— On m'a dit qu'il était parfois têtu, voire inflexible. On me l'a décrit dans ces termes.

— En effet, il avait cette tendance. Et là, il voulait continuer. Je ne trouvais pas ça très raisonnable : étant donné l'heure tardive, je préférais retourner à la voiture, mais lui, il voulait continuer. Nous nous sommes mis d'accord pour que j'aille chercher la jeep et que je passe le rejoindre. Il y a des pistes qui traversent le champ de lave.

— Donc, il a continué à avancer comme un forcené sans que vous puissiez l'en empêcher et il s'est perdu. C'est bien ça ?

— Oui, tout est consigné dans les procès-verbaux. Si ce n'est qu'il n'avançait pas comme un forcené, contrairement à ce que vous dites. Il était déjà venu à cet endroit et il était subjugué par sa beauté.

— Et vous, y étiez-vous déjà venu ?

— Évidemment, je suis originaire de là-bas, je suis, comme on dit, né sous le glacier.

— Donc vous connaissez bien les lieux ?

— Bien sûr.

— C'est vous qui avez eu l'idée de ce voyage?

Sverrir s'accorda un instant de réflexion.

— Oui, j'imagine qu'on peut me l'attribuer.

— Et vous avez souvent marché sur ce champ de lave?

— Souvent, ce serait beaucoup dire.

— En tout cas, vous savez à quel point il est dangereux. Et vous y avez quand même laissé Thorfinnur tout seul.

— Cet endroit n'est pas plus dangereux que des milliers d'autres en Islande, il suffit d'être prudent.

— Quelles étaient ces combines dont Lina vous a entendus parler? demanda Sigurdur Oli.

— Il n'y a pas plus de combines que de gros coup, répondit Sverrir. Je ne vois pas de quoi elle parlait, d'ailleurs, dans quel contexte? Il ne s'agit pas tout bêtement d'une blague?

— Ce n'est pas ce que dit son mari.

— Eh bien, je ne le connais pas. Je ne la connaissais pas non plus et j'ignore ce qu'elle a pu raconter sur nous.

— En tout cas, un peu plus tard au cours du même automne, l'un d'entre vous est mort.

— Je ne pense pas pouvoir vous aider plus que ça. Je suis extrêmement pris et je crains que nous ne devions en rester là.

Sverrir se leva.

— Son corps a été rejeté par la mer dans la baie de Skardsvik, observa Sigurdur Oli. Y êtes-vous déjà allé?

— Oui. C'était un accident. Cette affaire était considérée comme classée. Je ne devrais pas avoir à vous l'apprendre.

— Après son séjour prolongé dans la mer, le corps était dans un état qui n'a pas permis de déterminer d'éventuelles traces de coups, observa Sigurdur Oli en se levant également. Avez-vous revu Lina par la suite?

— Non!

— C'était ce qu'on appelle une libertine, peut-être que les hommes la divertissaient. Elle aimait bien s'amuser un peu avec eux, y compris avec ceux à qui on donnerait le bon Dieu sans confession.

— Soit, mais je ne la connais pas, répéta Sverrir en lui ouvrant la porte.

— Dans ce cas, vous connaissez peut-être deux hommes du nom de Thorarinn et Hördur ou, pour les intimes, Toggi et Höddi. L'un est chauffeur-livreur, l'autre garagiste, et tous les deux sont de parfaits crétins.

— Ça ne me dit rien. Je suis censé les connaître ?

— Ils sont encaisseurs. L'un d'eux a assassiné Lina. Ce Toggi. On le surnomme Toggi le Sprinter. Et, en effet, il court comme un *motherfucker*. J'ai comme l'impression qu'il ne va pas tarder à se mettre à table. Il va bientôt tout nous balancer pour soulager sa conscience et, là, nous nous reverrons peut-être.

— Seriez-vous en train de me menacer ?

— Loin de moi cette idée, répondit Sigurdur Oli. L'un d'entre vous a-t-il couché avec elle ? Avec Lina ?

— En tout cas, pas moi, rétorqua Sverrir. Et permettez-moi de vous répéter une fois encore que je trouve vos questions tout à fait déplacées. J'ignore ce que vous chercher, mais je crois que vous pourriez vous y prendre autrement.

43

Le quatrième homme ayant participé à l'excursion fatale s'appelait Arnar et travaillait à l'étage situé juste au-dessus. Sigurdur Oli y monta directement, se renseigna et trouva une porte marquée au nom d'Arnar Josepsson. Il y frappa quelques coups légers avant de l'ouvrir. Arnar s'était levé. Son portable collé à l'oreille, il lui lança un regard inquisiteur.

— Je voulais vous poser quelques questions sur Thorfinnur, votre collègue décédé l'an dernier, annonça Sigurdur Oli.

Arnar pria son correspondant de l'excuser, promit de le rappeler et raccrocha.

— Je ne crois pas que nous ayons rendez-vous, observa Arnar tout en feuilletant son agenda.

— Non, moi non plus, convint Sigurdur Oli avant de lui expliquer en quelques mots la raison de sa visite. Vous étiez avec vos trois collègues quand Thorfinnur est décédé, je me trompe ?

Délaissant son agenda, Arnar s'assit et l'invita à l'imiter.

— Vous ne vous trompez pas, j'y étais. Auriez-vous ouvert une enquête ?

— Pouvez-vous me retracer les événements dans les grandes lignes ? éluda Sigurdur Oli.

Arnar ne s'offusqua pas de l'absence de réponse du policier et retraça les faits qui avaient précédé le décès de Thorfinnur. Sa version recoupait celle de Knutur et de Sverrir. Il confirma que Sverrir avait été la dernière personne à voir Thorfinnur en vie.

— Vous étiez très amis ? interrogea Sigurdur Oli. Quelles relations entreteniez-vous ?

— Je voudrais savoir pourquoi vous avez attendu tout ce temps avant de venir nous poser ces questions.

— Les autres vous auraient-ils parlé de ma visite?

— Knutur m'en a touché deux mots, et il ne comprend pas ce qui se passe.

— On verra bien, enfin, peut-être. Vous étiez très amis tous les quatre?

— Amis? Ce serait peut-être aller un peu loin, je dirais plutôt qu'on était des connaissances.

— Et aussi des collègues?

— On était collègues, cela va de soi. On travaille tous ici, à la banque. Que cherchez-vous précisément?

Sigurdur Oli sortit une feuille pliée en quatre de la poche de son imperméable.

— Pouvez-vous me dire qui sont ces gens? interrogea-t-il en lui tendant la liste de ceux qui avaient participé à l'excursion sur le glacier en compagnie de Lina et d'Ebbi.

Arnar prit le document, le parcourut brièvement du regard et le lui rendit.

— Je ne connais que ceux qui nous ont invités, les gens du cabinet comptable.

— Et les noms étrangers de cette liste ne vous disent rien?

— Non, répondit Arnar.

— Après cette excursion, avez-vous continué d'entretenir des relations avec Lina ou si vous préférez, Sigurlina, celle qui travaillait au cabinet comptable?

— Non, vous parlez bien de celle qui a organisé le voyage?

— Exactement. Et vos autres collègues, ont-ils eu d'autres relations avec elle par la suite?

— Je ne crois pas.

— Aucun d'entre eux?

— Non, si l'un de nous avait été concerné, cela aurait été plutôt Thorfinnur, répondit Arnar, qui se sentit immédiatement obligé d'ajouter: il était célibataire.

— Je ne pense pas que ce genre de choses arrêtait Lina, observa Sigurdur Oli. Quelles relations entretenait-il avec elle?

— Ce que je veux dire, c'est qu'elle flirtait un peu avec lui, elle le taquinait, enfin, vous voyez. Thorfinnur n'était pas très entreprenant avec les femmes. Il n'était pas des plus dégourdis en leur présence, si vous voyez ce que je veux dire. Vous aviez d'autres questions ? Je ne voudrais pas être désobligeant, mais je suis malheureusement très pris.

— Y a-t-il eu quelque chose entre eux ?

— Non, répondit Arnar, pas à ma connaissance.

— Mais peut-être entre elle et Sverrir, ou encore entre elle et Knutur ?

— Je ne vois pas où vous voulez en venir.

— Lina était comme ça, enfin, vous me comprenez.

— Oui, mais c'est à eux que vous devez poser la question.

Avant de quitter la banque, Sigurdur Oli repassa voir les deux hommes pour leur montrer la liste et leur poser la même question qu'à Arnar : connaissaient-ils les noms de ces gens ? Il avait décidé de ne pas leur dévoiler ce document de prime abord, préférant les laisser mariner un peu, les surprendre autant que possible, les maintenir dans l'incertitude sur les informations qu'il détenait. Sverrir avait à peine daigné jeter un œil à la liste qu'il lui avait aussitôt rendue en lui disant qu'il ne connaissait personne dans cette excursion à part ses collègues. Knutur lui accorda un peu plus de temps. Il n'avait pas l'assurance des deux autres face à Sigurdur Oli, mais il avait fini par lui répondre la même chose, les seuls noms qu'il connaissait sur cette liste étaient ceux de Sverrir et d'Arnar.

— Vous êtes sûr ? interrogea Sigurdur Oli.

— Certain, confirma-t-il.

Il allait quitter le bâtiment quand il entendit une voix crier son nom. Il se retourna et vit Steinunn, son ancienne camarade de classe, qui s'avançait vers lui avec un sourire. Il ne l'avait pas revue depuis cette soirée d'anciens du lycée où elle lui avait parlé de son nouvel emploi à la banque avant de lui faire savoir qu'il n'était pas son type.

— Qu'est-ce que tu fais ici ? Tu viens pour un emprunt ? lui demanda-t-elle, plus appétissante que jamais, avec ses cheveux blonds, ses sourcils sombres et son pantalon noir ajusté.

— Non, je…

— Ah, tu venais voir Guffi ? Il est en vacances, parti en Floride.

– Non, je suis venu interroger quelqu'un qui travaille ici, dans les étages, répondit Sigurdur Oli. Comment vas-tu?

– Bien. C'est sympa de bosser ici, on se marre plus que chez Fisc-man. Et toi, débordé? Deux meurtres en ville, ça fait pas un peu *too much*?

– Si, j'enquête sur celui de la jeune femme.

– C'est affreux. Les coupables sont des encaisseurs? J'ai entendu dire un truc comme ça.

– On verra bien, répondit Sigurdur Oli, soulagé de constater que Steinunn ne savait manifestement pas que son ami Patrekur avait été interrogé par la police.

– Ces fichus encaisseurs sont partout.

– C'est vrai, convint Sigurdur Oli.

– Qui m'a parlé de sales types de ce genre? déclara-t-elle, comme si elle se parlait à elle-même.

– Ah bon? Quelqu'un t'a parlé d'encaisseurs récemment?

– Oui, c'était une histoire de racket dans un collège, mais j'ai la tête complètement vide. En tout cas, le gars a arrêté.

– C'était qui?

– L'encaisseur? Ou plutôt le racketeur? Aucune idée.

– Non, celui qui t'a parlé de cette histoire?

– Eh bien, je ne me souviens plus où j'ai entendu ça. Mais je te le dirai dès que j'aurai retrouvé la mémoire. Je crois que c'est une de nos connaissances communes, enfin, je me trompe peut-être, ce n'est pas impossible que cette histoire date de l'époque où j'étais encore aux Impôts.

– Tiens-moi au courant, demanda Sigurdur Oli.

– Contente de t'avoir croisé, passe le bonjour à Bergthora de ma part. Dis-moi, c'est vraiment fini entre vous?

– À la prochaine, conclut Sigurdur Oli. Et il se dépêcha de quitter les lieux.

44

Au cabinet d'experts-comptables, Kolfinna, l'amie de Sigurlina qui avait remis à Sigurdur Oli les deux listes de noms, se souvint immédiatement de lui. La jeune femme était pressée. Elle devait assister à une réunion. Il la poursuivit littéralement dans les couloirs jusqu'à ce qu'elle consente à ralentir un peu et lui tendit le document qu'il avait à la main.

– Vous ne pourriez pas y jeter un œil avec moi et me donner quelques précisions sur ces gens ? la pria-t-il.

– C'est que je suis vraiment très pressée.

– Pourriez-vous m'en dire un peu plus sur Lina ?

– Les gens dont les noms figurent sur cette liste ont quelque chose à voir avec elle ? interrogea Kolfinna en parcourant le document. *Christ**! Me voilà en retard à cette réunion, ajouta-t-elle, un œil sur sa montre.

– Je n'en sais rien. Je connais celui-là, répondit Sigurdur Oli, le doigt pointé sur le nom de Patrekur. Et aussi celui-là, ajouta-t-il en lui montrant le prénom d'Hermann. Je sais qui sont ces quatre hommes, ils travaillent à la banque. Quant à Lina et Ebeneser, je les connais aussi, évidemment. Mais il reste une foule de noms, tenez, ces trois étrangers par exemple, ou peut-être d'ailleurs qu'ils ne sont pas étrangers ?

– En tout cas, leurs noms indiquent qu'ils le sont. Vous voulez dire qu'ils vivent peut-être en Islande, qu'ils ont acquis la nationalité islandaise ?

– Et les autres, savez-vous qui c'est ?

– Ces deux hommes, Snorri et Einar, travaillent ici. Ils s'occupent de celui-là, Gudmundur, c'est l'un de nos gros clients et aussi de cet autre, Isak, qui est également un client très important. Pour ce qui est de ces étrangers, je ne les

---

* En anglais dans le texte, l'exclamation n'a rien d'islandais.

connais pas. Vous feriez sans doute mieux de vous adresser à Snorri. Il saura peut-être vous en dire plus.

— Snorri ?

— C'est lui qui gère les relations avec notre siège, basé à l'étranger. Peut-être qu'il les connaît. *Sorry*, je dois filer. C'était un plaisir de vous revoir.

Snorri était tout aussi débordé que Kolfinna. Sigurdur Oli dut consentir à attendre devant son bureau vingt minutes avant que la porte ne s'ouvre et qu'il le laisse entrer. Le téléphone sonna sans relâche tout le temps que dura leur entretien. L'expert-comptable répondait à certains des appels tandis qu'il en ignorait d'autres.

Sigurdur Oli lui exposa la situation et lui expliqua pourquoi il avait besoin de renseignements sur les étrangers présents à l'excursion organisée par le cabinet. Il ne mentionna ni l'agression de Lina ni le décès de Thorfinnur, mais se contenta de dire que la police s'intéressait aux relations que ces gens entretenaient avec le monde des affaires islandais. Snorri, un homme svelte et vif qui passait sans doute du temps à la salle de sport, répondit immédiatement sans se perdre en détails. Il passa rapidement la liste en revue.

— Ces deux hommes ont été envoyés ici par la maison mère, précisa-t-il en montrant deux des noms étrangers. En réalité, nous ne sommes que la succursale d'un cabinet comptable international, comme notre nom l'indique clairement. Ils gèrent et organisent notre collaboration avec les succursales présentes dans les autres pays nordiques. Ils viennent ici régulièrement et nous avons eu l'idée de leur proposer cette petite excursion. Je crois d'ailleurs qu'elle les a enchantés.

— Et ce troisième ? interrogea Sigurdur Oli.

— Celui-là, je ne le connais pas, répondit Snorri. Je suppose qu'il accompagnait ceux de la banque

— Les connaissez-vous un peu ?

— Non. Mais nous avions effectué une série d'importantes transactions bancaires, et c'est la raison de leur présence. Voulez-vous que nous vérifiions qui est le troisième gars ?

— Si cela ne vous dérange pas, oui, répondit Sigurdur Oli.

— Pas de problème.

Snorri afficha la page du moteur de recherche sur son ordinateur et entra le nom de l'homme. Un certain nombre de liens s'affichèrent à l'écran. Il ouvrit le premier, le referma, ouvrit le deuxième et, au bout d'une minute à peine, il avait rassemblé les principales informations sur lui.

— Il occupe un poste important dans une banque au Luxembourg, commença Snorri. Il n'est pas au sommet de la hiérarchie, mais il a une bonne place. Ici, on dirait qu'il est au milieu de l'échelle. Alain Sörensen. De père suédois et de mère française, élevé en Suède. Né en 1969. Spécialiste en contrats dérivés ou produits financiers dérivés. Marié. Deux enfants. A effectué ses études en France. Centre d'intérêts : randonnée cycliste et voyages. C'est bien notre gars ? interrogea Snorri en levant les yeux de son écran.

— Il porte en tout cas le même nom, répondit Sigurdur Oli.

— Il n'a rien à voir avec nous, ça, je peux vous le certifier.

— Il est possible qu'il ait été invité par les gars de la banque, non ?

— C'est même probable. C'étaient les seuls du groupe à être en contact avec des banquiers étrangers.

Sigurdur Oli pensa aux trois hommes qui avaient regardé la liste en affirmant ne connaître aucun nom.

— Où est le problème ? s'inquiéta Snorri. La police n'enquête tout de même pas sur une simple rencontre entre banquiers ?

— Eh oui, qui l'eût cru ? répondit Sigurdur Oli. Pourriez-vous m'expliquer ce qui se passe ici avec toutes ces banques, ces nouveaux milliardaires et cet incroyable afflux d'argent ?

— Ce n'est pas très compliqué, observa Snorri.

— Ces gars-là sont tous des petits génies de la finance ?

— Loin de là ! Le problème, c'est qu'une minorité de ceux qui se lancent dans ces transactions à coups de milliards, une minorité de ces nouveaux Vikings, comme on les appelle, ne connaissent pas grand-chose dans le domaine de la finance. J'ajouterai que certains d'entre eux ne brillent pas par leur intelligence.

— Je dois reconnaître que leur audace me fascine pas mal, avoua Sigurdur Oli.

– Oui, oui. C'est vrai, ils achètent de grandes entreprises au Danemark ou en Grande-Bretagne et, grâce à eux, le monde devra désormais compter avec l'Islande, comme on dit souvent. Certains sont plus doués que d'autres. On doit bien admettre que le développement du secteur bancaire a créé une foule d'emplois, surtout pour les gens comme moi. Par ailleurs, ils rapportent beaucoup d'argent au pays. Cela dit, ces hommes ne sont absolument pas des génies. Ils ont simplement découvert qu'il existe à travers le monde une multitude de crédits à taux d'intérêt réduit, des emprunts à courte durée dont ils usent et abusent. Ils possèdent des parts ou des actions dans une armada d'entreprises. Ils empruntent tout ce qu'ils peuvent, se prêtent de l'argent à eux-mêmes, empruntent à leurs entreprises pour en acheter d'autres, se prêtent et s'empruntent de l'argent entre eux, achètent des parts dans les banques, des compagnies d'aviation, à prix d'or. Et tout cela a lieu entre un nombre très réduit de personnes, toujours les mêmes.

– En quoi cela pose-t-il problème ? interrogea Sigurdur Oli.

– En apparence, ils semblent s'enrichir et collectionner les entreprises, observa Snorri. En réalité, la seule chose qui se produit, c'est que le cours des actions qu'ils possèdent augmente au point de faire croire qu'ils gagnent de l'argent et que les prêts contractés par les autres auprès d'eux augmentent également. Un certain nombre de choses indiquent qu'ils font monter le cours des actions de manière tout à fait artificielle. Quand le commun des gens et les investisseurs, comme par exemple les fonds de pension, voient les valeurs grimper comme ça, ils sautent sur l'occasion et se ruent sur les actions. Alors, les nouveaux Vikings contractent encore de nouveaux emprunts grâce à la montée des cours, qui est aussi fondée sur une évaluation de patrimoine totalement déconnectée de la réalité. Et ainsi de suite.

– Mais tout ça n'est pas surveillé ? Il n'y a pas de réglementation ?

– Ils sont entièrement libres de simuler cette accumulation de richesse. Par exemple, aujourd'hui, ils ont le droit d'enregistrer comme valeur réelle ce qu'on appelle la valeur de rachat de leurs entreprises, qui ne se fonde que sur des bénéfices futurs et tout à fait hypothétiques. Ils décident également du pourcentage que cette valeur de rachat représente sur la totalité de leurs biens. Ce chiffre sorti de nulle part, qui peut s'élever à des dizaines de milliards, n'a rien à voir avec la réalité, mais il permet aux entreprises de gonfler encore leur valeur en bourse. Quant à la surveillance, elle est pour ainsi dire inexistante.

— La valeur de rachat? s'enquit Sigurdur Oli.

— Ils font tout ce qu'ils peuvent pour enjoliver les chiffres, reprit Snorri. Quand on fonctionne sur ce genre de modèle, on doit éviter tout incident. Il ne faut pas avoir de retard, ne serait-ce que sur une seule traite, sinon c'est la catastrophe. Peut-être ne connaissez-vous pas grand-chose à ce qu'on appelle la valeur de rachat. Attendez un peu et vous entendrez bientôt parler de refinancement et d'emprunts de secours.

— N'est-il pas de votre responsabilité que tout cela soit transparent et conforme à la réalité économique?

— En effet, c'est pourquoi je vous raconte tout ça. Nous travaillons de moins en moins avec ces gens, observa Snorri. Je me suis battu pour cela au sein du cabinet et mes collègues commencent à m'écouter. Nous retirons nos billes.

— Et cet Alain Sörensen?

— Je ne le connais pas, répondit Snorri. Les banques ferment les yeux sur un certain nombre de transactions vers les paradis fiscaux et bien d'autres choses encore. Mais je ne connais pas cet homme.

— Les paradis fiscaux?

— Eh bien, il travaille au Luxembourg et une bonne partie de ces activités transite par ce petit État.

45

Les interrogatoires de Thorarinn et d'Hördur reprirent
dans l'après-midi. Sigurdur Oli conduisit avec Finnur celui
de Thorarinn qui eut lieu à la prison de Litla-Hraun, où
les deux hommes avaient été transférés et placés en détention
provisoire. Sigurdur Oli avait exposé en détail à son collègue
l'investigation qu'il avait menée sur les liens unissant Lina
aux trois banquiers. Il lui raconta qu'il était allé voir les trois
hommes pour leur poser quelques questions, mais que ces
derniers ne l'avaient pas beaucoup aidé. Les deux policiers
se mirent d'accord sur la manière dont ils mèneraient l'interrogatoire de Thorarinn, qui s'entêtait à ne pas coopérer.
Il était temps qu'il prenne clairement conscience de sa
situation.

— Ce type est fatigant, observa Finnur.

— Et insupportable, compléta Sigurdur Oli.

En dépit de son placement en détention provisoire, le
prisonnier ne semblait pas plus abattu que cela quand on le
conduisit à la salle d'interrogatoire, accompagné de son avocat.
Il adressa un sourire aux deux policiers avant de s'installer sur
une chaise face à eux, jambes écartées, en tapotant constamment du pied.

— C'est quoi cette bouillie d'avoine qu'on nous sert à tous
les repas? maugréa Thorarinn.

— Je vous conseille de vous y habituer, répondit Finnur.

Sigurdur Oli mit le magnétophone en route et l'interrogatoire reprit. Ils lui posèrent les mêmes questions à propos
de Lina et du motif de sa présence chez elle. Thorarinn s'en
tint à ses déclarations précédentes où il avait invoqué une
dette de drogue et précisé qu'il n'avait pas eu l'intention
de lui donner la mort. Il plaida une fois encore la légitime
défense.

— D'accord, répondit Sigurdur Oli. Passons à autre chose. Connaissez-vous un certain Sverrir ? Il travaille dans une banque.

— Qui est-ce ?

— Peut-être pouvez-vous me le dire ?

— Je ne connais personne qui s'appelle Sverrir. Qu'est-ce qu'il raconte ? C'est quoi ces salades ? Je ne le connais pas du tout, point.

— Et Arnar ? Ça vous dit quelque chose ? Il travaille dans le même établissement.

— Connais pas non plus.

— Le troisième banquier dont je voulais vous parler s'appelle Knutur. Ce prénom vous est-il familier ?

— Non.

— Vous connaissez peut-être un certain Thorfinnur ?

— Non. C'est qui, tous ces gens ?

— Avez-vous été en rapport avec les hommes que je viens de nommer ?

— Non. C'est qui, tous ces types ?

— Avez-vous été en relation avec eux ?

— Non.

— L'un d'entre eux vous aurait-il parlé de Lina ?

— Je viens de vous dire que je ne les connais pas !

— Donc, vous niez avoir eu quelque contact que ce soit avec eux ?

— En effet, car je ne les connais pas.

— Le nom d'Alain Sörensen vous dirait-il quelque chose ?

— Qui diable c'est, celui-là ?

— Parfait, observa Sigurdur Oli. J'ai terminé. Merci bien.

Il tendit le bras vers le magnétophone qu'il avait allumé au début de l'interrogatoire et éteignit l'appareil.

— Étant donné que vous êtes l'unique responsable du décès de Lina, vous encourez la prison à vie, déclara Sigurdur Oli. Vous avez obtenu ce que vous vouliez. Vous pouvez être satisfait. Recevez toutes mes félicitations.

— Quoi ? C'est terminé ? s'étonna Thorarinn. Qui sont ces types dont vous venez de me parler ?

— J'ai bien l'impression que tout est clair et net, dit Finnur à l'avocat du prévenu.

Ni lui ni Sigurdur Oli ne regardaient plus Thorarınn. Ils lui expliquèrent que l'enquête était considérée comme close et que le sort de Thorarinn ne regardait plus la police. L'affaire serait renvoyée directement chez le procureur. Toggi écouta attentivement, comprenant peu à peu qu'il n'avait plus aucun pouvoir sur son public.

— Nous supposons qu'il sera maintenu en détention provisoire ici, à Litla-Hraun jusqu'à ce que le jugement soit prononcé, ce qui prendra un certain temps, comme d'habitude, observa Sigurdur Oli.

— Vous pourriez me répéter ce truc de responsabilité ? demanda Thorarinn en regardant les deux policiers à tour de rôle.

— Ce truc de responsabilité ? reprit Sigurdur Oli. De quoi parlez-vous ?

— Si quelqu'un... comment dire... tous ces trucs que vous m'avez expliqués l'autre jour. Si on est juste... si on est seulement un instrument ou enfin, vous voyez, ces trucs embrouillés que vous racontiez l'autre fois.

— Ah, vous voulez parler de ce que j'ai dit sur la complicité ?

— Oui, qu'avez-vous raconté exactement ?

— Êtes-vous en train de nous dire que vous souhaıtez revenir sur vos déclarations, maintenant ?

Thorarinn ne répondit pas.

— Souhaitez-vous, oui ou non, revenir sur vos déclarations ? s'impatienta Finnur.

— Ben, c'est pas sûr que je sois le seul responsable de tout ça, dit Thorarinn à Sigurdur Oli. C'est tout ce que je dis. Vous m'avez expliqué l'autre jour que l'une des possibilités, c'était... que je ne sois pas le seul responsable. C'est vous qui m'avez dit ça.

— Qu'essayez-vous de nous faire comprendre ? répliqua Sigurdur Oli. Pourriez-vous vous exprimer un peu plus clairement ?

— Ce que je vous dis, c'est que je ne suis peut-être pas le seul responsable dans tout ça.

— Ah bon ?

— Oui.

– Vous allez devoir être un peu plus précis, ironisa Finnur. De quoi parlez-vous exactement?

L'avocat se pencha vers Thorarinn pour lui murmurer quelques mots à l'oreille. Thorarinn hocha la tête. L'avocat continua à chuchoter et Thorarinn fit non de la tête.

– Mon client vient de me faire part de son désir de coopérer avec la police, déclara l'avocat dès que les deux hommes eurent achevé leurs messes basses. Il souhaiterait savoir si on pourrait passer un accord qui permettrait l'abandon de certaines charges contre lui en échange de renseignements.

– Nous n'abandonnerons aucune charge, répondit Finnur. C'est le ministère public qui jugera du traitement à réserver à cette affaire.

– Il nous mène en bateau depuis trop longtemps, observa Sigurdur Oli.

– Il vous propose de coopérer, plaida l'avocat.

– Ouais, ouais! Sigurdur Oli se rassit à sa place et ralluma le magnétophone. Allez, crachez-nous le morceau.

Une heure plus tard, c'était le tour d'Höddi d'être conduit à la salle d'interrogatoire avec son avocat. Sigurdur Oli et Finnur l'accueillirent et bientôt on n'entendit presque plus le chuintement discret de la bande magnétique. Sigurdur Oli annonça à voix haute la date et le lieu de l'enregistrement en précisant le nom des personnes présentes. Höddi semblait comprendre que certaines données avaient changé, et ce, en sa défaveur. Il regarda alternativement les deux policiers, puis son avocat, qui lui répondit d'un haussement d'épaules.

Finnur toussota.

– Thorarinn, votre ami et complice, vient de nous déclarer qu'il s'était introduit au domicile de Sigurlina Thorgrimsdottir pour vous rendre un service.

– Il ment, répondit Höddi.

Finnur poursuivit.

– Il affirme que vous lui avez demandé de s'introduire au domicile de Sigurlina, connue pour les intimes sous le diminutif de Lina, afin de l'effrayer, de la frapper de manière à lui faire très mal et de lui transmettre le message suivant: si elle n'arrêtait pas, elle risquait sa vie. Elle devait également lui remettre une série de photos.

— Ce n'est qu'un mensonge!

— Il dit aussi que vous lui avez expliqué avoir reçu cette requête d'un individu qui est l'une de vos connaissances et que vous avez trouvé assez drôle que cette personne vous contacte pour vous demander de lui rendre un service de ce genre.

— N'importe quoi!

— Il affirme n'avoir reçu aucun paiement de votre part, mais vous avoir simplement rendu ce service en échange d'un autre : dans le passé, vous aviez mis le feu à une jeep stationnée sur le parking d'un garage à Selfoss afin de faciliter l'escroquerie aux assurances d'une connaissance de Toggi.

— Il vous a raconté ça? Ce pauvre type déraille complètement!

— Il a également mentionné au cours des interrogatoires qu'à aucun moment il n'a eu l'intention de donner la mort à Sigurlina, mais que les coups, au nombre de deux, ont atteint la victime au mauvais endroit. Je ne fais là que reprendre ses propos. Ce n'était pas son intention, ni la vôtre, ni d'ailleurs celle du commanditaire, d'assassiner cette femme. D'après lui, il s'agit d'un accident, dont il est toutefois responsable.

Finnur ménagea une pause. Ni lui ni Sigurdur Óli n'étaient certains que Thorarinn leur ait dit la vérité. Son récit leur avait semblé convaincant, même s'il manquait encore un certain nombre de pièces au puzzle. Il avait démontré sa volonté d'en finir en aidant la police à clore l'enquête. Il n'était toutefois pas impossible qu'Höddi dise vrai. Thorarinn avait peut-être menti en lui mettant ce crime sur le dos, même si les deux policiers considéraient la chose comme peu probable.

Höddi les dévisageait alternativement. Ils lui accordèrent quelques instants de répit afin qu'il puisse prendre la mesure de cette situation nouvelle. Le prévenu se pencha vers son avocat pour le consulter à mi-voix.

L'avocat demanda qu'on interrompe l'interrogatoire afin de mieux pouvoir conseiller son client. Sa requête lui fut accordée. Il sortit dans le couloir avec Höddi.

Avant que la porte ne se referme, ils entendirent Hördur déclarer : c'est n'importe quoi !

Sigurdur Oli et Finnur attendirent tranquillement. Au bout d'un long moment, les deux hommes réapparurent.

— Je veux qu'on me ramène à ma cellule, exigea Höddi dès son retour.

— Qui vous a demandé d'aller chez Lina ? reprit Sigurdur Oli.

— Personne.

— À quelle fin ? interrogea Finnur.

— Aucune, personne, rien du tout !

— Qu'est-ce que Lina devait arrêter de faire ? s'entêta Sigurdur Oli.

Höddi demeura muet.

— Connaissez-vous des banquiers du nom de Sverrir, Arnar ou encore Knutur ? demanda Finnur.

Höddi ne répondit rien.

— C'est un de ces hommes qui vous a demandé de la faire taire ?

Höddi s'entêtait à garder le silence.

— Et Patrekur ? Et Hermann ? Ces prénoms vous disent quelque chose ? interrogea Finnur en regardant son collègue, comme s'il lui reprochait de ne pas avoir posé la question.

— Je veux qu'on me ramène à ma cellule, répéta Höddi. Vous ne me forcerez pas à confirmer les mensonges de Toggi. Il essaie juste de me coller tout ça sur le dos et vous n'y voyez que du feu ! Vous ne comprenez donc pas ?! C'est lui qui a tué cette fille. Lui seul et personne d'autre. Ça lui sert à rien d'essayer de me faire porter le chapeau. À rien du tout !

— Connaissez-vous les hommes dont nous venons de vous parler ?

— Non ! Je n'en connais aucun !

— Qu'est-ce que Lina devait arrêter de faire ? répéta Sigurdur Oli.

Les réponses fournies par Thorarinn à cette question avaient été aussi évasives qu'embrouillées. Il avait affirmé qu'Höddi s'était contenté de ces mots-là, en disant qu'il avait sans doute oublié les propos exacts de son complice et qu'il ignorait par conséquent la nature de ce à quoi Lina devait renoncer. Thorarinn avait déclaré qu'en passant à proximité de la maison, il avait vu la jeune femme y rentrer et supposé qu'elle était seule chez elle. Il s'était garé à distance avant de passer à l'action. Il ne lui avait pas laissé l'occasion de répliquer, de se défendre ou de lui expliquer quoi que ce soit, et ne se rappelait pas grand-chose de ce qu'elle lui avait dit. Il l'avait frappée à l'épaule en lui transmettant le message qu'elle n'avait pas vraiment semblé comprendre. Il avait voulu lui porter un second coup, plus fort encore, sur l'épaule ou sur le buste, mais la batte l'avait violemment frappée à la tête. Lina s'était effondrée, il avait entendu du bruit à côté de la maison et s'était caché.

— Vous êtes bête au point d'avoir oublié ? s'emporta Sigurdur Oli.

— Ta gueule ! éructa Höddi.

— Arrêter quoi ? s'entêta Finnur. Qu'est-ce que faisait Lina, dont vous étiez censé la dissuader ?

— Rien, elle ne faisait rien.

— Qui vous a envoyé ?

— Personne.

Sigurdur Oli éteignit le magnétophone.

— Nous reprendrons tout cela demain, informa-t-il. Vous avez toute la nuit pour réfléchir à la question.

— Ça, vous pouvez toujours rêver, conclut Höddi.

46

La soirée était bien avancée quand Sigurdur Oli se gara près d'une magnifique villa qui se trouvait dans un nouveau quartier aux abords du lac d'Ellidavatn. C'était une maison aux formes épurées, entièrement peinte en blanc et surmontée d'un toit plat qui jouissait d'une vue imprenable, ornée de larges baies vitrées serties d'aluminium brossé afin de capter au mieux la beauté de la nature. Sur le trottoir stationnaient deux jeeps noires et un garage double était accolé à la bâtisse. Le jardin tout autour était aménagé en plusieurs terrasses, il comprenait un jacuzzi et de gros blocs de pierre reposaient sur un lit de galets. Trois grands arbres avaient été plantés, parmi lesquels un cytise à grappes, lequel porte en islandais le nom de Pluie d'or.

Sigurdur Oli sonna. À côté de la porte, il y avait un petit vélo avec une seule roulette, au guidon duquel étaient accrochés des rubans multicolores. Apparemment, le petit propriétaire du véhicule progressait à grands pas.

Parfaitement conscient qu'il s'attaquait au maillon le plus fragile, il n'avait aucun doute sur le bien-fondé de son action. Il lui semblait nécessaire de secouer un peu cet homme pour voir ce que cela donnerait.

La porte s'ouvrit et une femme âgée d'une trentaine d'années l'accueillit avec un sourire. Elle était vêtue d'un T-shirt blanc à manches courtes et d'un jean neuf, encore un peu raide. Malgré son accueil souriant, elle semblait préoccupée.

— Il faudrait que je parle à Knutur, annonça Sigurdur Oli sur un ton doux, tenant à procéder avec tact. Sans doute cette jeune femme n'oublierait-elle jamais sa visite, aussi longtemps qu'elle vivrait.

— Entrez, répondit-elle, toujours souriante, charmante. Il est en train de faire ses bagages et moi, je prépare un gâteau.

— Merci, répondit Sigurdur Oli. Il part loin ?

— Non, d'abord à Londres, puis au Luxembourg.

— Il travaille constamment, observa Sigurdur Oli.

— Oui, et tous ces voyages, observa-t-elle, sur un ton qui laissait entendre qu'elle les trouvait épuisants. Voire insupportables.

Elle ne lui demanda ni de décliner son identité ni de lui exposer la raison de sa visite. Elle semblait ouverte, libre, à des lieues de penser à mal. Peut-être était-ce le visage poupon de son époux qui l'avait séduite, pensa Sigurdur Oli. À moins que ce n'ait été le prénom. Knutur. Qui faisait penser à Kutur, un mot tendre qu'on employait pour désigner les petits garçons.

— Ensuite, nous nous retrouverons en Grèce pour quelques jours de vacances, ajouta-t-elle en disparaissant dans la cuisine. Nous avons décidé ça hier. Il m'a dit qu'il le méritait bien.

Un petit garçon, âgé d'environ cinq ans, apparut dans l'embrasure, tout couvert de farine. Il regarda Sigurdur Oli d'un air à la fois timide et soupçonneux avant de se précipiter vers sa mère qui venait de traverser la cuisine pour aller prévenir son mari. Knutur apparut à son tour et sembla sur la défensive en apercevant Sigurdur Oli dans le hall.

— Que venez-vous faire ici ? lui demanda-t-il à voix basse, presque murmurée.

— Nous avons besoin de vous soumettre certains éléments, répondit Sigurdur Oli. Cela ne peut pas attendre. L'enquête progresse, mais nous devons éclaircir un certain nombre de points.

Il s'exprimait au pluriel, comme pour signifier qu'il n'était pas seul, d'ailleurs il considérait qu'il ne l'était pas. Il évoquait une enquête qui ne pouvait pas attendre, sans plus d'explications.

— De quoi s'agit-il ? interrogea Knutur en lançant un regard angoissé vers la cuisine.

— Il vaudrait peut-être mieux que nous allions nous asseoir quelque part pour en parler, suggéra Sigurdur Oli.

— C'est vraiment important ?

— Cela pourrait le devenir.

— Bon, venez ! Allons dans mon bureau.

Sigurdur Oli le suivit à travers les couloirs de la luxueuse demeure. Les murs étaient ornés de gravures, le salon d'un blanc immaculé et le sol en noyer.

— Comment ça s'est passé avec l'orchestre de musique de chambre ? s'enquit le policier.

— Hein ? Quoi ?

— Vous cherchiez à réserver un orchestre quand je suis passé vous voir l'autre jour.

— Ah oui, c'était bien, très bien.

— Ils ont joué ici ?

— Oui.

— Vous partez en voyage ?

— Non, enfin si. Je suppose que Maja vous l'a dit, n'est-ce pas ? Je dois m'absenter quelques jours, pour affaires.

— Et ensuite quelques vacances, non ?

Knutur l'invita à entrer.

— Nous passerons quelques jours en Grèce, répondit-il en fermant la porte.

— J'espère que ce n'est pas à cause de moi, observa Sigurdur Oli. Il balaya la pièce du regard, elle lui plaisait bien. Il n'y avait pas de livres. Des étagères blanches et des œuvres d'art, un parquet clair. Un écran plat et une chaîne hi-fi qui devait coûter un bon mois de son salaire. Deux écrans d'ordinateur, posés sur un bureau laqué blanc. Il n'avait remarqué aucun radiateur dans la maison. Sans doute les lieux étaient-ils chauffés par le sol. Il s'adressa la réflexion qu'il opterait sans doute pour la même solution, s'il avait de l'argent à foison.

— Non, répondit Knutur avec un sourire forcé.

— Vous venez d'emménager dans cette maison ?

— Ça fait six mois.

— Ça a dû vous coûter bonbon. Sans compter les deux voitures. À moins que tout cela n'ait été acheté à crédit. Aujourd'hui, on fait des emprunts pour tout.

Knutur afficha à nouveau un sourire forcé. Il n'avait pas l'intention de lui communiquer le détail de sa situation financière.

— Combien valez-vous ? interrogea Sigurdur Oli. N'est-ce pas là tout l'enjeu de la fête ? Une fois que l'orchestre de musique de chambre est reparti et que vous essayez de ne pas vous étouffer avec le cognac ? Combien valez-vous ?

- Eh bien, je ne sais pas. Que… ?

— Combien pensez-vous valoir ? Le savez-vous ? Avez-vous une estimation précise ?

Knutur se reprit en main.

— Je ne vois pas en quoi cela vous regarde.

— Je suppose pourtant que ça nous concerne. Quand je dis nous, j'entends par là la police.

— Je ne vois pas pourquoi ça devrait…

— Nous sommes au courant pour Alain Sörensen, coupa Sigurdur Oli.

Knutur resta impassible.

— Et nous savons aussi pour le Luxembourg.

Knutur n'affichait toujours aucune réaction. Il fixait Sigurdur Oli tandis que ce dernier sortait la liste de noms de son imperméable pour la lui tendre.

— Cela n'a pas été bien compliqué d'établir le lien entre vous, observa-t-il.

Knutur prit la liste.

— Pour quelle raison avez-vous déclaré ne pas connaître Sörensen ?

— Simplement parce que je ne le connais pas, répondit Knutur sans regarder le document.

— Vous avez pourtant participé avec lui à cette excursion sur le glacier, on me l'a confirmé.

— C'est faux.

— J'ai des témoins, des gens qui y étaient également.

Sigurdur Oli avait téléphoné à Patrekur qui lui avait dit que les types de la banque et le Suédois, ainsi avait-il appelé Sörensen, étaient manifestement ensemble. Il se souvenait bien du petit groupe qu'ils avaient formé. Sigurdur Oli s'était contenté de cette information en guise de confirmation. Il toussota :

— Et ces témoins affirment qu'Alain Sörensen était avec vous et vos collègues.

Le visage de Knutur était devenu pâle comme un linge.

— Malgré cela, tout comme vos deux collègues, vous n'avez pas reconnu son nom sur la liste, observa Sigurdur

Oli. Et maintenant, vous soutenez ne pas le connaître du tout.

Knutur se taisait.

— Quelles raisons auriez-vous de mentir ? Pouvez-vous me le dire ? Pourquoi dissimuleriez-vous la vérité sur un point de détail aussi banal ? Votre mensonge crève les yeux.

Knutur ne lui répondait toujours rien.

— Vous avez sans doute quelque chose à cacher, me suis-je dit.

Sigurdur Oli s'approcha.

— Nous savons tout de cet homme, déclara-t-il en dépit de son ignorance totale concernant les activités répréhensibles auxquelles il pouvait se livrer. Père de deux enfants, poursuivit-il. Parents franco-suédois, élevé en Suède, études universitaires en France. Il aime le cyclotourisme et les voyages. Sans doute est-ce pour cette raison, à cause de sa passion des voyages, qu'il a pris le risque de venir en Islande pour vous y rencontrer.

Knutur s'obstinait à garder le silence. Il souleva la feuille avec les noms et la regarda longuement.

— Nous avons également pris des dispositions pour aller l'interroger au Luxembourg, ajouta Sigurdur Oli.

Manifestement sur le point de s'effondrer, Knutur semblait n'avoir aucune réponse aux questions du policier.

— Il faut avoir les nerfs solides quand on veut tremper dans des combines, poursuivit Sigurdur Oli. Et pour l'instant nous ne voyons que la partie émergée de l'iceberg, comme…

On aurait dit que Knutur n'osait même plus lever les yeux de la feuille.

— … comme, par exemple, ce que Lina a pu dire de vous.

La maîtresse de maison ouvrit la porte et vint les interrompre.

— Vous ne voulez pas un petit café, les garçons ?

Knutur leva les yeux du document et elle comprit immédiatement que quelque chose ne tournait pas rond.

— Qu'y a-t-il ? interrogea-t-elle, inquiète.

Les yeux de son mari s'emplirent de larmes.

— Que se passe-t-il ? Qu'est-ce qui ne va pas ?

Elle s'approcha de lui. Il s'efforçait de retenir ses pleurs et la serra dans ses bras comme si elle était le seul point d'ancrage de son existence.

— Quoi ? demanda-t-elle en lançant un regard inquisiteur à Sigurdur Oli. Qu'y a-t-il, mon chéri ? Tu viens d'apprendre un décès ?

Knutur se blottissait contre son épouse qui continuait de scruter Sigurdur Oli, surprise et angoissée.

— Knutur ? Que se passe-t-il ? Qui est cet homme ?

Il se détacha d'elle et le couple échangea un regard.

— Knutur, que se passe-t-il ?

— Oh, mon Dieu !

— Quoi ?

— Je n'en peux plus de tout ça, répondit le mari.

Elle se tourna vers Sigurdur Oli.

— Qui êtes-vous ?

Sigurdur Oli regarda Knutur. Il avait eu l'intention de secouer un peu cet homme, mais ne s'attendait manifestement pas à une telle réaction. Knutur était manifestement à bout de nerfs.

— Je suis policier, répondit-il. Vous pouvez l'accompagner au commissariat si vous le souhaitez. J'ai bien peur qu'il ne doive me suivre et je pense qu'il passera la nuit chez nous.

Elle le dévisagea. On aurait dit qu'elle ne saisissait pas le sens de ses paroles. Elle comprenait les mots, mais ne parvenait pas à les insérer dans le contexte de son existence. Leur sens était comme au-delà de ce qu'elle pouvait concevoir. Sigurdur Oli le vit clairement. Il espéra que Knutur allait venir à son secours, mais ce dernier ne réagissait pas.

— Knutur, que veut dire cet homme ? demanda-t-elle. Réponds-moi. Knutur, réponds-moi. Dis quelque chose !

Arrivé à la porte du bureau de son père, le petit garçon lança à Sigurdur Oli le même regard suspicieux. Ses parents ne remarquèrent pas sa présence.

— Dis quelque chose ! cria l'épouse. Ne reste pas planté là comme ça ! C'est vrai ? Ce qu'il dit vrai, c'est vrai ?

— Maman, déclara le petit.

Mais la femme n'entendit pas l'enfant.

– Pourquoi? Qu'est-ce que tu as fait?

Knutur regardait son épouse sans dire un mot.

– Qu'est-ce que tu as fait? répéta-t-elle.

– Le petit essaie de vous parler, votre petit garçon, observa Sigurdur Oli.

– Maman! s'écria le gamin. Maman!

Elle lui accorda enfin un peu d'attention.

– Quoi? Qu'y a-t-il, mon chéri? demanda-t-elle, essayant de reprendre ses esprits.

Le petit garçon fixait Sigurdur Oli du même regard farouche. Le policier venait de lui gâcher la soirée.

– Le gâteau est cuit.

47

Ils étaient descendus aux frais de la banque dans un luxueux hôtel, situé à deux pas de Piccadilly. Les chambres, chacune équipée de deux salles de bains, étaient spacieuses au point de ressembler à des suites. L'ensemble des services et des consommations dont ils avaient joui avait également été payé par la banque. De même que cette soirée passée au Mousetrap, où Sverrir rêvait d'aller depuis des années, et cette autre pièce, interprétée par une actrice américaine célèbre, qui se jouait également dans le West End. Sverrir aimait aller au théâtre. Ils avaient dîné dans des restaurants coûteux spécialisés en plats extrême-orientaux car Sverrir et Arnar trouvaient tous les deux la cuisine anglaise immangeable. Leur établissement de prédilection était "Mr. Chow", un restaurant chinois situé à proximité du grand magasin Harrod's. Ils s'y rendaient à chaque fois qu'ils étaient de passage à Londres, toujours aux frais de la banque, et demandaient aux serveurs de composer le menu pour eux.

Les deux colloques auxquels ils avaient assisté, avec des dizaines d'autres directeurs ou directeurs-adjoints d'organismes financiers venus des quatre coins du monde, concernaient les contrats dérivés : risques et perspectives. Ils étaient également allés écouter deux conférences où il était question des paradis fiscaux. C'étaient surtout Sverrir et Arnar qui avaient tenu à ne pas les manquer, car ils avaient présenté les avantages offerts par ces terres d'asile à plusieurs de leurs riches clients. Le processus était très simple. Il suffisait de transférer le siège de son entreprise, par exemple, aux îles Vierges britanniques, de placer les bénéfices qu'on engrangeait sur un compte bancaire également basé sur ce territoire, et on échappait au fisc de son pays en évitant de payer l'impôt sur les sociétés. Beaucoup profitaient de ce dispositif offert par la banque

À la fin de la deuxième conférence, Alain Sörensen s'était avancé vers eux et les avait salués d'une poignée de main. Sverrir le connaissait bien, pas uniquement pour l'avoir croisé dans d'autres manifestations de ce type, mais parce que les deux hommes avaient beaucoup collaboré à transférer le siège de sociétés privées islandaises dans des paradis fiscaux. Sörensen était spécialiste de la question et il avait assisté la banque dans ses démarches. Sverrir l'avait déjà croisé à la conférence de la veille et l'avait présenté à Arnar en lui expliquant qu'il travaillait dans un vénérable établissement au Luxembourg et s'intéressait beaucoup à la vie économique islandaise.

Alain Sörensen avait proposé de les inviter au restaurant. Des sushis.

— *Okay*, avait répondu Sverrir, *sure*.

Ils auraient préféré aller chez Mr. Chow, mais s'étaient contentés des sushis.

Il les avait d'abord emmenés dans un bar du quartier pour prendre un gin tonic. Ils avaient discuté de la pluie et du beau temps, s'abstenant de parler affaires. Plus tard, ils s'étaient installés dans le restaurant japonais suggéré par Sörensen et, si les deux Islandais craignaient un peu que le poisson ne soit pas de la première fraîcheur en plein centre de Londres, ils s'en étaient accommodés. Les serveurs avaient salué Sörensen comme s'il avait été un ami de longue date. Après une discussion agréable sur l'Islande, pays que Sörensen, grand voyageur, avait toujours rêvé de visiter, ils entrèrent dans le vif du sujet : les taux d'intérêt nominaux pratiqués dans le pays.

Très à l'aise dans le domaine, il les avait étonnés par sa connaissance approfondie de l'économie nationale, surtout quand il avait disserté sur les taux d'intérêts qu'offraient les banques islandaises en leur expliquant que les épargnants pouvaient y faire fructifier leur argent de manière nettement plus avantageuse que dans tout autre pays d'Europe. Les taux des comptes d'épargne dépassaient les dix pour cent, avec un minimum garanti.

— Tout à fait, avait observé Sverrir. Si l'inflation augmente, les taux suivent et, si le marché se tend, ce qu'il fait constamment, ils crèvent les plafonds.

– Je ne comprends pas pourquoi les banques islandaises ne profitent pas de cet énorme écart. Elles pourraient proposer des comptes d'épargne dans les autres pays d'Europe, les taux qu'elles serviraient à leurs clients défieraient toute concurrence.

– Il me semble bien que certains y ont déjà pensé chez nous, avait observé Arnar avec un sourire.

Puis, Alain Sörensen avait exposé la raison de leur entrevue : son offre était extrêmement alléchante. Il disposait de quarante-cinq millions d'euros. Il leur avait dit que peu importait la provenance de ces fonds, ces derniers étaient placés sur Tortola, la plus grande des îles Vierges britanniques, l'un des paradis fiscaux de la planète. Il pouvait leur prêter cet argent par le biais de sa banque basée au Luxembourg à des taux extrêmement compétitifs et ouvrir un compte dont eux seuls auraient connaissance. Ils pourraient utiliser ces quarante-cinq millions pour acheter des produits bancaires à taux garanti, comme par exemple des bons du Trésor islandais ou des obligations convertibles. Les intérêts seraient versés à Sörensen qui les répartirait ensuite entre eux. Étant donné les taux pratiqués en Islande, le rapport d'un tel capital serait colossal. Leur part du gâteau serait créditée sur le compte d'une entreprise privée, une société-écran qu'ils fonderaient sur l'île de Tortola.

L'exposé avait été suivi d'un bref silence.

– Quelle est la provenance de cet argent ? avait interrogé Sverrir.

Sörensen avait simplement souri.

– S'agit-il d'argent sale ? s'était inquiété Arnar.

– Je viens de vous expliquer que vous n'avez aucun souci à vous faire là-dessus, avait répondu Sörensen. Moi, ou plutôt la banque pour laquelle je travaille, nous vous prêtons cet argent dans le cadre d'une banale transaction. Le plus rentable serait de convertir tout cela en yens, de manière à accroître encore un peu plus nos bénéfices.

Une fois qu'ils eurent achevé leur repas et bu tout leur soûl de saké, ils étaient allés au salon du restaurant. La scène se passait un mercredi soir et plusieurs matchs de coupe d'Europe étaient diffusés en direct à la télévision. Alain Sörensen s'était installé avec eux devant un écran où on pouvait assister à un match du club londonien Arsenal.

— C'est une somme énorme, avait observé Sverrir.

— Je suppose que vous parviendrez à la placer convenablement sur les comptes spéciaux que vous ouvrirez, avait répondu Sörensen.

— Pourquoi nous? avait demandé Arnar.

— L'Islande présente un certain nombre d'avantages quand on pense à l'avenir, avait repris Sörensen. Nous prévoyons que les taux d'intérêt continueront de monter, nous assurant ainsi des bénéfices confortables : les grands travaux entrepris dans les hautes terres, le développement des banques et de l'investissement à risque grâce à des emprunts à taux réduits finiront par engendrer une inflation qui viendra s'ajouter aux taux nominaux déjà élevés. J'ai mis cela en équation et le résultat est plutôt intéressant. Surtout si on réfléchit en couronnes islandaises. Ma banque s'occupera de fonder pour vous ces sociétés privées, elle peut également se charger de leur gestion.

Il avait sorti de sa poche un document qu'il avait déplié sur la table. Sverrir l'avait pris et s'était plongé dans les chiffres avant de le tendre à Arnar.

— Vous n'enfreignez aucune loi, avait rassuré Sörensen. Vous ne faites qu'emprunter à ma banque, vous investissez en Islande et engrangez les bénéfices à Tortola. Il n'y a rien d'illégal dans tout cela.

— Si j'ai bien compris, vous souhaitez investir en Islande de l'argent que vous voulez mettre en circulation et nous empocherons les bénéfices? avait résumé Sverrir.

— Exact, l'opération vise simplement à profiter de l'écart entre les taux d'intérêt, avait précisé Sörensen.

— S'agit-il de blanchiment? avait interrogé Arnar, prudent, qui connaissait très peu Sörensen.

Le banquier luxembourgeois les avait regardés à tour de rôle.

— Si vous le souhaitez, je vous laisse un peu de temps pour réfléchir, avait-il proposé. Si vous avez besoin d'en discuter avec d'autres personnes qui travaillent avec moi, de multiplier le nombre des emprunteurs afin d'écarter tout soupçon étant donné l'énorme somme que cela représente pour de simples employés de banque, cela ne pose pas de problème non plus.

— Pourquoi avez-vous besoin d'un intermédiaire ? s'était enquis Sverrir. Pourquoi n'investissez-vous pas cet argent en Islande vous-même ? Ainsi, vous empocheriez tous les bénéfices.

— Je pourrais certes le faire si je tenais vraiment à m'en donner la peine, avait répondu Sörensen. Malheureusement, l'ensemble des emprunts que j'ai contractés a pour l'instant, comment dire, atteint le summum, étant donné un certain nombre de paramètres. Je ne suis pas un gros investisseur, je ne suis, comme vous, qu'un simple employé de banque. Enfin, pour l'instant. J'espère que cela évoluera. J'aimerais bien investir en Islande par la suite, sans doute dans les énergies renouvelables. Il me semble que les secteurs les plus porteurs sont l'hydroélectricité et la géothermie. C'est vers ces domaines que se tourneront les investisseurs. J'espère que vous me conseillerez, le moment venu.

Alain Sörensen avait une fois encore affiché un sourire.

— En résumé, ce qui vous intéresse, c'est de vous enrichir en profitant des taux islandais ? avait interrogé Sverrir.

— Et je ne suis pas le seul, avait répondu Sörensen. Le miracle économique qui a lieu dans votre pays suscite un peu partout l'engouement des investisseurs. Vos fameuses Actions des glaciers se sont très bien vendues.

— C'est vrai, elles se vendent comme des petits pains, avait reconnu Arnar avec un hochement de tête.

Sörensen avait consulté la montre à son poignet et s'était excusé de devoir, hélas, leur fausser compagnie.

— Faites-moi savoir si vous êtes partants, avait-il conclu. Si vous souhaitez avoir des informations complémentaires sur ce capital de quarante-cinq millions, je suppose que cela peut s'arranger.

— Cela fait tout de même une sacrée somme, avait encore une fois objecté Sverrir.

— Vous n'avez qu'à la répartir entre trois ou quatre personnes, si vous connaissez d'autres gens qui pourraient être tentés par cette aventure. Comme je viens de vous le dire, le mieux est peut-être de répartir le capital entre plusieurs mains. De mon côté, je vous garantis un emprunt à un taux très compétitif, vous n'aurez aucun remboursement à verser pendant la première année et nous partageons les bénéfices entre nous.

Sverrir et Arnar étaient rentrés à l'hôtel en taxi. Ils s'étaient installés au bar et avaient longuement discuté la proposition d'Alain Sörensen. À en croire le prévisionnel basé sur l'écart de taux que leur avait montré cet homme, la transaction leur rapporterait beaucoup d'argent. Ni Sverrir ni Arnar n'étaient fondamentalement hostiles au projet et ils pensaient qu'il méritait d'être examiné d'un peu plus près. L'emprunt qu'ils contracteraient auprès de la banque de Sörensen ne différait en rien d'autres crédits et ce n'était pas à eux de s'interroger sur la provenance de ces fonds, même si Sörensen avait accepté de la dévoiler partiellement. Ils savaient d'expérience que les hommes d'affaires islandais et les gros clients des banques profitaient sans vergogne des avantages offerts par les paradis fiscaux et les sociétés-écran.

— C'est quand même énorme! avait déclaré Arnar.

— J'ai l'impression que ça peut fonctionner, avait répondu Sverrir.

— Tu le connais un peu?

— Eh bien, pas trop mal, nous nous croisons depuis un certain temps. Il m'a posé pas mal de questions sur l'Islande. Comme tu vois, il est très bien renseigné.

— Exact, avait consenti Arnar avec un sourire.

Ils avaient examiné la proposition sous toutes les coutures, ses avantages et ses inconvénients. La banque où travaillait Alain Sörensen était aussi fiable que respectable. L'origine des fonds leur semblait toutefois quelque peu suspecte et ils avaient passé un long moment à en discuter.

— Tu ne veux pas qu'on voie ce que ça donne? avait demandé Sverrir, tard dans la nuit, alors qu'il ne restait plus qu'eux au bar de l'hôtel.

— Si on en parlait à Thorfinnur? avait suggéré Arnar. Il est entré dans la banque à la même époque que moi et je sais qu'il ne crache pas sur le fric.

– Oui, il vaut sans doute mieux répartir tout ça entre plusieurs mains, comme l'a dit Sörensen. Mais pas trop quand même. Il ne faudrait pas que cette histoire s'ébruite.

– Non, on garde tout ça pour nous, évidemment. Personne d'autre ne doit savoir, personne d'autre ne doit être au courant, avait observé Arnar.

– Et ça n'a rien à voir avec le fait que ce serait illégal, avait renchéri Sverrir.

– Non, c'est plus simple comme ça, ce n'est pas la peine de se faire repérer, avait répondu Arnar.

– Pas mal, ces chiffres, hein? avait déclaré Sverrir en agitant le document que leur avait remis Sörensen.

– Ouais, et les taux d'intérêt sont phénoménaux, enfin, pour ceux qui ont du fric, avait conclu Arnar avec un sourire.

Assis dans le bureau de Sigurdur Oli, Knutur retraçait les débuts de la collaboration avec Sörensen. Finnur était également présent. Knutur avait suivi Sigurdur Oli à Hverfisgata. Il avait refusé l'assistance d'un avocat. Peut-être plus tard, avait-il dit, abattu. Je tiens à vous raconter les choses telles qu'elles se sont passées. Sigurdur Oli avait résumé les principaux détails à Finnur par téléphone. L'affaire serait confiée dès le lendemain matin à la brigade de la répression des fraudes.

Knutur était effondré de devoir expliquer à son épouse la visite de ce policier en cette heure tardive d'une banale soirée d'automne. Sigurdur Oli les avait laissés seuls dans le bureau en les priant toutefois de laisser la porte entrouverte. Dix minutes plus tard, le couple était sorti de la pièce en compagnie du petit garçon. Le visage grave, l'épouse avait pris Sigurdur Oli à partie.

– Vous ne pouviez vraiment pas vous y prendre autrement? lui avait-elle craché à la face, toute trace de douceur disparue de son visage.

– C'est à votre mari qu'il convient de poser la question, avait calmement répondu Sigurdur Oli.

Et maintenant cet homme était là devant eux, occupé à retracer les débuts de la collaboration avec Sörensen. Il leur expliqua comment Sverrir et Arnar avaient décidé d'accepter sa proposition le soir même. Tous deux n'étaient que de simples employés, certes bien payés, mais sans plus. Ils possédaient quelques parts dans la banque, tout comme l'ensemble des autres salariés, mais ne jouaient pas en Bourse. Ils ne disposaient pas du droit de signature qui était l'apanage des directeurs financiers, lesquels pouvaient emprunter à la banque pour acquérir des stock-options à valeur minimale garantie, émises par l'établissement. Ils n'étaient que de simples employés qui conseillaient les clients en leur proposant divers services.

— Et vous avez sauté sur cette occasion ? interrogea Finnur.

— En réalité, je n'y ai pas réfléchi à deux fois, répondit Knutur. Tout le monde ici s'enrichit, pourquoi n'aurions-nous pas, nous aussi, eu le droit de le faire ?

— Et Thorfinnur ? S'est-il également engouffré là-dedans ?

Knutur se contenta de hocher la tête.

— On était quatre, précisa-t-il.

— Personne d'autre ?

— Non, personne.

— Qu'est-il arrivé à Thorfinnur ?

— Vous devez poser cette question à Sverrir.

— Je suppose que vous êtes au courant, observa Finnur.

— Tout ce que je sais... c'est qu'il a été pris de remords. Il nous avait prévenus qu'il ne voulait plus tremper dans cette histoire.

— Et vous vous êtes débarrassé de lui.

— Vous devez interroger Sverrir.

— C'était donc ça, le gros coup dont Lina parlait ?

— Lina ?

— Sigurlina. Elle a récemment été assassinée à son domicile.

— Oui, mais je ne la connais pas. Je vous l'ai déjà dit. Je ne sais rien de cette Lina.

— Elle était avec vous lors de cette excursion sur le glacier, la même que celle où se trouvait également Alain Sörensen. Arnar se souvient d'elle. Or vous avez affirmé ne pas la connaître.

Knutur garda le silence.

276

— Elle savait ce que vous manigranciez, glissa Sigurdur Oli.

— Parlez-en à Sverrir. Il est au courant de tout. Moi, je n'ai fait que contracter cet emprunt et ouvrir des comptes bancaires. Il est au courant pour Thorfinnur. Pour ma part, je n'aurais jamais pu lui faire le moindre mal. Jamais.

— Et qu'en est-il de Sverrir? poursuivit Sigurdur Oli. Aurait-il été capable de faire taire Thorfinnur?

— C'est à lui que vous devez poser cette question.

— Auriez-vous déjà entendu les noms de Thorarinn et Hördur? L'un est chauffeur-livreur, l'autre garagiste.

— Non.

— Toggi et Höddi, cela ne vous dit rien non plus?

— Non, je n'étais pas dans la confidence. Sverrir et Arnar s'occupaient de tout ça. Et je ne connais pas les hommes dont vous parlez.

— Où alliez-vous?

— Comment ça?

— Eh bien, vous faisiez vos valises.

— Ils ont souhaité m'éloigner un peu, répondit Knutur. Quand vous avez commencé à fourrer votre nez là-dedans, ils m'ont demandé de quitter le pays de peur que je fasse des bourdes.

— Et vous en avez fait une.

— C'est une bourde de raconter la vérité?

Ils se turent un long moment, puis Knutur se racla la gorge. Sigurdur Oli voyait combien il était mal à l'aise.

— Thorfinnur a voulu se retirer quand il a appris d'où provenaient les fonds de Sörensen, déclara Knutur.

— Les fonds?

— Oui. Alain a laissé échapper l'information. Il fanfaronnait. Il n'aurait jamais dû nous expliquer l'origine de cet argent.

— Et d'où provenait-il?

— Thorfinnur était fou de rage.

— D'où provenait-il?

Knutur hésita.

— Je... Demandez-le plutôt à Sverrir. C'est lui qui s'est occupé de tout.

48

Afin de préserver les intérêts de l'enquête, on considéra que mieux valait ne pas attendre le lendemain matin pour appréhender Sverrir et Arnar. La police se rendit à leur domicile avec un mandat d'arrêt et, soupçonnés de blanchiment d'argent de grande envergure, ils furent conduits au commissariat de Hverfisgata. Sigurdur Oli supposait qu'ils ne tarderaient pas à être également inculpés du meurtre de Sigurlina et de Thorfinnur.

Il n'était pas présent lors des arrestations. Il éprouvait très peu de compassion pour les suspects, mais cela lui avait suffi d'aller chercher Knutur à domicile et d'assister à l'effondrement de la vie de cet homme. Les interrogatoires de Sverrir et d'Arnar débuteraient le lendemain. Tous deux avaient souhaité s'adjoindre les services d'un avocat. Ceux qui étaient allés les arrêter chez eux les avaient décrits comme calmes et flegmatiques. Ils semblaient s'attendre à voir la police débarquer. Sigurdur Oli avait pensé que la femme de Knutur leur avait téléphoné pour les prévenir et qu'ils avaient compris qu'ils étaient dans de beaux draps. Ils passeraient la nuit à Hverfisgata et seraient transférés dès le lendemain matin à la prison de Litla-Hraun pour être placés en détention provisoire.

Il décida d'attendre qu'ils arrivent et, pour s'occuper, il lut les transcriptions que la brigade des stupéfiants avait faites des conversations téléphoniques d'Höddi au cours des semaines précédentes. Cette lecture des plus ingrates l'ennuyait profondément.

Il avait remarqué la présence d'un jeune voyou dans le couloir. C'était l'un de ces individus violents auprès desquels il avait coutume de venir s'asseoir pour les traiter de pauvres types, de rebuts, de minables. Il se souvint de Pétur à qui il avait tenu ces propos et qu'il avait ensuite croisé dans les couloirs de l'hôpital. Ce dernier avait eu la monnaie de sa pièce puisqu'il avait été tabassé à deux pas du commissariat. Sigurdur Oli ignorait si le ou les coupables avaient été appréhendés. Il suivait tout cela d'assez loin, c'était du ressort de Finnur.

Il se demanda si Finnur était également en charge de l'affaire concernant le gamin assis dans le couloir. Il essaya une nouvelle fois de se concentrer sur les idioties racontées par Höddi et transcrites sur papier, mais renonça et sortit dans le couloir.

— Alors, Kristofer, vous êtes là pour quoi? interrogea-t-il en s'installant à côté du jeune homme.

— De quoi je me mêle, lui répondit Kristofer, surnommé Krissi.

Âgé de vingt-deux ans, le front tout cabossé, il faisait penser à Pétur sous bien des rapports, mais en version plus râblée et nettement plus tatouée. L'un de ces ornements lui remontait jusqu'à la nuque. Il était connu pour provoquer les gens, seul ou avec ses acolytes, et ce, aussi bien sous l'emprise de la drogue que lorsqu'il était complètement sobre. Les événements se produisaient en général en plein centre-ville, souvent il s'attaquait à une personne seule qui marchait tranquillement dans la rue au petit matin, sans rien demander à personne. Il n'était pas plus courageux que ses congénères qui s'attaquent aux gens par surprise et les maîtrisent aisément.

— Vous avez encore frappé quelqu'un? interrogea Sigurdur Oli.

— Lâchez-moi!

— Alors, on vous a interrogé et vous attendez qu'on vous laisse repartir?

— Allez vous faire foutre!

— Vous devriez pourtant être satisfait. Nous avons le meilleur système qui soit pour les minables comme vous.

— Ouais, super.

— Alors, que s'est-il passé?

Krissi ne lui répondit rien.

— Qui avez-vous cogné?

— C'est lui qui a commencé!

– Toujours la même histoire, commenta Sigurdur Oli.

Kristofer gardait le silence.

– Les autres passent leur temps à vous agresser, vous ne trouvez pas ça étrange ?

– J'y peux rien.

– Non, je sais, ce n'est pas votre faute si vous êtes comme ça.

Krissi continuait de se taire.

– C'est Finnur qui s'occupe de votre cas ?

Krissi s'obstinait à garder le silence.

– Soit, après tout, ce ne sont pas mes affaires, observa Sigurdur Oli en se levant.

– Dans ce cas, laissez tomber, rétorqua Krissi.

Sigurdur Oli alla chercher une copie du procès-verbal de l'arrestation de Kristofer, qui avait eu lieu plus tôt dans la soirée. Il s'en était pris à un lycéen devant une discothèque qui organisait une soirée étudiante. Le jeune homme avait été transféré aux Urgences. Kristofer l'avait roué de coups de pied et gravement blessé. Les témoins avaient rapporté différentes versions des faits. L'un d'eux avait déclaré que Kristofer s'était avancé vers la victime pour lui donner un coup de tête sans la moindre raison.

– Pourquoi donc t'inquiéter pour ces petits crétins ? observa Sigurdur Oli à voix basse en reposant le procès-verbal.

Il essaya en vain de trouver Finnur. Pensant qu'il était parti procéder à l'arrestation des deux suspects, il retourna à son bureau pour reprendre sa lecture. Les conversations téléphoniques de Höddi étaient souvent très brèves. Sa femme l'appelait pour lui demander d'acheter quelque chose au magasin, de passer voir sa mère ou d'accompagner les enfants à la fête de l'école. L'épouse de Höddi ne semblait pas très bonne cuisinière. Elle passait son temps à lui demander de rapporter du poulet, des hamburgers ou des pizzas après sa journée de travail. Certains appels provenaient d'amis et il était alors question de culturisme, combien de kilos il avait levés à la barre fixe, quelle performance avaient faite les autres, ils parlaient de football, de balades en motoneige, de réparations, de pièces détachées. D'autres appels encore concernaient directement son activité de garagiste. Sigurdur Oli parcourut le tout et n'y trouva pas la moindre conversation avec Thorarinn, ni sur Lina ni sur autre chose. Il supposa qu'ils ne communiquaient pas par téléphone, mais se voyaient pour traiter les affaires plus importantes.

Il entendit du bruit dans le couloir et se leva. Ses collègues venaient d'amener Arnar. Il resta avec eux pendant qu'ils inscrivaient son nom sur les registres.

— Finnur n'était pas avec vous ? demanda-t-il à l'un des policiers qui s'était occupé de l'arrestation.

— Non, je ne l'ai pas vu. Il a dû rentrer chez lui.

— Sans doute, son poste ne répond pas.

Arnar regarda Sigurdur Oli. Il semblait s'apprêter à lui dire quelque chose, mais se ravisa et baissa les yeux à terre. Puis, il s'arma de courage.

— Vous êtes aussi allés chercher Sverrir ? demanda-t-il.

Sigurdur Oli acquiesça.

— Knutur a collaboré ?

— Nous parlerons de tout ça demain, observa Sigurdur Oli. Bonne nuit.

Kristofer avait disparu du couloir. Il vit Finnur entrer dans son bureau et l'interpella. Feignant de ne pas l'entendre, son collègue referma la porte. Sigurdur Oli la rouvrit brutalement et se précipita dans la pièce.

— Où est Kristofer ? Il a été relâché ?

— Ça t'inquiète ? ironisa Finnur.

— Où est-il ?

— Je n'en sais rien, je crois qu'on l'a libéré. Ce n'est pas mon problème. Pourquoi ?

— Où est-ce qu'il est allé ?

— Où il est allé ?! Tu crois peut-être que je sais où vont tous ces crétins quand ils partent d'ici ?

Sigurdur Oli se rua dans le couloir et courut jusqu'au portail latéral du commissariat. En sortant, il vit Sverrir descendre d'un véhicule de police, accompagné de quelques policiers. Il sortit dans la rue pour appeler Kristofer. Il balaya du regard le boulevard Snorrabraut et décida de prendre la direction du boulevard Saebraut. Il courut jusqu'à la maison des francs-maçons et, ne voyant pas Krissi, fit demi-tour, descendit vers la mer et s'engagea sur la rue Borgartun. Il appela Kristofer plusieurs fois, ralentit et remonta la rue. Il s'apprêtait à faire demi-tour sur Steintun, une petite rue en pente, quand il aperçut un homme gisant à terre et trois autres qui détalaient à toute vitesse.

Il s'approcha, vit les trois hommes monter dans une voiture au volant de laquelle les attendait un quatrième. Le véhicule démarra et disparut au coin de Steintun. L'homme qui gisait sur le trottoir gémissait de douleur, le visage en sang. C'était Kristofer. Couché sur le dos, il avait deux incisives manquantes et deux yeux au beurre noir. Sigurdur Oli l'allongea précautionneusement sur le côté, puis appela une ambulance.

— Qui étaient ces types?

— Je… je ne sais pas, murmura Kristofer.

— Que s'est-il passé?

— Ils… Ils m'attendaient… derrière chez vous…

Quelques instants plus tard, Sigurdur Oli entra en trombe dans le commissariat et se précipita vers le bureau de Finnur. Son collègue s'apprêtait à rentrer, Sigurdur Oli s'avança à grands pas, le poussa à l'intérieur et claqua violemment la porte derrière eux.

— Non mais! Qu'est-ce que ça veut dire?! hurla Finnur en s'approchant de lui, comme dans la ferme intention d'en découdre.

— Je viens de mettre Kristofer dans une ambulance, cria Sigurdur Oli en retour.

— Kristofer? En quoi ça me concerne?

— Tu serais plutôt censé me demander ce qui s'est passé!

— De quoi parles-tu?

— Je croyais pourtant t'avoir prévenu! Je n'hésiterai pas à informer la hiérarchie si tu n'arrêtes pas tes conneries!

— Je ne comprends pas un traître mot de ce que tu racontes. Sors d'ici!

— Je te parle de la manière dont tu préviens certaines personnes quand ces petits voyous quittent nos services! Tu as peut-être l'impression de faire justice? C'est ça?

Finnur recula.

— Je ne vois pas du tout de quoi tu parles, répondit-il, nettement moins arrogant.

— Je sais que ces individus violents ne sont jamais condamnés à de lourdes peines, je sais qu'ils quittent généralement le commissariat après un simple interrogatoire, mais crois-tu réellement que ce soit la solution ?

Finnur ne lui répondit rien.

— Je sais que tu n'en es pas à ton coup d'essai dans ce genre de manigances. Tu as déjà fait ça il y a trois ans. Après l'agression de cette gamine dans la rue Posthusstraeti. Je ne suis d'ailleurs pas le seul à être au courant. Et maintenant tu recommences. Certains collègues n'apprécient pas beaucoup tes méthodes.

— Les gens veulent que justice soit faite, objecta Finnur.

— Non, *tu* veux que justice soit faite, corrigea Sigurdur Oli.

— Un gamin a été emmené à l'hôpital, inconscient, suite au traitement que ton ami Kristofer lui a infligé ce soir, rétorqua Finnur. Et ce, de manière totalement gratuite, juste pour s'amuser. On ne sait pas s'il recouvrera l'ensemble de ses facultés quand il reprendra conscience, on sait seulement que ton ami Kristofer va continuer de s'amuser avec ses camarades quand cela arrivera. J'ai dit au père du gamin qu'au cas où il voudrait régler quelques comptes avec l'agresseur, nous prévoyions de le relâcher plus tard dans la soirée et qu'il sortirait par le portail latéral.

— Et ce type rassemble quelques volontaires pour flanquer une bonne correction à ce môme !

— Les gens en ont assez de tout ça. Ils exigent que justice soit faite. Et Kristofer n'a pas eu la moindre pitié envers sa victime.

— Tu sais très bien que les gens ont les nerfs à fleur de peau après ce type d'agression, répondit Sigurdur Oli. Ce qu'ils veulent, c'est une vengeance. Ils veulent voir du sang. Tu trouves ça malin de les exciter encore plus ? Ton rôle consisterait-il à attiser leur colère et à t'en servir pour jouer au justicier ?

— La gamine de la rue Posthusstraeti n'avait rien demandé à personne non plus, plaida Finnur.

— Je sais qu'il s'agit d'une de tes nièces. Et ça ne fait que rendre la chose pire encore.

— Ils l'ont frappée à coups de pied dans la tête. Deux crétins sortis s'amuser en ville un samedi soir. Elle ne s'en remettra jamais. Quant à eux, ils ont écopé de quelques mois de taule, pour la plupart avec sursis. Ils n'avaient jamais fait grand-chose de bien grave avant ça, leur jeune âge et des tas d'autres trucs ont joué en leur faveur.

— Et tu t'es arrangé pour qu'on les roue de coups, répondit Sigurdur Oli. Tu les as fait suivre depuis le commissariat par des types qui les ont tabassés au risque de les rendre infirmes.

— Je crois que c'est plus dissuasif que quelques malheureux mois à l'ombre ou encore le sursis. Cela dit, je ne vois pas de quoi tu parles.

— Tu ferais mieux d'arrêter tes conneries, répondit Sigurdur Oli.

— Tu te trompes, Siggi, je ne fais rien de ce dont tu m'accuses.

— Ça ne sert à rien de le nier et ton comportement est indigne.

— Tu as vu ma nièce après sa sortie de l'hôpital ?

— Non. En tout cas, tu ne refais plus ce genre de chose. Sinon, j'en référerai à nos supérieurs et je sais que tu ne voudrais pas qu'on en arrive là.

— Ces types-là sont condamnés à des peines ridicules ! On les voit encore et encore, toujours pour les mêmes histoires, alors on fait quoi ?

— Tu dois arrêter, répéta Sigurdur Oli.

— Si cela ne tenait qu'à moi, rétorqua Finnur en ouvrant la porte de son bureau, on mettrait une balle dans la tête de tous ces sales petits connards dès qu'on les coince.

49

Assis sur la paillasse de sa cellule, Sverrir se leva d'un bond
en entendant le bruit du verrou. Sigurdur Oli entra, encore
bouillant de colère après son altercation avec Finnur, et la
porte se referma derrière lui.

— D'où vient l'argent? demanda-t-il, campé devant la
porte d'acier.

— L'argent?

— Oui. D'où vient-il?

— Je ne vois pas…

— Knutur nous a déjà exposé les points les plus importants
de cette affaire, coupa Sigurdur Oli.

Sverrir le dévisagea.

— Je ne devrais vous parler qu'en présence de mon avocat.

— Vous serez tous interrogés dès demain, répondit Sigurdur
Oli, mais j'avais envie de voir comment vous alliez. Et de vous
poser quelques petites questions que nous pourrons développer
plus tard. Par exemple, je me demande d'où vient l'argent
que vous blanchissez pour le compte d'Alain Sörensen. J'ai
cru comprendre que cette information lui avait échappé par
mégarde en votre présence. Avec qui Sörensen est-il en relation?
Pour le compte de qui met-il cet argent en circulation?

— Sörensen? renvoya Sverrir.

— Oui. Sörensen.

— Que vous a raconté Knutur?

— Tout sur ce personnage et la manière dont vous l'avez
rencontré à Londres avec Arnar. Il nous a expliqué que vous
aviez accepté sa proposition visant à profiter de l'écart entre
les taux d'intérêt. Il vous a accordé un emprunt que vous avez
utilisé pour tirer profit des taux d'intérêt élevés servis aux
épargnants en Islande. Vous avez réparti les bénéfices entre
vous. Nous commencerons dès demain matin l'examen de

vos biens, de vos actifs, de vos passifs, de vos achats d'actions enfin, de toutes ces choses compliquées, quel qu'en soit le nom. Tout cela promet d'être assez croustillant. Surtout dans le chapitre sociétés-écran et paradis fiscaux.

Sverrir se rassit sur sa paillasse.

— Comme je viens de vous le dire, Knutur est extrêmement coopératif, poursuivit Sigurdur Oli. Il nous a confié que vous aviez même prévu de l'exiler un moment. Est-ce à dire que vous le considérez comme un pauvre type? Pourquoi, si tel est le cas, l'avoir embarqué avec vous dans cette aventure?

Sverrir ne répondit à aucune des questions.

— Thorfinnur était au courant, observa Sigurdur Oli. Il savait d'où venait cet argent. Et il n'était pas content. Ah ça, vraiment pas. Knutur nous a même dit qu'il était fou de rage.

Assis sur sa paillasse, Sverrir regardait ses doigts, comme s'il redoutait le regard perçant de Sigurdur Oli. Le matelas bleu en plastique sur lequel il allait passer la nuit crissait légèrement à chacun de ses mouvements.

— Pourquoi Thorfinnur était-il fou de rage?

— Je ne parlerai qu'en présence de mon avocat, répondit Sverrir. Je crois que c'est mon droit.

— Et pourquoi vous en être pris à Sigurlina? En quoi vous gênait-elle?

— Je ne connais pas cette Sigurlina.

— Que vous avait-elle fait? Vous ne vous souvenez pas d'elle? Elle vous a accompagnés pendant cette excursion sur le glacier l'an dernier. Alain Sörensen était du voyage. Elle a découvert que vous prépariez un gros coup. Elle a dit que vous étiez sacrément gonflés. Qui lui a raconté cette histoire?

— Je ne vois pas de quoi vous parlez.

— Lequel d'entre vous a couché avec elle? s'entêta Sigurdur Oli.

— Je veux mon avocat, répondit Sverrir. Il vaut mieux que mon avocat soit à mes côtés pour ce genre de conversation.

Arnar était assis dans une autre cellule, sur une paillasse rivée au sol strictement identique, elle aussi couverte d'un matelas bleu. Il n'avait même pas daigné se lever quand, après avoir demandé à un gardien de lui ouvrir, Sigurdur Oli était entré. Il avait tout juste tourné la tête, puis s'était remis à fixer le mur face à lui. Il était plus de minuit et Arnar ne semblait pas avoir envie de dormir, malgré son air abattu et fatigué.

Sigurdur Oli lui posa les mêmes questions qu'à Sverrir afin de susciter une réaction de sa part. Il lui expliqua que Knutur avait collaboré avec la police, l'interrogea sur le blanchiment d'argent, sur la provenance des fonds dont disposait Alain Sörensen, sur Lina et le gros coup qu'ils prévoyaient et lui demanda pourquoi lui et ses collègues avaient jugé nécessaire d'envoyer chez elle un encaisseur qui lui avait donné la mort.

Silencieux jusque-là, Arnar avait réagi à cette dernière partie du discours du policier.

— Qui est cette Lina dont vous parlez constamment ?

Il regarda Sigurdur Oli et se mit debout.

— Elle s'appelait Sigurlina. Elle a récemment été assassinée à son domicile. Deux encaisseurs avec lesquels vous avez pris contact se sont rendus chez elle pour la tuer. En réalité, l'acte n'a été commis que par l'un de ces hommes, mais ils sont aussi coupables l'un que l'autre.

— Ça ne me dit rien mais, si c'est vrai, Sverrir est vraiment complètement cinglé.

— Elle a découvert vos combines. Peut-être vous a-t-elle menacés de tout raconter à la presse. Elle n'était pas très maline, elle ne savait pas bien s'y prendre pour faire chanter les gens. Ce qu'elle voulait, c'était de l'argent. Pourquoi ne pas vous être contentés de la payer ? Ça n'aurait pas été plus simple ? Vous vous en mettiez quand même assez comme ça dans les poches !

Arnar fit un pas vers Sigurdur Oli, debout contre la porte métallique.

— Peut-être connaissait-elle la provenance de cet argent, suggéra le policier.

— Je ne sais rien de cette Lina, s'entêta Arnar. J'ai seulement appris par les informations qu'une jeune femme avait été assassinée.

— Elle était au courant de ce que vous faisiez. Elle est décédée. Quant à Thorfinnur, que lui est-il arrivé ? Comment est-il mort ?

— Je ne sais rien sur cette femme.

— Et sur Thorfinnur ? Vous savez quelque chose sur lui, non, je crois ?

Arnar se tut un long moment. Il retourna vers sa paillasse pour se rasseoir sur le matelas. Sigurdur Oli attendait. Les secondes passaient.

— Est-ce vous qui avez eu l'idée de vous débarrasser de lui ?

— Non.

— De lui faire enjamber les falaises de Svörtuloft ? La muraille de lave ? C'est dans ce but que vous êtes partis en week-end sur la péninsule de Snaefellsnes ?

— Je n'étais pas avec Sverrir et Thorfinnur mais, autant que je sache, Sverrir dit la vérité.

— Soit, passons à autre chose, suggéra Sigurdur Oli. D'où provenaient ces fonds ?

— Ces fonds ?

— L'argent que vous avez mis en circulation pour le compte d'Alain Sörensen. Quelle était son origine ? Pourquoi Thorfinnur était-il fou de rage ? Sverrir refuse d'en parler. Knutur ne veut pas nous le dire et il nous renvoie sur Sverrir. D'où venait cet argent ?

Arnar ne répondit pas.

— De toute façon, nous le saurons tôt ou tard, observa Sigurdur Oli.

Arnar se redressa sur la paillasse et s'efforça de se tenir droit. Contrairement à Sverrir, il n'avait à aucun moment prononcé le mot avocat.

— Thorfinnur était fou de rage quand il a découvert la provenance de cet argent. Il nous a menacés d'aller voir la police. Sverrir est parvenu à le calmer, mais ça n'a pas duré bien longtemps, déclara Arnar.

Il poussa un profond soupir.

— Sörensen affirmait toujours que nous n'avions pas besoin de connaître l'origine précise des fonds. Sverrir et moi n'y voyions rien à redire. Rien du tout. Au bout d'un certain temps, Thorfinnur s'est mis à poser des questions. Il éprouvait des remords. Je crois qu'il voulait simplement se retirer de cette aventure ; sa mauvaise conscience n'était qu'un prétexte.

Il craignait que ce ne soit de l'argent de la drogue. Il ne voulait pas de ça. Quand il a appris d'où venait ce fric, il a déclaré que c'était encore dix fois pire.

— Et il a menacé de tout raconter ?

Arnar baissait les yeux.

— Thorfinnur voulait tout arrêter. Sverrir m'a confié qu'il lui avait tenu des propos imprudents. Je ne lui ai pas demandé de précisions. Sverrir m'a dit qu'on devait agir, il n'a dit ça qu'à moi et à moi seul. Pas à Knutur. Nous avons mêlé Knutur et Thorfinnur à cette histoire parce qu'on devait répartir le montant du capital et de l'emprunt entre plusieurs mains. Cela représentait de trop grosses sommes. Thorfinnur ressemblait à Knutur. Il était un peu gamin, mais l'argent l'intéressait. L'appât du gain, l'envie. Nous étions tous motivés par l'envie de nous enrichir.

— C'est la seule explication ? L'appât du gain ?

— Nous avons saisi l'occasion quand elle s'est présentée. Nous voyons bien comment les gens se comportent ici, en Islande. Peut-être que nous voulions les imiter.

Arnar leva les yeux vers Sigurdur Oli.

— Sverrir ne m'a pas raconté dans le détail ce qui s'est passé là-bas, pendant ce voyage. C'est à lui que vous devrez poser la question. J'ai quelques soupçons. Tout comme vous, surtout maintenant que tout cela est en train de nous exploser à la figure.

— Pourquoi avoir choisi d'aller aux falaises de Svörtuloft ? Parce que Sverrir connaît bien la région ?

— C'était plutôt une plaisanterie. Tout ce que Sörensen nous avait affirmé s'était vérifié. Les marchés étaient de plus en plus tendus. La Banque centrale d'Islande a augmenté ses taux de plus de la moitié depuis l'an dernier.

— Comment ça, une plaisanterie ?

— Vous savez que le bâtiment de la Banque centrale est surnommé ainsi. Svörtuloft, la muraille de lave. Sverrir trouvait ça marrant. Il nous a promis qu'il allait nous montrer le véritable Svörtuloft, la muraille de lave grandeur nature. Je ne savais même pas qu'il y avait un endroit de ce nom en Islande.

— Et vous ne savez rien à propos de Lina?

— Non.

— Elle ne vous aurait pas dit qu'elle détenait certaines informations sur vos manigances? Elle ne vous a pas menacés?

— Non, je ne connais pas cette femme.

— Vous ne vous souvenez pas d'elle? Elle était pourtant à cette excursion au glacier. Alain Sörensen y était également.

Arnar s'accorda un instant de réflexion.

— Ce n'était pas cette jeune femme qui était chargée de l'organisation du voyage?

— Exact.

— Je n'ai pas gardé un grand souvenir d'elle. Mais je me demande si Knutur ne lui tournait pas autour.

— Knutur?

— Je me trompe peut-être.

— Knutur aurait couché avec Lina?

Arnar ne répondit pas à sa question. Il semblait plongé dans ses pensées. Sigurdur Oli attendit tranquillement.

— Il s'agissait de pornographie pédophile, déclara Arnar au bout d'un moment.

— Pardon?

— L'argent que nous blanchissions pour Alain Sörensen. Cet argent sale. Une partie provenait du trafic de drogue, une autre du porno classique et le reste... de pornographie à caractère pédophile.

— Du porno pédophile?

Arnar hocha la tête.

— Oui, une partie de l'argent que nous avons blanchi provenait de la pornographie et certaines de ces personnes produisaient de la pornographie pédophile. Thorfinnur... n'arrivait pas à avaler ce truc-là.

50

Sigurdur Oli fit amener Knutur à son bureau quelques instants plus tard. Il voulait l'interroger sur Lina, ensuite il rentrerait chez lui pour s'accorder une nuit de repos. La journée avait été longue, mais son désir de savoir était le plus fort. Finnur était reparti. Sigurdur Oli n'était pas certain qu'il ait vraiment écouté ce qu'il lui avait dit.

La porte s'ouvrit et on fit entrer Knutur. Il s'installa sur une chaise face au bureau. L'inquiétude et l'angoisse se lisaient clairement sur son visage joufflu. Sans doute passerait-il une nuit aussi brève que mauvaise. Peut-être ses pensées pour sa femme et son petit garçon le priveraient-elles de sommeil. Peut-être le sort qu'avait connu Thorfinnur l'empêcherait-il de dormir. À moins que ce ne soit l'origine des fonds grâce auxquels il s'était enrichi avec ses collègues.

— Vous saviez d'où venait l'argent d'Alain Sörensen, n'est-ce pas ? interrogea Sigurdur Oli.

— Je ne vous dirai rien de plus avant d'avoir consulté mon avocat, répondit Knutur. J'ai changé d'avis. Je veux être assisté par mon avocat. Je sais que cela fait partie de mes droits. Je voudrais qu'on me ramène à ma cellule.

— Oui, et moi, je voudrais pouvoir rentrer chez moi, rétorqua Sigurdur Oli. Nous serons donc brefs. Je tiens à examiner avec vous un point de détail, ça ne prendra qu'un instant. On m'a dit que vous connaissiez davantage Lina que vous n'avez bien voulu me l'avouer. Vous savez, cette femme qui a été agressée chez elle.

Knutur ne lui répondit pas. Sigurdur Oli avait continué sa lecture des conversations téléphoniques de Höddi retranscrites par la brigade des stupéfiants en attendant qu'on lui amène Knutur et les feuilles étaient encore posées sur son bureau.

– Apparemment, vous lui avez tourné autour pendant cette excursion à laquelle vous avez participé avec votre ami Sörensen.

– Qui vous a dit ça ?

– Pour l'instant, cela n'a aucune importance, ce qui compte, c'est que vous m'avez affirmé ne pas la connaître. Or, il me semble que ce soir, en tout cas jusqu'à présent, vous m'avez dit la vérité. Pourquoi mentir sur ce point ? Pourriez-vous me l'expliquer ?

Sigurdur Oli tripotait les retranscriptions des conversations téléphoniques, il les approcha de lui, comme pour signifier à Knutur que, parallèlement, il était plongé dans d'autres choses et que la question qu'il lui posait n'était pas capitale. Il parcourut vaguement le texte, lut quelques mots et feuilleta les documents. Knutur le regardait sans répondre.

– C'est pour protéger votre femme ? demanda Sigurdur Oli. C'est ça ? Dans ce cas, je comprendrais.

– Je veux voir mon avocat, répéta Knutur.

– Il y a une chose que vous devez savoir sur Lina. C'était une femme sympathique, gaie et drôle, qui s'intéressait surtout aux hommes mariés. Je n'ai pas encore eu le temps d'étudier à fond la question, mais il me semble qu'elle avait un sacré faible pour eux. Son couple était assez particulier. Ils s'autorisaient des écarts répétés. Cette conception des choses est assez rare, mais c'était la leur. J'ignore si elle vous l'a expliquée.

Knutur continuait de garder le silence.

– Enfin, voici ma version et vous la corrigerez si je raconte trop de bêtises. Vous avez couché avec elle, peut-être même ici, à Reykjavik, en rentrant de l'excursion. Peut-être n'est-ce arrivé qu'une seule fois, peut-être plusieurs. Il n'est pas impossible qu'elle ait tenté de vous faire chanter, qu'elle ait pris des photos de vos ébats, puis qu'elle vous ait menacé de les envoyer à votre épouse. C'était là son grand défaut, elle n'était pas digne de confiance. Et un jour que vous couchiez ensemble, vous lui avez expliqué que…

– C'est faux, objecta Knutur.

– … que vous et vos collègues étiez sur un coup plutôt sympa qui allait vous rendre extrêmement riches. Vous ne lui avez pas tout dévoilé, mais vous en avez quand même raconté suffisamment pour qu'elle aille dire à son compagnon que vous étiez sur un gros coup et qu'elle vous trouvait sacrément audacieux.

– Ce… ce n'est pas vrai.

– Vous aviez besoin de parader.

– Non.

– A-t-elle pris vos ébats en photo ?

– Non.

– Donc, vous reconnaissez avoir couché avec elle ?

– Elle n'a pris aucune photo, s'emporta Knutur.

C'était la première fois que Sigurdur Oli le voyait perdre son calme.

– Pas plus qu'elle n'a menacé de tout raconter à ma femme. Nous nous sommes vus deux fois, c'était à Reykjavik et…

Knutur s'interrompit.

– Vous allez consigner cela sur le papier ? s'inquiéta-t-il.

– Contentez-vous de me dire ce qui s'est passé.

– Je ne veux pas que ma femme apprenne ça.

– Je le comprends parfaitement.

– Ça n'est arrivé que cette fois-là, précisa Knutur. Je n'avais jamais fait ce genre de chose auparavant. Je n'avais jamais trompé ma femme. Je… enfin, elle était très entreprenante.

– Et vous lui avez raconté toute cette histoire ?

– Elle voulait tout savoir de mes activités. Je crois que mon statut d'employé de la banque l'intéressait bien plus que celui d'homme marié. Ça, nous n'en avons jamais parlé.

– Donc, elle s'intéressait beaucoup à votre travail ? Et vous avez essayé de faire le malin.

– Je lui ai dit…

Knutur hésita.

– Je ne sais pas si c'était pour faire le malin, comme vous dites. Elle était très curieuse et m'a posé des tas de questions sur les moyens qu'avaient les gens d'échapper au fisc et ce genre de chose. Elle avait envie d'en savoir plus sur les paradis fiscaux et il n'est pas impossible que je lui aie parlé de gens que je connaissais et qui préparaient un coup du tonnerre, qui leur rapporterait un fric phénoménal. Mais je n'ai nommé personne. Je me suis contenté de lui donner toutes sortes d'exemples. Enfin… peut-être ai-je laissé entendre que j'étais moi aussi dans la combine.

— Et vous dites que vous n'avez pas essayé de faire l'intéressant ?

Knutur ne répondit pas.

— Avez-vous mentionné cette histoire à vos collègues, à Arnar, Sverrir et Thorfinnur ?

— Non.

— Vous êtes sûr ?

— Je n'en ai parlé à personne.

— A-t-elle tenté de vous soutirer de l'argent ?

— Non.

— Avez-vous envoyé des hommes chez elle pour qu'ils la fassent taire ?

— Non. Comment ça, qu'ils la fassent taire ? Je… je n'avais aucune raison de le faire. D'ailleurs, je ne connais pas le genre de personne dont vous parlez.

— Vous ne vouliez surtout pas que votre femme apprenne ça.

— C'est vrai, mais jamais je n'aurais fait de mal à Lina.

— Vous ne connaissez ni Thorarinn ni Hördur ?

— Non.

— Vous ne les avez pas envoyés chez elle pour la faire taire ?

— Non.

— A-t-elle tenté de vous extorquer de l'argent quand elle a compris vos combines ?

— Non. Elle en ignorait la nature précise. Je ne lui avais pas expliqué les choses en détail.

— J'ai l'impression que vous me mentez, observa Sigurdur Oli en se levant de son fauteuil. Nous reprendrons tout cela demain.

— Je ne vous mens pas, protesta Knutur.

— On verra bien.

Knutur se leva également.

— Je ne vous mens pas, répéta-t-il.

— Connaissiez-vous la provenance des fonds d'Alain Sörensen ?

— Non, pas au début.

— Et ensuite?

Knutur ne répondit rien.

— Est-ce la cause du décès de Thorfinnur? demanda Sigurdur Oli.

— Je demande à consulter mon avocat pour tout cela, répondit Knutur.

— Votre week-end sur la péninsule de Snaefellsnes n'était-il pas censé ramener Thorfinnur à la raison?

— Je n'aborderai ce sujet qu'en présence de mon avocat.

— Je crois qu'il vaut mieux, en effet, observa Sigurdur Oli en le raccompagnant à sa cellule.

Il alla chercher ses clés de voiture à son bureau. Il s'installa dans son fauteuil et se repassa mentalement les conversations qu'il venait d'avoir avec les trois hommes. Ces derniers paraissaient disposés à coopérer. Sverrir était le plus coriace, du reste tout indiquait que la majeure partie des responsabilités reposait sur ses épaules. La nuit lui porterait peut-être conseil.

Sigurdur Oli feuilleta les transcriptions des appels de Höddi. Il n'avait pas eu le temps de les dépouiller entièrement et supposait que cela n'avait plus grande importance à ce stade de l'enquête. Il vit que Höddi avait parlé à quelqu'un qui l'avait contacté plusieurs fois, quelqu'un qui était passé le voir à son atelier de réparation automobile. La date de l'appel était assez récente.

SE: Tu veux bien faire ça pour moi?

HV: Pas de problème, ma petite.

SE: Et je te paierai ces cinquante mille.

HV: C'est comme si c'était fait. *Consider it done.*

SE: Bon, salut.

HV: D'accord, bye!

Sigurdur Oli scrutait la feuille. SE: Tu veux bien faire ça pour moi? La police connaissait l'identité des correspondants de Höddi. Leur nom complet apparaissait sur les documents. Il chercha la liste et comprit que ses soupçons s'avéraient fondés. Il se sentit tout à coup étrangement engourdi. Le voile qui l'avait aveuglé se dissipait peu à peu. Il allait devoir présenter des excuses à Knutur pour l'avoir accusé d'un certain nombre de choses. Il allait devoir s'excuser auprès de Finnur, qui avait raison depuis le début. Quant à lui, il avait mené cette enquête de manière désastreuse.

— Mais qu'est-ce que tu croyais? murmura-t-il en reposant doucement le document.

Cette nuit-là, il prit sa voiture et roula vers l'est, jusqu'à la prison de Litla-Hraun, afin de poser à Höddi une seule et unique question. Il savait qu'il passerait une nuit blanche et redoutait déjà un lendemain difficile. Une réalité désormais incontournable l'angoissait, mais il tenait à découvrir les choses lui-même plutôt que de voir un collègue le faire. Ensuite, il pourrait tout raconter et soulager sa conscience. Sigurdur Oli comprenait qu'il avait été aveuglé et il savait très bien pourquoi. Il s'était cru assez solide, il avait pensé faire preuve du discernement nécessaire et considéré qu'il était un flic suffisamment expérimenté pour ne pas se laisser abuser, et ce, quelles que soient les personnes impliquées.

Il lui apparaissait maintenant qu'il n'était rien de tout cela.

Il demanda à l'un des gardiens qu'il connaissait bien de réveiller Höddi et de le conduire à la salle d'interrogatoire. Le gardien avait été un peu réticent, mais s'était finalement laissé convaincre par le policier qui arguait de l'intérêt de l'enquête.

Ils n'étaient que deux dans la salle, l'interrogatoire n'était en rien formel.

— Vous ne seriez pas un peu givré? déclara Höddi, furieux.

Le gardien l'avait réveillé d'un profond sommeil.

— J'ai juste une question, répondit Sigurdur Oli.

— Qu'est-ce que vous me voulez encore? rétorqua Höddi. Qu'est-ce que ça veut dire de réveiller les gens en pleine nuit?

— Quelles relations entretenez-vous avec Susanna Einarsdottir?

51

Il avait obtenu que sa mère lui prête sa voiture afin de passer prendre la jeune fille à son domicile. Ils avaient prévu d'aller voir un film.

— Pour aller où? s'était enquise Gagga comme à chaque fois qu'il lui demandait ce service. Elle ne lui faisait pas vraiment confiance même s'il n'avait jamais eu d'accident. Il n'avait son permis que depuis un an.

— Au cinéma, avait-il répondu.

— Tout seul?

— Avec Patrekur, avait-il menti, préférant ne pas donner de détails à sa mère. Il lui expliquerait plus tard. Peut-être. Si tout se passait bien.

— Tu as fini tes devoirs?

— Oui!

Il avait consulté le programme des cinémas et trouvé le film américain dont elle lui avait parlé. Il se jouait à Laugarasbio et le sujet était de circonstance. Il s'agissait d'une comédie romantique. Le genre d'œuvre idéale pour évacuer le stress. Il espérait que ce n'était pas un lamentable navet.

Il l'avait rencontrée à un bal du lycée. En général, il ne manquait aucune de ces soirées, surtout quand Patrekur l'accompagnait. Ce dernier avait eu vent d'une petite fête avant le début du bal et s'était procuré une bouteille de vodka, passée en contrebande par l'un de ses cousins qui travaillait sur un bateau.

Il avait trop bu pendant la petite fête et, quand il était arrivé au bal, la chaleur, la foule et le bruit assourdissant l'avaient incommodé. L'alcool lui montait à la tête et lui donnait la nausée. Pris de sueurs froides, il s'était installé sur une chaise avec son envie de vomir et elle était venue le voir pour lui demander si tout allait bien. Il avait marmonné quelques mots. Il savait qu'ils fréquentaient le même lycée, mais n'avait jamais parlé à cette fille et ne la connaissait pas.

Elle l'avait soutenu jusqu'au hall d'entrée et l'avait envoyé dans les toilettes pour hommes où il avait vomi tripes et boyaux. Les videurs chargés de s'assurer que tout se déroulait correctement l'avaient surpris et jeté dehors. Il était rentré chez lui en titubant et sa mère l'avait accueilli avec une compassion qui lui était inhabituelle.

— Mon garçon, tu ne devrais pas boire comme ça, avait-il entendu Gagga lui conseiller à travers les vapeurs d'alcool. Tu n'as pas la corpulence adéquate.

Quelques jours plus tard, il avait croisé la jeune fille dans un couloir. Il se souvenait parfaitement qu'elle s'était occupée de lui et elle n'avait rien oublié non plus.

— Alors, tu es remis ? lui avait-elle demandé.

— Oui, en fait, avait-il répondu, hésitant, je ne suis généralement pas aussi…

Il s'était apprêté à dire bourré, mais avait pensé que le mot ne correspondait pas à son style. Il avait d'ailleurs honte de toute cette histoire.

— Apparemment, non, avait-elle observé avant de disparaître dans l'une des salles de classe.

Les jours suivants, il l'avait contemplée à distance et, la semaine d'après, il était venu s'asseoir à côté d'elle dans le réfectoire pendant qu'elle mangeait son pique-nique. Elle lisait un journal que quelqu'un avait laissé là. Il l'avait observée un moment avant de passer à l'action. Je n'ai rien à perdre, s'était-il dit.

— Alors, les nouvelles sont fraîches ?

— Ce journal ne date pas d'hier, avait-elle répondu, délaissant sa lecture.

— Ok. Tu es en pause ?

— Non, je sèche, je ne supporte pas ce prof. D'ailleurs, lui non plus, nous sommes quittes.

— Est-ce qu'il…

— Peuh, il fait toujours le malin devant les filles. Dis donc, ce n'est pas toi qui t'occupes de ce journal libéral ?

— Tu veux dire de *Milton* ? Si, c'est moi.

– Tu n'es pas très… populaire dans le lycée.

– Il grouille de communistes, avait observé Sigurdur Oli.

Après cela, ils s'étaient croisés plusieurs fois et avaient échangé quelques mots puis, quelques jours plus tard, elle était tombée sur lui alors qu'il cherchait son anorak au vestiaire.

– Tu as quelque chose de prévu ce soir? lui avait-elle demandé avant d'en venir droit au fait. Ça te dirait d'aller au cinéma?

– Hein? Oui… non… euh… oui.

– Tu as une voiture ou… ?

Il s'était accordé un moment de réflexion. Il allait devoir ruser pour convaincre Gagga, mais le jeu en valait la chandelle.

– Oui, je peux passer te prendre en voiture, avait-il répondu.

Ce soir-là, il s'était garé devant sa maison et avait attendu. Il n'osait pas aller frapper à la porte pour demander à lui parler, tant il se sentait ridicule, c'était son premier rendez-vous galant. Il préférait ne pas klaxonner non plus, elle risquait d'y voir un manque de politesse. Les minutes passaient et il avait tranquillement attendu jusqu'à ce que la porte s'ouvre et qu'elle coure vers la voiture.

– Ça fait longtemps que tu es là? s'était-elle inquiétée en s'installant sur le siège du passager.

– Non, avait-il répondu.

– Je pensais que tu allais klaxonner.

– Je n'attends pas depuis longtemps, l'avait-il rassurée.

– Nous ne sommes pas en retard?

– Non, pas du tout.

Le film l'avait beaucoup déçu. Ils avaient repris place dans la voiture à la fin de la projection sans avoir grand-chose à se dire. Il avait roulé vers le centre-ville pour faire un petit tour et, peut-être, acheter une glace. Les magasins qui en vendaient étaient encore ouverts. Ils avaient échangé quelques mots sur l'actrice principale. Elle l'avait trouvée agaçante. Quant à lui, il n'avait pas trouvé le film franchement drôle. Ils avaient acheté une glace, c'était lui qui la lui avait offerte, tout comme le ticket de cinéma et le pop-corn. Puis, ils étaient rentrés. C'était un mercredi, les rues étaient désertes. En un rien de temps, ils s'étaient retrouvés devant chez elle.

— Je tiens à te remercier pour cette très bonne soirée, avait-elle déclaré en terminant sa glace.

— Merci à toi aussi, avait-il répondu.

Elle s'était approchée et, quand il avait compris qu'elle allait l'embrasser, il avait avancé la tête. Les lèvres de la jeune fille étaient encore froides après la glace, sa langue, désaltérante, avait un goût légèrement sucré.

Les jours suivants, il n'avait eu de pensées que pour elle. Il espérait la rencontrer dans les couloirs, mais ne la croisait plus. Il n'y avait pas bien prêté attention, mais se souvenait vaguement qu'elle lui avait parlé d'un voyage avec ses parents. C'était sans doute l'explication. Il avait tenté de lui téléphoner un soir, mais personne n'avait répondu. Deux fois, il était allé devant chez elle dans la soirée et avait constaté que toutes les lumières étaient éteintes. Jamais il ne s'était senti aussi bizarre, jamais il n'avait éprouvé une telle tension, une telle espérance. Ressenti un tel désir.

Il avait donné rendez-vous à son ami Patrekur dans une discothèque à la mode dans le centre-ville. L'endroit était bondé et le bruit presque insoutenable. Patrekur lui avait confié avoir rencontré une fille géniale qui fréquentait le même lycée qu'eux. Il avait crié son nom pour la présenter à son ami Sigurdur Oli. Elle était sortie de la foule.

C'était Susanna.

La jeune fille qui occupait toutes ses pensées depuis cette belle soirée.

— Salut! s'était-elle écriée, afin de couvrir le vacarme du lieu. Vous vous connaissez? avait-elle demandé, surprise.

— Oui, avait crié Patrekur en retour. Tu connais déjà Siggi?

Sigurdur Oli les avait dévisagés à tour de rôle, déconcerté.

— Oui, nous sommes allés au ciné tous les deux l'autre soir, avait-elle répondu. On a vu un film complètement nul, avait-elle ajouté en riant. N'est-ce pas?

— Tu es... vous êtes...?

Sigurdur Oli n'avait pas trouvé les mots pour exprimer sa pensée, ce qu'il avait murmuré s'était perdu dans le vacarme et, en un instant, Patrekur et Susanna avaient disparu dans la foule.

52

Il supposait que leurs enfants seraient à l'école et qu'elle serait seule chez elle juste avant midi. Il n'avait pas téléphoné pour annoncer sa visite, mais appelé son employeur qui l'avait informé que Susanna était malade depuis quelques jours et qu'elle n'était pas venue travailler. Il avait envisagé de prévenir Patrekur pour l'avoir à ses côtés, mais s'était finalement ravisé. Cette affaire la concernait et il préférait ne pas y mêler Patrekur avant de s'être entretenu avec elle. Il avait également pensé envoyer quelqu'un d'autre, mais avait en fin de compte préféré aller la voir en personne. D'autres collègues prendraient ensuite le relais de l'enquête à Hverfisgata.

Il arriva devant le domicile de son ami à l'heure qu'il s'était fixée. Patrekur et Susanna habitaient sur la colline de Grafarholt dans une jolie villa qu'ils avaient achetée à crédit, en contractant un emprunt en devises étrangères. Patrekur lui avait confié qu'ils ne peinaient pas à rembourser les traites, même si ces dernières dépassaient allègrement les cent mille couronnes mensuelles. Il savait que le couple possédait également deux voitures, elles aussi achetées à crédit.

Elle vint lui ouvrir et ne sembla pas spécialement surprise de le voir. Vêtue d'un jean et d'un joli chemisier bleu ciel, elle tenta d'afficher un sourire sans parvenir à dissimuler son embarras. Malgré tout, il avait toujours eu beaucoup d'estime pour Susanna qu'il trouvait sympathique, équilibrée et intelligente. C'était l'épouse idéale pour Patrekur. Dans son esprit, elle ne vieillissait pas : elle avait toujours son épaisse chevelure blonde, ses yeux marron, son air résolu et franc. Il pensait que sa vie de couple avec Patrekur était sans nuage. Jamais son ami ne lui avait laissé entendre qu'il en allait autrement jusqu'au moment où il avait reconnu avoir commis cet écart avec Lina.

– Je suppose que tu connais la raison de ma visite, déclara Sigurdur Oli alors qu'elle le priait d'entrer. Il l'embrassa, comme à chacune de leurs rencontres.

– Tu as parlé à Patrekur ? s'enquit-elle.

– Non.

– Je pensais que tu lui aurais demandé de t'accompagner, observa Susanna.

– Tu aurais peut-être préféré que je le fasse ? interrogea Sigurdur Oli.

– Non, je ne crois pas.

– On pourrait s'asseoir ?

– Évidemment, viens.

Ils s'installèrent dans le salon. Depuis les baies vitrées, orientées à l'ouest, on pouvait admirer le panorama de Reykjavik. Sigurdur Oli venait de passer une nuit blanche.

– J'ai interrogé un certain Hördur. Il m'a dit qu'il te connaissait depuis l'école primaire, déclara-t-il. Ses intimes l'appellent Höddi. Il est actuellement en détention provisoire à la prison de Litla-Hraun, pour complicité de meurtre sur la personne d'une jeune femme, une certaine Lina.

– Je le connais, répondit Susanna.

– Il m'a raconté que vous vous étiez toujours bien entendus tous les deux. Il ne s'est pas étendu sur ses souvenirs d'école primaire, mais m'a expliqué qu'à chaque fois que vous vous retrouviez entre anciens élèves, vous vous amusiez bien.

– En effet, convint Susanna.

– Il m'a également dit que tu t'étais adressée à lui un jour en lui demandant un petit service. Pour l'une de tes amies, ou plutôt, pour sa fille.

– Il vaudrait peut-être mieux que Patrekur soit présent, observa Susanna.

– Cela va de soi, répondit Sigurdur Oli. Nous pouvons lui passer un coup de fil. Je ne suis pas pressé. Il est inutile de nous précipiter.

– Tu dois croire que je…

– Susanna, je ne crois rien du tout.

Elle le regarda longuement.

— Cela remonte à trois ans, déclara-t-elle. Cette amie avait des ennuis. Sa fille était au lycée où une bande la menaçait et lui extorquait de l'argent. La gamine était tellement terrorisée qu'elle envisageait de quitter l'établissement. J'ai demandé à Höddi s'il ne pouvait pas intervenir. Je savais qu'il se chargeait de ce genre de… missions, qu'il lui arrivait d'aller récupérer du fric pour des gens. Il est intervenu et cette bande a fichu la paix à la gamine. Mon amie était très reconnaissante. Je n'ai jamais demandé à Höddi comment il s'y était pris.

— En résumé, il t'a aidée, observa Sigurdur Oli.

— Oui, ou plutôt il est venu en aide à cette amie.

— Tu l'as revu depuis ? Tu as eu des nouvelles de lui ?

Susanna hésita.

— Tu lui as demandé d'autres services ?

Susanna ne lui répondit pas.

— Je viens de le voir, précisa Sigurdur Oli. Il m'a prié de te transmettre ses salutations et de te dire qu'il l'a fermée aussi longtemps qu'il l'a pu. Il m'a dit que tu l'avais contacté.

— Tu dois me croire complètement folle, fit Susanna après un long silence.

— Je crois que tu as commis une erreur, corrigea Sigurdur Oli. Est-ce que tu l'as contacté ?

— Oui. Quand ces gens se sont mis à menacer ma sœur, je me suis dit que Höddi pouvait peut-être aller leur parler.

— Et s'en prendre à Lina physiquement ?

— Non, seulement lui parler.

— Tu savais qu'il l'agresserait ?

— Non.

— Ce n'est pas précisément ce que tu lui as demandé ?

Susanna bouillait et ne tenait plus en place. Elle se leva, s'approcha de la baie vitrée et regarda la ville à ses pieds sans le moindre plaisir. Elle s'essuya les yeux avec la manche de son chemisier.

— Lui as-tu dit expressément qu'il devait agresser Lina ?

— Je lui ai demandé de nous débarrasser de ces gens. Je ne suis pas entrée dans les détails. Elle voulait faire chanter ma sœur. Elle avait couché avec Patrekur. J'ai cru qu'elle allait me le prendre. Je voulais me débarrasser de ces gens.

– Susanna, le type de sexualité pratiquée par ta sœur et son mari appelle ce genre de rencontres. Quant à Patrekur, c'est lui qui a succombé aux charmes de Lina. Tu ne peux quand même pas tout mettre sur le dos de cette femme.

– Ce n'était pas prévu qu'elle meure, répondit Susanna, les yeux remplis de larmes.

Elle avait beau lutter avec courage et tenter de se ressaisir, le combat était perdu.

– Je ne lui ai pas demandé ça. J'étais… J'étais tellement en colère. Contre Patrekur, évidemment, mais aussi contre elle. Cette femme était en train de nous détruire. Et elle voulait publier ces photos sur le Net.

– C'est ta sœur qui a eu l'idée ? interrogea Sigurdur Oli.

Susanna inspira profondément, s'efforçant de retenir ses sanglots.

– Tu essaies de la protéger ? poursuivit Sigurdur Oli.

– Elle était au courant pour Höddi. Elle savait qu'il avait rendu ce service à mon amie. Elle m'a demandé si je pouvais le contacter et m'arranger pour qu'il récupère ces photos. Elle ne pouvait pas le faire elle-même. Höddi a toujours été adorable avec moi et avec tous ceux de notre classe. J'ai choisi de fermer les yeux sur ses activités, qu'elles soient réelles ou inventées. Je n'ai pas envie de connaître ce chapitre de sa vie.

– Donc, elle est complice.

– Oui.

– L'homme que Höddi a envoyé chez Lina nous a déclaré avoir reçu un message pas très clair selon lequel il devait récupérer les photos et la frapper de manière à lui faire bien mal. Il y est allé trop fort. Tu crois que Höddi se serait mal exprimé ?

– Je n'en sais rien. Je n'aurais jamais dû lui demander ça. Tu ne peux pas savoir comme je me sens mal.

– Non, sans doute pas.

– Qu'est-ce que je dois faire ? Qu'est-ce que je peux faire ? Tout est fini. Ma vie est gâchée. Celle de ma sœur aussi. Il faut que tu nous aides. Qu'est-ce que nous pouvons faire ? Tout cela à cause de ces sales gens !

Sigurdur Oli se taisait. Il avait beaucoup regretté que les choses ne soient pas allées un peu plus loin avec Susanna à l'époque, même s'il ne lui en avait jamais parlé, pas plus d'ailleurs qu'à Patrekur. Il n'avait qu'une seule fois vaguement évoqué leur soirée au cinéma, quelques semaines plus tard, alors qu'elle était déjà avec Patrekur. Ce dernier avait organisé une petite fête chez lui. Susanna s'était approchée de Sigurdur Oli et lui avait confié qu'elle ignorait qu'ils étaient amis. Ce n'est pas grave, avait-il répondu. Donc cela n'a pas créé de problème entre vous? Il avait hoché la tête. Ne t'inquiète pas, oublie cette histoire, avait-il conclu.

— Susanna, je ne saurais te conseiller, répondit-il. Si ce n'est pour te dire des évidences, par exemple, n'essaie pas d'enjoliver les choses, que ce soit pour toi, pour Patrekur, pour Höddi ou Lina. Cela s'est passé ainsi, c'est comme ça et il est trop tard pour y changer quoi que ce soit. Ça sera toujours là. Plus vite tu l'accepteras, mieux cela vaudra pour toi.

— C'était un accident. Elle n'était pas censée mourir. Personne n'a jamais eu l'intention de la tuer.

Ils gardèrent un long moment le silence. Par la baie vitrée, Susanna regardait la ville qui s'étendait à ses pieds jusqu'à la mer.

— Tu avais tes raisons, reprit Sigurdur Oli.

— Et tu ne les trouves pas valables.

— Certaines sont plus recevables que d'autres. L'autre jour, j'ai reçu un vieux fragment de pellicule sur lequel apparaît un petit garçon âgé de dix ou douze ans qui a connu une existence très difficile. La durée totale de ce fragment n'excède pas douze secondes, mais il dit tout ce qu'il y a à dire. Ce document est comme un résumé de toute la vie de cet homme, il témoigne de la violence et de la détresse auxquelles il a été confronté. C'est sans doute cela qui explique la vie qu'il a menée par la suite et ce qu'il est devenu aujourd'hui.

Sigurdur Oli se leva.

— Je ne suis pas du genre à sortir mon mouchoir pour accompagner le chœur des pleureuses, mais il est impossible de ne pas s'émouvoir face à un destin aussi terrible. Je comprendrais qu'il veuille se venger.

— Et pour moi, tu ne comprends pas? interrogea Susanna

La porte s'ouvrit et Patrekur entra. Il avait reconnu la voiture de Sigurdur Oli sur l'accès au garage et semblait très inquiet.

— Qu'est-ce qui se passe? demanda le maître de maison en les regardant tour à tour. Il comprit que la situation était grave et s'approcha immédiatement de Susanna pour la serrer dans ses bras. Elle ne le lui permit pas, fit un pas en arrière et tendit la main devant elle, comme pour signifier qu'elle ne voulait pas qu'il la touche.

— Quoi? dit-il.

Il dévisagea sa femme, puis Sigurdur Oli d'un air interrogateur.

— Qu'est-ce qui se passe? répéta Patrekur

— Susanna? éluda Sigurdur Oli.

Elle se mit à pleurer.

— Susanna connaît une...

— Je m'en occupe, permets-moi de lui expliquer, interrompit-elle.

— D'accord, répondit Sigurdur Oli. Je vous attends dans le couloir.

Environ une heure plus tard, il franchissait avec eux le portail du commissariat de Hverfisgata. L'époux ne fut pas autorisé à aller plus loin. C'est là qu'ils se dirent au revoir. Patrekur n'avait pas encore tout à fait compris la manière dont les événements s'étaient enchaînés et avait eu toutes les peines du monde à se détacher de sa femme.

Sigurdur Oli retrouva Finnur, lui expliqua la situation et l'informa qu'il souhaitait être dessaisi de l'enquête. Il lui fut reconnaissant de ne formuler aucun commentaire. On l'informa qu'Alain Sörensen avait été arrêté au Luxembourg pour blanchiment d'argent. Les trois employés de banque islandais figuraient parmi les témoins clés du futur procès.

En raison des liens entre les deux affaires, Sigurdur Oli se trouvait de fait déchargé de l'enquête sur le décès de Thorfinnur. Avant de rentrer chez lui, il décida toutefois d'aller interroger Sverrir, lequel attendait dans sa cellule de Hverfisgata qu'on le transfère en détention provisoire à la prison de Litla-Hraun.

– Pourquoi êtes-vous partis en week-end à Snaefellsnes ? lui demanda-t-il dès que la porte d'acier se fut refermée derrière lui.

Sverrir était assis sur le matelas bleu de sa paillasse. Il avait peu dormi la nuit précédente. Son avocat était passé le voir dans la matinée. Les interrogatoires commenceraient dans l'après-midi, ils auraient lieu à la prison de Litla-Hraun.

– Ce n'était pas tout simplement pour vous débarrasser de Thorfinnur ?

Sverrir demeurait silencieux. Assis le dos au mur, il baissait la tête. Il n'avait même pas levé les yeux quand Sigurdur Oli était entré.

– Vous vouliez le faire rentrer dans le rang ?

Sverrir ne lui répondait toujours pas.

– Thorfinnur a découvert la provenance des fonds que vous blanchissiez pour le compte d'Alain Sörensen. Il était fou de rage. Il refusait d'être impliqué dans l'industrie du porno, et surtout pas celle du porno pédophile. Vous, ça ne vous gênait pas. Arnar et Knutur semblaient n'avoir aucune opinion précise sur la question. Thorfinnur a voulu se retirer de cette affaire. Et, en plus, il a menacé de prévenir les autorités et de vous dénoncer. Il voulait être honnête, se laver de cette chose nauséabonde dans laquelle vous l'aviez entraîné et repartir à zéro.

Sverrir demeurait muet comme une tombe et fixait le mur.

– L'idée vous est donc venue de vous débarrasser de lui. De lui offrir un petit tour à la campagne. Tout le monde sait très bien qu'il peut arriver n'importe quoi quand on voyage en Islande. La configuration du pays et son climat capricieux rendent tout déplacement dangereux. Vous avez voulu que Knutur et Arnar vous accompagnent afin de n'éveiller aucun soupçon. Cela devait ressembler à un petit week-end où vous étiez censés travailler un peu au vert. J'ignore la part de responsabilité qui est la leur dans le décès de Thorfinnur. Pouvez-vous me l'expliquer ? Ont-ils décidé d'escalader le glacier au dernier moment ou bien c'était prévu dès le début ?

Sverrir ne répondait rien.

– Vous vous êtes sans doute disputé avec Thorfinnur, poursuivit Sigurdur Oli. Vous avez essayé de l'amener à changer d'avis, mais il a refusé de plier. Il avait empoché des millions, des dizaines de millions, et il voulait les rendre. Vous lui avez dit qu'il vous entraînerait dans sa chute. Vous lui avez dit que vous pouviez tout arranger, racheter l'emprunt qu'il avait contracté en effaçant toute trace de son implication dans cette affaire. Vous auriez pu vous en tirer ainsi. Mais Thorfinnur a refusé. Il voulait se laver de cette ignominie. Et la provenance de cet argent lui importait sacrément.

Sverrir cessa de fixer le mur, se redressa et s'assit au bord du matelas.

— Je n'ai rien à voir avec sa mort, déclara-t-il. Il est possible que ce que vous racontez à propos de notre collaboration et de ce blanchiment d'argent corresponde partiellement à la réalité. J'ignore ce qu'Arnar et Knutur vous ont dit. Je crois comprendre que je ne pourrai pas faire autrement que d'avouer mon implication dans ces opérations de blanchiment pour le compte d'Alain Sörensen. J'endosse cette responsabilité. En revanche, je n'ai rien à voir avec le décès de Thorfinnur. On n'était pas d'accord. Je vous le concède. On s'est disputés à cause de cet argent, de ces comptes secrets et de l'origine des fonds. En effet, leur provenance douteuse le gênait beaucoup. Je lui ai répondu que ce n'était pas grave et que, s'il voulait se retirer, nous nous retirerions tous avec lui. Mais cela ne lui suffisait pas. Il voulait qu'on rende l'argent, qu'on ouvre les comptes secrets et qu'on aille tout raconter à la police. Arnar, Knutur et moi on était d'accord pour mettre un terme à notre collaboration avec Sörensen. On était même d'accord pour rendre les bénéfices qu'on avait empochés. On était prêts à satisfaire presque toutes les exigences de Thorfinnur, mais on ne pouvait pas accepter de dévoiler toute cette histoire au grand jour comme il le demandait.

Sverrir se leva et prit une profonde inspiration.

— C'est pour ça qu'on s'est disputés. C'est la seule chose qu'on refusait de faire. Tout le reste, on l'a accepté.

— Et vous l'avez poussé de la falaise ?

— Je... je l'ai laissé tout seul, répondit Sverrir. Je... Je me suis disputé avec lui au sujet de ces comptes et de Sörensen. Il était intraitable. Je lui ai dit d'aller au diable, je l'ai abandonné là, tout seul, et je suis parti chercher la voiture. J'étais furieux.

— Jusqu'à présent, vous affirmiez seulement être allé chercher cette voiture, c'est la première fois que vous mentionnez une dispute.

— Je reconnais maintenant qu'elle a eu lieu, répondit Sverrir. Maintenant que tout le monde est au courant de l'existence de ces comptes secrets. Je me suis mis en colère et je l'ai abandonné là. Que vous me croyiez ou pas, c'est comme ça que les choses se sont passées. Je me reproche ce qui lui est arrivé. Je suis indirectement responsable de sa mort, je le reconnais. Je n'aurais pas dû l'abandonner seul là-bas. Mais ce n'était pas un meurtre. Je le nie. Je le nie catégoriquement. J'avais l'intention d'aller le chercher en voiture. Il a eu un accident.

Sigurdur Oli gardait les yeux rivés sur Sverrir. Mal à l'aise, le détenu tentait de se dérober à son regard et fixait les murs qui le cernaient et semblaient se rapprocher de lui.

— Il n'avait aucun soupçon? s'entêta Sigurdur Oli. Même sur la fin?

— Vous n'avez pas entendu ce que je viens de vous dire? Je n'étais plus avec lui.

— Il est mort sur le coup en se fracassant sur les rochers?

Sverrir gardait le silence.

— Ou peut-être qu'il a survécu un moment?

Sigurdur Oli ne lui accordait aucun répit.

— Je ne lui ai rien fait, répondit Sverrir.

— Il a crié pendant la chute?

— Je refuse de répondre à ces questions. Elles n'ont aucun sens.

— Ce sera peut-être difficile de prouver tout cela, mais les faits sont là: c'est vous qui avez organisé ce petit week-end, vous qui avez emmené Thorfinnur en balade, vous qui êtes rentré seul et vous qui aviez des intérêts primordiaux à protéger. Je doute que vous vous en tiriez aussi facilement.

Sigurdur Oli se retourna et frappa à la porte d'acier pour qu'on vienne lui ouvrir.

— Je ne l'ai pas tué! s'exclama Sverrir.

– Je crois que vous êtes encore en plein déni, observa Sigurdur Oli. Je crois que les juges seront du côté de Thorfinnur dans cette affaire. Je crois que vous l'avez poussé. Je crois que vous avez profité de cette occasion pour vous débarrasser de lui. Peut-être aviez-vous tout calculé avant de partir là-bas. Avec les autres. Peut-être avez-vous été pris d'un moment de folie. Cela revient au même. Vous l'avez poussé de la falaise.

On entendit un léger grincement à l'ouverture de la porte. Sigurdur Oli sortit dans le couloir, remercia le gardien, referma et verrouilla soigneusement la cellule. Sverrir tambourina sur l'acier et se mit à crier.

– Revenez ! Revenez me parler !!

Sigurdur Oli ouvrit le regard percé dans la porte. Les deux hommes se regardèrent droit dans les yeux. Sverrir était écarlate.

– C'était un accident, dit-il.

Sigurdur Oli continuait de le fixer sans dire un mot.

– C'était un accident ! répéta Sverrir, d'un ton plus résolu. Un accident !

Sigurdur Oli referma le regard et s'éloigna en feignant de ne pas entendre les coups de pied que le détenu donnait dans la porte ni les cris qu'il poussait à l'intérieur de sa cellule où il répétait sans cesse qu'il s'agissait d'un accident et qu'il n'avait rien à voir avec la mort de Thorfinnur.

53

En fin de soirée, le téléphone sonna chez Sigurdur Oli. Patrekur l'appelait pour lui demander s'il pouvait passer. Quelques instants plus tard, on frappa à la porte et il alla ouvrir à son ami. Patrekur se tenait devant lui avec un air de chien battu.

— C'est ma faute, annonça-t-il. C'est moi qui devrais être en prison.

— Entre, je viens de me faire un thé, répondit Sigurdur Oli en l'invitant dans la cuisine.

— Je ne veux rien, répondit Patrekur. J'avais seulement envie de te parler. Que penses-tu qu'il va se passer ?

— On m'a dit que Susanna avait avoué son implication dans l'agression commise contre Lina, répondit Sigurdur Oli, qui avait appelé Hverfisgata plus tôt dans la soirée. Elle reconnaît avoir contacté Höddi pour lui demander d'aller récupérer les photos. Elle et sa sœur, la femme d'Hermann. Pendant qu'on était au bar avec ton beau-frère, elles discutaient avec Höddi.

— Je ne savais pas.

— Tu as avoué à Susanna que tu avais couché avec Lina.

— Elle était folle furieuse. Elle pensait que cette femme voulait détruire notre couple.

— Et Höddi a contacté Thorarinn pour faire le travail demandé.

— Susanna ne m'a jamais expliqué ce que faisait ce fameux Höddi. C'est un ami d'enfance. Quant à Lina, elle n'avait rien d'un ange. Loin de là. J'ai essayé de le dire à Susanna, mais elle m'a simplement hurlé au visage qu'elle ne voulait plus jamais me revoir. Elle dit que tout ça c'est ma faute et je le comprends bien. Mais elle doit regarder la vérité en face, elle a causé la mort de quelqu'un.

- Indirectement, oui, convint Sigurdur Oli.

— Ce n'est pas sous cet angle qu'elle envisage les choses.

– Une partie des responsabilités incombe également à sa sœur et à Hermann. Vous devez considérer tout cela comme un ensemble.

– Elle est furieuse contre moi.

– C'est surtout ce crétin de Thorarinn qui est allé trop loin, bien plus loin que prévu, observa Sigurdur Oli, et je ne dis pas ça pour excuser le manque de discernement de Susanna. Ni le tien, ni le mien, ni le nôtre à tous, autant que nous sommes, dans cette affaire. La prochaine fois que ça te prendra de la tromper tu ferais mieux soit de t'abstenir, soit de la boucler.

– Et maintenant ? Qu'est-ce qui va se passer ? interrogea Patrekur au bout d'un long silence.

– Elle passera un moment en prison.

– Elle va très mal depuis un certain temps. Je ne m'en suis même pas rendu compte, tellement j'étais préoccupé par mes inquiétudes ridicules. Je comprends maintenant, avec le recul, que certains jours elle n'était pas dans son état normal.

– Tu devrais essayer de lui apporter ton soutien.

– Pour peu qu'elle veuille encore de moi.

– De toute façon, vous allez devoir vivre avec ça. Peut-être que cette épreuve va vous rapprocher.

– Je ne voudrais pas la perdre.

– Non, je te comprends, observa Sigurdur Oli.

– Mais toi, tu es dans la panade à cause de nous ?

– Je survivrai, répondit Sigurdur Oli.

54

Assis dans sa voiture devant l'immeuble de Kleppsvegur, il surveillait le journal qui dépassait de la boîte aux lettres. Comme les autres fois, la radio était réglée sur une station diffusant principalement des standards de rock américain. Il tombait de sommeil. Il avait veillé tard et suivi un match de rugby à la télévision. Ensuite, il avait essayé de lire un peu au lit. On lui avait offert un roman islandais en cadeau de Noël il y avait presque un an et l'ouvrage était toujours dans son emballage. Il l'avait pris dans le tiroir, avait déchiré le plastique de protection et commencé à lire. Puis il l'avait replongé dans le tiroir et s'était endormi.

Depuis quelque temps, il souffrait d'insomnie. Les événements des jours passés l'avaient déstabilisé. Ce matin-là, levé aux aurores, il avait décidé d'aller faire un tour en voiture et s'était retrouvé au pied de cet immeuble bien qu'il ait dit à sa mère qu'il refusait désormais de surveiller cette boîte aux lettres. Gagga lui avait téléphoné pour avoir quelques détails sur l'arrestation des trois employés de banque dont elle avait entendu parler dans la presse. Elle lui avait posé une foule de questions sur Susanna et Patrekur qu'elle connaissait aussi, mais n'était pas parvenue à lui tirer les vers du nez. À bientôt, lui avait-il dit. Il repensa à une conversation qu'il avait eue avec Elinborg. Sa collègue l'avait appelé car elle s'inquiétait pour Erlendur qui n'était pas encore rentré de son voyage sur les terres de son enfance et dont on était sans nouvelles depuis plus de deux semaines.

— Qu'est-ce qu'il fait là-bas ? avait demandé Elinborg.
— Aucune idée. Il ne me raconte jamais rien.
— Tu sais combien de temps il avait prévu de rester ?
— Non, tout ce que je sais, c'est qu'il voulait être tranquille.
— C'est vrai, avait conclu Elinborg.

Sigurdur Oli bâilla. Il y avait très peu d'allées et venues aux abords de l'immeuble, tout comme les dimanches précédents. Les rares personnes qu'il vit rentrer de leur nuit de fête en ville ou aller faire un saut à la boulangerie du coin n'accordèrent pas le moindre regard au journal. Il tombait de sommeil, ses paupières devinrent lourdes, sa respiration plus lente et, en quelques instants, il s'endormit.

Pendant qu'il dormait, un homme âgé d'une cinquantaine d'années, les cheveux en bataille et vêtu d'un peignoir élimé, descendit l'escalier. Il ouvrit la porte du sas d'entrée, jeta quelques regards furtifs sur le parking, attrapa le journal dans la boîte, puis remonta aussitôt chez lui.

Sigurdur Oli fit un somme d'environ trois quarts d'heure dont il mit un certain temps à sortir. La radio continuait de diffuser le rock familier. Il se frotta les yeux, balaya le parking du regard, s'étira et bâilla. C'est alors qu'il aperçut Andrés qui marchait sur le trottoir le long de Kleppsvegur, en direction du centre-ville.

— Qu'est-ce que…?! s'exclama-t-il.

Andrés !

Était-ce vraiment lui ?

Il se redressa sur son siège pour mieux voir.

Il n'y avait aucun doute, c'était bien Andrés.

Prêt à bondir de la voiture pour courir derrière lui et le rattraper, il avait déjà ouvert sa portière, mais il se ravisa tout à coup. Il claqua la portière, mit le moteur en marche, quitta le parking et suivit Andrés. Forcé d'aller faire demi-tour au carrefour suivant, il craignit de le perdre, mais ne tarda pas à le retrouver. Andrés marchait, la tête baissée, comme ailleurs, le long du boulevard Saebraut. Il dépassa Kirkjusandur et le dépôt des bus de ville, traversa le boulevard Kringlumyrarbraut et commença à remonter la rue Borgartun. Un sac en plastique à la main, il était toujours vêtu des mêmes guenilles. Sigurdur Oli envisagea de l'arrêter pour lui parler, mais sa curiosité l'en dissuada : il voulait savoir où il allait.

Puisque Andrés n'occupait plus son appartement, où s'était-il réfugié ?

Il remonta la rue Noatun, s'engagea dans Laugavegur, dépassa la station de bus de Hlemmur, tourna à gauche sur le boulevard Snorrabraut, puis à droite sur Grettisgata en direction du centre historique. Sigurdur Oli n'éprouvait pas la moindre difficulté à le suivre en voiture et à maintenir entre eux une distance respectable. Il entra lentement dans Grettisgata qu'il longea jusqu'à trouver une place de stationnement où il se gara en vitesse avant de courir vers Andrés, qu'il craignait de perdre de vue. Ce dernier venait de descendre l'escalier menant au sous-sol d'une vieille maison en bois qui avait sans doute connu des heures plus glorieuses. Il ouvrait maintenant la porte et la refermait derrière lui.

Sigurdur Oli se posta devant la bâtisse qui était dans un état pitoyable. Mal entretenue, la tôle ondulée qui recouvrait le bois et le protégeait des éléments était toute rouillée. La peinture s'écaillait un peu partout. L'unique étage surmontant le sous-sol était manifestement inhabité.

Au terme d'une attente de vingt minutes, il se décida à aller frapper et descendit précautionneusement les marches rendues dangereuses par l'usure. Il n'y avait aucun nom ni aucune sonnette. Sigurdur Oli frappa quelques coups vigoureux et attendit. Il lui sembla percevoir une odeur de poisson pourri juste à côté de la porte.

Personne ne répondait.

Il frappa à nouveau, appela Andrés et attendit.

Toujours rien.

Il prêta l'oreille et entendit du bruit à l'intérieur. Il cria à nouveau le prénom d'Andrés et, après avoir tambouriné à la porte une troisième fois sans résultat, tenta de la forcer. Elle était fermée à clé, mais la serrure n'était pas solide et un bon coup d'épaule suffit à l'enfoncer. Il appela à nouveau Andrés depuis le seuil, puis entra dans la cave.

L'odeur pestilentielle qui le saisit à la gorge était tel un mur contre lequel il se cognait. Il recula vers l'escalier en suffoquant.

— Qu'est-ce que c'est ce truc ?! grogna-t-il.

Il prit l'écharpe qu'il avait au cou afin de se protéger la bouche et le nez, puis tenta d'entrer une seconde fois. Il pénétra dans un petit couloir et appuya sur l'interrupteur. Aucune lumière ne s'alluma. Il s'adressa la réflexion que, peut-être, l'électricité avait été coupée. Il appela encore une fois Andrés, toujours sans obtenir aucune réponse. Le peu qu'il voyait de l'appartement était sens dessus dessous. Les cloisons avaient été abattues, sans doute à l'aide d'une barre à mine et, par endroits, le parquet avait été soulevé. Forcé d'enjamber les tas de planches et les meubles renversés, il sentait que l'odeur s'infiltrait de plus en plus à travers son écharpe au fur et à mesure qu'il progressait. Il demeura un moment immobile, le temps que ses yeux s'habituent à la pénombre, appela à nouveau Andrés, mais ce dernier ne lui répondait toujours pas. Soit il se cachait quelque part dans l'appartement, soit il s'était échappé par une autre porte ou même une fenêtre. Une fois que ses yeux se furent habitués à l'obscurité, il constata qu'il se trouvait au centre d'une pièce qui devait être le salon et que d'épais rideaux occultaient les ouvertures. Il les arracha d'un coup sec afin de laisser entrer la lumière du jour.

Ce qu'il découvrit alors était un véritable champ de bataille. Les chaises, les tables et les étagères jonchaient le sol. On aurait dit que les lieux avaient été dévastés par un bulldozer. Sigurdur Oli traversa précautionneusement le chaos et remarqua dans un coin la présence de couvertures, de restes de nourriture et de bouteilles de Brennivin. Il supposa que c'était là qu'Andrés s'était installé. Il retourna dans le couloir et ouvrit doucement la porte de la cuisine. Elle n'était pas en meilleur état. Il comprit qu'Andrés s'était sans doute faufilé par la grande fenêtre, encore ouverte, qui donnait sur l'arrière-cour.

Il avait fui.

Sigurdur Oli retourna au salon. Ne supportant plus l'odeur infâme qui emplissait les lieux, il s'apprêta à sortir, mais heurta brusquement une chose qui lui sembla bouger. Il sursauta violemment.

Baissant les yeux, il constata que ce sur quoi il venait de se cogner était un pied humain. Le corps était dissimulé sous une couverture, seules les jambes dépassaient. Sigurdur Oli se baissa, retira lentement la couverture et comprit immédiatement d'où provenait la pestilence.

Il serra encore un peu plus fort son écharpe autour de son nez et de sa bouche. Couché sur le dos, l'homme était attaché à une chaise renversée au sol. Il levait vers lui ses yeux éteints entrouverts. Il avait sur le front un objet métallique qui ressemblait à une pièce d'une couronne. Un amas de liens et de morceaux de cuir crasseux reposait sur le sol à côté du cadavre.

Sigurdur Oli se souvint qu'Andrés avait mentionné une pièce d'une couronne et sa curiosité prit le pas sur les intérêts de l'enquête. Il tendit le bras vers la pièce pour l'attraper et constata qu'il était impossible de la faire bouger.

Il s'approcha et vit que ce n'était en rien une pièce d'une couronne. Sa surface était lisse. Il scruta longuement cette tache circulaire jusqu'à comprendre qu'il s'agissait de l'extrémité d'un poinçon, profondément enfoncé dans le crâne de l'homme.

Le cadavre était en état de décomposition avancée.

Il supposa que le décès remontait à au moins trois mois.

55

L'employé commençait sa journée de travail au cimetière d'Holavallakirkjugardur. Il faisait froid, la nuit avait été glaciale et maintenant le vent du nord soufflait, descendu des hautes terres. Chaudement vêtu, il avait enfilé un bonnet et des gants épais. Sans se presser, il rassembla le nécessaire afin d'achever une tâche qu'il repoussait depuis un certain temps. Sans doute y consacrerait-il la matinée entière. Il descendit vers le mur qui longeait la rue Sudurgata pour rejoindre la tombe de Jon Sigurdsson, le héros de l'Indépendance. Des jeunes avaient tagué avec des bombes de peinture la colonne qui s'élevait sur la sépulture du grand homme. *Nonni rules**. En réalité, ça l'avait plutôt amusé. Il y voyait le signe de l'esprit d'indépendance qui animait la jeunesse islandaise. L'un de ces petits malins savait donc qui était Jon Sigurdsson. Il regarda machinalement vers la gauche et s'immobilisa. Plus loin vers l'intérieur du cimetière, il remarqua la présence d'une silhouette sur une tombe. Il l'observa longuement. Elle demeurait parfaitement immobile. Il s'approcha et constata que l'homme assis sur la tombe était mort. Pâle, vêtu de guenilles et d'un vieil anorak, il avait ramené ses genoux contre son corps, sans doute avait-il voulu se protéger du froid. Il avait les yeux mi-clos et le visage levé vers le ciel comme si, à son dernier souffle, il avait fixé les nuages dans l'attente d'une brève éclaircie, d'une trouée bleue et limpide.

---

* Nonni est le diminutif de Jon. L'inscription, en anglais dans le texte, signifie *Nonni* (Jon Sigurdsson) *déchire*…

Cet ouvrage a été composé par
Atlant'Communication
au Bernard (Vendée)

Impression réalisée par
CPI Firmin Didot
à Mesnil-sur-l'Estrée
en mai 2012

N° d'édition : 2815002– N° d'impression : 111514
Dépôt légal : mai 2012

Imprimé en France